A Velha Loja de Curiosidades

01

CB013815

CHARLES DICKENS

A Velha Loja de Curiosidades

Tradução
Fábio Meneses Santos

Principis

Esta é uma publicação Principis, selo exclusivo da Ciranda Cultural
© 2021 Ciranda Cultural Editora e Distribuidora Ltda.

Traduzido do original em inglês
The old curiosity shop

Texto
Charles Dickens

Tradução
Fábio Meneses Santos

Preparação
Fernanda R. Braga Simon

Revisão
Agnaldo Alves
Valquíria Della Pozza

Produção editorial e projeto gráfico
Ciranda Cultural

Diagramação
Linea Editora

Imagens
Millena/shutterstock.com;
AKaiser/shutterstock.com

Dados Internacionais de Catalogação na Publicação (CIP) de acordo com ISBD

D548v	Dickens, Charles
	     A velha loja de curiosidades: Tomo 1 / Charles Dickens ; traduzido por Fábio Meneses Santos. - Jandira, SP : Principis, 2021.
	     352 p. ; 15,5cm x 22,6cm. - (Clássicos da literatura mundial)
	
	     Tradução de: The old curiosity shop
	     ISBN: 978-65-5552-215-0
	
	     1. Literatura inglesa. 2. Romance. I. Santos, Fábio Meneses. II. Título. III. Série.	

2020-2694	CDD 823 CDU 821.111-31

Elaborado por Vagner Rodolfo da Silva - CRB-8/9410

Índice para catálogo sistemático:
1. Literatura inglesa : Romance 823
2. Literatura inglesa : Romance 821.111-31

1ª edição em 2021
www.cirandacultural.com.br
Todos os direitos reservados.
Nenhuma parte desta publicação pode ser reproduzida, arquivada em sistema de busca ou transmitida por qualquer meio, seja ele eletrônico, fotocópia, gravação ou outros, sem prévia autorização do detentor dos direitos, e não pode circular encadernada ou encapada de maneira distinta daquela em que foi publicada, ou sem que as mesmas condições sejam impostas aos compradores subsequentes.

Sumário

Capítulo 1 7

Capítulo 2 22

Capítulo 3 30

Capítulo 4 39

Capítulo 5 49

Capítulo 6 56

Capítulo 7 66

Capítulo 8 74

Capítulo 9 86

Capítulo 10 97

Capítulo 11 103

Capítulo 12 112

Capítulo 13 120

Capítulo 14 130

Capítulo 15 138

Capítulo 16 149

Capítulo 17 156

Capítulo 18 165

Capítulo 19 174

Capítulo 20 186

Capítulo 21 192

Capítulo 22 202

Capítulo 23 208

Capítulo 24 219

Capítulo 25 226

Capítulo 26 235

Capítulo 27 243

Capítulo 28 253
Capítulo 29 261
Capítulo 30 272
Capítulo 31 278
Capítulo 32 289
Capítulo 33 295
Capítulo 34 306
Capítulo 35 313
Capítulo 36 325
Capítulo 37 332
Capítulo 38 341

Capítulo 1

A noite é minha hora preferida para caminhar. No verão, saio com frequência de casa logo ao amanhecer, perambulando por ruas e atalhos o dia todo, e até escapo por dias e semanas; mas, exceto quando estou no campo, raramente saio antes do anoitecer, embora, graças aos céus, eu ame a luz do dia e sinta a alegria que derrama sobre a terra como qualquer criatura viva.

Adotei esse hábito quase sem querer, tanto porque ele ajuda com minha enfermidade como pela oportunidade de especular sobre as personagens e os afazeres dos que congestionam as ruas. O brilho e a pressa do meio-dia não estão adaptados à minha ociosidade; a visão de rostos de passagem, capturados pela luz de uma lâmpada de rua ou pela luz de uma vitrine, serve melhor ao meu propósito do que sua completa revelação em plena luz do dia; e, se me permitem dizer a verdade, a noite é mais amável neste aspecto do que o dia, que muitas vezes destrói um castelo construído de ar no momento de sua conclusão, sem a menor cerimônia ou remorso.

Esse caminhar constante de um lado para o outro, essa inquietação sem fim, esse andar incessante que deixa lisas e brilhantes as duras pedras da calçada (é um espanto como os moradores de vielas estreitas suportam ouvir isso!). Imagine um homem doente em um lugar como a Saint Martin's Court ouvir os passos e, no meio de sua dor e cansaço, ser obrigado, como uma tarefa que devesse cumprir, a distinguir entre os passos da criança e os do homem, entre os do pobre mendigo e os das botas requintadas, entre os do preguiçoso e os do ocupado, entre o caminhar monótono do fugitivo, com seu andar ligeiro, e o de um cliente à procura de lazer. Pense no zumbido e no barulho sempre presentes em seus sentidos e na torrente da vida que nunca para, jorrando, jorrando, jorrando através de todos os seus pesadelos, como se estivesse condenado a deitar-se, morto, mas consciente, em um ruidoso cemitério de igreja, sem esperanças de um dia descansar, por séculos a fio.

Depois, observo a multidão passar e repassar eternamente sobre as pontes (pelo menos naquelas livres de pedágio), onde muitos param nas noites suaves, olhando melancolicamente por sobre as águas, pensando que elas correm entre as margens verdes que vão se alargando cada vez mais até que, finalmente, se juntam ao vasto oceano, onde alguns param para descansar, livrando-se de suas cargas pesadas, e pensam, enquanto olham sobre o parapeito, que fumar e deixar a vida passar, dormir ao sol sobre a coberta quente de um bote lento e preguiçoso deve ser a felicidade em estado puro, e onde outros, de um tipo diferente, fazem uma pausa, com suas cargas mais pesadas ainda, lembrando-se de ter ouvido ou lido em algum lugar no passado que morrer afogado não deve ser uma morte tão dura, mas, de todos os meios de suicídio, seria a mais fácil e a melhor.

Gosto do mercado de Covent Garden ao nascer do sol, na primavera ou no verão, quando o doce perfume das flores está no ar, escondendo os odores doentios da devassidão da noite passada e deixando o pássaro sombrio, cuja gaiola foi esquecida pendurada na janela do sótão durante a noite, ficar quase louco de felicidade! Pobre pássaro! A única coisa ali, semelhante às flores colhidas, algumas amarrotadas pelas mãos quentes dos compradores bêbados, caídas pelo caminho, enquanto outras, mur-chas pelo contato entre si, aguardam o momento em que serão regadas e refrescadas para agradar a compradores mais sóbrios e fazer com que os velhos funcionários que passam a caminho dos escritórios se perguntem o que teria enchido o coração deles com essa visão campestre.

Mas meu objetivo aqui não é discorrer sobre as minhas caminhadas. A história que estou prestes a relatar, à qual voltarei de tempos em tempos, aconteceu durante um desses passeios, e por isso fui levado a mencioná-los na forma de um prefácio.

Uma noite eu vagueava até a cidade, caminhando lentamente como de costume, meditando sobre diversos assuntos, quando fui detido por um pedido de informação, cuja finalidade não entendi, mas que parecia dirigido a mim mesmo e pronunciado com uma voz tão suave e doce que muito me agradou. Eu me virei rapidamente e encontrei, agarrada ao meu braço, uma garotinha bonita, que implorou que eu a levasse para uma certa rua, a uma distância considerável, de fato, em um bairro bem distante.

– Fica bem longe, minha filha – disse eu.

– Eu sei disso, senhor – respondeu ela timidamente. – Temo que seja realmente muito longe, pois eu vim de lá hoje mesmo.

– Sozinha? – perguntei eu, com alguma surpresa.

– Oh, sim, não me importo com isso, mas agora estou um pouco assustada, pois eu acho que me perdi.

– E o que a fez pedir isso justo a mim? Já pensou se eu lhe indicasse o caminho errado?

– Estou certa de que você não fará isso – disse a pequena criatura. – Você é um cavalheiro tão velho e anda tão devagar...

Não posso descrever quanto me impressionou aquele apelo e a energia com que foi feito, trazendo uma lágrima aos olhos claros daquela criança e fazendo seu semblante delicado tremer quando olhou para mim.

– Venha – disse eu –, eu a levo até lá.

Ela colocou a mão sobre a minha com tanta confiança como se me conhecesse desde o berço, e nós nos afastamos dali. A pequena criatura acomodou seu ritmo ao meu, mais parecendo liderar e cuidar de mim do que eu a estar protegendo-a. Observei que de vez em quando ela lançava um olhar furtivo para o meu rosto, como se quisesse ter certeza de que eu não a estava enganando, e esses olhares (que também eram diretos e curiosos) pareciam aumentar sua confiança em mim.

De minha parte, minha curiosidade e interesse eram pelo menos iguais aos da criança, pois criança ela era certamente, embora eu tivesse deduzido isso pelo que podia observar de sua estrutura muito pequena e delicada, que conferia uma juventude peculiar à sua aparência. Embora não estivesse agasalhada como deveria estar, ela se vestia com perfeito asseio e não demonstrava nenhum sinal de pobreza ou desleixo.

– Quem a mandou vir tão longe sozinha? – perguntei.

– Alguém que é muito gentil comigo, senhor – respondeu a menina.

– E o que você estava fazendo ali?

– Isso eu não devo dizer! – disse a criança com firmeza.

Havia algo nessa resposta que me fez olhar para a pequena criatura com uma expressão involuntária de surpresa, pois eu me perguntava que tipo de tarefa teria ela recebido para estar tão preparada para responder caso fosse questionada. Seus olhos ligeiros pareciam ler meus pensamentos, pois, assim que encontraram os meus, ela disse que não havia mal algum no que ela estava fazendo, mas que era um grande segredo, um segredo que nem ela mesma conhecia.

Isso foi dito sem parecer falsidade ou astúcia, mas com uma franqueza insuspeita, que deixava uma impressão de ser verdade. Ela seguiu caminhando como antes, tornando-se mais acostumada comigo enquanto avançávamos e falando alegremente, mas não disse mais uma palavra sobre a sua casa, a não ser quando percebeu que íamos por um caminho completamente novo e me perguntou se era um atalho.

Enquanto andávamos juntos, revirei em minha mente centenas de explicações diferentes para esse enigma e as rejeitei uma a uma. Eu sentia vergonha de tirar proveito da ingenuidade e do sentimento de gratidão da criança com o objetivo de satisfazer a minha curiosidade. Eu amo essas pessoinhas; e não significa um mero detalhe quando elas, que mantêm fresca a presença de Deus, nos amam de volta. Como me senti satisfeito pela sua confiança, decidi merecê-la e agradecer à natureza que a levou a depositá-la em mim.

Não havia motivos, no entanto, para eu deixar de conhecer a pessoa que a enviara de modo desprezível a uma distância tão grande, à noite e sozinha. E, como não era improvável que ela, ao chegar perto de casa, se despedisse de mim e me privasse dessa oportunidade, evitei os caminhos mais comuns e segui pelos mais complicados, de modo que só quando chegamos à própria rua ela reconheceu onde estávamos. Batendo palmas prazerosamente e correndo à minha frente a uma curta distância, minha pequena conhecida parou diante de uma porta e permaneceu na soleira até que eu me aproximasse, e bateu quando me juntei a ela.

Uma parte dessa porta era de vidro desprotegido por qualquer grade, o que não notei a princípio, pois tudo estava muito escuro e silencioso por dentro, e eu estava ansioso (como de fato a criança também estava) por uma resposta ao nosso chamado. Quando ela bateu duas ou três vezes, houve um barulho como se alguém estivesse se movendo lá dentro, e vagarosamente uma luz fraca apareceu através do vidro, aproximando-se lentamente, como se o seu portador andasse afastando muitos objetos espalhados, e assim pude ver que tipo de pessoa era aquela e de que tipo de lugar ela vinha.

Era um homem velho, com longos cabelos grisalhos, cujo rosto e aparência, enquanto segurava a luz acima da cabeça e olhava diante de si ao se aproximar, eu podia ver claramente. Embora muito afetado pela idade, imaginei reconhecer em sua forma esbelta e sobressalente algo dos traços delicados que eu havia notado na criança. Seus brilhantes olhos azuis eram certamente parecidos, mas seu rosto estava tão franzido e tão marcado que toda semelhança cessou ali.

O lugar por onde ele havia passado lentamente era um daqueles depósitos de coisas velhas e curiosas que parecem esconder-se em cantos estranhos dessa cidade a proteger seus tesouros mofados dos olhos do público com inveja e desconfiança. Havia malas de correspondências parecendo fantasmas em armaduras aqui e ali, entalhes fantásticos trazidos de algum claustro de convento, armas enferrujadas de vários tipos, imagens distorcidas em porcelana, madeira, ferro e marfim; tapeçarias e móveis estranhos como se fossem projetados em sonhos. O aspecto abatido do velhote era espantosamente adequado ao lugar; ele deve ter estado entre antigas igrejas e tumbas e casas desertas e recolhido todos esses despojos com as próprias mãos. Nada havia em toda a coleção que parecesse mais velho ou mais desgastado do que o próprio, e tudo combinava com ele mesmo.

Quando girou a chave na fechadura, ele me examinou com algum espanto, que não diminuiu quando virou seu olhar de mim para a menina. Quando a porta foi aberta, a criança dirigiu-se a ele como avô e contou a pequena história do nosso encontro.

– Por quê, criança abençoada? – perguntou o velho, dando-lhe uma tapinha na cabeça. – Como pôde confundir o caminho? E se eu a tivesse perdido, Nell!

– Eu teria encontrado um jeito de voltar, vovô – disse a criança com bravura. – Jamais tema isso.

O velho a beijou, depois se virou para mim e me implorou para entrar, o que eu fiz prontamente. A porta foi fechada e trancada. Seguindo à frente com a luz, ele me conduziu através do lugar que eu já tinha visto de fora até uma pequena sala de estar nos fundos, na qual havia outra porta que se abria para uma espécie de armário, onde eu vi uma pequena cama que poderia ser de uma fada, de tão pequena e bem-arrumada. A criança pegou uma vela e entrou no aposento, deixando-nos juntos ali.

– Você deve estar cansado, senhor – disse ele, colocando uma cadeira perto do fogo. – Como posso agradecer?

– Cuidando melhor da sua neta da próxima vez, meu caro amigo! – respondi.

– Mais cuidado? – disse o velho com uma voz estridente. – Mais cuidado com Nelly! Por quê? Alguém neste mundo já amou alguma criança como eu amo Nell?

Ele disse isso com uma surpresa tão evidente que fiquei perplexo com o que deveria responder, mais ainda porque, juntamente com algo débil e vago em seus modos, havia em seu rosto uma expressão profunda de ansiedade que me convenceu de que ele não poderia estar, como eu supunha inicialmente, em estado de senilidade ou demência.

– Eu não acredito que o senhor pensou... – comecei dizendo.

– Eu não pensei! – gritou o velho me interrompendo. – Eu não pensei nela! Ah, quão pouco você sabe da verdade! Ah, a pequena Nelly, a pequena Nelly!

Seria impossível para qualquer homem, qualquer que fosse seu discurso, expressar mais carinho do que o vendedor de antiguidades nessas poucas palavras. Eu esperei que ele falasse novamente, mas ele apoiou o queixo na mão e balançou a cabeça duas ou três vezes, com os olhos fixos no fogo.

Enquanto estávamos sentados em silêncio, a porta do armário se abriu, e a criança voltou, com os cabelos castanho-claros soltos sobre o pescoço e o rosto corado com a pressa que ela havia se arrumado para juntar-se a nós. Ela se ocupou imediatamente da preparação do jantar e, enquanto isso, observei que o velho aproveitou a oportunidade para me olhar mais de perto do que já havia feito. Fiquei surpreso que, durante todo esse tempo, tudo havia sido preparado pela criança e que parecia não haver outras pessoas além de nós naquela casa. Aproveitei para especular sobre esse assunto em um instante em que ela não estivesse, e o velho me respondeu que poucas pessoas adultas eram tão confiáveis ou cuidadosas como ela.

– Sempre me entristece – disse eu, despertado pelo que parecia ser um sinal do seu egoísmo –, sempre me entristece ver crianças iniciadas nos assuntos da vida adulta quando ainda são pouco mais do que bebês. Isso estraga a sua confiança e simplicidade, duas das melhores qualidades que o céu lhes dá, e exige que compartilhem de nossas tristezas antes de serem capazes de compartilhar de nossas alegrias.

– Isso nunca vai atingi-la – disse o velho, olhando fixamente para mim. – Os princípios dela são muito profundos. Além disso, os filhos dos pobres conhecem poucas alegrias. Mesmo os prazeres baratos da infância devem ser comprados e pagos.

– Mas, perdoe-me por dizer isso, você certamente não é tão pobre – disse eu.

– Ela não é minha filha, senhor – retrucou o velho. – A mãe dela era, assim como ela, pobre. Não economizo nada, nem um centavo, apesar de viver como você vê, mas... – ele pousou sua mão no meu braço e inclinou-se para a frente para sussurrar. – Ela será rica um dia desses, e uma bela dama. Não pense mal de mim porque eu aproveito da ajuda dela. Ela o faz alegremente, como você pode ver, e partiria o coração dela se soubesse que eu teria outra pessoa para fazer por mim o que suas mãozinhas podem se encarregar de fazer. Eu não penso nela? – ele gritou com repentina indecisão. – Só Deus sabe, essa criança significa a própria razão e objetivo da minha vida, e, no entanto, Ele nunca me concedeu prosperidade, nunca mesmo!

Nesse momento, o assunto da nossa conversa voltou novamente, e o velho, apontando para que eu me aproximasse da mesa, calou-se e nada mais disse.

Mal tínhamos começado nossa refeição quando ouvimos uma batida na porta pela qual eu havia entrado, e Nell explodiu em uma risada calorosa, que me alegrava ouvir, pois era infantil e cheia de graça. Disse que era sem dúvida o querido Kit que voltara.

– Nell, sua tola! – disse o velho acariciando seus cabelos. – Ela sempre ri do pobre Kit.

A criança riu de novo com mais entusiasmo do que antes, e não pude deixar de sorrir por pura simpatia. O velhinho pegou uma vela e foi abrir a porta. Quando ele voltou, Kit estava atrás dele.

Kit era um rapaz cabeludo, tosco e desajeitado, com uma boca despro-porcionalmente grande, bochechas muito vermelhas, nariz arrebitado e tinha certamente a expressão facial mais cômica que eu já tinha visto. Ele estancou na porta ao ver um estranho, girou em sua mão um velho cha-péu perfeitamente redondo sem nenhum vestígio de aba e, descansando ora sobre uma perna, ora sobre a outra, alternando-as constantemente, permaneceu na porta, olhando para a sala com o olhar maroto mais ex-traordinário que eu já vi. Eu nutri um sentimento agradável pelo garoto a partir daquele minuto, pois senti que ele era a alegria na vida da criança.

– Um longo caminho, não foi, Kit? – disse o velhinho.

– Como não? Foi um bom exercício, mestre – retrucou Kit.

– Claro, e você deve ter fome – afirmou o velho.

– E como! Eu me considero um tanto faminto, mestre! – foi a resposta.

O rapaz tinha uma maneira notável de ficar de lado enquanto falava e empurrava a cabeça para a frente, por cima do ombro, como se não conseguisse dizer as coisas sem essa posição. Penso que o teria achado divertido onde quer que estivesse, mas o prazer demonstrado pela criança com o jeito estranho dele e o alívio em descobrir que havia algo que ela associava à alegria em um lugar que parecia tão inadequado para ela eram bastante agradáveis. Foi interessante observar também que o próprio Kit ficou orgulhoso com a sensação que ele proporcionou a ela e, após se esforçar para preservar sua seriedade, explodiu em uma gargalhada sonora e ficou com a boca aberta e os olhos quase fechados, rindo violentamente.

O velho voltou ao seu estado de abstração e não percebeu o que acontecia, mas observei que, quando a risada de Kit terminou, os olhos brilhantes da criança estavam sombreados por lágrimas, despertadas pelo coração repleto de contentamento com que ela acolhera seu amigo favorito, depois de toda a ansiedade daquela noite. Quanto ao próprio Kit (cuja risada era sempre do tipo que, por muito pouco, não se transformaria em choro), ele levou uma grande fatia de pão com carne e uma caneca de cerveja para um canto e se dedicou a dar conta deles com voracidade.

– Ah! – disse o velho virando-se para mim com um suspiro, como se eu tivesse falado com ele naquele instante. – Você não sabe o que diz quando afirma que não me importo com ela.

– Você não deve dar muita importância para um julgamento baseado nas primeiras impressões, meu amigo – disse eu.

– Não – respondeu o velho pensativo –, não mesmo. Venha cá, Nell.

A menininha apressou-se em sentar e enlaçou o pescoço dele.

– Eu amo você, Nell? – perguntou ele. – Diga se eu amo você, Nell.

A criança respondeu apenas com seu afeto, deitando a cabeça no peito do velho.

– Por que você chora? – perguntou o avô, segurando-a mais perto de si e olhando para mim. – É porque sabe que eu a amo e não gosta que eu demonstre dúvida com a minha pergunta? Está bem... Então digamos que eu a amo muito.

– De fato, você ama – respondeu a criança com grande seriedade. – Kit é testemunha de que sim.

Kit, que, ao devorar o pão e a carne, engolia dois terços da faca a cada abocanhada com a frieza de um malabarista, parou imediatamente ao ser citado e gritou:

– Ninguém é tão tolo a ponto de negar! – e, dito isso, ficou incapacitado para mais conversas, abocanhando um sanduíche enorme de uma só vez.

– Ela é pobre agora – disse o velho, dando uma tapinha na bochecha da criança. – Mas digo novamente que está chegando a hora em que ela será rica. Já faz muito tempo, mas sua hora deve finalmente chegar; faz tempo, mas certamente deve chegar. Chegou para outros homens, que não fazem nada além de esbanjar e causar tumultos. Quando finalmente virá para mim?

– Sou muito feliz como estou agora, avô – disse a criança.

– Não, não! – devolveu o velho –, você não sabe quanto merece, como poderia saber? – murmurou ele novamente entre os dentes. – Sua hora vai chegar, tenho certeza de que sim. Será ainda melhor mesmo que esteja atrasada – então ele suspirou e caiu em seu estado de reflexão anterior e, ainda segurando a criança entre os joelhos, parecia insensível a tudo ao seu redor.

Naquela altura, faltavam alguns minutos para a meia-noite e eu me levantei, o que o fez recobrar sua atenção.

– Um momento, senhor – disse ele. – Agora, Kit, quase meia-noite, garoto, e você ainda está aqui! Vá para casa, vá para casa e respeite o seu horário pela manhã, pois há trabalho a fazer. Boa noite! Vamos, dê-lhe boa-noite, Nell, e deixe-o ir embora!

– Boa noite, Kit – disse a criança, com os olhos brilhando de alegria e bondade.

– Boa noite, senhorita Nell – respondeu o garoto.

– E agradeça a este cavalheiro – interpôs o velho –, não fossem os cuidados dele e eu poderia ter perdido minha garotinha nesta noite.

– Não, não, mestre – disse Kit –, isso nunca, isso jamais.

– O que você quer dizer?! – gritou o velho.

– Eu a teria encontrado, mestre – disse Kit –, eu a teria encontrado. Aposto que a encontraria em qualquer lugar sobre a terra, eu, mais rápido que qualquer outro, mestre. Ha, ha, ha!

Mais uma vez, abrindo a boca e fechando os olhos, rindo alto como um trompete, Kit voltou para a porta e gargalhou na saída para a rua.

Fora da sala, o rapaz não demorou a partir. Quando ele havia saído e a criança estava ocupada em limpar a mesa, o velho disse:

– Não agradeci o suficiente, senhor, pelo que fez hoje à noite, mas agradeço humilde e sinceramente, assim como a garota, e os agradecimentos dela valem mais do que os meus. Lamento que você pudesse ir embora pensando que eu não tinha consciência de sua bondade ou que eu fosse descuidado. Não sou, de fato.

– Eu tinha certeza disso – disse eu –, pelo que tinha visto. Mas – acrescentei – posso lhe fazer uma pergunta?

– Sim, senhor – respondeu o velho. – Qual seria?

– Essa criança delicada – disse eu –, com tanta beleza e inteligência, ela não tem alguém para cuidar dela a não ser você? Ela não tem outra companhia ou um tutor?

– Não – respondeu ele, olhando diretamente na minha cara –, não, e ela não quer mais ninguém.

– Mas você não tem medo – disse eu – de não dar conta de um ser tão delicado? Tenho certeza de que você tem boas intenções, mas será que tem condições de executar uma tarefa como essa? Eu sou um homem velho, como você, e sou movido por preocupações de um homem velho com relação a tudo o que é jovem e promissor. Você não acha que os fatos que eu testemunhei entre você e esta pequena criatura hoje à noite devem ser motivo de preocupação?

– Senhor – retomou o velho depois de um momento de silêncio –, não tenho o direito de me sentir magoado com o que você diz. É verdade que em muitos aspectos eu sou a criança, e ela, o adulto da casa, como você pôde ver. Mas, acordado ou dormindo, durante noite ou dia, estando eu doente ou saudável, ela é o único alvo da minha atenção. E, se soubesse como é esse cuidado, você me veria com outros olhos, de fato. Ah! É uma vida cansativa para um homem velho, uma vida muito, muito cansativa, mas há uma grande recompensa a conquistar e que guardo para o futuro.

Vendo que ele estava em um estado de excitação e impaciência, virei-me para vestir o sobretudo que eu havia tirado ao entrar na sala, com a intenção de não dizer mais nada. Fiquei surpreso ao ver a criança em pé pacientemente com uma capa no seu braço e, na mão, um chapéu e uma bengala.

– Essas não são as minhas, querida – disse eu.

– Não – disse a criança –, elas são do avô.

– Mas ele não vai sair hoje à noite.

– Oh, sim, ele vai – disse a criança, sorrindo.

– E o que vai acontecer com você, minha linda?

– Eu? Eu fico aqui, é claro. Como eu sempre faço.

Olhei com espanto para o velho, mas ele estava ou fingiu estar ocupado, arrumando sua roupa. Retornei meu olhar para a figura gentil e delicada da criança. Sozinha! Naquele lugar sombrio, na longa e triste noite.

Ela não demonstrou ter notado a minha surpresa, mas ajudou alegremente o velho com a capa e, quando ele estava pronto, pegou uma vela para iluminar o caminho até a saída. Ao descobrir que não a seguimos como ela esperava, olhou para trás com um sorriso e esperou por nós. O velho mostrou pelo olhar que ele claramente entendia a causa da minha hesitação, mas ele apenas sinalizou inclinando a cabeça para eu sair da sala na sua frente e permaneceu em silêncio. Eu não tinha opção senão atendê-lo.

Quando chegamos à porta, a criança baixou a vela, virou-se para dizer boa noite e levantou o rosto para me beijar. Então ela correu para o velho, que a abraçou e pediu a Deus que a abençoasse.

– Durma bem, Nell – disse ele em voz baixa –, e que os anjos guardem sua cama! Não esqueça suas orações, meu amor.

– Não, de modo algum – respondeu a criança com fervor. – Elas me fazem sentir tão feliz!

– Isso é bom. Eu sei que elas fazem, sim, como era esperado – disse o velho. – Eu a abençoo cem vezes! De manhã cedo estarei em casa.

– Você não precisará tocar duas vezes – retrucou a criança. – A campainha me acorda, mesmo no meio de um sonho.

Com isso, eles se separaram. A criança abriu a porta (agora guardada por uma tranca que eu ouvira o menino colocar antes de sair de casa) e, com outra despedida, de cuja melodia clara e delicada eu me recordei mil vezes, segurou-a até desaparecermos. O velho parou por um instante enquanto a porta era gentilmente fechada e trancada por dentro e, satisfeito por ter se assegurado disso, seguiu devagar. Na esquina ele esperou e, olhando para mim com um semblante perturbado, disse que nossos caminhos eram opostos e que ele deveria despedir-se.

Eu teria dito algo, mas, reunindo mais entusiasmo do que seria esperado de uma figura dessas, ele se afastou depressa. Pude ver que duas ou três vezes ele olhou para trás, como se quisesse ver se eu ainda estava olhando para ele ou talvez para garantir que eu não o estivesse seguindo a distância. A escuridão da noite favoreceu seu desaparecimento, e sua imagem estava logo longe da minha visão.

Fiquei de pé no local onde ele me deixara, sem vontade de partir, e ainda sem saber por que deveria ficar ali. Olhei melancolicamente para a rua que havíamos deixado ainda há pouco e, depois de um tempo, dirigi meus passos naquela direção. Passei e voltei em frente à casa, parei e ouvi através da porta; tudo estava escuro e silencioso como um túmulo.

Mesmo assim, eu me demorei ali e não consegui me afastar, pensando em todo mal que poderia acontecer à criança, incêndios, roubos e até assassinato, e sentindo como se algo ruim pudesse aparecer caso eu desse as costas para o lugar. O fechar de uma porta ou janela na rua me trouxe de volta à loja de antiguidades mais uma vez; atravessei a rua e olhei para a casa para me certificar de que o barulho não havia saído dali. Não, tudo estava escuro, frio e sem vida como antes.

Havia poucos transeuntes acordados; a rua estava triste e sombria e toda só para mim. Alguns atrasados para os teatros se apressavam e, de vez em quando, eu me afastava para evitar algum bêbado barulhento em seu caminho de volta para casa, mas essas interrupções não eram frequentes e logo cessaram. Os relógios bateram uma hora. Ainda assim, eu caminhava de um lado para o outro, prometendo a mim mesmo que cada volta seria a última, e, quebrando a própria promessa, apelava novamente para continuar por ali.

Quanto mais eu pensava no que o velho havia dito, e em sua aparência e comportamento, menos eu conseguia explicar o que tinha visto e ouvido. Eu tinha um forte receio de que essa ausência noturna não tinha um bom motivo. Eu só tomei conhecimento do fato pela inocência da criança e, embora o velho estivesse ali por perto e visse minha surpresa indisfarçada, ele manteve certo mistério sobre o assunto e não ofereceu nenhuma explicação. Esses pensamentos naturalmente me fizeram recordar mais fortemente de seu rosto abatido, seus modos errantes, seus olhares inquietos e ansiosos. Sua afeição pela criança não necessariamente era incompatível com uma vilania da pior espécie; mesmo essa afeição toda era, em si mesma, uma contradição extraordinária, pois como ele poderia deixá-la assim?

Por mais disposto que eu estivesse a pensar mal dele, nunca duvidei de que seu amor por ela fosse real. Não pude admitir tal ideia, lembrando o que havia ocorrido entre nós e o tom de voz que ele usara ao chamar por seu nome.

"Ficar aqui, é claro", dissera a criança em resposta à minha pergunta, "como sempre faço!." O que poderia afastá-lo de casa à noite e em todas as noites? Rememorei todas as histórias estranhas que já ouvira sobre atos obscuros e secretos cometidos nas grandes cidades e que ficaram ocultos por anos a fio; por mais loucas que fossem muitas dessas histórias, não consegui encontrar uma que se adaptasse a esse mistério, que se tornava mais impenetrável à medida que procurava resolvê-lo.

Ocupado com pensamentos como esses e uma multidão de outros tendendo para o mesmo teor, continuei andando pela rua por duas longas horas; por fim, a chuva começou a cair pesadamente, e depois, dominado pelo cansaço, embora não menos curioso do que eu estivera inicialmente, tomei a carruagem mais próxima e voltei para casa. Um fogo acolhedor crepitava na lareira, a lamparina queimava com brilho intenso, meu relógio me recebeu com suas boas-vindas habituais; tudo estava quieto, quente e contente, felizmente em contraste com a melancolia e a escuridão que eu havia abandonado.

No entanto, durante toda a noite, acordado ou dormindo, os mesmos pensamentos se repetiram e as mesmas imagens tomaram conta do meu cérebro. Eu tinha diante de mim os velhos aposentos escuros e sombrios, as malhas magras dependuradas com seu ar fantasmagórico e silencioso, os rostos todos retorcidos, sorrindo em madeira e pedra, o pó, a ferrugem e os vermes que vivem na madeira, e, sozinha no meio de todo esse entulho, decadência e idade avançada, a linda criança em seu sono delicado, sorrindo através de seus sonhos leves e luminosos.

Capítulo 2

Depois de lutar por quase uma semana contra o sentimento que me levava a voltar àquele lugar, nas circunstâncias já descritas, eu finalmente cedi; e, decidido a me apresentar desta vez à luz do dia, fui até lá logo cedo.

Passei em frente à casa e dei várias voltas na rua, com a hesitação típica de um homem que sabe que a visita que está prestes a fazer é inesperada e pode não ser muito bem-aceita. No entanto, como a porta da loja estava fechada e não era provável que eu fosse reconhecido por quem estivesse lá dentro, caso decidisse apenas passar e seguir em frente, logo venci a indecisão e me vi dentro da Loja de Curiosidades.

O velho e outra pessoa estavam juntos na parte de trás. Parecia haver uma discussão entre eles, pois as vozes, que estavam em um tom muito alto, subitamente pararam quando eu entrei, e o velho, avançando apressadamente em minha direção, disse com voz trêmula que estava muito feliz por eu ter chegado.

– Você nos interrompeu em um momento crítico – disse ele, apontando para o homem que estava em sua companhia. – Esse sujeito vai me matar um dia desses. Ele o teria feito há muito tempo se fosse mais corajoso.

– Ora! Você já teria enfeitiçado minha vida se pudesse – retrucou o outro, depois de me encarar com um olhar de reprovação. – Nós todos sabemos disso!

– Eu quase posso concordar! – exclamou o velho, virando-se debilmente para ele. – Se pragas, rezas ou palavras pudessem me livrar de você, elas já o teriam feito. Eu me livraria de você e ficaria aliviado se você estivesse morto.

– Eu sei – respondeu o outro. – Eu disse, não disse? Mas nem pragas, nem rezas, nem palavras vão me matar e, portanto, estou vivo e pretendo permanecer assim.

– E a mãe dele morreu! – gritou o velho, apertando as mãos em súplica e olhando para cima. – Assim funciona a justiça divina!

O outro ficou de pé, apoiando uma perna sobre a cadeira, e o encarou com um sorriso sarcástico. Ele era um jovem de 20 e poucos anos, bem apanhado e certamente bonito, embora a expressão de seu rosto estivesse longe de ser atraente, e, combinando com seus modos e até com seus trajes, um ar dissimulado e insolente que repelia qualquer um.

– Com ou sem justiça – disse o jovem –, aqui estou eu e aqui vou ficar até o momento que julgar oportuno, a menos que você peça ajuda para me expulsar, o que você não fará, que eu sei. Digo a você novamente: quero ver minha irmã.

– Sua irmã! – disse o velho amargamente.

– Ah! Você não pode mudar esse fato – respondeu o outro. – Se você pudesse, teria feito há muito tempo. Quero ver minha irmã, que você mantém confinada aqui, envenenando a mente dela com seus segredos furtivos e fingindo carinho por ela, mas é capaz de matá-la de trabalhar, adicionando alguns trocados economizados semana após semana ao dinheiro que nem consegue mais contar. Eu quero e vou vê-la!

– Aqui está um moralista discursando sobre pensamentos envenenados! Aqui está um espírito generoso que despreza os tostões economizados! – gritou o velho, voltando-se para mim. – Um esbanjador, senhor, que perdeu todos os direitos, não apenas daqueles que têm o infortúnio de ter o seu sangue, mas perante a sociedade, que nada conhece sobre ele a não ser de seus crimes. Um mentiroso também – acrescentou em voz baixa enquanto se aproximava de mim. – Ele sabe quanto ela é querida por mim e procura me ferir exatamente por isso, só porque estamos na presença de um estranho.

– Estranhos não significam nada para mim, vovô – disse o jovem, frisando bem a sentença –, nem eu para eles, espero. O melhor que podem fazer é cuidar da própria vida e me esquecer. Há um amigo meu esperando do lado de fora e, como parece que vou ter de esperar um pouco, vou chamá-lo aqui para dentro, com sua licença.

Dizendo isso, ele foi até a porta e olhou para a rua acenando várias vezes para alguém que não conseguíamos ver e que, a julgar pela impaciência com que esses sinais eram observados, precisava de enorme convencimento para fazê-lo obedecer. A distância, passeando do outro lado da rua, fingia passar ali por acaso uma figura notável por sua esperteza imoral que, depois de muitos franzidos de testa e balançadas de cabeça resistindo ao convite, finalmente atravessou a rua e foi conduzido para dentro da loja.

– Olhem. É Dick Swiveller – disse o jovem, empurrando-o para dentro.

– Sente-se, Swiveller.

– Mas o velho não se incomoda? – perguntou o senhor Swiveller em voz baixa.

O senhor Swiveller afinal aceitou e, olhando em volta com um sorriso condescendente, disse que a semana passada tinha sido ótima para os patos e que esta semana fora ótima para a poeira; ele também afirmou que, enquanto estivera parado ao lado do poste na esquina, vira um porco com um canudo na boca sair da tabacaria, e dessa visão inesperada ele concluiu que outra boa semana para os patos se aproximava, e aquela chuva certamente viria. Depois disso, aproveitou a ocasião para se desculpar por qualquer negligência que pudesse ser observada em seus trajes, pois na noite passada ele sentiu "o sol muito forte em seus olhos". Por tal expressão ele entregou aos seus ouvintes, da maneira mais delicada possível, que ele estivera extremamente bêbado.

– Mas o quê! – disse o senhor Swiveller com um suspiro. – Desde que o fogo da alma seja aceso com a chama da camaradagem, da asa da amizade jamais se perderá nenhuma pena! Qual é a probabilidade, quando o espírito se expande com um bom vinho *rosé*, de o momento presente ser o menos feliz de nossa vida?

– Você não precisa agir como chefe aqui – disse o amigo, chamando-o de lado.

– Fred! – gritou o senhor Swiveller, tocando o seu nariz. – Para bom entendedor, meia palavra basta. Podemos ser bons e felizes sem possuir riquezas, Fred. Não diga nem mais uma sílaba. Eu sei meu papel; a palavra é sábia. Apenas mais uma dica, Fred: o velhote está de bom humor?

– Não se importe com isso – respondeu seu amigo.

– Certo de novo, muito certo – disse o senhor Swiveller –, cautela é a palavra, e cautelosa é a ação – com isso, ele piscou como se guardasse algum segredo e, cruzando os braços e recostando-se na cadeira, olhou para o teto com profunda seriedade.

Talvez fosse bastante razoável suspeitar, pelo que já havia acontecido, que o senhor Swiveller não estivesse totalmente recuperado dos efeitos da "poderosa luz do sol" à qual fizera alusão; mas, se tal suspeita não tivesse sido despertada pela sua fala, seu cabelo espetado, os olhos embaçados e o rosto pálido teriam sido testemunhas suficientes contra ele. Suas roupas não eram, como ele mesmo havia sugerido, notáveis pela melhor combinação, aliás estavam em tal estado de desordem que induziam fortemente à ideia de que ele tinha ido para a cama com elas. Consistiam em um casaco marrom com muitos botões de latão na frente e apenas um atrás, um lenço xadrez brilhante, um colete também xadrez, calças brancas surradas e um chapéu muito mole, usado com o lado de trás para a frente, para esconder um buraco na aba. O peito de seu casaco era ornamentado com um bolso externo, de onde se projetava a ponta mais limpa de um lenço muito grande e mal-acabado; os punhos sujos eram esticados ao máximo possível e ostensivamente dobrados para trás; ele não usava luvas e carregava uma bengala amarela ornada no topo com uma mão de osso, com algo parecido com um anel em seu dedo mínimo, que segurava uma esfera negra. Com todas essas características pessoais (às quais se pode acrescentar um forte cheiro de fumaça de tabaco e uma aparência totalmente engordurada), o senhor Swiveller recostou-se na cadeira com os olhos fixos no teto e, ocasionalmente, elevando sua voz ao tom adequado, impôs aos presentes algumas notas de uma canção sombria e então, no meio de uma dessas notas, recolheu-se ao antigo silêncio.

O velho se sentou em uma cadeira e, com as mãos postas, olhou algumas vezes para o neto e às vezes para o estranho amigo, como se estivesse totalmente impotente e não houvesse alternativa a deixá-los fazer o que bem entendessem. O jovem reclinou-se sobre uma mesa, não muito distante do amigo, em aparente indiferença a tudo o que se passava; e eu, que senti dificuldades em fazer alguma interferência, apesar de o velho ter apelado em minha direção, tanto com palavras como com olhares, fiz o melhor que pude para fingir examinar algumas mercadorias que estavam à venda, como se não prestasse atenção às pessoas diante de mim.

O silêncio não durou muito, pois o senhor Swiveller, após afirmar melodiosamente que seu coração pertencia às Terras Altas e que ele precisava apenas encontrar seu corcel árabe antes da realização de grandes feitos de valor e lealdade, removeu seu olhar do teto e voltou a entrar na conversa.

– Fred – disse o senhor Swiveller parando bruscamente, como se a ideia lhe tivesse ocorrido de repente e falando com o mesmo sussurro audível de antes –, o velhote é simpático?

– Mas isso importa? – respondeu seu amigo mal-humorado.

– Não, mas ele é? – perguntou Dick.

– Claro que sim! O que importa se ele é ou não?

Por mais que parecesse disposto, com essa resposta, a entrar em temas mais gerais, o senhor Swiveller claramente se empenhou em chamar nossa atenção.

Ele começou afirmando que a água com gás, embora uma coisa boa em teoria, era capaz de permanecer gelada no estômago, a menos que fosse temperada com gengibre ou uma pequena infusão de conhaque, essa última combinação a que ele considerava ideal em qualquer situação, exceto se considerarmos o seu alto preço. Como ninguém se aventurou a contestar essas afirmações, ele passou a dizer que o cabelo humano era um grande retentor da fumaça do tabaco e que os jovens senhores de Westminster e Eton, após comerem grandes quantidades de maçãs para disfarçar o odor de charuto de seus amigos mais críticos, foram facilmente descobertos pelo fato de suas cabeleiras guardarem essa notável propriedade; quando ele concluiu que, caso a Royal Society voltasse sua atenção para esse fato e se esforçasse para encontrar nos recursos da ciência um meio de prevenir essas revelações desagradáveis, poderiam ser reconhecidos por certo como benfeitores da humanidade. Como essas opiniões fossem igualmente incontestáveis, como as que ele já havia pronunciado, passou a nos informar que o rum da Jamaica, embora sem dúvida fosse uma bebida agradável, de grande riqueza e sabor, tinha o efeito inconveniente de permanecer no paladar no dia seguinte; e, ninguém sendo ousado o suficiente para discutir esse assunto, ele aumentou sua confiança e tornou-se ainda mais sociável e comunicativo.

– É uma coisa terrível, senhores – disse o senhor Swiveller –, quando as relações se deterioram e divergem. Se as asas da verdadeira amizade jamais devem perder sequer uma pena, a asa do relacionamento familiar nunca deve ser cortada, mas estar sempre aberta e cada vez mais acolhedora. Por que um neto e um avô deveriam digladiar-se mutuamente com violência quando tudo poderia ser bem-aventurança e concórdia? Por que não dar as mãos e se perdoar?

– Dobre sua língua! – censurou-lhe o amigo.

– Senhor – respondeu o senhor Swiveller –, não interrompa a argumentação. Senhores, como se apresenta o caso em questão? Aqui está um avô muito velho, e digo isso com o maior respeito, e aqui está um neto jovem e impetuoso. O bom avô diz ao jovem neto rebelde: "Eu o criei e o eduquei, Fred; eu coloquei você no caminho para progredir na vida; você se desviou um pouco do caminho, como costumam fazer os jovens; e nunca mais terá outra chance, nem a sombra de meia chance". O jovem neto rebelde, em resposta à afirmativa, diz: "Você é tão rico quanto é possível ser; você nunca teve grandes despesas comigo, você economiza pilhas de dinheiro para minha irmãzinha que mora com você em segredo, furtivamente, clandestinamente e sem nenhum tipo de prazer; por que não pode me dar nenhum auxílio para as coisas mais simples da vida adulta?". O bom e velho avô retruca e se recusa a espalhar dinheiro com a alegria e a prontidão que seriam tão admiráveis para um cavalheiro da sua idade, mas nunca irá se curvar e sempre vai xingar e fazer seus sermões toda vez que se encontrarem. Então a pergunta simples é: não é uma pena que este estado de coisas permaneça, já que seria bem melhor se o cavalheiro entregasse logo uma quantidade razoável de dinheiro para deixá-lo bem e confortável?

Depois de proferir essa sentença com muitos acenos e floreios de mão, o senhor Swiveller levou rapidamente a empunhadura da bengala aos lábios, como se quisesse evitar diminuir o efeito de seu discurso acrescentando qualquer outra palavra.

– Por que você me perturba e me persegue, por Deus? – disse o velho voltando-se para o neto. – Por que você traz seus amigos esbanjadores aqui? Quantas vezes preciso dizer que a minha vida é de cuidados e abnegação e que sou pobre?

– Quantas vezes eu preciso dizer – respondeu o outro, olhando-o com frieza – que eu sei da verdade?

– Você escolheu o próprio caminho – disse o velho. – Siga em frente. Deixe-nos em paz, a Nell e a mim, que seguiremos trabalhando e nos esforçando.

– Nell logo será uma mulher – respondeu Swiveller –, e, criada sob sua influência, ela se esquecerá do irmão, a menos que ele se mostre às vezes.

– Tome cuidado – disse o velho com olhos brilhantes – para que ela não se esqueça de você quando precisar que sua lembrança seja mais viva. Tome cuidado para que não chegue o dia em que você esteja andando descalço pelas ruas e ela passe em sua própria carruagem luxuosa.

– Você quer dizer quando ela herdar o seu dinheiro? – retrucou o outro. – Veja como ele fala, como se fosse um homem pobre!

– Mesmo assim – disse o velho baixando a voz e falando como quem pensa alto –, como somos pobres e que vida levamos! O que está em jogo é a felicidade de uma criança, sem culpa de qualquer dano ou erro, mas nada de bom acontece! Esperar e ter paciência, esperar e ter paciência!

Essas palavras foram pronunciadas em tom baixo demais para chegar aos ouvidos dos jovens. O senhor Swiveller parecia acreditar que se tratava de algum conflito mental, em consequência do efeito poderoso do seu discurso, pois ele cutucou seu amigo com sua bengala e sussurrou com confiança que havia aplicado "um argumento matador" e que esperava obter sua recompensa. Depois de algum tempo, ao descobrir que estava enganado, ele demonstrou ter muito sono e descontentamento, e mais de uma vez sugeriu a conveniência de partirem imediatamente, quando a porta se abriu e a criança apareceu.

Capítulo 3

A criança estava acompanhada por um homem idoso de feições duras, de aspecto ameaçador e de estatura tão baixa que parecia um anão, embora sua cabeça e rosto fossem grandes o suficiente para o corpo de um gigante. Seus olhos negros eram inquietos, astutos e ardilosos, a boca e o queixo eram contornados com os restos de uma barba áspera e dura, e sua pele era daquele tipo que nunca parece limpa ou saudável. No entanto, o que mais contribuía para a expressão grotesca de seu rosto era um sorriso medonho que, parecendo ser apenas o resultado do hábito e sem ligação com algum sentimento de alegria ou complacência, revelava sempre os poucos dentes descoloridos que ainda estavam espalhados na boca e davam--lhe o aspecto de um cão ofegante. Seus trajes eram compostos de um grande chapéu de copa alta, um terno escuro surrado, um par de sapatos largos e um lenço branco sujo, suficientemente mole e amarrotado para revelar a maior parte da sua garganta magra. O cabelo que ele tinha era de um preto grisalho, cortado bem curto e reto nas têmporas e pendurado em uma franja desgrenhada sobre as orelhas. Suas mãos, que eram de uma textura áspera e grossa, estavam muito sujas; suas unhas eram tortas, longas e amareladas.

Houve tempo suficiente para notar esses detalhes, pois, além de serem evidentes, sem necessidade de observação mais profunda, passaram-se alguns instantes antes que alguém quebrasse o silêncio. A criança avançou timidamente em direção ao irmão e colocou sua mão sobre a dele, o anão (se pudermos chamá-lo assim) olhou atentamente para todos os presentes, e o vendedor de curiosidades, que evidentemente não esperava por esse visitante desagradável, parecia desconcertado e embaraçado.

– Ah! – disse o anão, que com a mão estendida acima dos olhos examinava atentamente o jovem. – Esse deve ser o seu neto, vizinho!

– Antes não fosse – respondeu o velho –, mas é ele mesmo.

– E esse? – disse o anão, apontando para Dick Swiveller.

– Algum dos seus amigos, tão bem-vindo aqui quanto ele próprio – disse o velho.

– E esse outro? – perguntou o anão, girando e apontando diretamente para mim.

– Um cavalheiro que teve a bondade de trazer Nell até aqui uma noite dessas quando ela se perdeu ao retornar de sua casa.

O homenzinho voltou-se para a criança como se fosse repreendê-la ou expressar seu espanto, mas, como ela conversava com o rapaz, ele se calou e abaixou a cabeça para ouvir.

– Bem, Nelly – disse o jovem em voz alta. – Eles ensinam você a me odiar, hein?

– Não, não. Que vergonha. Ah, não! – gritou a criança.

– A me amar, talvez? – prosseguiu seu irmão com um sorriso de escárnio.

– Nem um nem outro – respondeu ela. – Eles nunca falam comigo sobre você. Na verdade, eles nunca o fazem.

– Atrevo-me a pensar que sim – disse ele, lançando um olhar amargo para o avô. – Atrevo-me a pensar que sim, Nell. Ah! Eu acredito mesmo em você!

– Mas eu o amo muito, Fred – disse a criança. – Sem sombra de dúvida. Sim, sim, e sempre amarei – repetiu ela com grande emoção –, mas veja: se você parasse de irritá-lo e de fazê-lo infeliz, eu poderia amar você ainda mais.

– Entendo! – disse o jovem, inclinando-se descuidadamente sobre a criança e, depois de beijá-la, afastando-a de si. – Pronto, afaste-se agora que já deu sua lição. Não precisa choramingar. Nós nos separamos como bons amigos, se for esse o seu problema.

Ele permaneceu em silêncio, seguindo-a com os olhos, até que ela entrou em seu quartinho e fechou a porta; e, em seguida, voltando-se para o anão, disse abruptamente:

– Ouça aqui, cavalheiro!

– Falou comigo? – respondeu o anão – Quilp é o meu nome. Você deve saber. Não é difícil: Daniel Quilp.

– Ouça aqui, então, senhor Quilp – prosseguiu o outro –, você tem alguma influência sobre o meu avô.

– Alguma, sim – disse o senhor Quilp enfaticamente.

– E está por dentro de alguns de seus mistérios e segredos.

– De alguns – respondeu Quilp, no mesmo tom de desdém.

– Então, deixe-me dizer a ele de uma vez por todas, por intermédio de você, que entrarei e sairei daqui sempre que eu quiser, enquanto ele mantiver Nell detida; e que, se ele tentar se livrar de mim, deverá primeiro se livrar dela. Que mal eu fiz para ele me transformar num bicho-papão para ser evitado e temido como se viesse transmitir a peste? Ele lhe dirá que não sou afetuoso e que não me importo com Nell, o mesmo tanto que não me importo com ele. Deixe-o dizer. Faço questão de, por puro capricho, vir até aqui de vez em quando para lembrá-la da minha existência. Eu a verei quando eu quiser. Essa é minha decisão. Eu vim aqui hoje para provar isso a ela e voltarei aqui cinquenta vezes com o mesmo objetivo e sempre com o mesmo sucesso. Eu disse que não iria parar até conseguir. Agora que eu venci, minha visita terminou. Venha, Dick.

– Pare! – gritou o senhor Swiveller, enquanto seu companheiro se virava em direção à porta.

– Senhor, sou seu humilde servo – disse o senhor Quilp, a quem foi dirigido o apelo.

– Antes de deixar a cena alegre e festiva e os salões de luz ofuscante, senhor – disse o senhor Swiveller –, vou agora, com sua permissão, fazer um pequeno comentário. Vim hoje aqui, senhor, com a impressão de que o velhote fosse amigável.

– Prossiga, senhor – disse Daniel Quilp, já que o orador fizera uma parada repentina.

– Inspirado por essa ideia e pelos sentimentos que ela despertou, senhor, e pensando, como um amigo mútuo que sou, que atormentar, provocar e intimidar não seriam a melhor escolha para alegrar o espírito e promover a reconciliação das partes em conflito, tomei para mim a tarefa de sugerir outro caminho, que é o caminho mais indicado para hoje. Você me permite dizer mais meia sílaba, senhor?

Sem esperar pela permissão que buscava, o senhor Swiveller aproximou-se do anão e, apoiando-se em seu ombro e abaixando-se para chegar ao seu ouvido, disse em um tom de voz perfeitamente audível para todos os presentes:

– A senha para o velhote é "ceder".

– É o quê? – perguntou Quilp.

– É ceder, senhor, ceder – respondeu o senhor Swiveller dando uma tapinha em seu bolso. – Você entendeu, senhor?

O anão confirmou. O senhor Swiveller recuou e acenou com a cabeça afirmativamente, depois recuou um pouco mais e acenou com a cabeça novamente, e assim por diante. E desse modo chegou finalmente à porta, onde deu uma tossida forçada para atrair a atenção do anão e ter a oportunidade de expressar, por mímica, a mais íntima confiança e o segredo mais inviolável. Tendo realizado a mímica com a calma necessária para transmitir devidamente suas ideias, ele seguiu atrás do seu amigo e desapareceu.

– Hum! – disse o anão com um olhar azedo e encolhendo os ombros. – Isso é o que chamam de boas relações familiares. Graças a Deus não tenho nenhuma! E você deveria fazer o mesmo – acrescentou ele, voltando-se para o velho –, se você não fosse tão fraco e oco como um caniço.

– O que você quer que eu faça? – respondeu ele em uma espécie de desespero impotente. – É fácil falar e zombar.

– O que eu faria se estivesse no seu lugar? – disse o anão.

– Algo violento, sem dúvida.

– Você está correto – respondeu o homenzinho, muito satisfeito com o elogio, pois evidentemente pensava assim mesmo, e sorrindo como um demônio enquanto esfregava as mãos sujas. – Pergunte à senhora Quilp, a linda senhora Quilp, obediente, tímida, adorável senhora Quilp. Mas acabei de me lembrar: eu a deixei sozinha, e ela deve estar ansiosa e não terá um minuto de paz até eu voltar. Sei que ela fica sempre nesse estado enquanto estou fora, mas acho que ela não ousaria confessar, a menos que eu a convença a falar abertamente e diga que não ficaria zangado com ela.

– Ah! A tão conformada senhora Quilp.

A criatura parecia bem horrível com sua cabeça monstruosa naquele corpinho, enquanto esfregava as mãos lentamente, girando, girando e girando-as sem parar, com um ar fantasmagórico, mesmo naquele modo simples de gesticular, e, enrugando as sobrancelhas peludas, erguendo o queixo no ar, olhou para cima com um olhar furtivo e com tal orgulho que um diabinho adoraria copiá-lo e adotar aquele olhar para si.

– Aqui – disse ele, levando a mão ao peito e aproximando-se do velho enquanto ele falava. – Eu trago isso comigo por medo de acidentes, pois, sendo de ouro, era algo grande e pesado para Nell carregar em sua sacola. Ela vai precisar se acostumar com essas cargas logo, vizinho, pois ela carregará muito peso quando você morrer.

– Deus permita que ela consiga! Espero que sim – disse o velho com uma espécie de gemido.

– Espero que sim! – repetiu o anão, aproximando-se de seu ouvido. – Vizinho, eu gostaria de saber em que bons investimentos todos esses suprimentos estão lastreados. Mas você é um homem cauteloso e mantém seu segredo bem guardado.

– Meu segredo! – disse o outro com um olhar abatido. – Sim, você está certo, eu, eu mantenho isso bem guardado, muito bem guardado.

Ele não disse mais nada, mas, pegando o dinheiro, virou-se com um passo lento e incerto e passou sua mão pela cabeça como um homem cansado e abatido. O anão o observou atentamente, enquanto ele entrava na salinha e o trancava em um cofre de ferro acima da chaminé; e, depois de meditar por um curto período, preparou-se para se despedir, observando que, a menos que se apressasse, a senhora Quilp certamente teria um ataque quando ele voltasse.

– E então, vizinho – acrescentou ele –, vou tomar o rumo de casa, deixando meu amor por Nelly e desejando que ela nunca mais se perca de novo, embora essa ação tenha me garantido uma honra inesperada – com isso, ele se curvou e olhou para mim e, com um olhar abrangente ao redor, que parecia conferir todos os objetos dentro de seu campo de visão, não importa se pequeno ou trivial, seguiu seu caminho.

Várias vezes eu ensaiei partir, mas o velho sempre se opôs e implorou para que eu ficasse. Quando estávamos novamente sozinhos, ele pediu novamente que eu ficasse e expressava sua gratidão pela ocasião em que estivemos juntos antes. Eu, de bom grado, cedi aos seus apelos e me sentei, fingindo examinar algumas miniaturas curiosas e algumas medalhas antigas que ele colocou diante de mim. Não foi necessária muita pressão para me convencer a ficar, pois, se minha curiosidade foi aguçada por ocasião da minha primeira visita, certamente não diminuiu agora.

Nell logo se juntou a nós e, trazendo alguns bordados para a mesa, sentou-se ao lado do velho. Era agradável observar as flores frescas no aposento, o pássaro de estimação com um galho verde sombreando sua pequena gaiola, um ar de frescor e juventude que parecia sussurrar pela velha casa sombria e pairar em torno da criança. Era curioso, mas não muito agradável, passar da beleza e graça da menina para a figura curvada, o rosto cansado e o aspecto abatido do velho. Quando ele ficasse mais fraco e débil, o que seria dessa criaturinha solitária? Com um protetor fraco como ele era, digamos que ele morresse, qual seria o destino dela?

O velho quase respondeu aos meus pensamentos quando colocou a mão sobre a dela e falou em voz alta.

– Terei mais ânimo, Nell – disse ele. – Deve haver um bom destino reservado na loja para você, eu não peço para mim, mas para você. Muitas misérias podem abater-se sobre a sua cabeça inocente sem tal fortuna, ainda que eu não consiga acreditar, mas com persistência ela virá finalmente!

Ela olhou alegremente para o rosto dele, mas não respondeu.

– Quando eu penso – disse ele – nos muitos anos, muitos de sua curta vida em que você viveu comigo, na minha existência monótona, não conhecendo companheiros da sua idade nem quaisquer prazeres infantis, na solidão em que você cresceu para ser o que é e na qual viveu separada de quase todos os seus semelhantes, exceto um velho, às vezes temo ter maltratado você, Nell.

– Avô! – gritou a criança em sincera surpresa.

– Não de propósito, não, não – disse ele. – Eu sempre ansiei pelo dia de permitir que você se misture entre pessoas mais alegres e mais bonitas e assuma sua posição junto aos melhores. Mas eu ainda estou aguardando, Nell, eu ainda estou aguardando. E, se eu fosse forçado a deixá-la enquanto isso, como poderia eu preparar você para as lutas deste mundo? O pobre pássaro ali está, da mesma forma incapacitado para enfrentá-las, e ficaria perdido em sua misericórdia. Ouça! Eu ouço Kit lá fora. Vá até ele, Nell, vá com ele.

Ela se levantou e, apressando-se na saída, parou, voltou e enlaçou o pescoço do velho com seus braços, depois o deixou e saiu correndo, porém mais rápido desta vez, para esconder as lágrimas que caíam.

– Uma palavra no seu ouvido, senhor – disse o velho em um sussurro apressado. – Eu fiquei inquieto com o que você disse na outra noite e só posso dizer que fiz tudo que achava apropriado, pois é tarde demais para voltar atrás se pudesse (embora não possa), e espero que tudo dê certo. Tudo eu faço por ela. Eu nasci em grande pobreza e queria poupá-la dos sofrimentos que a pobreza traz consigo. Eu a pouparia das misérias que levaram a mãe dela, minha querida filha, a uma morte prematura. Eu a deixaria não com recursos que poderiam ser facilmente gastos ou desperdiçados, mas com o que a colocaria além do alcance da cobiça para sempre.

Você me entende, senhor? Ela não terá ninharias, mas uma fortuna. Psiu! Não posso dizer mais do que isso, agora ou daqui a pouco, pois ela está se aproximando de novo!

A ansiedade com que tudo isso foi derramado em meus ouvidos, o tremor da mão com que ele apertou meu braço, os olhos tensos e arregalados que fixou em mim, a veemência selvagem e a agitação em seus modos encheram-me de espanto. Tudo o que tinha ouvido e visto, e grande parte do que ele mesmo dissera, levou-me a supor que era um homem rico. Não consegui avaliar o seu caráter, a menos que ele fosse um daqueles infelizes miseráveis que, tendo atingido o único objetivo de sua vida, e tendo conseguido acumular grandes riquezas, permanecem torturados pelo pavor da pobreza, ou melhor, por medo da perda e da ruína. Muitas coisas que ele disse, que eu não consegui entender, combinavam perfeitamente com a ideia que eu havia formado, e por fim concluí que, sem dúvida, ele fazia parte dessa raça infeliz.

Essa opinião não era fruto de um julgamento apressado, para o qual, de fato, nem sequer tivera tempo, pois a criança voltou logo e imediatamente cuidou dos preparativos para dar a Kit uma aula de redação, que parecia ser um hábito semanal entre eles, como seria naquela noite, para grande felicidade e alegria tanto dele quanto de sua instrutora.

Nem vale a pena relatar quanto tempo se passou antes que sua modéstia pudesse ceder e ele se sentasse na sala de estar, na presença de um cavalheiro desconhecido. Quando finalmente o fez, dobrou as mangas, endireitou os cotovelos e aproximou o rosto do caderno com os olhos semicerrados encarando as linhas, como se fosse a primeira vez que tinha uma caneta na mão, e começou a afundar em borrões e a salpicar-se de tinta até a raiz dos cabelos. Quando conseguiu desenhar uma letra corretamente por puro acaso, espalhou a tinta com o braço em seus preparativos para desenhar uma segunda letra, e, a cada novo erro, havia nova gargalhada da criança e risadas mais altas e não menos calorosas do pobre Kit. Mas, como havia durante toda a tarefa a boa vontade dela em ensinar e um desejo dele de aprender, relatar todos os detalhes ocuparia mais espaço e tempo do que o necessário. É suficiente dizer que a lição foi dada, a tarde se foi e a noite chegou, o velho ficou inquieto e impaciente e saiu de casa escondido na mesma hora de sempre, e que a criança foi mais uma vez deixada sozinha dentro daquelas paredes sombrias.

E, agora que narrei essa história até esse ponto em primeira pessoa e apresentei esses personagens ao leitor, para a conveniência da narrativa me desligarei dos próximos capítulos e deixarei aqueles que têm papéis importantes e necessários falar e agir por si.

Capítulo 4

O senhor e a senhora Quilp moravam em Tower Hill. Em sua casa, a senhora Quilp lamentava a ausência de seu marido, embora ele tivesse saído para tratar de um negócio conforme o planejado.

Dificilmente se poderia dizer que o senhor Quilp tinha algum ofício ou profissão definidos, embora seus interesses fossem variados, e suas ocupações, numerosas. Ele cobrava aluguéis de bairros inteiros, de ruas e becos imundos à beira-mar, emprestava dinheiro aos marinheiros e suboficiais de navios mercantes, tinha participação nas expedições de mergulhadores das Índias Orientais, fumava seus charutos contrabandeados embaixo do nariz da Alfândega e marcava reuniões com os homens de cartolas brilhantes e jaquetas bem cortadas todos os dias para discutir o câmbio. Para os lados de Surrey à beira do rio, havia um pequeno pátio sombrio infestado de ratos chamado Cais do Quilp, no qual havia uma pequena casa de contabilidade esculpida em madeira, encoberta pela poeira como se tivesse caído das nuvens e se enterrado no solo, alguns pedaços de âncoras enferrujadas, vários anéis enormes de ferro, pilhas de madeira podre e duas ou três pilhas de velhas chapas de cobre amassadas, rachadas e danificadas. No Cais do Quilp, Daniel Quilp era um demolidor de navios, mas, a julgar pelos objetos visíveis, ele seria um demolidor de navios em pequena escala ou teria destruído seus navios em pedaços muito pequenos. Tampouco o local apresentava aparência de vida ou atividade, pois seu único ocupante humano era um mergulhador anfíbio em traje de lona, cuja única ocupação era permanecer sentado em cima de uma pilha de escombros e atirar pedras na lama quando a maré estava baixa ou ficar em pé com as mãos nos bolsos, olhando indiferente para o movimento e a agitação do fluxo da maré alta.

As acomodações do anão em Tower Hill compreendiam, além das necessárias para ele e a senhora Quilp, um pequeno aposento para a mãe daquela senhora, que residia com o casal e estava permanentemente em guerra com Daniel, embora o temesse sempre. Na verdade, a criatura feia conseguia, por um meio ou outro, seja por sua aparência, seja por sua ferocidade ou por sua astúcia natural, pouco importa, impressionar pelo temor que provocava com sua ira à maioria daqueles com quem convivia diariamente ou que com ele tivessem contato. Sobre ninguém ele tinha tanto domínio quanto sobre a própria senhora Quilp, uma mulher bonita, de fala mansa e olhos azuis, que se uniu em casamento com o anão em uma daquelas paixões estranhas, cujos exemplos não são raros, e pagou uma dura pena por sua loucura durante todos os dias de sua vida.

Já foi dito que a senhora Quilp estava morrendo de saudade em sua casa. Em sua casa ela estava, mas não solitária, pois, além da velha senhora sua mãe, mencionada anteriormente, estavam presentes seis senhoras da vizinhança que haviam aparecido por uma estranha coincidência (e também por certa afinidade entre elas), uma após a outra, quase na hora do chá. Sendo essa uma estação favorável para conversas, e os aposentos sendo um lugar fresco, sombreado e confortável, com plantas na janela aberta filtrando a poeira e se interpondo agradavelmente entre a mesa de chá dentro de casa e a velha torre lá fora, não é surpreendente imaginar que as senhoras sentissem vontade de conversar e demorar-se ali, especialmente quando levados em consideração os incentivos extras: manteiga fresca, pão quente, camarões e agriões.

Agora, estando as senhoras juntas nessas circunstâncias, era natural que o discurso girasse em torno da propensão dos homens a tiranizar o sexo mais frágil e o dever que isso impunha àquele sexo mais frágil de resistir à tirania e fazer valer seus direitos e dignidade. Era natural por quatro razões: em primeiro lugar, porque a senhora Quilp, sendo uma mulher jovem e sabidamente sob o domínio do marido, deveria entusiasmar-se por se rebelar; em segundo lugar, porque a mãe da senhora Quilp era conhecida por ser intratável em seu temperamento e inclinada a resistir à autoridade masculina; em terceiro lugar, porque cada visitante desejava mostrar quanto era superior nesse respeito em relação à maioria do mesmo sexo; e, em seguida, porque o grupo, acostumado a acolher umas às outras em pares, foi privado de seus assuntos favoritos, agora que todas estavam reunidas em estreita amizade e, consequentemente, não tinham melhor ocupação do que atacar o inimigo comum.

Animada por essas considerações, uma senhora corpulenta iniciou os trabalhos perguntando, com ar de grande preocupação e simpatia, como estava o senhor Quilp, ao que a mãe da senhora Quilp respondeu afiada:

– Ah! Ele está bem o suficiente, não há nenhum problema com ele, pois ervas daninhas sempre florescem bem.

Todas as senhoras então suspiraram juntas, balançaram a cabeça em reprovação e olharam para a senhora Quilp como uma mártir.

– Ah! – disse a porta-voz –, gostaria que lhe desse um pouco de seus conselhos, senhora Jiniwin – a senhora Quilp tinha se chamado senhorita Jiniwin, quando solteira, assim como sua mãe. – Ninguém sabe melhor do que a senhora o que nós, mulheres, devemos a nós mesmas.

– Devemos, sim, senhora! – respondeu a senhora Jiniwin. – Quando meu pobre marido, o querido pai dela, era vivo, se ele alguma vez tivesse arriscado uma palavra atravessada comigo, eu teria… – a boa senhora não terminou a frase, mas torceu a cabeça de um camarão com uma atitude vingativa que parecia, ao que tudo indica, que essa ação, em certa medida, substituía as palavras.

Essa ação foi claramente compreendida pela outra, que de imediato respondeu com grande aprovação:

– Você compreende meus sentimentos, senhora, e é justamente o que eu mesma faria.

– Mas você não precisa fazer isso – disse a senhora Jiniwin. – Para sua sorte, você tem tantos motivos para fazer isso quanto eu.

– Nenhuma mulher precisa se é fiel a si mesma – respondeu a robusta senhora.

– Está ouvindo, Betsy? – disse a senhora Jiniwin, em tom de advertência. – Quantas vezes já disse as mesmas palavras a você e quase caí de joelhos quando as disse!

A pobre senhora Quilp, que parecia desamparada entre olhares de condolências, corou, sorriu e balançou a cabeça em sinal de dúvida. Este foi o sinal para um clamor geral, que, começando com um murmúrio baixo, gradualmente se transformou em um grande vozerio em que todas falavam ao mesmo tempo, e todas diziam que ela, sendo uma jovem mulher, não tinha o direito de colocar em dúvida as experiências daquelas que sabiam muito mais, que era muito errado de sua parte não seguir o conselho de pessoas que nada queriam além de seu bem, que era quase ingrato se comportar daquela maneira, que se ela não tinha nenhum respeito por si deveria ter algum pelas outras mulheres, que ela havia comprometido com sua falta de atitude e que, se ela não tivesse respeito pelas outras mulheres, chegaria o tempo em que as outras mulheres não teriam respeito por ela, e ela se arrependeria por isso, diziam todas. Tendo despejado todas essas advertências, as senhoras fizeram um ataque ainda mais poderoso do que já haviam feito, diante de suas xícaras de chá, pão quente, manteiga fresca, camarões e agriões, dizendo que sua irritação era tão grande em vê-la continuar assim que elas mal conseguiam comer mais um único pedaço.

– É muito bom poder falar – disse a senhora Quilp com muita simplicidade –, mas sei que, se eu morresse amanhã, Quilp poderia casar-se com quem quisesse, poderia sim, que eu bem sei!

Houve um grande grito de indignação com essa ideia. Casar-se com quem ele quisesse? Elas queriam ver se ele ousasse pensar em se casar com qualquer uma delas; elas gostariam de ver uma só tentativa dele. Uma senhora (uma viúva) tinha certeza de que ela deveria esfaqueá-lo caso ele se insinuasse.

– Muito bem – disse a senhora Quilp, balançando a cabeça. – Como eu disse há pouco, é muito fácil falar, mas eu digo novamente que sei, tenho certeza, de que Quilp tem um jeito especial quando ele gosta de alguém, que a mulher mais bonita aqui não conseguiria recusá-lo se eu estivesse morta, ela estivesse livre e ele a escolhesse para cortejar. Vamos!

Todo mundo se irritou com essa observação, como se pensassem "Eu sei que você falou isso para mim. Deixe-o tentar, só isso". No entanto, por alguma razão desconhecida, todas estavam zangadas com a viúva, e cada uma sussurrou no ouvido da vizinha que era muito claro que a viúva se referia a ela, por ser muito atraente!

– Mamãe sabe – disse a senhora Quilp – que o que eu digo é bastante acertado, pois ela costumava dizer isso antes de nos casarmos. Você não disse, mãe?

Essa pergunta deixou a respeitada senhora em uma posição bastante delicada, pois ela certamente tinha sido uma parte ativa em tornar sua filha a senhora Quilp; além disso, não era honra à família encarar a ideia de que ela havia se casado com um homem que ninguém mais queria. Em contrapartida, exagerar as qualidades cativantes do genro seria enfraquecer o motivo da revolta, na qual todas as suas energias estavam profundamente empenhadas. Acossada por essas ideias opostas, a senhora Jiniwin admitiu os poderes de sedução, mas negou o direito de dominar e, com um elogio oportuno à robusta senhora, trouxe de volta a discussão ao ponto de onde ela havia se desviado.

– Oh! É realmente uma coisa sensata e apropriada o que a senhora George disse! – exclamou a velha senhora. – Se as mulheres pudessem ser verdadeiras consigo mesmas... Mas Betsy não é, e isso aumenta a vergonha e a pena.

– Antes que eu deixasse um homem me dar ordens, como Quilp faz com ela – disse a senhora George, – antes que eu consentisse me encantar por um homem como ela o faz, eu me mataria e escreveria uma carta antes para dizer que foi ele o culpado!

Com essa observação vivamente elogiada e aprovada, outra senhora (da Rua Minories) tomou a palavra:

– O senhor Quilp pode ser um homem muito bom – disse esta senhora –, e suponho que não haja dúvidas de que seja, pois a senhora Quilp afirma que é, e a senhora Jiniwin confirma também, e elas é que devem saber melhor do que ninguém. Mas, ainda assim, ele não é exatamente o que se chama de um homem bonito, nem muito jovem, o que poderia ser uma desculpa para ele, se é que existe alguma, ao passo que sua esposa é jovem, bonita e mulher, que é a coisa mais importante, afinal.

Esta última frase, pronunciada com uma emoção extraordinária, provocou um murmúrio correspondente das ouvintes, estimulado pelo fato de a senhora ter prosseguido, observando que, se tal marido fosse mal-humorado e irracional com tal esposa, então…

– Se fosse? – interrompeu a mãe, pousando a xícara de chá e limpando as migalhas do colo, preparando-se para fazer uma declaração solene. – Se ele fosse? Ele é o maior tirano que já viveu, ele não ousaria chamar a própria alma de sua, ele a faz tremer com uma palavra ou mesmo com um olhar, ele a apavora de morte, e ela não tem ânimo para lhe dar uma boa resposta, não, nem sequer uma única palavra.

Apesar de o fato ser conhecido de antemão por todas que ali bebiam chá e ter sido discutido e explicitado em todas as reuniões de chá na vizinhança nos últimos doze meses, assim que essa comunicação oficial foi feita elas começaram a falar ao mesmo tempo, competindo entre si em veemência e instabilidade. A senhora George afirmou que as pessoas comentavam, que muitas vezes já haviam dito isso a ela, que a senhora Simmons ali presente havia dito isso a ela umas vinte vezes, que ela respondia "não, Henrietta Simmons, a menos que eu veja com meu meus próprios olhos e ouça com meus próprios ouvidos, eu nunca vou acreditar". A senhora

Simmons confirmou esse testemunho e acrescentou fortes evidências suas. A senhora de Minories relatou um tratamento bem-sucedido que aplicou ao seu próprio marido, que, por manifestar, um mês após o casamento, o temperamento de um tigre, por tal tratamento se tornara um perfeito cordeiro. Outra senhora relatou a própria luta pessoal e triunfo final, durante a qual ela achou necessário chamar sua mãe e duas tias e chorar incessantemente noite e dia durante seis semanas. Uma terceira, que na confusão geral não conseguia a atenção de nenhuma outra ouvinte, agarrou-se a uma jovem ainda solteira que por acaso estava entre elas e a fez jurar que valorizava sua paz de espírito e, diante dessa ocasião solene, observaria o exemplo da fraqueza da senhora Quilp e, dali por em diante, faria todos os esforços necessários para domar e subjugar o espírito rebelde dos homens. O barulho estava no auge, e metade da companhia elevara sua voz a um grito perfeito para abafar a voz da outra metade, quando a senhora Jiniwin foi vista mudando de cor e sacudindo o dedo furtivamente, como se pedisse silêncio. Então, e não antes disso, o próprio Daniel Quilp, causa e razão de todo esse clamor, foi visto na sala, olhando e ouvindo com profunda atenção.

– Vamos, garotas, vamos! – disse Daniel. – Senhora Quilp, peça às senhoras que parem para jantar e comam algumas lagostas e algo leve e saboroso.

– Eu... eu... não as convidei para o chá, Quilp – gaguejou sua esposa. – Foi por acaso.

– Tanto melhor, senhora Quilp. Essas festas-surpresa são sempre as mais agradáveis – disse o anão, esfregando as mãos com tanta força que parecia empenhado em fabricar, com a sujeira acumulada, pequenas balas de espingardas. – O quê? Não vão, senhoras, vocês não vão, certamente!

Suas belas inimigas balançaram a cabeça ligeiramente enquanto procuravam seus respectivos gorros e xales, mas deixaram todas as disputas verbais para a senhora Jiniwin, que, achando-se na posição de campeã, fez um leve esforço para manter o papel.

– E por que não ficariam para o jantar, Quilp – disse a velha –, se minha filha assim quisesse?

– Com certeza – respondeu Daniel. – Por que não?

– Nada há de desonesto ou errado em um jantar, espero! – disse a senhora Jiniwin.

– Certamente que não – respondeu o anão. – Por que deveria haver? Nem nada prejudicial, a menos que haja salada de lagosta ou camarão, que, segundo me disseram, não são bons para a digestão.

– E você não gostaria que sua esposa fosse acusada por isso ou qualquer outra coisa que a deixasse desconfortável, gostaria? – disse a senhora Jiniwin.

– Por nada neste mundo – respondeu o anão com um sorriso. – Nem que eu tivesse vinte sogras ao mesmo tempo; e que bênção seria!

– Minha filha é sua esposa, senhor Quilp, com certeza – disse a velha com uma risadinha, que pretendia ser satírica, dando a entender que ele precisava ser lembrado do fato. – Ela é sua legítima esposa.

– Ela é, com certeza. Ela é mesmo! – observou o anão.

– E ela tem o direito de fazer o que quiser, assim espero, Quilp – disse a velha senhora tremendo, em parte de raiva, em parte por um medo secreto de seu genro travesso.

– Espero que ela tenha! – ele respondeu. – Ah! Você não sabe que ela tem? Não sabe que sim, senhora Jiniwin?

– Eu sei que ela deveria ter, Quilp, e teria se pensasse como eu penso.

– Por que você não concorda com o jeito de pensar de sua mãe, minha querida? – disse o anão, virando-se e perguntando à esposa. – Por que você não imita sempre sua mãe, minha querida? Ela é um exemplo de representatividade do sexo feminino; seu pai dizia isso todos os dias de sua vida. Tenho certeza que sim.

– O pai dela era uma criatura abençoada, Quilp, e valia vinte mil vezes mais do que certas pessoas – disse a senhora Jiniwin. – Vinte centenas de milhões de milhares.

– Eu gostaria de tê-lo conhecido – observou o anão. – Ouso dizer que ele era uma criatura abençoada, então, mas tenho certeza de que era. Foi uma morte em boa hora. Eu acredito que ele tenha sofrido muito tempo, não?

A velha suspirou, mas não conseguiu responder. Quilp recomeçou, com a mesma malícia nos olhos e a mesma polidez sarcástica na sua fala.

– Você parece doente, senhora Jiniwin; talvez tenha sido excitação demais, provavelmente falando, pois esse é o seu pecado preferido. Vá para a cama. Sim, melhor ir para a cama.

– Eu vou quando eu quiser, Quilp, jamais antes disso.

– Mas, por favor, vá agora. Por favor, faça isso – disse o anão.

A velha olhou para ele com raiva, mas recuou enquanto ele avançava e, com esse movimento, permitiu que ele fechasse a porta e a colocasse para fora junto com as visitas, que a essa altura amontoavam-se no andar de baixo. Deixado a sós com sua esposa, que se sentava trêmula em um canto com os olhos fixos no chão, o homenzinho se plantou diante dela e, cruzando os braços, olhou-a fixamente por um longo tempo sem falar nada.

– Senhora Quilp – disse ele por fim.

– Sim, Quilp – respondeu ela docilmente.

Em vez de seguir o plano que tinha em mente, Quilp cruzou os braços novamente e olhou para ela com mais severidade do que antes, enquanto ela desviava os olhos e os mantinha no chão.

– Senhora Quilp.

– Sim, Quilp.

– Se você der ouvidos a essas beldades de novo, vou morder você.

Com essa ameaça lacônica que ele disse rosnando e dando a aparência de estar falando bem sério, o senhor Quilp pediu a ela que levasse o tabuleiro de chá e trouxesse o rum. Com a bebida servida diante dele em um grande porta-garrafas, que tinha saído do armário de algum navio, ele se acomodou em uma poltrona, reclinando sua grande cabeça e rosto no encosto e estendendo suas perninhas sobre a mesa.

– Agora, senhora Quilp – disse ele –, estou com o humor em brasas e provavelmente vou fumar aqui a noite toda. Mas fique onde está, por favor, caso eu queira você.

Sua esposa não respondeu outra coisa senão o necessário "Sim, Quilp", e o pequeno senhor da criação pegou seu primeiro charuto e preparou seu primeiro copo de grogue[1]. O sol se pôs e as estrelas surgiram, a torre mudou suas cores características para cinza, e, de cinza para preto, a sala ficou totalmente escura, e a ponta do charuto era de um vermelho intenso e ardente, mas ainda assim o senhor Quilp continuou fumando e bebendo na mesma posição e olhando apaticamente pela janela com um sorriso canino sempre no rosto, exceto quando a senhora Quilp fazia algum movimento indicando inquietação ou fadiga; aí então ele se expandia em um sorriso de prazer.

---

[1] Grogue, do original *grog*, referente a vários tipos de bebidas alcoólicas. Originalmente era uma bebida feita de rum e água, servida pelo vice-almirante Edward Vermon, cujo apelido era Old Grog. (N.T.)

Capítulo 5

Quer o senhor Quilp cochilasse por breves instantes, quer ficasse sentado com os olhos bem abertos, é certo que seu charuto se mantinha aceso e acendia cada um deles com as brasas daquele que fora quase todo consumido, sem necessidade do auxílio de uma vela. Nem o bater dos relógios, hora após hora, parecia inspirá-lo com alguma sensação de sonolência ou algum desejo natural de ir descansar, mas aumentava a sua vigília, que ele mostrava, a cada indicativo do avançado da noite, por uma gargalhada abafada em sua garganta e por um movimento de ombros, como quem ri com vontade, mas ao mesmo tempo astuta e furtivamente.

Por fim o dia clareou, e a pobre senhora Quilp, tremendo com o frio da madrugada e atormentada pelo cansaço e privação do sono, amanheceu sentada pacientemente em sua cadeira, levantando os olhos de vez em quando em um apelo mudo à compaixão e clemência de seu senhor e gentilmente lembrando-o, com uma tosse ocasional, de que ela ainda não tinha sido perdoada e que sua penitência tinha sido longa demais. Mas seu esposo anão ainda fumava seu charuto e bebia rum sem lhe dar atenção, e não foi antes de o sol se levantar por algum tempo e a atividade e o barulho do dia da cidade poderem ser ouvidos na rua que ele se dignou a reconhecer sua presença por alguma palavra ou sinal. Ele poderia ter permanecido ali por horas, mas, graças a algumas batidas impacientes na porta, ele percebeu que dedos bem firmes estavam muito irritados a bater do outro lado.

– Querida! – ele disse olhando em volta com um sorriso malicioso –, já é dia! Abra a porta, doce senhora Quilp!

Sua esposa obediente abriu a tranca, e sua velha mãe entrou.

A senhora Jiniwin entrou na sala com grande impetuosidade, pois, supondo que seu genro ainda estivesse dormindo, ela viera para aliviar a frustração afirmando sua reprovação sobre a conduta e o caráter geral dele. Vendo que ele estava de pé e vestido e que o aposento parecia igual desde que ela o havia deixado na noite anterior, ela parou bruscamente, um tanto constrangida.

Nada escapou ao olhar de falcão do homenzinho feio, que, entendendo perfeitamente o que se passava na mente da velha senhora, se tornou ainda mais repugnante no auge de sua satisfação e desejou-lhe bom-dia com um sorriso malicioso de triunfo.

– Ora, Betsy – disse a velha –, você não foi... não me diga que ficou...

– Sentada a noite toda? – disse Quilp, terminando a frase. – Sim, ela ficou!

– A noite toda?! – gritou a senhora Jiniwin.

– Sim, a noite toda. A querida velhinha é surda? – disse Quilp, com um sorriso que parecia uma carranca. – Quem disse que marido e mulher são más companhias? Ha, ha! O tempo voou.

– Você é um monstro! – exclamou a senhora Jiniwin.

– Venha, venha – disse Quilp, fingindo-se de desentendido, é claro –, você não deveria zangar com ela assim. Ela é casada agora, você sabe. E, embora ela tenha se distraído e me mantido longe da cama, você não deve ser tão cuidadosa comigo a ponto de perder o humor com ela. Deus a abençoe por ser tão querida. Um brinde à sua saúde!

– Sou muito grata a você – respondeu a velha, denunciando com a inquietação de suas mãos o desejo veemente de acertar o punho fechado em seu genro. – Ah! Como sou grata!

– Alma grata! – gritou o anão. – Senhora Quilp.

– Sim, Quilp – disse a tímida sofredora.

– Ajude sua mãe a fazer o café da manhã, senhora Quilp. Vou ao cais nesta manhã, quanto mais cedo melhor, então se apresse!

A senhora Jiniwin fez uma leve demonstração de rebelião sentando-se em uma cadeira perto da porta e cruzando os braços como se estivesse decidida a não fazer nada. Mas algumas palavras sussurradas de sua filha e uma pergunta gentil de seu genro se ela estava se sentindo tonta e a lembrança de que havia água gelada à vontade no seu apartamento eliminaram os sintomas com eficácia, e ela passou a dedicar-se às preparações do café, emburrada, mas com a pressa necessária.

Enquanto elas terminavam, o senhor Quilp retirou-se para a sala ao lado e, virando para trás a gola do casaco, passou a limpar seu rosto com uma toalha úmida de aparência muito surrada, o que tornou sua pele mais nebulosa do que antes. Mas, enquanto ele estava assim ocupado, sua cautela e curiosidade não o abandonaram, pois, com um olhar tão afiado e astuto como sempre, ele parava vez por outra, mesmo nesse curto intervalo, e tentava escutar qualquer conversa da sala ao lado cujo tema poderia ser ele.

– Ah! – ele disse depois de um breve esforço de atenção –, não era a toalha sobre minhas orelhas, sabia que não era. Sou um pequeno vilão atrevido e um monstro, não sou, senhora Jiniwin? Oras!

O prazer dessa descoberta despertou com força o velho sorriso canino. Quando terminou sua tarefa, ele se sacudiu como um cachorro e se juntou às mulheres.

O senhor Quilp se aproximou de um espelho e estava lá, colocando seu lenço no pescoço, quando a senhora Jiniwin, passando por trás dele, não resistiu à vontade que sentia de ameaçar com o punho fechado o seu genro tirano. Foi um gesto rápido, mas, ao fazê-lo e acompanhar sua ação com um olhar ameaçador, ela viu o olhar do outro no espelho, apanhando-a bem no ato. Olhando ao mesmo tempo, aquele espelho transmitiu a ela o reflexo de um rosto horrivelmente grotesco e distorcido com a língua para fora; e, no instante seguinte, o anão, virando-se com uma expressão suave e calma, perguntou em tom de grande afeto:

– Como você está agora, minha querida e velha sogrinha?

Apesar da insignificância desse incidente, fez com que ele parecesse um pequeno demônio e, sabendo ser aquele um homem tão perspicaz e sábio, a velha teve muito medo de que ele dissesse uma única palavra e se permitiu ser conduzida por aquela polidez extraordinária até a mesa do café da manhã. Ali, de forma alguma ele desfez a impressão que acabara de produzir, pois comia ovos cozidos, com casca e tudo, devorava camarões gigantescos com a cabeça e a cauda, mascava fumo e tomava uísque ao mesmo tempo e, com extraordinária avidez, bebia o chá fervendo sem piscar; mordeu o garfo e a colher até se entortarem e, em resumo, fez tantas coisas horríveis e incomuns que as mulheres quase perderam o juízo de medo e começaram a duvidar se ele era realmente uma criatura humana. Por fim, concluídos esses procedimentos e outros tantos, comuns ao seu modo de agir, o senhor Quilp deixou-as, reduzidas a um estado muito obediente e humilde, e dirigiu-se para a margem do rio, onde embarcou para o cais que tinha o seu nome.

Era maré cheia quando Daniel Quilp se sentou na balsa para cruzar até a margem oposta. Uma frota de barcaças avançava preguiçosamente, algumas de lado, outras de proa, outras de popa, todas de uma forma teimosa, obstinada e insistente, chocando-se contra a embarcação maior, correndo sob a proa dos barcos a vapor, entrando em todos os cantos onde não havia nada que fazer e sendo esmagadas por todos os lados como cascas de nozes. Enquanto isso, cada um com seu par de longos remos, batia e espirrava água, parecendo um peixe pesado em agonia. Em alguns dos navios ancorados, todos os tripulantes estavam ocupados em enrolar cordas, estendendo as velas para secar, embarcando ou desembarcando suas cargas; em outros, nenhuma vida era visível, exceto dois ou três meninos preguiçosos e talvez um cachorro latindo de um lado para outro no convés ou subindo para olhar para o lado para latir mais alto para a paisagem. Um grande navio a vapor avançava lentamente pelas florestas

A velha loja de curiosidades – Tomo 1

de mastros, batendo na água em golpes curtos e impacientes com suas pás pesadas, como se quisesse respirar, e avançando em seu enorme corpo como um monstro marinho entre os peixinhos do Tâmisa. Em ambos os lados havia duas longas filas de barcos carvoeiros; entre elas, navios saindo lentamente do porto, com as velas brilhando ao sol, e o barulho de rangidos a bordo ecoava de uma centena de lugares. A água e tudo sobre ela estava em movimento ativo, dançando, flutuando e borbulhando; enquanto a velha torre cinza e as pilhas de edifícios na costa, com muitas torres de igreja erguendo-se entre elas, olhavam com frieza e pareciam desdenhar seu vizinho irritado e inquieto.

Daniel Quilp, que não se afetava muito por aquela manhã luminosa, exceto por tê-lo poupado do trabalho de carregar um guarda-chuva, fez como se fosse conduzido à costa junto ao cais e seguiu por uma viela estreita que, combinando com o caráter anfíbio de seus frequentadores, tinha tanta água quanto lama em sua composição, e em grandes quantidades. Chegando ao seu destino, o primeiro objeto que apareceu à sua vista foi um par de pés calçados, erguidos no ar com a sola para cima, cujo aspecto notável era atribuído ao rapaz que, por ter um espírito excêntrico e tendência natural para quedas, estava de cabeça para baixo, contemplando o rio nessa posição incomum. Ele voltou rapidamente à posição normal pelo som da voz de seu mestre e, assim que sua cabeça estava em posição correta, o senhor Quilp, para descrever sua fala na ausência de um verbo melhor, "socou" em sua direção.

– Vamos, deixe-me em paz – disse o menino, afastando a mão de Quilp com os dois cotovelos alternadamente. – Você vai ter algo de que não vai gostar se não parar, estou avisando.

– Seu cachorro! – rosnou Quilp. – Vou te bater com uma barra de ferro, vou arranhar você com um prego enferrujado, vou furar seus olhos se você falar comigo... Ah, se vou!

Com essas ameaças, ele fechou a mão novamente e, com habilidade, mirou entre os cotovelos e acertou a cabeça do menino, que se esquivava de um lado para o outro; deu três ou quatro pancadas bem fortes. Tendo êxito na sua punição, largou o rapaz.

53

– Você não vai fazer isso de novo – disse o menino, balançando a cabeça e recuando, com os cotovelos armados para o pior. – Agora...

– Fique parado, seu cachorro – disse Quilp. – Não vou fazer de novo, porque já fiz quantas vezes queria. Aqui. Pegue a chave.

– Por que você não pega alguém do seu tamanho? – disse o menino se aproximando bem devagar.

– Onde tem alguém do meu tamanho, seu cachorro? – retornou Quilp. – Pegue a chave ou eu arranco seu cérebro com ela – e deu-lhe uma pancada com a alavanca enquanto falava. – Agora, abra a contabilidade.

O menino obedeceu mal-humorado, resmungando a princípio, mas desistiu quando olhou e viu que Quilp o seguia com um olhar firme. E aqui vale notar que entre o menino e o anão havia um estranho tipo de afeição mútua. Como isso nasceu ou foi criado e alimentado com pancadas e ameaças de um lado e xingamentos e desafios do outro, isso pouco importa. Quilp certamente não permitiria que alguém o enfrentasse como fazia o menino, e o menino certamente não teria se submetido a ser espancado por alguém além de Quilp, pois tinha o poder de fugir a qualquer momento que quisesse.

– Agora – disse Quilp, entrando na contabilidade de madeira –, cuide do cais. Fique de novo de cabeça para baixo e corto um de seus pés fora.

O menino não respondeu, mas, assim que Quilp se trancou, ficou de cabeça para baixo diante da porta, caminhou para trás com as mãos e ficou de cabeça para baixo ali, foi até o outro lado e repetiu a performance. Havia, de fato, quatro lados na casa de contabilidade, mas ele evitou aquele onde ficava a janela, julgando provável que Quilp estivesse olhando para fora através dela. Isso foi sábio, pois na verdade o anão, conhecendo a natureza do menino, estava espiando a uma pequena distância da janela, armado com um grande porrete de madeira que, por ser áspero e irregular e cravejado em muitas partes de pregos quebrados, com certeza o teria machucado. Era uma caixa suja, essa sala de contabilidade, sem nada dentro além de uma velha escrivaninha raquítica e dois banquinhos, um gancho para chapéu, um almanaque antigo, um tinteiro sem tinta e o toco de uma caneta e um relógio de parede que não funcionava fazia pelo menos dezoito anos, cujo ponteiro dos minutos fora arrancado para servir de palito de dentes. Daniel Quilp puxou o chapéu sobre as sobrancelhas, subiu no tampo da escrivaninha e, esticando o corpo curto sobre ela, dormiu com a facilidade de um profissional experiente; pretendia, sem dúvida, compensar a privação do sono da noite anterior com um longo e profundo cochilo.

Pode ter sido profundo, mas não durou muito tempo, pois ele não dormira nem um quarto de hora quando o menino abriu a porta e enfiou a cabeça, que parecia um feixe de carvalho mal colhido. Quilp tinha sono leve e levantou-se imediatamente.

– Chegou alguém para vê-lo – disse o menino.

– Quem?

– Eu não sei.

– Pergunte! – disse Quilp, agarrando o bastão de madeira mencionado anteriormente e atirando em sua direção com tal pontaria que foi prudente o menino ter desaparecido antes que o objeto chegasse ao lugar de destino. – Pergunte, seu cachorro.

Não se importando em se aventurar novamente ao alcance de tais mísseis, o menino discretamente mandou em seu lugar a causadora da interrupção, que agora se apresentava à porta.

– O quê? Nelly! – gritou Quilp.

– Sim – disse a criança, hesitando entre entrar ou voltar, pois o anão que acabara de acordar, com o cabelo desgrenhado à sua volta e um lenço amarelo sobre a cabeça, era algo assustador de se ver. – Estou só eu, senhor.

– Entre – disse Quilp, sem sair da mesa. – Entre. Fique. Olhe para fora no quintal e veja se há um menino de cabeça para baixo.

– Não, senhor – respondeu Nell. – Ele está de pé.

– Tem certeza? – disse Quilp. – Muito bem. Agora entre e feche a porta. Qual é o seu recado, Nelly?

A criança entregou-lhe uma carta. O senhor Quilp, sem mudar mais de posição do que virar um pouco de lado e apoiar o queixo na mão, começou a se inteirar do conteúdo.

Capítulo 6

A pequena Nell ficou timidamente ao seu lado, com os olhos voltados para o rosto do senhor Quilp enquanto ele lia a carta, mostrando claramente por sua aparência que, embora tivesse algum medo e desconfiança do homenzinho, estava pronta para rir daquela figura rude e de atitude grotesca. E, no entanto, era visível na criança uma ansiedade profunda por saber a resposta e por ter consciência da capacidade dele em torná-la desagradável ou angustiante, o que contrariava o seu impulso, contendo-o mais do que de costume o faria.

Que o próprio senhor Quilp estava perplexo, e isso em grande medida graças ao conteúdo da carta, era suficientemente óbvio. Antes de passar pelas primeiras duas ou três linhas, ele começou a abrir bem os olhos e a franzir a testa de forma horrível. As duas ou três seguintes o fizeram coçar a cabeça de modo incomumente cruel e, quando chegou à conclusão, deu um longo e sombrio assobio, indicando surpresa e consternação. Depois de dobrá-la e colocá-la ao seu lado, ele roeu as unhas de todos os dez dedos com extrema voracidade e, pegando-a rapidamente da mesa, releu. A segunda leitura foi aparentemente tão insatisfatória quanto a primeira e o fez mergulhar em um devaneio profundo do qual ele despertou para outro ataque às unhas e um longo olhar para a criança, que, com os olhos voltados para o chão, aguardava por uma conclusão.

– Ei, olhe aqui – disse ele por fim, em um tom baixo e repentino, que fez a criança pular como se uma arma tivesse disparado perto de seu ouvido. – Nelly!

– Sim, senhor.

– Você sabe o conteúdo dessa carta?

– Não, senhor.

– Você tem certeza, muita certeza, certeza absoluta, jura por sua alma?

– Muita certeza, senhor.

– Você preferiria a morte a mentir sobre isso? – perguntou o anão.

– Eu definitivamente não sei de nada – respondeu a criança.

– Bem! – murmurou Quilp enquanto observava seu olhar sério. – Eu acredito em você. Hum! Já se foi? Desapareceu em vinte e quatro horas! O que diabos ele fez, isso é um mistério!

Esse pensamento o fez coçar a cabeça e roer as unhas mais uma vez. Enquanto ele se ocupava com isso, suas feições aos poucos relaxaram em um sorriso alegre para os seus padrões, mas que em qualquer outro homem pareceria um sorriso horrível de dor, e, quando a criança ergueu os olhos novamente, ela descobriu que ele a estava olhando com extraordinária gentileza e complacência.

– Você está muito bonita hoje, Nelly, bonita e charmosa. Você está cansada, Nelly?

– Não, senhor. Estou com pressa para voltar, pois ele fica ansioso enquanto eu me ausento.

– Não precisa ter pressa, pequena Nell, pressa alguma. – disse Quilp. – Você gostaria de ser minha número dois, Nelly?

– Ser o quê, senhor?

– Minha número dois, Nelly, minha segunda, minha senhora Quilp. – disse o anão.

A criança olhava assustada, mas parecia não o entender, e o senhor Quilp, observando isso, apressou-se em tornar sua proposta mais clara.

– Para ser a senhora Quilp segunda, quando a primeira morrer, doce Nell – disse Quilp, franzindo os olhos e chamando-a para ele com o indicador dobrado –, para ser minha esposa, minha pequena bochecha vermelha, minha esposa de lábios vermelhos. Digamos que a senhora Quilp viva cinco anos, ou apenas quatro, você terá a idade certa para mim. Ha, ha! Seja uma boa garota, Nelly, uma garota muito boa, e um dia desses você poderá se tornar a senhora Quilp de Tower Hill.

Longe de ficar confortável ou animada por essa possibilidade encantadora, a criança se encolheu em grande agitação e estremeceu violentamente. O senhor Quilp, fosse porque assustar alguém lhe proporcionava um enorme prazer, fosse porque era agradável imaginar a morte da senhora Quilp número um e a condução da senhora Quilp número dois ao seu posto e título, ou porque ele estava determinado a ser agradável e bem-humorado naquele momento, apenas ria e fingia não dar atenção ao temor dela.

– Você deve ir para casa comigo em Tower Hill e visitar a senhora Quilp mais vezes – disse o anão. – Ela gosta muito de você, Nell, embora não tanto quanto eu. Você deveria voltar para casa comigo.

– Eu preciso mesmo voltar, senhor – disse a criança. – Ele me disse para voltar assim que eu tivesse uma resposta.

– Mas você ainda não tem a resposta, Nelly – retrucou o anão –, e não a terá, não a poderá ter até que eu esteja em casa. Então, veja você, que, para cumprir sua missão, você precisa ir comigo. Alcance-me ali o chapéu, minha querida, e iremos agora – com isso, o senhor Quilp se esforçou para rolar gradativamente para fora da mesa até que suas pernas curtas tocassem o chão. Quando se firmou sobre elas, deixou a casa de contabilidade e rumou para o cais externo, e a primeira coisa que viu foi o menino que estivera de cabeça para baixo antes e outro jovem cavalheiro de estatura próxima à do primeiro rolar na lama juntos, presos em um golpe apertado, imobilizando um ao outro.

– É o Kit! – gritou Nelly, apertando as mãos. – O pobre Kit que veio comigo! Oh, por favor, faça-os parar, senhor Quilp!

– Vou impedi-los! – gritou Quilp, mergulhando de volta à pequena contabilidade e voltando com uma vara grossa. – Vou impedi-los. Agora, meus meninos, lutem. Eu vou lutar com vocês dois. Vou acabar com vocês, os dois juntos, com os dois juntos! – com que esforço o anão agitava seu porrete e, dançando ao redor dos combatentes e se apoiando para saltar sobre eles, em uma espécie de frenesi, acertava os dois, ora um, ora outro, da maneira mais desesperada, sempre mirando na cabeça deles e desferindo golpes que ninguém, exceto o lutador mais selvagem, teria acertado. Por ser um trabalho mais difícil do que haviam calculado, a coragem dos lutadores esfriou rapidamente, quando se levantaram e pediram um tempo.

– Vou espancá-los, cachorros – disse Quilp, esforçando-se em vão para chegar perto de qualquer um deles para um golpe final. – Vou machucar vocês até ficarem da cor de cobre, vou quebrar seus rostos até que vocês não possam ser reconhecidos, ah eu vou.

– Vamos, largue esse pedaço de pau ou será pior para você – disse seu garoto, esquivando-se dele e vendo uma oportunidade de entrar correndo. – Largue essa vara.

– Chegue mais perto e a largo em sua cabeça, seu cachorro – disse Quilp, com os olhos brilhantes –, só um pouco mais perto, bem pertinho.

Mas o menino recusou o convite até que seu mestre pareceu estar distraído, e foi aí que ele se atirou, agarrou a arma e tentou arrancá-la de suas mãos. Quilp, que era forte como um leão, segurou-a facilmente enquanto o menino puxava com toda a força, quando de repente o anão soltou o bastão, fazendo o rapaz cambalear para trás e cair batendo violentamente a cabeça. O sucesso dessa manobra deixou o senhor Quilp com cócegas de prazer, e ele riu e bateu seus pés no chão, como se fosse uma brincadeira irresistível.

– Deixe para lá – disse o garoto, balançando a cabeça e esfregando-a ao mesmo tempo. – Você vai ver se eu me ofereço de novo para bater em alguém só porque chamou você de o anão mais feio que se pode ver em qualquer circo por um centavo, só isso.

– Você quer dizer então que eu não sou, cachorro? – retornou Quilp.

– Não! – retrucou o menino.

– Então por que você lutava aqui no meu cais, seu vilão? – questionou Quilp.

– Porque ele disse isso – respondeu o menino, apontando para Kit –, não porque você não o fosse.

– Então por que ele disse – berrou Kit – que a senhorita Nelly era feia e que ela era obrigada a fazer tudo o que o mestre mandasse? Por que ele disse aquilo?

– Ele disse o que disse porque é um idiota, e você disse o que disse porque é muito sábio e inteligente, quase inteligente demais para ficar vivo, a menos que tome muito cuidado, Kit – disse Quilp, com grande suavidade nas palavras, mas expressando uma malícia escondida nos olhos e na boca. – Aqui, seis moedas para você, Kit. Sempre fale a verdade. Sempre, Kit, diga a verdade. Tranque a contabilidade, cachorro, e me traga a chave.

O outro menino, a quem essa ordem foi dada, obedeceu e foi recompensado por sua lealdade ao mestre com uma batida certeira com a chave no nariz, que fez com que seus olhos se enchessem de água. Então o senhor Quilp partiu com a criança e Kit em um barco, e o menino se vingou dançando de cabeça para baixo na beirada do cais, durante todo o tempo em que cruzaram o rio.

Somente a senhora Quilp estava em casa, e ela, sem esperar o retorno de seu marido, estava se preparando para um sono reparador quando o som dos passos dele a despertou. Ela mal teve tempo de fingir-se ocupada com algum bordado quando ele entrou, acompanhado pela criança, tendo deixado Kit lá embaixo.

– Aqui está Nelly Trent, cara senhora Quilp – disse o marido. – Uma taça de vinho, minha cara, e um biscoito, porque ela deu uma longa caminhada. Ela vai se sentar com você, minha alma, enquanto escrevo uma carta.

A senhora Quilp olhou trêmula no rosto de seu esposo para saber o que essa cortesia incomum poderia esconder, e, obediente ao chamado que ele fez com um gesto, seguiu-o para a sala ao lado.

– Preste atenção ao que digo a você – sussurrou Quilp. – Veja se consegue arrancar dela qualquer coisa sobre o avô, ou o que eles fazem, ou como vivem, ou o que ele diz a ela. Tenho minhas razões para descobrir, se puder. Vocês, mulheres, falam mais livremente umas com as outras do que conosco, e você tem um jeito suave e meigo que irá convencê-la. Você entendeu?

– Sim, Quilp.

– Vá, então. Qual o problema agora?

– Querido Quilp – hesitou sua esposa –, eu amo essa criança. Se você pudesse conseguir o que precisa sem que eu tivesse de enganá-la...

O anão, resmungando uma praga terrível, olhou em volta, como se procurasse uma arma para infligir um castigo merecido à sua esposa desobediente. A mulher submissa apressadamente rogou-lhe que não se zangasse e prometeu fazer o que ele ordenava.

– Está me ouvindo? – sussurrou Quilp, beliscando e torcendo a pele do braço dela. – Mergulhe em seus segredos; eu sei que você pode. Ouvirei tudo, lembre-se. Se você não for suficientemente hábil, vou ranger a porta, e ai de você se tiver que ranger de novo. Vá!

A senhora Quilp voltou de acordo com a ordem, e seu amável marido, acomodando-se atrás da porta parcialmente aberta e colocando o ouvido perto dela, começou a escutar com uma expressão de grande astúcia e atenção.

A pobre senhora Quilp estava pensando, porém, como iria começar ou que tipo de perguntas ela poderia fazer. E, quando ouviu a porta ranger impacientemente, entendeu o aviso de que deveria prosseguir sem demora, e o som de sua voz pôde finalmente ser ouvido.

– Quantas vezes você tem ido visitar o senhor Quilp ultimamente, minha querida?

– Já o disse ao avô, centenas de vezes – respondeu Nell inocentemente.

– E o que ele disse sobre isso?

– Apenas suspirou e baixou a cabeça, parecendo tão triste e abatido que, se você o tivesse visto, tenho certeza de que teria chorado assim como eu. Como essa porta range!

– Sim, acontece sempre – respondeu a senhora Quilp, com um olhar inquieto para ela. – Mas seu avô… ele não costumava ser assim tão triste.

– Ah, não! – disse a criança ansiosamente. – Era tão diferente! Nós já fomos tão felizes, e ele era tão alegre e contente! Você não pode imaginar que triste mudança se abateu sobre nós desde então.

– Lamento muito ouvir você falar assim, minha querida! – disse a senhora Quilp. E ela falava a verdade.

– Obrigada – respondeu a criança, beijando sua face. – Você é sempre gentil comigo, e é um prazer conversar com você. Não posso falar com mais ninguém sobre ele, somente com o pobre Kit. Mesmo assim, estou muito feliz, talvez devesse me sentir mais feliz do que me sinto, mas você não pode imaginar como às vezes me entristece vê-lo mudar assim.

– Ele vai se recuperar de novo, Nelly – disse a senhora Quilp –, e voltará a ser o que era antes.

– Oh, se Deus assim permitisse! – disse a criança com olhos marejados –, mas já faz muito tempo desde que ele começou a… pensei ter visto aquela porta se mover!

– É o vento – disse a senhora Quilp num sussurro. – Começou a…

– Ser tão pensativo e abatido e esquecer nosso velho hábito de passar o tempo nas noites longas – disse a criança. – Eu costumava ler para ele ao lado da lareira, e ele ficava sentado ouvindo. Quando eu parava e começávamos a conversar, ele me falava sobre minha mãe e como ela se parecia comigo, e falava exatamente como eu era quando criança. Aí ele costumava me colocar no colo e tentava me convencer de que ela não estava deitada em seu túmulo, mas que ela voara para um lindo país além do céu, onde nada morria ou envelhecia. Nós já fomos muito felizes!

– Nelly, Nelly! – disse a pobre mulher. – Não suporto ver alguém tão jovem como você tão triste. Por favor, não chore.

– Raramente faço isso – disse Nell –, mas guardei isso dentro de mim por muito tempo e não estou muito bem, acho, porque as lágrimas brotam dos meus olhos e não consigo contê-las. Não me importo de contar minha dor, pois sei que você não contará a mais ninguém.

A senhora Quilp virou sua cabeça e não conseguiu responder.

– Então – disse a criança –, muitas vezes andávamos pelos campos e entre as árvores verdes e, quando voltávamos para casa à noite, sentíamos prazer por estarmos cansados e dizíamos que aquele era um lar feliz. E, quando estava escuro e um pouco sombrio, costumávamos dizer que isso não nos importava, pois só nos fazia lembrar com prazer a nossa última caminhada e ansiar pela próxima. Mas agora nunca mais fazemos esses passeios e, embora estejamos na mesma casa, está mais escura e muito mais sombria do que costumava ser, de fato!

Ela parou assim, mas, embora a porta tenha rangido mais de uma vez, a senhora Quilp não disse mais nada.

– Espero que não pense – disse a garota com seriedade – que o avô tem sido menos gentil comigo do que era. Acho que ele me ama mais a cada dia e é mais gentil e afetuoso do que no dia anterior. Você não imagina quanto ele gosta de mim!

– Tenho certeza de que ele a ama sinceramente – disse a senhora Quilp.

– Realmente, realmente ele ama! – exclamou Nell. – Tão afetuosamente quanto eu o amo. Mas eu não disse a você a maior mudança de todas, e você não deve jamais revelar a ninguém. Ele não dorme nem descansa, senão o que consegue durante o dia em sua poltrona, pois todas as noites, e quase a noite toda, ele passa fora de casa.

– Nelly!

– Silêncio! – disse a criança, colocando o dedo no lábio e olhando em volta. – Quando ele chega em casa pela manhã, que geralmente é um pouco antes de o dia clarear, eu o deixo entrar. Na noite passada, ele chegou muito tarde, já estava bastante claro. Vi que seu rosto estava mortalmente pálido, que seus olhos estavam injetados de sangue e que suas pernas tremiam enquanto caminhava. Quando fui para a cama, ouvi-o gemer. Levantei-me e corri de volta para ele, e o ouvi dizer, antes que soubesse que eu estava ali, que ele não suportaria sua vida por muito mais tempo e, se não fosse por mim, preferia morrer. O que devo fazer? Oh! O que devo fazer?

As fontes de seu coração foram abertas; a criança, dominada pelo peso de sua tristeza e ansiedade, pela confiança que fora demonstrada e pela simpatia com que sua pequena história fora recebida, escondeu o rosto nos braços de sua amiga indefesa e derramou-se em lágrimas.

Em poucos minutos, o senhor Quilp voltou e expressou grande surpresa por encontrá-la nessa condição, com naturalidade e admirável efeito, pois aquele tipo de reação era familiar para ele por experiência, e ele estava bastante à vontade com a cena.

– Ela está cansada, sabe, senhora Quilp – disse o anão, semicerrando os olhos de uma maneira hedionda para dar a entender que a esposa deveria seguir sua sugestão. – Foi uma longa caminhada de sua casa até o cais, e depois ela ficou agitada ao ver dois jovens canalhas lutar, e ainda ficou com medo de tanta água ao redor na travessia. Tudo isso junto pode ter sido demais para ela. Pobre Nell!

O senhor Quilp sem querer adotou a melhor maneira de recuperar sua jovem visitante, quando deu tapinhas na cabeça dela. Tal carícia de qualquer outra mão não teria produzido efeito notável, mas a criança encolheu-se tão rapidamente ao seu toque e sentiu um desejo tão instintivo de sair de seu alcance que se levantou imediatamente e disse estar pronta para voltar.

– Mas é melhor você esperar e jantar comigo e com a senhora Quilp – disse o anão.

– Já estou ausente há muito tempo, senhor – respondeu Nell, enxugando os olhos.

– Bem – disse o senhor Quilp –, se você tiver que ir, vá agora, Nelly. Aqui está a nota. É só para dizer que o verei amanhã ou talvez no dia seguinte e que não consegui fazer aquele pequeno negócio por ele hoje pela manhã. Tchau, Nelly. Aqui, senhor; cuide dela, ouviu?

Kit, que atendeu ao chamado, decidiu não responder a um pedido tão desnecessário e, depois de olhar para Quilp de forma ameaçadora, como se tivesse certeza de que ele pudesse ter sido a causa das lágrimas de Nelly, e sentindo maior disposição de vingar-se dele pela simples suspeita, virou-se e seguiu sua jovem acompanhante, que a essa altura havia se despedido da senhora Quilp e partido.

– Você é uma interrogadora hábil, não é, senhora Quilp? – disse o anão, virando-se para ela assim que foram deixados sozinhos.

– O que mais eu poderia fazer? – respondeu sua esposa gentilmente.

– O que mais você poderia fazer! – zombou Quilp. – Você não poderia ter feito algo menos? Você não poderia ter feito o que tinha que fazer sem derramar aquelas lágrimas de crocodilo, sua tonta?

– Sinto muito pela criança, Quilp – disse a esposa. – Certamente já fiz o suficiente. Eu a induzi a contar seu segredo, pois supôs que estávamos sozinhas. E você estava ouvindo, Deus me perdoe.

– Você a enganou! Você realmente fez isso! – disse Quilp. – O que eu disse a você sobre me obrigar a ranger a porta várias vezes? Para sua sorte, pelo que ela deixou escapar, eu consegui a pista de que precisava, porque, se não tivesse conseguido, eu teria descontado o fracasso em você, garanto.

A senhora Quilp, tendo plena certeza dessa ameaça, não respondeu. Seu marido acrescentou com alguma exultação:

– Mas você pode agradecer à sua estrela da sorte, a mesma estrela que fez de você a senhora Quilp. Pode agradecer-lhe por eu estar no encalço do velho cavalheiro e ter encontrado uma nova pista. Portanto, não quero ouvir mais nada sobre esse assunto agora ou em qualquer outro momento, e não coma nada muito gostoso no jantar, pois não estarei em casa para isso.

Dizendo isso, o senhor Quilp colocou o chapéu e saiu, e a senhora Quilp, que estava profundamente abalada ao se lembrar do papel que acabara de desempenhar, trancou-se em seu quarto e, escondendo a cabeça no travesseiro, lamentou sua culpa com mais amargura do que muitas pessoas de coração menos bondoso teriam se arrependido de uma ofensa muito mais grave; pois, na maioria dos casos, a consciência é um artigo elástico e muito flexível, que suporta vários alongamentos e se adapta a uma grande variedade de circunstâncias. Algumas pessoas, por usá-la com prudência e mantendo-a desligada, dia após dia, inútil como um colete de flanela em clima quente, conseguem, depois de algum tempo, descartá-la totalmente; mas há outros ainda que conseguem assumir o disfarce e jogá-la fora sem remorso, e esta, que significa a maior e mais conveniente vitória sobre a consciência, é a que está mais em voga nos tempos atuais.

Capítulo 7

– Fred – disse o senhor Swiveller –, você se lembra da melodia popular de Begone, Dull Care: "abane o fogo do divertimento que se apaga com a asa da amizade; e passe o vinho *rosé*?".

O apartamento do senhor Richard Swiveller ficava na vizinhança de Drury Lane e, além da conveniência da localização, tinha a vantagem de estar sobre uma tabacaria, de modo que ele podia obter rapé revigorante a qualquer momento, simplesmente descendo um lance de escadas, e ser poupado do trabalho e da despesa de manter em casa uma caixa de tabaco abastecida. Foi nesse apartamento que o senhor Swiveller usou a expressão acima registrada para consolar e encorajar seu desanimado amigo; e não deixa de ser interessante ou apropriado observar que, mesmo nessas frases breves, seja revelado o duplo sentido e o caráter figurativo e poético da mente do senhor Swiveller, já que o vinho *rosé* era na verdade um copo de gim com água fria, reabastecido quando necessário com uma garrafa e um jarro sobre a mesa, e passado de um para outro, dada a escassez de copos, que, como o apartamento do senhor Swiveller era de um homem solteiro, podia ser constatada sem nenhuma vergonha. Por sua imaginação agradável, a casa de um cômodo era sempre mencionada em número plural. Quando havia quartos livres, o vendedor de tabaco os havia anunciado em sua janela como "apartamentos" para um único cavalheiro, e o senhor Swiveller, seguindo a deixa, não parou de falar dele como seus quartos, suas acomodações ou seus aposentos, transmitindo para os ouvintes uma ideia de espaço indefinido, deixando sua imaginação vagar por amplas suítes de salões sublimes, ao seu bel-prazer.

Nesse voo de fantasia, o senhor Swiveller foi auxiliado por uma peça estranha de sua mobília, na verdade uma cabeceira de cama, mas com aparência de uma estante de livros, que ocupava posição de destaque em seu quarto e parecia provocar suspeitas e suscitar perguntas. Não há dúvida de que, durante o dia, o senhor Swiveller acreditava firmemente que essa peça secreta era uma estante de livros e nada mais; ignorava a cama, negava a existência dos cobertores e afastava o travesseiro de seus pensamentos. Nenhuma palavra sobre sua real utilização, nenhuma pista do seu trabalho noturno, nenhuma alusão às suas propriedades peculiares jamais havia sido comentada entre ele e seus amigos mais íntimos. A fé implícita nesse disfarce era o primeiro artigo do seu credo. Para ser amigo de Swiveller, você deve rejeitar todas as evidências circunstanciais, toda a razão, observações e experiências e depositar uma crença cega na tal estante. Era sua fraqueza de estimação e ele a apreciava.

– Fred! – disse o senhor Swiveller, imaginando que seu pedido anterior não havia produzido nenhum efeito. – Passe o *rosé*.

O jovem Trent, com um gesto impaciente, empurrou o copo em sua direção e tornou a cair na falta de ânimos de que fora tirado a contragosto.

– Vou lhe dar, Fred – disse o amigo, mexendo na mistura –, uma pequena amostra do sentimento apropriado para a ocasião. "Eis que chegou maio…"

– Psiu! – interpôs o outro. – Você me preocupa demais com sua tagarelice. Você parece sempre feliz, em qualquer circunstância.

– Ora, senhor Trent – respondeu Dick –, há um provérbio que fala sobre ser alegre e sábio. Existem algumas pessoas que conseguem ser alegres e não conseguem ser sábias, e algumas que conseguem ser sábias (ou pensam que são) e não conseguem ser alegres. Eu sou do primeiro tipo. Se o provérbio é bom, suponho que seja melhor conquistar ao menos a metade do que nada; em todo caso, prefiro ser alegre e não sábio, e não como você, que não é nem uma coisa nem outra.

– Bah! – murmurou seu amigo, mal-humorado.

– De todo o coração – disse o senhor Swiveller. – Nos círculos mais educados, creio que esse tipo de coisa não costuma ser dita a um cavalheiro em seu próprio lar, mas não importa. Sinta-se em casa.

Acrescentando a esta frase uma observação de que seu amigo parecia um tanto rabugento com seu temperamento, Richard Swiveller terminou o *rosé* e dedicou-se a preparar outro copo cheio, com o qual, depois de uma degustação de grande prazer, ele propôs um brinde a companhias imaginárias.

– Cavalheiros, eu darei, se me permitirem, um viva para a antiga família dos Swivellers, e boa sorte para o senhor Richard em especial, senhor Richard, senhores – disse Dick com grande ênfase –, que gasta todo o seu dinheiro com seus amigos e é vaiado por suas dores. Ouçam, ouçam!

– Dick! – disse o outro, voltando ao seu lugar depois de ter percorrido a sala duas ou três vezes. – Você consegue conversar a sério por dois minutos se eu lhe mostrar uma maneira de fazer fortuna com quase nenhuma dificuldade?

– Você já me mostrou tantas… – respondeu Dick. – E nada restou de nenhuma delas, a não ser bolsos vazios…

– Você testemunhará uma história diferente desta vez, sem ter que esperar muito tempo – disse seu companheiro, puxando a cadeira para a mesa. – Você reparou na minha irmã, Nell?

– O que tem ela? – respondeu Dick.

– Ela tem um rosto bonito, não é?

– Ora, com certeza – respondeu Dick. – Devo dizer por isso que não há uma forte semelhança entre ela e você.

– Ela tem um rosto bonito? – repetiu o amigo, impaciente.

– Sim – disse Dick. – Ela tem um rosto bonito, um rosto muito bonito. E daí?

– Vou lhe contar – respondeu o amigo. – Está muito claro que o velho e eu continuaremos atirando adagas até o fim de nossa vida e que nada tenho a esperar dele. Você enxerga isso, suponho?

– Até um morcego pode ver isso, em plena luz do sol – disse Dick.

– Está igualmente claro que o dinheiro que o velho lascado, que ele apodreça, ensinou-me a contar, para eu dividir com ela quando ele morresse, será todo dela, não é?

– Devo dizer que sim – respondeu Dick. – A menos que a maneira como eu expus o caso a ele tenha causado alguma reflexão. Pode ter acontecido. Foi poderoso, Fred. "Eis aqui um avô alegre", essa foi bem forte, pensei, foi um tom muito amigável e natural. Você viu dessa maneira?

– Acho que não causou muito efeito – respondeu o outro –, então não precisamos discutir isso. Agora olhe aqui. Nell tem quase 14 anos.

– Uma bela garota de sua idade, mas um pouco baixinha – falou Richard Swiveller entre parênteses.

– Se é para eu continuar, permaneça quieto por um minuto – retrucou Trent, preocupando-se com o pouco interesse que o outro parecia demonstrar na conversa. – Agora estou chegando ao principal.

– Agora sim! – disse Dick.

– A menina é muito afetuosa e, criada como foi, pode, em sua idade, ser facilmente influenciada e persuadida. Se eu tomar conta dela, não será necessário mais do que um pouco de persuasão ou ameaça até dobrá-la à minha vontade. Sem rodeios (pois as vantagens do esquema levariam uma semana para ser contadas), o que o impede de se casar com ela?

Richard Swiveller, que estivera olhando sobre a borda do copo enquanto seu companheiro lhe dirigia essas observações com grande energia e seriedade, mal ouviu essas palavras e demonstrou imensa preocupação e, com dificuldade, disparou a frase:

– O quê?

– Eu digo, o que impede – repetiu o outro com tal firmeza, que os efeitos sobre seu companheiro ele já antecipara –, o que o impede de se casar com ela?

– E ela só tem 14 anos! – gritou Dick.

– Não me refiro a casar com ela agora – respondeu o irmão com raiva. – Digamos em dois anos, em três, em quatro. Você acha que o velho viverá muito?

– Parece que não – disse Dick balançando a cabeça –, mas esses velhos... Não dá para confiar neles, Fred. Tenho uma tia que vive no centro de Dorsetshire que ia morrer quando eu tinha 8 anos e ainda não cumpriu sua palavra. Eles são tão irritantes, tão sem princípios, tão rancorosos... A menos que haja apoplexia na família, Fred, você não pode fazer prognósticos sobre o estado deles e, mesmo assim, eles o enganam com a maior facilidade.

– Veja o pior lado da questão, então – disse Trent com a mesma firmeza de antes e mantendo os olhos no amigo. – Suponhamos que ele viva muito.

– Com certeza – disse Dick. – Esse é o problema.

– Eu digo – retomou o amigo –, suponha que ele viva, e eu consiga persuadir, ou, se a palavra soar mais factível, forçar Nell a um casamento secreto com você. O que você acha que aconteceria?

– Uma família e uma renda anual de nada, para mantê-los – disse Richard Swiveller após alguma reflexão.

– Eu lhe digo – respondeu o outro com uma gravidade ainda maior, que, fosse real ou presumida, teve o mesmo efeito em seu amigo – que ele vive para ela, que todas as suas energias e pensamentos estão ligados a ela, que ele não a deserdaria por nenhum ato de desobediência, mais do que me aceitaria de volta por qualquer ato de obediência ou virtude que eu pudesse fazer. Ele não faria isso. Você ou qualquer outro homem com um par de olhos pode enxergar isso se quiser.

– Parece improvável, certamente – disse Dick, meditando.

– Parece improvável porque é improvável – respondeu seu amigo. – Se você desse a ele um incentivo adicional para perdoá-lo, que fosse uma disputa irreconciliável, uma luta de vida ou morte, entre mim e você, que fosse um pretexto de tal ordem, digo como exemplo, e ele vai perdoá-lo imediatamente. Quanto a Nell, água mole em pedra dura tanto bate até que fura; você sabe que pode confiar em mim no que diz respeito a ela. Então, quer ele viva, quer ele morra, o que poderá acontecer? Você se tornar o único herdeiro da riqueza desse velho, você e eu gastarmos juntos e você ainda conseguir uma bela e jovem esposa na negociação.

– Suponho que não haja dúvida de que ele é rico – disse Dick.

– Dúvida? Você ouviu o que ele deixou escapar outro dia quando estávamos lá? Dúvida! Do que mais você vai duvidar a seguir, Dick?

Seria tedioso continuar a conversa em todos os seus meandros ou descrever a argumentação convincente pela qual o coração de Richard Swiveller foi conquistado. É suficiente saber que a vaidade, o interesse, a pobreza e todos os motivos esbanjadores o levaram a considerar a proposta com vantagem e que, quando faltaram mais incentivos, sua negligência habitual o levou a fazer a escolha mais fácil. A esses impulsos deve ser somada a influência que seu amigo exercia sobre ele, uma influência exercida dolorosamente no início, à custa dos vícios do amigo, que em nove entre dez casos era considerado o agente da tentação, quando na verdade não era nada mais do que uma marionete, inconsciente e despreocupada.

Os motivos do outro lado eram algo mais profundo do que qualquer coisa que Richard Swiveller pudesse compreender, mas deixaremos de lado por enquanto, não precisam de nenhum esclarecimento nesse ponto. A negociação foi concluída de forma muito agradável, e o senhor Swiveller estava pronto para afirmar em floreios que não tinha objeções intransponíveis em se casar com alguém dotada de dinheiro em abundância ou bens móveis, que pudesse ser convencida a desposá-lo, quando foi interrompido em sua frase por uma batida na porta e pela consequente necessidade de gritar "Entre".

A porta foi aberta, mas ninguém entrou, exceto um braço ensaboado e uma onda forte de tabaco. O jorro de fumaça vinha da loja abaixo, e o braço ensaboado pertencia ao corpo de uma criada, que naquele momento, e ali ocupada em limpar as escadas, acabava de retirá-lo de um balde de água quente para entregar uma carta, que ela agora segurava em suas mãos, berrando em voz alta com grande reverência ao citar os sobrenomes, típico de alguém de sua classe, que era para o "senhor Snivelling".

Dick empalideceu e ficou com um ar abobalhado quando olhou naquela direção, e ainda mais quando leu o conteúdo do bilhete, lembrando-se das inconveniências de ser um homem comprometido, e que era muito fácil falar como eles tinham falado, mas ele a tinha esquecido completamente.

– Ela quem? – perguntou Trent.

– Sophy Wackles – disse Dick.

– Quem é ela?

– Ela é toda a minha fantasia, senhor, é isso que ela é – disse o senhor Swiveller, dando um longo gole no *rosé* e olhando com seriedade para o amigo. – Ela é adorável, ela é divina. Você a conhece.

– Eu me lembro – disse seu companheiro descuidadamente. – O que tem ela?

– Ora, senhor – retrucou Dick –, entre a senhorita Sophy Wackles e o indivíduo humilde que agora tem a honra de falar com o senhor, sentimentos calorosos e ternos foram engendrados, sentimentos do tipo mais honroso e inspirador. A deusa Diana, senhor, que clama em voz alta pela caça, não é mais especial em seu comportamento do que Sophy Wackles, posso afirmar.

– Devo acreditar que há algo real no que você diz? – exigiu seu amigo. – Você não quer dizer que há sexo envolvido?

– Sexo, sim. Promissor, não – disse Dick. – Não é necessária uma ação judicial para a nossa separação, isso é um conforto. Nunca assinei nenhum compromisso, Fred.

– E o que há na carta, por favor?

– Um lembrete, Fred, para esta noite. Um pequeno grupo de vinte, totalizando duzentos dedinhos fantásticos e leves, supondo que cada dama e cavalheiro encontre a companhia adequada. Devo ir-me, mesmo que seja apenas para começar o rompimento do relacionamento, eu farei isso, não tenha medo. Gostaria de saber se ela mesma deixou a carta. Se ela fez isso, inconsciente de qualquer impedimento para sua felicidade, é comovente, Fred.

Para resolver essa questão, o senhor Swiveller chamou a criada e confirmou que a senhorita Sophy Wackles havia de fato deixado a carta pessoalmente e que ela viera acompanhada, para manter o decoro, sem dúvida, por uma senhorita Wackles mais jovem; e que ao saber que o senhor Swiveller estava em casa e, sendo convidada a subir as escadas, ficou extremamente constrangida e disse que preferia morrer. O senhor Swiveller ouviu esse relato com uma admiração que não condizia com o projeto que ele acabara de planejar, mas seu amigo não deu muita importância à sua reação a esse outro assunto, provavelmente porque sabia que tinha influência suficiente para controlar o comportamento de Richard Swiveller nesse ou em qualquer outro assunto, sempre que fosse necessário exercê-lo para o cumprimento de seus próprios fins.

Capítulo 8

Negócios resolvidos, o senhor Swiveller foi lembrado por seu corpo de que era quase hora do jantar e, na medida em que sua saúde não deveria ser ameaçada por um jejum mais prolongado, enviou um pedido ao restaurante mais próximo encomendando imediatamente carne cozida e verduras para dois. Com esse pedido, no entanto, o restaurante (conhecendo bem o seu cliente) recusou-se a atender, retornando com uma resposta grosseira de que, se o senhor Swiveller precisasse de carne, talvez ele devesse ir até lá para comê-la, levando, como um aperitivo antes da carne, a quantia para acertar uma despesa anterior, que fazia muito estava pendente. Nem um pouco intimidado por essa rejeição, mas bastante desafiado em sua inteligência e apetite, o senhor Swiveller encaminhou a mesma mensagem a outro restaurante mais distante, orientando em um discurso ao portador que o cavalheiro escolhera pedir ali não apenas pela grande fama e popularidade que sua carne havia adquirido, mas em consequência da extrema dureza da carne vendida a varejo na loja do concorrente, que a tornava totalmente imprópria não apenas para o consumo de cavalheiros, mas para qualquer consumo humano. O efeito positivo desse discurso político foi sentido pela rápida chegada de uma pequena pirâmide de utensílios de estanho, cuidadosamente construída com travessas e tampas, cuja base era formada por pratos de carne cozida e em cujo topo havia uma tigela pequena borbulhante; como a estrutura era composta em camadas distintas, fornecia todas as coisas básicas e necessárias para uma refeição saudável, à qual o senhor Swiveller e seu amigo se dedicaram com grande entusiasmo e prazer.

– Que o momento presente – disse Dick, enfiando o garfo em uma grande batata – seja o pior de nossa vida! Eu gosto da ideia de comê-las com casca; há um encanto em admirar uma batata em suas característi-cas naturais (se assim posso me expressar) que os ricos e poderosos não sabem apreciar. Ah! O homem precisa de bem pouco aqui na terra e nem precisa de tanto tempo assim! Como isso soa verdadeiro depois do jantar!

– Espero que o dono do restaurante não precise de muito dinheiro nem queira receber logo – respondeu seu companheiro –, pois suspeito que você não tenha como pagar por essa conta!

– Vou passar por lá e pago depois – disse Dick, piscando com um olhar significativo. – O garçom está desesperado. A comida já era, Fred, e tudo já se acabou.

Na verdade, parece que o garçom pressentiu essa verdade elementar, pois, quando voltou para buscar os pratos vazios e foi informado pelo se-nhor Swiveller displicentemente que acertaria a despesa pessoalmente, ele mostrou-se perturbado e resmungou algo como "pagamento na entrega" e "não aceito fiado" e outras palavras desagradáveis, mas se contentou em perguntar a que horas era provável que o cavalheiro iria até lá, pois era res-ponsável pelo recebimento da conta da carne, das verduras e dos produtos diversos e gostaria de estar presente na ocasião. O senhor Swiveller, depois de calcular mentalmente seus compromissos com exatidão, respondeu que deveria chegar entre dois minutos para as seis e sete minutos após; e, depois que o homem desapareceu desconsolado, Richard Swiveller tirou do bolso um caderno gorduroso de notas e escreveu nele.

– Isso é um lembrete para não se esquecer de passar lá? – disse Trent com um sorriso de escárnio.

– Não exatamente, Fred – respondeu o imperturbável Richard, continuando a escrever como um homem de negócios. – Registro neste livrinho os nomes das ruas em que não posso passar enquanto os estabelecimentos estiverem abertos. Este jantar de hoje interdita Long Acre. Comprei um par de botas na Great Queen Street na semana passada, e também não paguei. Agora resta apenas uma avenida para o Strand aberta, e terei de encerrá-la a partir desta noite por causa de um par de luvas. As ruas estão se fechando tão rápido em todas as direções que, dentro de um mês, a menos que minha tia me mande uma remessa, terei de desviar de três a seis quilômetros da cidade para percorrer meu caminho.

– Não tem medo de dar errado? – perguntou Trent.

– Ora, espero que não – respondeu o senhor Swiveller –, mas o número médio de cartas necessárias para amolecê-la é seis, e desta vez chegamos a oito sem nenhum efeito. Vou escrever outra amanhã cedo. Pretendo enxugá-la bastante e respingar um pouco de água para que pareça penitente. "Estou em tal estado de espírito que mal sei o que escrevo (um borrão)... Se você pudesse me ver neste instante derramando lágrimas por minha conduta incorreta do passado (uma gota de pimenta)... Minha mão treme quando eu penso (mais um borrão)." Se isso não produzir efeito, está tudo acabado.

A essa altura, o senhor Swiveller havia terminado sua anotação e agora recolocava o lápis na pequena bainha e fechava o livro, em um estado mental grave e sério. Seu amigo descobriu que era hora de ele atender a algum outro compromisso, e Richard Swiveller foi deixado sozinho, na companhia do vinho *rosé* e de seus próprios pensamentos sobre a senhorita Sophy Wackles.

– É bastante repentino – disse Dick balançando a cabeça com uma expressão de sabedoria infinita e continuando (como estava habituado a fazer) com fragmentos de versos, como se fossem apenas uma conversa apressada. – No momento em que o coração de um homem está deprimido pelo medo, a névoa é dissipada quando a senhorita Wackles aparece; ela é uma garota excelente. Ela é como a rosa vermelha recém-brotada em junho, não há como negar; ela também é como uma melodia afinada, tocada suavemente. É realmente tudo muito repentino. Não que haja necessidade, por causa da irmãzinha do Fred, de esfriar de uma vez, mas é melhor não ir longe demais. Se começo a esfriar, devo começar imediatamente, eu acho. Existe a chance de uma ação por quebra de contrato, essa é outra. Há uma chance de... não, não há chance disso, mas é bom estar bem seguro.

Essa era uma possibilidade que Richard Swiveller procurava ocultar até de si mesmo, de não ser à prova dos encantos da senhorita Wackles e, em algum momento de descuido, ligar o seu destino ao dela para sempre e perder o controle sobre o esquema notável, do qual ele tão prontamente aceitara fazer parte. Por todos esses motivos, ele decidiu entrar em conflito com a senhorita Wackles sem demora, procurando um pretexto qualquer provocado por um ciúme infundado. Tendo se decidido sobre esse ponto importante, ele girou o copo (da mão direita para a esquerda, e vice-versa) com bastante leveza, para que pudesse desempenhar seu papel com maior discrição, e então, após fazer alguns preparativos em seu banheiro, direcionou seus passos até o local, guiado pelo belo objeto de seus pensamentos.

O local era em Chelsea, onde a senhorita Sophy Wackles residia com sua mãe viúva e duas irmãs, com as quais ela mantinha uma escola diurna muito pequena para moças, de dimensões adequadas, fato que foi revelado à vizinhança por um quadro oval sobre as janelas da frente do primeiro andar onde estavam escritas, circundadas por floreios, as palavras "Seminário de Senhoras" e que foi posteriormente denunciado no intervalo, entre as nove e meia e as dez da manhã, por uma jovem solitária de tenra idade que, nas pontas dos pés sobre o raspador, tentava inutilmente alcançar a campainha com o livro de ortografia. As diversas disciplinas para instrução nesse estabelecimento foram assim organizadas: gramática inglesa, composição, geografia e o uso dos halteres, pela senhorita Melissa Wackles; escrita, aritmética, dança, música e artes em geral, pela senhorita Sophy Wackles; a arte do bordado, marcação e modelagem, pela senhorita Jane Wackles; punição corporal, jejum e outras torturas e terrores, pela senhora Wackles. A senhorita Melissa Wackles era a filha mais velha, senhorita Sophy a seguinte, e senhorita Jane a mais nova. A senhorita Melissa poderia contar umas 35 primaveras, já beirando o outono; a senhorita Sophy era jovem, bem humorada, cheia de energia e com o frescor dos seus 20 anos; e a senhorita Jane contava apenas 16 anos. A senhora Wackles era uma excelente, mas um tanto venenosa, senhora de uns 60 anos.

A esse Seminário de Senhoras, então, Richard Swiveller se dirigiu, com intenções ameaçadoras à paz da bela Sophy, que, vestida de branco virginal, sem nenhum ornamento exceto por uma rosa vermelha, o recebeu em sua chegada, em meio a preparativos muito elegantes, para não dizer brilhantes; para enfeitar a sala, havia pequenos vasos de flores que sempre ficavam no parapeito da janela do lado de fora, exceto quando ventava muito, que os fazia em pedaços ao cair no pátio; o traje escolhido das alunas diurnas que agraciavam o evento; os cachos incomuns da senhorita Jane Wackles, que mantivera a cabeça, durante todo o dia anterior, amarrada com força em papelotes amarelos; e a solene gentileza e o porte majestoso da velha senhora e de sua filha mais velha, que a princípio surpreenderam o senhor Swiveller, mas não o impressionaram muito.

Na verdade, e como não se pode responsabilizar ninguém por seus gostos, e mesmo um gosto tão estranho quanto esse, pode ser registrado sem ser visto como uma invenção intencional e maliciosa, a verdade é que nem a senhora Wackles nem sua filha mais velha tinham a qualquer tempo dado muita confiança às pretensões do senhor Swiveller, acostumadas a fazer menção a ele como "um jovem pouco sério" e a suspirar e balançar a cabeça em tom de reprovação sempre que seu nome era citado. A conduta do senhor Swiveller em relação à senhorita Sophy tinha sido vaga e protelatória, o que normalmente pode ser entendido como indicativo de poucas intenções matrimoniais; a própria jovem começou, com o tempo, a considerar altamente desejável que a questão fosse logo resolvida de uma forma ou de outra. Consequentemente, ela aceitou considerar, além de

Richard Swiveller, um vendedor de hortaliças em apuros, conhecido por estar pronto a fazer seu pedido ao mínimo incentivo e, portanto, como esta ocasião foi especialmente preparada para esse fim, havia grande ansiedade nela pela presença de Richard Swiveller, o que a fizera deixar o bilhete para ele.

– Se ele tem alguma expectativa ou condições de manter uma esposa – disse a senhora Wackles para sua filha mais velha –, ele vai dizer para nós agora ou nunca.

– Se ele realmente se preocupa comigo – pensou a senhorita Sophy –, ele tem que me dizer isso nesta noite.

Mas todas essas palavras, ações e pensamentos, que eram desconhecidos pelo senhor Swiveller, não o afetaram nem um pouco; ele estava debatendo em pensamento a melhor maneira de mostrar seu ciúme e, desejando que Sophy estivesse, ao menos naquela ocasião, menos bonita do que ela mesma, ou que ela fosse como sua irmã, o que daria no mesmo, quando a sua companhia chegou, e com elas o vendedor de hortaliças, cujo nome era Cheggs. Mas o senhor Cheggs não veio sozinho ou sem apoio, pois prudentemente trouxe consigo sua irmã, a senhorita Cheggs, que caminhou direto para a senhorita Sophy, tomou-a pelas mãos e beijou-a no rosto, dizendo em um sussurro que esperava que não tivessem chegado cedo demais.

– Muito cedo, não! – respondeu a senhorita Sophy.

– Oh, minha querida – disse a senhorita Cheggs no mesmo tom de antes –, eu estive tão atormentada, tão preocupada, que foi por milagre não termos chegado aqui às quatro horas da tarde. Alick estava em um estado tão grande de ansiedade para chegar! Você não vai acreditar, mas ele estava vestido antes da hora do jantar e tem olhado para o relógio e me apressado desde então. É tudo culpa sua, malandrinha.

Em seguida, a senhorita Sophy corou, e o senhor Cheggs (que ficava envergonhado diante de mulheres) corou também, e a mãe e as irmãs da senhorita Sophy, para evitar que o senhor Cheggs corasse mais, esbanjaram simpatia e atenção com ele e deixaram Richard Swiveller por conta própria. Ali estava exatamente o que ele queria, ali estava um bom motivo, a razão e o fundamento para fingir estar com raiva; mas, de posse do motivo, razão e fundamento que ele procurava, sem na verdade esperar encontrar, Richard Swiveller ficou verdadeiramente furioso e se perguntou aonde diabos Cheggs queria chegar com sua impertinência.

No entanto, o senhor Swiveller tinha a mão da senhorita Sophy para a primeira quadrilha (as danças do interior eram demais populares, e por isso totalmente banidas) e assim ganhou uma vantagem sobre seu rival, que se sentou desanimado em um canto e contemplou a gloriosa silhueta da jovem enquanto ela se movia pela dança labiríntica. Tampouco foi esse o único trunfo que o senhor Swiveller teve sobre o vendedor de hortaliças, pois, determinado a mostrar à família com que tipo de homem elas brincavam e influenciado talvez por alguns drinques, ele demonstrou tanta agilidade em seus volteios e rodopios que encheram sua companhia de espanto e fizeram com que um cavalheiro muito alto, que dançava com uma estudante muito mais baixa do que ele, ficasse particularmente maravilhado e admirado. Até a senhora Wackles se esqueceu por um momento de afrontar três pequenas jovens que tentavam se enturmar e não conseguiu reprimir um desejo crescente de que ter um dançarino como aquele na família seria um orgulho, de fato.

Nessa crise momentânea, a senhorita Cheggs provou ser uma aliada poderosa e útil, por não se limitar a expressar com sorrisos desdenhosos um desprezo pelas realizações do senhor Swiveller; ela aproveitou todas as oportunidades para sussurrar no ouvido da senhorita Sophy expressões de condolências e compaixão por ela estar ocupada com uma criatura tão ridícula, declarando que estava morrendo de medo de que Alick o pegasse e espancasse, na plenitude de sua ira, e implorava à senhorita Sophy que visse como os olhos do referido Alick brilhavam de amor e fúria, paixões que, era evidente, sendo demais para seus olhos, afluíram para o seu nariz também e o tingiram em tom de carmim.

– Você deve dançar com a senhorita Cheggs – disse a senhorita Sophy a Dick Swiveller, depois de ter dançado ela mesma duas vezes com o senhor

Cheggs, e fez um grande alarde para encorajar sua ação. – Ela é uma boa garota... e o irmão dela é muito encantador.

– Muito encantador, não é? – murmurou Dick. – Parece que está encantado, isso sim, a julgar pela maneira como olha para cá.

Nesse ponto a senhorita Jane (previamente instruída para tal) intrometeu-se com seus muitos cachos e sussurrou à sua irmã para observar quão ciumento o senhor Cheggs estava.

– Tão ciumento como imprudente! – disse Richard Swiveller.

– Sua imprudência, senhor Swiveller! – disse senhorita Jane, balançando a cabeça. – Tome cuidado para que ele não ouça, senhor, ou pode se arrepender.

– Oh, por favor, Jane – disse a senhorita Sophy.

– Absurdo! – respondeu sua irmã. – Por que o senhor Cheggs não teria ciúme se quisesse? Eu gosto disso, com certeza. O senhor Cheggs tem o direito de sentir ciúme como qualquer outra pessoa, e talvez ele tenha ainda mais direito em breve, se é que já não tem. Você é quem sabe, Sophy!

Embora fosse uma conversa combinada entre a senhorita Sophy e sua irmã, nascida em intenções humanitárias e tendo por objetivo induzir o senhor Swiveller a se declarar a tempo, ela falhou em seus efeitos, pois a senhorita Jane, sendo uma daquelas jovens prematuramente briguentas e atrevidas, deu tal importância exagerada ao seu papel que o senhor Swiveller se retirou ressentido, deixando sua amante ao senhor Cheggs e apontando um olhar desafiador para ambos, retribuído por aquele cavalheiro com indignação.

– Você falou comigo, senhor? – disse o senhor Cheggs, seguindo-o até um canto. – Tenha a gentileza de sorrir, senhor, para que não suspeitem de nós. Você falou comigo, senhor?

O senhor Swiveller olhou com um sorriso arrogante mirando os pés do senhor Cheggs, depois ergueu os olhos à altura dos tornozelos, daí para a canela, daí para o joelho, e assim por diante, muito gradualmente, subindo da perna direita até chegar ao seu colete, quando ele ergueu os olhos de botão em botão até chegar ao queixo, e, subindo direto pelo meio do nariz, chegou finalmente aos olhos, quando disse abruptamente:

– Não, senhor, eu não falei.

– Como? – disse o senhor Cheggs, olhando por cima do ombro – Tenha a bondade de sorrir de novo, senhor. Talvez você queira falar comigo, senhor.

– Não, senhor, eu não quero.

– Talvez você não tenha nada a me dizer agora, senhor – disse o senhor Cheggs ferozmente.

Com essas palavras, Richard Swiveller desviou os olhos do rosto do senhor Cheggs e, percorrendo o meio do nariz, o colete e a perna direita, alcançou novamente os pès e examinou-os cuidadosamente; feito isso, ele trocou seu olhar e, subindo pela outra perna e dali subindo pelo colete como antes, disse quando atingiu seus olhos:

– Não, senhor, eu não tenho.

– Oh, de fato, senhor! – disse o senhor Cheggs. – Fico feliz em ouvir isso. Você sabe onde posso ser encontrado, suponho, senhor, para o caso de você ter algo a me dizer?

– Posso perguntar tranquilamente, senhor, quando quiser saber.

– Não precisamos dizer mais nada, certo, senhor?

– Nada mais, senhor. – Com isso, eles encerraram o tremendo diálogo franzindo a testa mutuamente. O senhor Cheggs apressou-se em estender a mão à senhorita Sophy, e o senhor Swiveller sentou-se em um canto muito mal-humorado.

Perto desse canto, a senhora Wackles e a senhorita Wackles estavam sentadas, olhando para o baile; e para a senhora e a senhorita Wackles a senhorita Cheggs ocasionalmente avançava, quando seu parceiro estava ocupado com sua parte na coreografia, e fazia um comentário ou outro, que era o mesmo que veneno e vermes penetrando na alma de Richard Swiveller. Olhando nos olhos da senhora e da senhorita Wackles em busca de encorajamento, e sentadas muito eretas e desconfortáveis em dois banquinhos duros, estavam duas das alunas diurnas; e, quando a senhorita

Wackles e a senhora Wackles sorriram, as duas garotas nos banquinhos procuraram angariar simpatia sorrindo de volta. Reconhecendo essa atitude, a velha senhora franziu a testa imediatamente e disse que, se elas ousassem tal impertinência novamente, elas seriam enviadas de volta para suas respectivas casas. Essa ameaça fez com que uma das jovens, de temperamento frágil, derramasse lágrimas, e por essa ofensa terrível ambas foram expulsas, com uma rapidez que espalhou terror na alma de todas as alunas.

– Trago notícias para você – disse a senhorita Cheggs se aproximando mais uma vez. – Alick disse aquelas coisas para Sophy. Dou minha palavra que é muito sério, isso ficou bem claro.

– O que ele falou, minha querida? – perguntou a senhora Wackles.

– Todo tipo de coisas – respondeu a senhorita Cheggs –, você não imagina o tanto que estão conversando.

Richard Swiveller considerou apropriado não ouvir mais nada, mas, aproveitando uma pausa na dança e a aproximação do senhor Cheggs para cumprimentar a velha senhora, avançou cuidadosa e decididamente até a porta, passando no trajeto diante da senhorita Jane Wackles, que, em todo o esplendor de seus cachos, estava flertando (uma boa prática quando não há algo melhor para fazer) com um velho e frágil cavalheiro que se encontrava na sala. Perto da porta estava sentada a senhorita Sophy, ainda agitada e confusa com as declarações do senhor Cheggs, e ao seu lado Richard Swiveller demorou-se um momento para trocar algumas palavras de despedida.

– Meu bote está na costa, meu barco está no mar, mas, antes de passar pela porta, meu adeus devo deixar – murmurou Dick, olhando sombriamente para ela.

– Você já vai? – disse a senhorita Sophy, cujo coração se apertou com o desfecho do seu complô, mas que, apesar disso, denotava uma leve indiferença.

– Se eu me vou? – respondeu Dick amargamente. – Sim, eu me vou. Algum problema?

– Nada, exceto que é muito cedo – disse a senhorita Sophy. – Mas você é o seu próprio mestre, é claro.

– Antes eu tivesse sido, senhorita – disse Dick –, antes de ter pensado seriamente em você. Senhorita Wackles, acreditei de verdade em você e fui abençoado nessa crença, mas agora lamento por ter conhecido uma garota tão bela, mas tão enganadora.

A senhorita Sophy mordeu o lábio e fingiu olhar com grande interesse para o senhor Cheggs, que bebia limonada a distância.

– Eu vim aqui – disse Dick, um tanto distante do propósito com que realmente viera – com meu peito aberto, meu coração dilatado e meus sentimentos supostamente correspondidos. Vou embora com sentimentos que podem ser concebidos, mas não podem ser descritos, sentindo dentro de mim aquela verdade desoladora, que minhas melhores afeições experimentaram nesta noite sufocante!

– Tenho certeza de que não entendo o que quer dizer, senhor Swiveller – disse a senhorita Sophy com os olhos baixos. – Eu sinto muito se…

– Sente muito? – disse Dick – Sente muito, com um pretendente como Cheggs? Mas desejo-lhe uma boa-noite, concluindo com esta frase que há uma jovem que neste momento amadurece, prometida para mim, que não só tem grandes atributos pessoais, mas também uma grande riqueza e que pediu aos seus parentes por minha mão, e, por eu ter em alta conta alguns membros de sua família, aceitei o compromisso. É uma circunstância gratificante, que você ficará feliz em saber, que uma jovem e adorável garota está se tornando uma mulher expressamente por minha causa e agora está se guardando para mim. Eu pensei em comentar isso. Agora tenho apenas que me desculpar por ocupar sua atenção por tanto tempo. Boa noite.

"Há uma coisa boa em tudo isso", disse Richard Swiveller para si mesmo quando chegou em casa e estava pendurado alcançando o candelabro com o extintor na mão, "que agora eu vou de coração e alma, cabeça e calcanhares, mergulhar com Fred em seu esquema sobre a pequena Nelly, e estou muito feliz por ele me achar tão capaz nesse intento. Ele saberá tudo sobre isso amanhã e, enquanto isso, como já é muito tarde, tentarei aproveitar o bálsamo de um cochilo.

O bálsamo veio quase imediatamente. Em poucos minutos, o senhor Swiveller adormeceu profundamente, sonhando que se casou com Nelly Trent e assumiu a propriedade e que seu primeiro ato de poder foi destruir a horta do senhor Cheggs e transformá-la em uma calçada de tijolos.

Capítulo 9

A criança, em sua confiança na senhora Quilp, havia descrito apenas vagamente a tristeza e o sofrimento de seus pensamentos ou o peso da nuvem que pairava sobre sua casa e lançava sombras escuras em seu coração. Além disso, era muito difícil transmitir, a qualquer pessoa que não conhecesse intimamente a vida que levava, uma noção adequada de sua tristeza e solidão. O medo constante de, por algum modo, comprometer ou ferir o velho a quem ela estava tão ternamente ligada a havia aprisionado, mesmo em meio ao transbordamento de seu coração, e a tornado tímida para falar sobre a causa principal de sua ansiedade e angústia.

Não foram os dias monótonos, sem variedades e sem a animação de uma companhia agradável, não foram as noites escuras e sombrias ou as longas e solitárias, não foi a ausência de todo prazer leve e fácil pelo qual os jovens corações anseiam ou a inocência da infância, mas sua fraqueza e seu espírito facilmente ferido que arrancaram tantas lágrimas de Nell. Ver o velho abatido pela pressão de alguma dor oculta, observar seu estado vacilante e instável, ser agitada às vezes com um medo terrível de que sua mente estivesse divagando e ler em suas palavras e olhares o despontar de uma crescente loucura; assistir, esperar e ouvir a confirmação dessas coisas, dia após dia, e sentir e saber que, aconteça o que acontecer, eles estariam sozinhos no mundo, sem alguém para ajudar, aconselhar ou cuidar deles; essas eram as causas da tristeza e ansiedade que abateriam um coração mais experiente, com outros assuntos como o trabalho para animá-lo e alegrá-lo, mas que peso tinham na mente de uma criança, por estarem ali, sempre presentes, e por estar ela constantemente cercada por tudo aquilo que mantinha seus pensamentos em ebulição.

E, no entanto, na visão do velho, Nell ainda era a mesma. Quando ele conseguia, por um momento, desvincular sua mente do fantasma que sempre o perseguia e meditar, lá estava sua jovem companheira, com o mesmo sorriso para ele, as mesmas palavras sinceras, a mesma risada alegre, o mesmo amor e cuidado que, no fundo de sua alma, parecia ter estado presente durante toda a sua vida. E assim ele continuou, contente por ler o livro do coração dela desde a primeira página quando lhe foi apresentada, sem sonhar com a história que se escondia nas páginas seguintes, e murmurando consigo mesmo que ao menos a criança era feliz.

Ela tinha sido um dia. Ela ia cantando pelos cômodos escuros e se movimentando alegremente entre seus tesouros empoeirados, tornando-os mais velhos comparados com sua vida jovem e mais sisudos e sombrios por sua presença alegre e vibrante. Mas, agora, os cômodos estavam frios e sombrios, e, quando ela deixou seu próprio quartinho para passar as horas tediosas e se sentou em um deles, ficou imóvel como seus ocupantes inanimados e não teve coragem de acordar os ecos com sua voz, já roucos pelo longo silêncio.

Em um desses cômodos, havia uma janela voltada para a rua, onde a criança se sentava, em muitas e muitas noites longas, e muitas vezes até quase o amanhecer, sozinha e pensativa. Ninguém fica tão ansioso quanto aqueles que observam e esperam; nessas horas, fantasias tristes vinham se aglomerando em sua mente, aos montes.

Ela tomava o seu lugar ali, ao anoitecer, e observava as pessoas enquanto elas passavam para cima e para baixo na rua ou apareciam nas janelas das casas do outro lado da rua; imaginava se aqueles quartos eram tão solitários quanto aquele em que ela se sentava e se aquelas pessoas sentiam sua companhia ao vê-la sentada ali, como sempre fazia, apenas para vê-los olhar para fora e observar a cabeça deles novamente. Havia uma pilha torta de chaminés em um dos telhados, nas quais, olhando-as com frequência, ela imaginava rostos feios que a fitavam carrancudos e tentavam espiar dentro da sala; e ela ficou feliz quando escureceu o suficiente para não poder mais distingui-los, embora também lamentasse quando o homem vinha acender as lâmpadas na rua, pois já estava tarde e muito solitário dentro de casa.

Em seguida, ela desviava a cabeça para olhar ao redor da sala e ver que tudo estava em seu lugar e nada havia se movido; e, olhando novamente para a rua, veria talvez um homem passar com um caixão nas costas, e dois ou três outros seguindo-o silenciosamente até uma casa, onde alguém jazia morto; isso a fez estremecer e pensar nessas coisas até que se recordou de novo do rosto e dos modos alterados do velho, e veio uma nova onda de medos e especulações. Se ele morresse, se uma doença repentina tivesse tomado conta dele e ele nunca mais voltasse vivo para casa e se, numa noite dessas, ele voltasse para casa, a beijasse e abençoasse como de costume e, depois que ela tivesse ido para a cama e tivesse adormecido e estivesse sonhando agradavelmente, e sorrindo durante o seu sono, ele tentasse se matar e seu sangue se esparramasse pelo chão por baixo da porta de seu quarto! Esses pensamentos eram terríveis demais para se digladiar, e novamente ela olhava para a rua, agora menos pisada e mais escura e silenciosa do que antes. As lojas fechavam rapidamente, e as luzes começaram a brilhar nas janelas superiores, enquanto os vizinhos iam dormir. Aos poucos, elas diminuíram e desapareceram ou foram substituídas, aqui e ali, por uma vela fraca, que queimaria a noite toda. Mesmo assim, havia uma loja aberta até mais tarde, não muito distante, que ainda lançava um clarão avermelhado na calçada e parecia brilhante e acolhedora. Mas, em pouco tempo, ela fechou, a luz se apagou, e tudo ficou sombrio e silencioso, exceto quando alguns passos perdidos soaram na calçada; um vizinho, chegando mais tarde do que o normal, bateu vigorosamente na porta de sua casa para despertar os moradores adormecidos.

Quando a noite tinha avançado bastante (e raramente antes disso), a criança fechava a janela e descia as escadas, pensando que, se um daqueles rostos horríveis abaixo, que muitas vezes se misturavam com seus sonhos, fosse encontrá-la no caminho, tornando-se visível por alguma luz fantástica, ela ficaria apavorada. Mas esses medos desapareciam diante de uma lâmpada bem forte e da familiaridade com seu próprio quarto. Depois de rezar fervorosamente, e com muitas lágrimas brotando, pelo velho avô e pela restauração de sua paz de espírito e a felicidade de que um dia desfrutaram, ela deitava a cabeça no travesseiro e chorava até dormir: muitas vezes começava de novo, antes que chegasse a luz do dia, para ouvir a campainha e responder ao chamado imaginário que a havia despertado de seu sono.

Uma noite, a terceira depois do encontro de Nelly com a senhora Quilp, o velho, que estivera fraco e doente o dia todo, disse que não iria sair de casa. Os olhos da criança brilharam com sua inteligência, mas a alegria diminuiu quando eles enxergaram um rosto cansado e doente.

– Dois dias – disse ele –, dois dias claros inteiros se passaram e não houve resposta. O que ele lhe disse, Nell?

– Exatamente o que eu disse a você, querido avô.

– Verdade – disse o velho, fracamente. – Sim. Mas me diga de novo, Nell. Minha cabeça falha. O que foi que ele lhe disse? Nada além do que ele me veria amanhã ou no dia seguinte? Isso é o que estava no bilhete.

– Nada mais – disse a criança. – Devo ir vê-lo de novo amanhã, querido avô? Muito cedo? Eu estarei lá e voltarei antes do café da manhã.

O velho balançou a cabeça e, suspirando pesarosamente, puxou-a para si.

– Não há necessidade, minha querida, nenhuma necessidade sobre a terra. Mas, se ele me abandonar, Nell, neste momento, se ele me abandonar agora, quando eu deveria, com sua ajuda, ser recompensado por todo o tempo e dinheiro que perdi, e toda a agonia mental que sofri, que fez de mim o que você vê hoje, estou arruinado e, pior, muito pior do que isso, arruinei você, por quem arrisquei tudo. E se nos tornamos mendigos...

– E se tivermos que ser? – disse a criança com ousadia. – Que sejamos mendigos e felizes.

– Mendigos e felizes! – disse o velho. – Pobre criança!

– Querido avô – exclamou a garota com uma energia que brilhou em seu rosto corado, com voz trêmula e gestos apaixonados –, eu não sou uma criança pelo que eu penso, mas, mesmo que eu seja, ouça-me pedir que possamos mendigar ou trabalhar em estradas ou campos abertos para ganhar a vida com dificuldade, em vez de viver como vivemos agora.

– Nelly! – disse o velho.

– Sim, sim, em vez de viver como vivemos agora – repetiu a criança, com mais seriedade do que antes. – Se você está triste, deixe-me saber o porquê e que eu fique triste também; se você definhar e ficar mais pálido e fraco a cada dia, deixe-me ser sua enfermeira e tentar confortá-lo. Se você ficar pobre, que sejamos pobres juntos, mas deixe-me estar com você, deixe-me estar com você; não me deixe observar tamanha mudança sem saber o motivo, ou partirei meu coração e morrerei. Querido avô, vamos deixar este lugar triste amanhã e mendigar pelas ruas de porta em porta.

O velho cobriu o rosto com as mãos e escondeu-o na almofada do sofá em que estava deitado.

– Sejamos mendigos – disse a criança, passando um braço em volta do seu pescoço –, não tenho medo, pois teremos o suficiente, tenho certeza de que teremos. Vamos caminhar pelo interior e dormir nos campos e sob as árvores, e nunca mais pensaremos em dinheiro ou em qualquer coisa que possa deixar você triste, mas vamos descansar à noite e ter o sol e o vento em nosso rosto durante o dia, e agradecer juntos a Deus! Jamais poremos os pés em quartos escuros ou em casas tristes, mas iremos para cima e para baixo por onde quisermos ir. E, quando você estiver cansado, pararemos para descansar no lugar mais agradável que pudermos encontrar, e vou pedir por ambos.

A voz da criança se perdeu em soluços quando ela se jogou no pescoço do velho; e ela não chorava sozinha.

Essas não eram palavras para ouvidos alheios nem era uma cena para outros olhos. Mesmo assim, outros ouvidos e olhos estavam lá e captaram avidamente tudo o que acontecia, e eram os ouvidos e olhos de ninguém menos do que o senhor Daniel Quilp, que, tendo entrado sem ser visto quando a criança se colocou pela primeira vez ao lado do velho, se absteve, movido, sem dúvida, pela mais pura gentileza, de interromper a conversa e ficou olhando com seu sorriso de costume. De pé, no entanto, em uma atitude enfadonha para um cavalheiro já cansado de andar, e o anão, que era uma daquelas pessoas que costumam se sentir em casa, logo enxergou uma cadeira, na qual pulou com agilidade incomum, e, empoleirando-se no encosto com os pés apoiados no assento, pôde assim olhar e ouvir com maior conforto, além do prazer de sentir aquele gosto de fazer algo diferente como um macaco o faria, o que em todas as ocasiões o dominava. Ali estava ele sentado, uma perna cruzada sobre a outra, o queixo apoiado na palma da mão, a cabeça um pouco inclinada para o lado e suas feições grotescas se contorcendo em um sorriso complacente. E nesta posição o velho, que com o passar do tempo olhou naquela direção por acaso, finalmente o viu, para seu imenso espanto.

A criança soltou um grito de surpresa ao contemplar aquela figura conhecida; assim surpreendidos, ela e o velho, sem saber o que dizer e meio duvidando da realidade, olharam para ele com medo. Nem um pouco desconcertado com essa recepção, Daniel Quilp manteve sua atitude, apenas balançando a cabeça duas ou três vezes com grande condescendência. Por fim, o velho disse seu nome e perguntou como ele havia chegado ali.

– Pela porta – disse Quilp apontando por cima do ombro com o polegar. – Não sou pequeno o suficiente para passar por buracos de fechadura. Bem que eu queria. Eu quero ter uma conversa com você, privadamente. Sem ninguém presente, vizinho. Adeus, pequena Nelly.

Nell olhou para o velho, que acenou para que ela se retirasse e beijou-a na face.

– Ah! – disse o anão, estalando os lábios –, que beijo lindo aquele, bem no meio daquela bochecha rosada. Que beijo maravilhoso!

Nell não demorou a ir embora por causa dessa observação. Quilp olhou para ela com um olhar malicioso de admiração e, quando ela fechou a porta, começou a elogiar os encantos dela para o velho.

– Um pequeno botão, tão fresco, florescendo modestamente, vizinho – disse Quilp, acariciando suas pernas curtas e fazendo seus olhos brilhar muito. – Uma Nell tão bem formada, corada e encantadora!

O velho respondeu com um sorriso forçado e claramente lutava contra um sentimento da mais aguda impaciência. Não passou despercebido a Quilp, que adorava torturar a ele, como a qualquer outra pessoa, quando tinha alguma chance.

– Ela é tão – disse Quilp, falando muito devagar e fingindo estar completamente absorvido no assunto –, tão pequena, tão firme, tão lindamente torneada, de pele tão clara, com veias tão azuis e uma pele tão transparente e tem os pés tão pequeninos, e essa atitude vencedora, mas, me perdoe, você está nervoso! Por que, vizinho, qual é o problema? Juro para você – continuou o anão, desmontando da cadeira e sentando-se nela, com gestos lentos e cuidadosos, muito diferente da rapidez com que surgira sem ser ouvido –, juro para você que não imaginava que um sangue velho podia circular tão rápido ou se aquecia tão fácil assim. Achava que corria lento pelas veias e fosse gelado, muito gelado. Tenho certeza de que deveria ser assim. O seu deve estar com defeito, vizinho.

– Acredito que sim – gemeu o velho, segurando a cabeça com as duas mãos. – Há uma febre ardente aqui, e alguma coisa aparece de vez em quando, a qual tenho até medo de identificar.

O anão não disse uma palavra, mas observou seu companheiro enquanto ele andava inquieto para cima e para baixo na sala e logo voltou ao seu lugar. Ali ele permaneceu, com a cabeça inclinada sobre o peito por algum tempo, e de repente, levantando-a, disse:

– De uma vez por todas, você me trouxe algum dinheiro?

– Não! – respondeu Quilp.

– Então – disse o velho, fechando as mãos desesperadamente enquanto olhava para cima –, a criança e eu estamos perdidos!

– Vizinho – disse Quilp olhando severamente para ele e batendo sua mão duas ou três vezes na mesa para atrair sua atenção –, deixe-me ser franco com você e jogar um jogo mais justo do que quando você tinha as melhores cartas, e eu via apenas as costas delas e nada mais. Você não tem segredos da minha parte agora.

O velho ergueu os olhos, tremendo.

– Você está surpreso – disse Quilp. – Bem, talvez isso seja natural. Você não tem segredos de minha parte agora, eu digo; nenhum segredo. Por enquanto, eu sei que todas aquelas somas de dinheiro, todos aqueles empréstimos, adiantamentos e suprimentos que você recebeu de mim encontraram caminho para... devo dizer onde?

– Sim! – respondeu o velho. – Diga, se quiser.

– Para a mesa de jogo – respondeu Quilp –, seu refúgio noturno. Esse era o esquema precioso para fazer fortuna, certo; esta era a fonte segura e secreta de riqueza na qual eu afundaria todo o meu dinheiro (se eu fosse o tolo que você pensava que eu fosse); esta era sua inesgotável mina de ouro, seu El Dorado, hein?

– Sim – exclamou o velho, virando-se para ele com olhos brilhantes –, assim era, assim é e assim será até eu morrer.

– Queria que eu ficasse cego – disse Quilp olhando para ele com desprezo – por um mero jogador raso!

– Não sou um jogador! – gritou o velho ferozmente. – Tenho o céu como testemunha de que eu nunca joguei em benefício próprio ou por amor ao jogo; que cada ficha que eu apostava, sussurrava para mim mesmo o nome daquela órfã e invocava o céu para abençoar cada partida, o que nunca aconteceu. Quem prosperou? Quem foram aqueles com quem joguei? Homens que viviam de pilhagem, devassidão e arruaça, desperdiçando seu ouro, fazendo o mal e propagando o vício e a maldade. Meus ganhos deveriam vir deles, meus ganhos teriam sido doados até o último centavo a uma jovem criança sem pecado cuja vida eles teriam adoçado e tornado feliz. O que eles teriam conquistado? Os meios para espalhar a corrupção, a desgraça e a miséria. Quem não teria esperanças lutando por uma causa dessas? Diga! Quem não teria tanta esperança quanto eu tive?

– Quando você começou nessa carreira maluca? – perguntou Quilp, sua inclinação zombeteira suspensa, por um momento, pela dor e loucura do velho.

– Quando eu comecei? – ele respondeu, passando a mão pela testa. – Quando foi que eu comecei? Quando seria, bem, quando comecei a pensar quão pouco eu havia economizado, quanto tempo levei para economizar, quão pouco tempo de vida eu poderia ter na minha idade e como ela seria deixada à mercê das durezas do mundo, com apenas o suficiente para preveni-la das tristezas típicas da pobreza; foi então que comecei a pensar no jogo.

– Depois que você veio até mim para despachar seu precioso neto para o mar? – perguntou Quilp.

– Pouco depois disso – respondeu o velho. – Pensei nisso durante muito tempo, atrapalhando meu sono por meses. Então comecei. Não encontrei prazer nisso, não esperava ter nenhum. O que isso me trouxe senão dias de ansiedade e noites sem dormir; mais perda de saúde e paz de espírito e pioras na fraqueza e na tristeza!

– Você perdeu o dinheiro que havia poupado primeiro e depois veio até mim. Enquanto eu pensava que você estava fazendo fortuna (como você disse que estava), você estava se tornando um mendigo, hein? Pobre de mim! E então acontece que eu tenho todas as garantias que vocês puderam juntar, e um compromisso de venda sobre... sobre o estoque e a propriedade – disse Quilp, levantando-se e olhando ao redor, como que para se assegurar de que nada daquilo tinha sido levado embora. – Mas você nunca ganhou?

– Nunca! – gemeu o velho. – Nunca recuperei minha perda!

– Eu achava – zombou o anão – que, se um homem jogasse por tempo suficiente, ele certamente venceria por fim ou, na pior das hipóteses, não se tornaria um perdedor.

– E deveria ser assim mesmo – exclamou o velho, subitamente despertando de seu estado de desânimo e tomado pela mais violenta excitação –, assim deveria ser. Eu senti isso desde o início, eu sempre soube disso, eu vi isso, nunca senti com menos força do que sinto agora. Quilp, eu sonhei três noites seguidas em ganhar a mesma grande quantia, eu nunca tinha sonhado assim antes, embora eu tenha tentado muitas vezes. Não me abandone, agora que eu tenho essa chance. Eu não tenho nenhum recurso além de você. Dê-me alguma ajuda, deixe-me tentar esta última chance.

O anão encolheu os ombros e balançou a cabeça.

– Veja, Quilp, Quilp de bom coração – disse o velho, tirando alguns pedaços de papel do bolso com a mão trêmula e agarrando o braço do anão –, apenas olhe aqui. Veja esses números, resultado de longos cálculos e experiências dolorosas e difíceis. Eu VENCEREI. Só quero uma ajudazinha de novo, só algumas libras, querido Quilp.

– O último empréstimo foi de setenta – disse o anão –, e foi tudo embora em uma noite.

– Eu sei que sim – respondeu o velho –, mas essa foi a pior sorte de todas, e ainda não havia chegado a hora. Quilp, considere, considere – o velho gritou, tremendo tanto que os papéis em sua mão tremulavam como se fossem sacudidos pelo vento – aquela criança órfã! Se eu estivesse sozinho, poderia morrer alegremente, talvez até mesmo antecipando aquela maldição que trata a todos de forma tão desigual: indo ao encontro do fim, como acontece, com os orgulhosos e felizes em seu destino, e afastando os necessitados e aflitos, e todos os que a cortejam em seu desespero, mas o que eu fiz foi por ela. Ajude-me por ela, eu imploro. Não para mim; para ela!

– Lamento, mas tenho um compromisso na cidade – disse Quilp, olhando para o relógio com perfeito autocontrole –, ou eu ficaria muito contente em passar meia hora com você até que se recompusesse, realmente contente.

– Não, Quilp, bom e velho Quilp – tossiu o velho, agarrando-o pela roupa. – Você e eu conversamos, mais de uma vez, sobre a história da pobre mãe dela. O medo de ela chegar à pobreza talvez tenha surgido por isso. Não seja duro comigo, mas leve isso em consideração. Você é um grande vencedor para mim. Oh, ajude-me com o dinheiro para esta última esperança!

– Eu não poderia fazer isso, de verdade – disse Quilp com uma polidez incomum –, embora eu lhe diga uma coisa (e este é um caso que vale a pena lembrar para mostrar como mesmo o mais astuto entre nós pode ser enganado às vezes): eu estava tão enganado pela penúria em que você vivia, sozinho com Nelly...

– Tudo feito para economizar dinheiro para tentar conquistar a fortuna e para tornar a vitória ainda maior! – gritou o velho.

– Sim, sim, agora entendo – disse Quilp –, mas eu ia dizer que fui tão enganado por isso, seu jeito mesquinho, a reputação que você tinha entre aqueles que o conheciam de ser rico e suas promessas repetidas de que você faria meus empréstimos triplicar e quadruplicar os juros que me devia, que eu teria emprestado a você, mesmo agora, o que você quer, com uma promissória escrita à mão, se eu não tivesse conhecimento do seu modo de vida secreto.

– Quem é – replicou o velho, desesperado – que, apesar de todo o meu cuidado, lhe contou? Venha. Diga-me o nome de tal pessoa.

O astuto anão, pensando que, se entregasse a criança, levaria à revelação do artifício que ele usara e que, como não ganhava nada com isso, era melhor esconder, parou bruscamente em sua resposta e disse:

– Quem você acha?

– Foi Kit, deve ter sido o menino. Ele bancou o espião e você o ameaçou? – disse o velho.

– Por que você pensou nele? – disse o anão em tom de grande comiseração. – Sim, foi o Kit. Pobre Kit!

Dizendo isso, ele acenou com a cabeça amigavelmente e se despediu, parando depois de ter passado pela porta externa e sorrindo com extraordinário deleite.

– Pobre Kit! – murmurou Quilp. – Acho que foi Kit quem disse que eu era o anão mais feio que poderia ser visto em qualquer lugar por um centavo, não foi? ha, ha, ha! Pobre Kit! – E com isso ele seguiu seu caminho, ainda rindo enquanto caminhava.

Capítulo 10

Daniel Quilp não entrou nem saiu da casa do velho sem ser notado. À sombra de uma arcada bem em frente, levando a uma das muitas passagens que saíam da rua principal, estava alguém que, tendo assumido seu posto quando o sol raiou, ainda permanecia nele, inclinado contra a parede com jeito de quem precisa esperar muito, e, acostumado a isso, pacientemente, mal mudou de posição durante horas.

Essa espera paciente atraiu pouca atenção dos que passavam e tampouco ele prestou-lhes atenção. Seus olhos estavam constantemente voltados para um objeto: a janela em que a criança costumava se sentar. Se ele os retirasse por um momento, seria apenas para olhar para o relógio de alguma loja vizinha e então focar novamente a visão no antigo casario com maior seriedade e atenção.

Foi notado que esse personagem não mostrava cansaço em seu esconderijo nem enquanto durou sua longa espera. Mas, com o passar do tempo, ele manifestou alguma ansiedade e surpresa, olhando para o relógio com mais frequência e para a janela com menos esperança do que antes. Por fim, o relógio foi escondido de sua vista por algumas venezianas invejosas, depois as torres da igreja proclamaram onze da noite, depois mais um quarto, e depois a convicção de que não adiantava mais esperar ali se intrometeu em sua mente.

Que a convicção não era bem-vinda e que ele de forma alguma estava disposto a ceder a ela era evidente por sua relutância em deixar o lugar, pelos passos tardios com que frequentemente o deixava, ainda olhando por cima do ombro para a mesma janela, e pela precipitação com a qual retornava com tanta frequência, quando um ruído fantasioso ou a mudança e a luz imperfeita o induziam a supor que ela havia subido suavemente. Por fim, ele desistiu do assunto, tão sem esperança para aquela noite, e de repente começou a correr como se fosse forçado a fugir; saiu correndo em sua velocidade máxima, nem uma vez se aventurou a olhar para trás para não ser tentado a voltar novamente.

Sem relaxar o passo ou parar para respirar, esse misterioso indivíduo avançou por muitos becos e caminhos estreitos até que enfim chegou a um pátio quadrado pavimentado, quando ele começou a caminhar e se dirigiu para uma pequena casa, de cuja janela brilhava uma luz, levantou o trinco da porta e entrou.

– Deus nos abençoe! – gritou uma mulher virando-se bruscamente. – Quem está aí? Oh! É você, Kit!

– Sim, mãe, sou eu.

– Por que você parece estar tão cansado, querido?

– O velho mestre não saiu nesta noite – disse Kit –, e então ela não foi para a janela – com essas palavras, ele se sentou perto do fogo e parecia muito triste e descontente.

O ambiente no qual Kit se sentou, nessas condições, era um lugar extremamente pobre e caseiro, mas com aquele ar de conforto que, mesmo sendo realmente miserável, a limpeza e a ordem podem transmitir de algum modo. Era tarde, como mostrava o relógio holandês, e a pobre mulher ainda trabalhava arduamente na mesa de passar. Uma criança pequena dormia em um berço perto do fogo, e outra, um menino robusto de 2 ou 3 anos, bem acordado, com uma touca de dormir muito justa na cabeça e um pijama muito pequeno para o seu corpo, estava sentado ereto em um cesto de roupas, olhando por cima da borda com seus grandes olhos redondos e parecendo que estivesse decidido a nunca mais dormir; e como ele já havia se recusado a dormir naturalmente e, por isso, tinha sido tirado da cama, abriu uma perspectiva alegre para seus parentes e amigos. Era uma família de aparência esquisita: Kit, sua mãe e os filhos sendo todos muito parecidos.

Kit já estava ficando irritado, como os melhores de nós ficamos muitas vezes, mas ele olhou para a criança mais nova que estava dormindo profundamente, e depois para seu outro irmão no cesto de roupas, e dele para sua mãe, que estivera trabalhando sem reclamar desde a manhã, e achou que seria melhor e mais gentil estar bem-humorado. Então ele balançou o berço com o pé e fez uma careta para o rebelde na cesta de roupas, o que o deixou imediatamente de bom humor, determinado a tagarelar e ser agradável.

– Ah, mãe! – disse Kit, pegando sua faca e atacando um grande pedaço de pão com carne que ela tinha preparado para ele, horas antes. – Como você é especial! Não há muitas como você, eu sei.

– Espero que haja muito melhores, Kit – disse a senhora Nubbles – e que existam, deveriam existir, de acordo com o que diz o pároco da capela.

– Ele conhece bem esse assunto – respondeu Kit com desprezo. – Espere até que ele fique viúvo e tenha que trabalhar como você, e receba tão pouco, e faça tanto quanto, e mantenha seu bom humor, e então eu vou perguntar a ele as horas e confiar nele, por estar certo pelo menos durante alguns segundos.

– Bem – disse a senhora Nubbles, evitando o assunto –, sua cerveja está ali perto da grade, Kit.

– Já vi – respondeu o filho, pegando a caneca. – E meu amor para você, mãe. E a saúde do pároco também, se quiser. Eu não desejo mal a ele, ouviu?

– Você acabou de me dizer que seu mestre não saiu nesta noite? – perguntou a senhora Nubbles.

– Sim – disse Kit –, muito azar!

– Você deveria dizer muita sorte, eu acho – respondeu a mãe –, porque a senhorita Nelly não foi deixada sozinha.

– Ah! – disse Kit. – Esqueci-me disso. Eu disse muito azar porque fiquei olhando desde as oito horas e não vi nem sombra dela.

– Eu me pergunto o que ela diria – gritou a mãe, parando seu trabalho e olhando em volta – se soubesse que todas as noites, quando ela, coitadinha, fica sentada sozinha naquela janela, você está vigiando do meio da rua por medo de que ela sofra algum mal e que você nunca sai de lá ou volte para dormir, embora esteja muito cansado, até o momento em que avalia que ela esteja segura na cama.

– Não importa o que ela diria – respondeu Kit, com algo parecido com um rubor no seu rosto rude. – Ela nunca vai saber de nada e, consequentemente, ela nunca vai dizer nada.

A senhora Nubbles passou a ferro em silêncio por um ou dois minutos e, indo até a lareira pegar outro ferro, enquanto o esfregava em uma tábua e o escovava, olhou furtivamente para Kit, mas não disse nada até voltar para a mesa novamente. Quando estava segurando o ferro a uma distância alarmante de sua bochecha para testar a temperatura, olhou em volta com um sorriso e disse:

– Eu sei o que as pessoas diriam, Kit…

– Bobagem – interpôs Kit com uma compreensão perfeita do que estava por vir.

– Mas elas diriam. Algumas pessoas diriam que você se apaixonou por ela, isso é o que diriam.

A isso Kit apenas respondeu timidamente pedindo à mãe "saia", gesticulando com as pernas e os braços, acompanhados por contorções engraçadas do rosto. Não conseguindo por esses meios o alívio que buscava, ele mordeu um bocado imenso do pão com a carne e tomou um gole rápido da caneca, com o qual se engasgou e conseguiu mudar o rumo da conversa.

– Falando sério, porém, Kit – disse sua mãe, retomando o tema, depois de um tempo –, pois é claro que eu estava apenas brincando há pouco, é muito bom e atencioso de sua parte fazer isso, sem deixar ninguém saber, embora algum dia eu espere que ela venha a saber, pois tenho certeza de que ficaria muito grata a você. É uma coisa cruel manter a querida criança fechada ali. Não me admira que o velho queira esconder isso de você.

– Ele não acha que é cruel, Deus o abençoe – disse Kit –, e não queria que fosse, ou não faria isso. Eu acredito, mãe, que ele não faria isso nem por todo o ouro e prata do mundo. Não, não, isso ele não faria. Eu o conheço o suficiente para saber.

– Então, por que ele faz isso e por que mantém o segredo de você? – disse a senhora Nubbles.

– Isso eu não sei – respondeu o filho. – Se ele não tivesse tentado manter o segredo, eu jamais teria descoberto, pois foi por ele me afastar à noite e me mandar embora muito mais cedo do que costumava que primeiro me deixou curioso para saber o que estava acontecendo. Ouça! O que foi isso?

– É apenas alguém lá fora.

– É alguém vindo até aqui – disse Kit, levantando-se para ouvir. – E vindo muito rápido também. Ele não pode ter saído depois que eu saí e a casa ter pegado fogo, mãe!

O menino ficou, por um instante, realmente desolado pela apreensão com o que havia imaginado, sem poder se mover. Os passos aproximaram-se, a porta foi aberta com uma mão apressada, e a própria criança, pálida e sem fôlego, embrulhada em algumas roupas desarrumadas, entrou apressada na sala.

– Senhorita Nelly! Qual é o problema? – gritaram mãe e filho juntos.

– Não devo demorar um minuto – respondeu ela –, meu avô está muito doente. Eu o encontrei tendo um ataque no chão…

– Vou buscar um médico – disse Kit, agarrando seu chapéu sem aba. Eu irei direto até lá, eu vou…

– Não, não – exclamou Nell –, tem um problema aí, você não será bem-vindo, você… você… nunca mais deve se aproximar de nós!

– O quê? – rugiu Kit.

– Nunca mais – disse a criança. – Não me pergunte o porquê, pois não sei. Por favor, não me pergunte o motivo, por favor, não se desculpe, por favor, não se irrite comigo! Não tenho nada a ver com isso, de verdade!

Kit olhou para ela com os olhos arregalados e abriu e fechou a boca muitas vezes, mas não conseguiu pronunciar uma palavra.

– Ele reclama e delira falando sobre você – disse a criança. – Não sei o que você fez, mas espero que não seja algo tão ruim.

– Eu fiz?! – rugiu novamente Kit.

– Ele grita que você é a causa de toda a miséria dele – respondeu a criança com lágrimas nos olhos. – Ele gritou e chamou por você. Eles dizem que você não deve chegar perto dele ou ele morrerá. Você não deve mais voltar até nós. Eu vim para lhe contar. Pensei que seria melhor eu mesma vir do que algum estranho. Oh, Kit, o que você fez? Você, em quem confiei tanto e que era quase o único amigo que eu tinha!

O infeliz Kit olhou para sua jovem amada cada vez mais intensamente, e com os olhos cada vez mais arregalados, mas estava imóvel e em silêncio.

– Eu trouxe o dinheiro dele pela semana – disse a criança, olhando para a mulher e colocando-o sobre a mesa – e... e... um pouco mais, porque ele sempre foi bom e gentil comigo. Espero que ele se arrependa e se saia melhor em outro lugar e não leve isso muito a sério. Fico muito triste por me separar dele assim, mas não há solução. Assim deve ser. Boa noite!

Com as lágrimas escorrendo pelo rosto e sua figura esguia tremendo com a agitação da cena que acabara de ocorrer, o choque que recebera, a missão que acabara de cumprir e mil sentimentos dolorosos e afetuosos, a criança correu para a porta e desapareceu tão rapidamente quanto havia chegado.

A pobre mulher, que não tinha motivos para duvidar do filho, mas todas as razões para confiar em sua honestidade e verdade, ficou pasma, apesar de tudo, por ele não ter dito uma só palavra em sua defesa. Imagens de valentia, disputas a faca, roubo e as ausências noturnas de casa que ele havia explicado de maneira tão estranha, que podiam ser ocasionadas por alguma perseguição ilegal, reuniram-se em seu cérebro e a deixaram com medo de perguntar. Ela se balançou em uma cadeira, apertando suas mãos e chorando amargamente, mas Kit não tentou confortá-la e ficou muito perplexo. O bebê no berço acordou e chorou; o menino na cesta de roupas caiu de costas com a cesta por cima e ninguém o socorreu; a mãe chorou mais alto e balançou mais rápido; mas Kit, insensível a todo o barulho e tumulto, permaneceu em estado de estupefação total.

Capítulo 11

O silêncio e a solidão estavam destinados a não mais reinar sob o teto que abrigava a criança. Na manhã seguinte, o velho estava com uma febre violenta acompanhada de delírio; e, afundando sob a influência da doença, ele ficou por muitas semanas em risco iminente de vida. Havia cuidado suficiente, agora, mas era a vigilância de estranhos que cobravam caro por isso e que, nos intervalos na assistência ao homem doente, se amontoavam como uma confraria medonha e comiam e bebiam alegremente, pois doença e morte eram seus deuses domésticos corriqueiros.

Mesmo assim, em meio à correria e aglomeração de tempos como esse, a criança estava mais sozinha do que nunca: sozinha em espírito, sozinha em sua devoção àquele que estava definhando em sua cama em chamas, sozinha em sua tristeza genuína e em sua simpatia desinteressada. Dia após dia, noite após noite, encontravam-na ainda ao lado do travesseiro do paciente inconsciente, antecipando-se a quaisquer de suas necessidades, ouvindo o balbuciar de seu nome e os temores e cuidados por ela, que ocorriam sempre durante suas divagações febris.

A casa não era mais deles. Até mesmo o quarto do doente parecia ter sido ocupado, com a posse indireta em favor do senhor Quilp. A doença do velho não durava muitos dias quando ele tomou posse formal do local e de tudo sobre ele, em virtude de certos poderes legais para esse efeito, que poucos compreenderam e ninguém ousou questionar. Com esse passo importante garantido por um advogado, que ele trouxera consigo para esse efeito, o anão passou a estabelecer-se com seu conselheiro na casa, como uma afirmação de sua posse contra todos os que viessem depois; em seguida, começou a deixar os aposentos confortáveis, à sua maneira.

Para esse fim, o senhor Quilp acampou na sala de estar nos fundos, tendo primeiro posto fim a qualquer outro negócio, fechando a loja. Procurando entre os móveis antigos, tomou posse da cadeira mais bonita e cômoda que pôde encontrar (reservando-a para seu uso exclusivo), e outra especialmente hedionda e incômoda (que ele considerou apropriada para acomodar o seu amigo) foi também carregada para a mesma sala e assumiu a sua posição em grande estilo. O apartamento ficava muito longe do quarto do velho, mas o senhor Quilp considerou prudente, como precaução contra a infecção pela febre e um meio de desinfecção saudável, não apenas fumar, ele mesmo, sem parar, mas insistir que seu amigo advogado fizesse o mesmo. Além disso, ele enviou um portador ao cais para o menino cambaleante, que, chegando com todo o despacho, foi ordenado a sentar-se em outra cadeira do lado de dentro da sala, para fumar continuamente um grande cachimbo que o anão havia providenciado para a ocasião, sem tirá-lo de seus lábios sob pretexto algum, nem que fosse apenas por um minuto. Concluídos esses arranjos, o senhor Quilp olhou em volta com uma risada de satisfação e disse que isso sim era conforto.

O conselheiro legal, cujo nome melodioso era Brass, também poderia ter chamado isso de conforto, mas com duas desvantagens: uma era que ele não conseguia sentar-se confortavelmente em sua cadeira, cujo assento era muito duro, anguloso, escorregadio e inclinado; a outra era que aquela fumaça de tabaco sempre lhe causava grande incômodo e desarranjo interno. Mas, como ele era um dos lacaios do senhor Quilp e tinha mil razões para angariar sua aprovação, tentou sorrir e acenou com a cabeça em aprovação com a maior elegância possível.

Este Brass era um advogado de baixa reputação, de Bevis Marks, na cidade de Londres; era um homem alto e magro, com um nariz de tubérculo, uma testa protuberante, olhos acovardados e cabelos de um vermelho profundo. Ele usava um longo sobretudo preto chegando quase aos tornozelos, calças curtas pretas, sapatos altos e meias de algodão de um cinza azulado. Tinha modos refinados, mas uma voz muito áspera; e seus sorrisos mais suaves eram tão desagradáveis que quem estivesse em sua companhia preferia que ele estivesse rabugento para não terem de ouvir seus gracejos.

Quilp olhou para seu advogado e, vendo que este piscava muito por causa da fumaça do cachimbo, que às vezes tremia ao inalar o fumo e que constantemente abanava a fumaça para longe, ficou muito feliz e esfregava as mãos de contentamento.

– Fume aí, seu cachorro – disse Quilp, voltando-se para o menino. – Encha o seu cachimbo de novo e fume rápido, até o último sopro, ou coloco a cera do lacre no fogo e a esfrego derretida na sua língua.

Felizmente, o menino era durão e teria fumado um punhado de cal se alguém o tivesse ameaçado com isso. Portanto, ele apenas murmurou um rápido desafio ao seu mestre e fez o que lhe foi ordenado.

– É bom, Brass, é bom, é perfumado, você se sente como o grão-turco? – perguntou Quilp.

O senhor Brass pensava que, se assim fosse, os sentimentos do grão--turco não seriam invejáveis, mas ele disse que era muito famoso e não tinha dúvida de que se sentia tão bem como aquele potentado.

– Esta é a melhor maneira de evitar a febre – disse Quilp. – Esta é a melhor maneira de evitar todas as calamidades da vida! Nós nunca vamos parar, o tempo todo em que estivermos aqui. Fuja, seu cachorro, ou o farei engolir o cachimbo!

– Vamos ficar aqui por muito tempo, senhor Quilp? – perguntou seu amigo advogado quando o anão deu ao garoto essa gentil advertência.

– Devemos ficar, suponho, até que o velho cavalheiro que está no andar de cima esteja morto – respondeu Quilp.

– Ha, ha, ha – riu o senhor Brass – Muito bom!

– Continue fumando! – gritou Quilp. – Não pare! Você pode falar enquanto fuma. Não perca tempo.

– Ha, ha, ha! – sorriu Brass fracamente, enquanto se dedicava novamente ao odioso cachimbo. – Mas e se ele melhorar, senhor Quilp?

– Então vamos ficar aqui até que ele melhore, nem um dia a mais – respondeu o anão.

– Como é gentil de sua parte, senhor, esperar até o fim! – disse Brass. – Algumas pessoas, senhor, teriam vendido ou retirado os bens, por Deus, no exato instante em que a lei permitisse. Algumas pessoas, senhor, seriam duras como o granito. Algumas pessoas, senhor, teriam...

– Algumas pessoas teriam se poupado da tagarelice de um papagaio como você – interrompeu o anão.

– Ha, ha, ha! – gargalhou Brass. – Você é espirituoso.

A sentinela fumegante na porta interrompeu nesse ponto e, sem tirar o cachimbo dos lábios, rosnou:

– Lá vem a garota descendo.

– O quê, seu cachorro? – disse Quilp.

– A garota – respondeu o menino. – O senhor é surdo?

– Oh! – disse Quilp, prendendo a respiração com grande prazer, como se estivesse tomando uma sopa. – Você e eu entraremos em acordo em breve; há tantos arranhões e hematomas reservados para você, meu querido jovem amigo! Ahá! Nelly! Como ele está agora, meu broche de diamantes?

– Ele está muito mal – respondeu a criança, que chorava.

– Que linda, pequena Nell! – gritou Quilp.

– Ah, linda, senhor, linda mesmo – disse Brass. – Muito charmosa.

– Ela veio sentar-se nos joelhos de Quilp – disse o anão, no que pretendia ser um tom reconfortante – ou ela vai para a cama em seu quartinho aqui dentro? O que a pobre Nelly vai fazer?

– Que jeito agradável e notável ele tem com as crianças! – murmurou Brass, como se estivesse cochichando com o teto. – Digo-lhe que é um prazer ouvi-lo.

A velha loja de curiosidades – Tomo 1

– Não vou ficar de jeito nenhum – respondeu Nell. – Quero algumas coisas que estão naquela sala, e então eu... eu... não desço mais aqui.

– E é um quartinho muito bonito! – disse o anão olhando para dentro quando a criança entrou. – Uma suíte e tanto! Você tem certeza de que não vai usá-la? Tem certeza de que não vai voltar, Nelly?

– Não – respondeu a criança, apressando-se, com as poucas peças de vestuário que viera buscar. – Nunca mais! Nunca mais.

– Ela é muito sensível – disse Quilp, cuidando dela. – Muito sensível. É uma pena. A altura da cama tem quase o meu tamanho. Acho que vou torná-lo MEU quartinho.

Com o encorajamento do senhor Brass, que teria encorajado qualquer outra coisa proveniente da mesma fonte, o anão entrou para experimentar a ideia. Ele o fez, jogando-se de costas na cama com o cachimbo na boca, e então estendeu as pernas e tragou violentamente. Com o senhor Brass aplaudindo muito essa cena e sendo a cama macia e confortável, o senhor Quilp decidiu usá-la, tanto como um lugar para dormir à noite quanto como uma espécie de divã durante o dia. E, para que pudesse convertê--lo para esse fim imediatamente, permaneceu onde estava e fumou seu cachimbo. O advogado, estando a essa altura bastante tonto e perplexo com suas ideias (pois esse era um efeito do fumo em seu sistema nervoso), aproveitou para fugir para o ar livre, onde, com o passar do tempo, se recuperou o suficiente para retornar com um semblante mais tolerável. Ele logo foi obrigado pelo anão maldoso a fumar novamente e teve uma recaída, e nesse estado jogou-se em um sofá, onde dormiu até de manhã.

Essas foram as primeiras ações do senhor Quilp ao assumir sua nova propriedade. Ele esteve, por alguns dias, impedido pelos negócios de realizar qualquer traquinagem em particular, já que seu tempo estava bem ocupado entre fazer, com a ajuda do senhor Brass, um inventário minucioso de todas as mercadorias do local e sair para cuidar de outros negócios que felizmente o envolveram por várias horas. Tendo sua avareza e cautela, agora, totalmente despertadas, ele nunca se ausentou de casa uma noite; e sua ânsia por alguma solução, boa ou má, para a saúde do

107

velho aumentando rapidamente com o passar do tempo, logo começou a desabafar em murmúrios e exclamações de impaciência.

Nell encolheu-se timidamente com todas as iniciativas do anão para conversar e fugia ao ouvir a sua voz; os sorrisos do advogado também não eram menos terríveis para ela do que as caretas de Quilp. Ela vivia em tal medo e apreensão contínuos de encontrar um ou outro pelas escadas ou nos corredores ao sair do quarto de seu avô que raramente o deixava por um instante até tarde da noite, quando o silêncio a encorajava a aventurar-se e respirar o ar mais puro de alguma sala vazia.

Uma noite, ela havia fugido para a janela de costume e estava sentada lá muito tristemente, pois o velho estava pior naquele dia, quando ela pensou ter ouvido seu nome ser pronunciado por uma voz na rua. Olhando para baixo, ela reconheceu Kit, cujos esforços para atrair sua atenção a despertaram de suas tristes reflexões.

– Senhorita Nell! – disse o menino em voz baixa.

– Sim – respondeu a criança, em dúvida se deveria manter alguma comunicação com o suposto culpado, mas ainda se inclinando em favor do seu amigo favorito. – O que você quer?

– Há muito tempo queria dizer-lhe uma palavra – respondeu o rapaz –, mas as pessoas lá embaixo me afastaram e não me deixaram vê-la. Você não acredita, espero que não acredite realmente, que mereço ser rejeitado como fui, não é, senhorita?

– Devo acreditar – respondeu a criança. – Senão, por que meu avô estaria tão zangado com você?

– Não sei – respondeu Kit. – Tenho certeza de que nunca mereci isso dele, não, nem de você. Posso dizer isso com o coração verdadeiro e honesto, de qualquer maneira. E ainda ser expulso da porta, quando vim apenas perguntar pela saúde do mestre!

– Eles nunca me contaram isso – disse a criança. – Não sabia mesmo. Eu não teria pedido a eles que fizessem isso por nada no mundo.

– Obrigado, senhorita – respondeu Kit. – É confortante ouvi-la dizer isso. Eu disse que nunca acreditaria que fosse sua culpa.

– Nisso você estava certo! – disse a criança ansiosamente.

– Senhorita Nell – exclamou o rapaz entrando por baixo da janela e falando em voz mais baixa –, há novos proprietários descendo as escadas. É uma mudança para você.

– Sim, sem dúvida – respondeu a criança.

– E assim será para ele quando ele melhorar – disse o menino, apontando para o quarto do doente.

– Se ele melhorar algum dia – acrescentou a criança, incapaz de conter as lágrimas.

– Oh, ele vai melhorar, vai sim – disse Kit. – Tenho certeza disso.

– Você não deve ser abater, senhorita Nell. Agora não, por favor!

Essas palavras de encorajamento e consolo foram poucas e ditas sem doçura, mas abalaram a criança e a fizeram, por enquanto, chorar ainda mais.

– Ele com certeza vai melhorar agora – disse o menino ansioso – se você não ceder ao desânimo e adoecer também, o que o faria piorar e o derrubaria de vez, bem quando ele começar a se recuperar. Quando ele melhorar, diga palavras positivas, diga uma palavra gentil por mim, senhorita Nell!

– Eles dizem que não devo nem mencionar seu nome a ele por muito, muito tempo – respondeu a criança. – Não ouso; e, mesmo se eu pudesse, que bem faria uma palavra gentil sua, Kit? Continuaremos muito pobres. Quase não teremos pão para comer.

– Não é para ser readmitido – disse o menino – que eu peço um favor a você. Não é por causa da comida e do salário que estou esperando há tanto tempo na esperança de vê-la. Não pense que eu esperava um momento de dificuldade para falar de coisas como essas.

A criança olhou para ele com gratidão e carinho, mas esperou que ele continuasse a falar.

– Não, não é isso – disse Kit hesitando –, é algo muito diferente disso. Eu não tenho muito bom senso, eu sei, mas, se ele pudesse ser convencido de que eu fui um servo fiel a ele, fazendo o melhor que pude, e nunca pretendendo prejudicar, talvez ele não iria...

Aqui Kit vacilou tanto que a criança implorou que falasse, e rapidamente, pois era muito tarde e era hora de fechar a janela.

– Talvez ele não iria achar ousado da minha parte dizer… bem, então dizer isto – exclamou Kit com repentina ousadia. – Esta casa foi retirada de você e dele. Mamãe e eu temos uma moradia modesta, mas é melhor do que isso, com todas essas pessoas aqui. E por que não se mudam para lá, até que tenham tempo de dar uma olhada e encontrar uma melhor?

A criança não respondeu. Kit, aliviado por ter feito sua proposta, sentiu que sua língua se soltara e falou em seu favor com a maior eloquência.

– Você acha – disse o menino – que é muito pequeno e desconfortável. É verdade, mas é muito limpa. Talvez você ache que seria barulhento, mas não há quadra mais silenciosa do que a nossa em toda a cidade. Não tenha medo das crianças; o bebê quase nunca chora, e o outro é muito bom, além disso eu cuidaria deles. Eles não incomodariam muito você, tenho certeza. Tente, senhorita Nell, tente. O pequeno quarto da frente no andar de cima é muito agradável. Você pode ver um pedaço do relógio da igreja, através das chaminés, e quase enxergar as horas; a mãe diz que seria a coisa certa para você, certamente, e você a teria servindo a ambos, e a mim para fazer outras tarefas. Não queremos dinheiro, por Deus; você não deve pensar nisso! Você vai tentar, senhorita Nell? Apenas diga que você vai tentar. Tente fazer o velho mestre vir e pergunte-lhe primeiro o que eu fiz. Você só promete isso, senhorita Nell?

Antes que a criança pudesse responder a esse pedido sincero, a porta da rua se abriu, e o senhor Brass, estendendo a cabeça coberta por uma touca de dormir, gritou com uma voz ríspida: "Quem está aí?" Kit de imediato se afastou, e Nell, fechando a janela suavemente, voltou para dentro da sala.

Antes que o senhor Brass tivesse repetido sua pergunta várias vezes, o senhor Quilp, também ornado com sua touca de dormir, saiu pela mesma porta e olhou atentamente para cima e para baixo da rua e para todas as janelas da casa, do lado oposto. Descobrindo que não havia ninguém à vista, ele logo voltou para casa com seu amigo fiel, protestando (e a criança ouviu da escada) que havia uma conspiração contra ele; que corria o risco de ser roubado e saqueado por um bando de conspiradores que rondavam a casa em todas as estações; e que ele não tardaria em tomar medidas imediatas para se desfazer da propriedade e retornar ao seu lar pacífico. Tendo rosnado essas e muitas outras ameaças da mesma natureza, ele se enrolou mais uma vez na cama da criança, e Nell subiu suavemente as escadas.

Era bastante natural que seu diálogo curto e inacabado com Kit deixasse uma forte impressão em sua mente e influenciasse seus sonhos naquela noite e suas lembranças por muito, muito tempo. Cercado por credores insensíveis e auxiliares de enfermagem mercenários e encontrando-se no auge de sua ansiedade e tristeza, sentindo pouca consideração ou simpatia até mesmo das mulheres ao seu redor, não é surpreendente que o coração afetuoso da criança tenha sido tocado por um espírito bondoso e generoso, por mais rude que fosse o templo em que habitava. Graças aos céus, os templos de tais espíritos não são fabricados pelas mãos, mas em geral são cobertos com maior frequência por remendos pobres do que com púrpura e linho fino!

Capítulo 12

Por fim, a crise da doença do velho havia passado, e ele começou a se curar. Em um progresso lento e frágil, ele recobrou a consciência, mas a mente estava fraca, e suas funções, prejudicadas. Ele era paciente e quieto; muitas vezes ficava sentado taciturno, mas não desanimado, por um longo tempo; divertia-se facilmente, até mesmo por um raio de sol na parede ou no teto; não reclamava quando os dias eram longos ou as noites, tediosas; e parecia de fato ter perdido a conta do tempo e toda a sensação de preocupação ou cansaço. Ele ficava sentado, por horas a fio, com a mãozinha de Nell na sua, brincando com os dedos e parando às vezes para alisar seus cabelos ou beijar sua testa; e, quando via que as lágrimas brilhavam em seus olhos, olhava para dentro de si procurando a causa e esquecia sua admiração enquanto olhava para ela.

A criança e ele saíram para uma volta, o velho apoiado em travesseiros, e a criança ao seu lado. Eles estavam de mãos dadas, como de costume. O barulho e o movimento nas ruas cansaram seu cérebro a princípio, mas ele não ficou surpreso, ou curioso, ou satisfeito, ou irritado. Ele foi questionado se lembrava disso ou daquilo.

– Ah, sim – disse ele. – Muito bem, como não?

Às vezes ele virava a cabeça e olhava, com olhar sério e pescoço estendido, para algum estranho na multidão, até que ele desaparecesse de vista; mas, à razão daquele olhar, ele não disse uma palavra.

Ele estava sentado em sua poltrona confortável um dia desses, e Nell, em um banquinho ao lado dele, quando um homem do lado de fora da porta perguntou se poderia entrar.

– Sim – disse ele sem emoção. Era Quilp, ele sabia. – Quilp é o chefe agora. Claro que ele pode entrar. – E foi o que ele fez.

– Fico feliz em vê-lo finalmente bem de novo, vizinho – disse o anão, sentando-se à sua frente. – Você está bem forte agora, não?

– Sim – disse o velho debilmente. – Sim.

– Não quero apressar você, vizinho – disse o anão, erguendo a voz, pois os sentidos do velho estavam mais embotados do que costumavam ser –, mas, assim que você puder organizar seu planejamento para o futuro, tanto melhor.

– Certamente – disse o velho. – O melhor para todas as partes.

– Veja bem – prosseguiu Quilp após uma breve pausa –, uma vez removidos os utensílios, esta casa ficará desconfortável, inabitável de fato.

– Você diz a verdade – respondeu o velho. – Pobre Nell, o que ela fará agora?

– Exatamente – berrou o anão acenando com a cabeça. – Isso foi muito bem observado. Então você vai pensar sobre isso, vizinho?

– Sim, certamente – respondeu o velho. – Não vamos parar por aqui.

– Suponho que não – disse o anão. – Eu vendi as coisas. Elas não renderam tanto quanto deveriam, mas correu tudo bem, muito bem. Hoje é terça-feira. Quando eles devem ser retirados? Não há pressa, digamos, nesta tarde?

– Sexta pela manhã – respondeu o velho.

– Muito bom – disse o anão. – Que seja, mas com o entendimento de que não posso esperar além daquele dia, vizinho, de forma alguma.

– Ótimo – respondeu o velho. – Vou me lembrar disso.

O senhor Quilp pareceu bastante intrigado com a maneira estranha, até mesmo desanimada, como essas frases foram ditas; mas, como o velho acenou com a cabeça e repetiu "Na manhã de sexta-feira. Devo me lembrar", ele não tinha motivos para insistir mais no assunto. Então, despediu-se amigavelmente com uma expressão de boa vontade e muitos elogios ao amigo por sua boa aparência e desceu as escadas para relatar o progresso ao senhor Brass.

Durante todo aquele dia e no seguinte, o velho permaneceu naquele estado. Ele vagou para cima e para baixo da casa e para dentro e para fora dos vários quartos, como se tivesse a vaga intenção de dizer-lhes adeus, mas ele não se referiu nem diretamente nem de qualquer outro modo à conversa da manhã ou à necessidade de encontrar algum outro abrigo. Teve uma vaga ideia de que a criança estava desolada e carente de ajuda, pois muitas vezes ele a puxava para perto de si e lhe dava ânimo, dizendo que não se abandonariam; mas ele parecia incapaz de contemplar sua posição real de forma mais clara e ainda era a criatura apática e sem paixão que o sofrimento mental e físico haviam deixado para ele.

Chamamos isso de estado de infantilidade, mas é a mesma pobre e vazia alegoria que se afirma comparando a morte ao sono. Onde, nos olhos embotados dos homens doentes, estão a luz alegre e a vida da infância, a alegria que não conhece freios, a franqueza que não sentiu o frio, a esperança que nunca murchou, as alegrias que brotam com o desabrochar? Onde, nos contornos angulosos da morte rígida e feia, está a beleza serena do sono, falando sobre o descanso das atividades passadas e renovando as esperanças e amores gentis para aquelas que estão por vir? Deite a morte e o sono lado a lado e diga onde estão as semelhanças. Compare a criança e o adulto infantilizado juntos e envergonhe-se pela soberba de chamar o genuíno estado de felicidade da infância para essa imagem já feia e distorcida da demência.

Chegou a quinta-feira e não houve alteração no estado do velho. Mas uma mudança podia ser observada nele naquela noite, quando ele e a criança se sentaram juntos em silêncio.

Em um pequeno jardim sombrio abaixo de sua janela, havia uma árvore, verde e florida demais para um lugar assim, e, conforme o vento se agitava entre suas folhas, ela projetava uma sombra ondulante na parede branca. O velho ficou sentado observando as sombras enquanto elas estremeciam nessa mancha de luz, até o sol se pôr, e, quando era noite e a lua estava subindo lentamente, ele ainda estava sentado no mesmo lugar.

Para quem estava se revirando em uma cama desconfortável por tanto tempo, mesmo algumas poucas folhas verdes e essa luz tranquila, embora misturadas com chaminés e telhados das casas, eram coisas agradáveis. Eles sugeriram lugares tranquilos e distantes, descanso e paz. A criança pensou, mais de uma vez, que ele se comovera, e desistiu de falar. Mas agora ele derramou algumas lágrimas, lágrimas que iluminaram seu coração dolorido de ver, e, movendo-se como se ele fosse cair de joelhos, implorou que ela o perdoasse.

– Perdoar você? De quê? – disse Nell, interpondo-se para impedir sua ação. – Oh, vovô, o que devo eu perdoar?

– Tudo o que passou, tudo o que aconteceu a você, Nell, tudo o que aconteceu naquele sonho inquietante – respondeu o velho.

– Não fale assim – disse a criança. – Por favor, não. Vamos falar de outra coisa.

– Sim, sim, nós vamos – ele respondeu. – E será sobre o que nós havíamos falado há muito tempo, muitos meses. Meses ou semanas, ou dias? Quando foi, Nell?

– Eu não entendo você – disse a criança.

– Tudo voltou para mim hoje, tudo voltou desde que estamos sentados aqui. Eu a abençoo por isso, Nell!

– Pelo quê, avô?

– Pelo que você disse sobre nos tornamos mendigos, Nell. Vamos falar baixinho. Silêncio, pois, se eles souberem do nosso propósito ao descer as escadas, dirão que eu estou louco e a tirariam de mim. Não vamos ficar aqui nem mais um dia. Iremos para longe daqui.

– Sim, vamos embora – disse a criança seriamente. – Vamos partir deste lugar e nunca mais voltar atrás ou pensar nisso novamente. Melhor vagar descalços pelo mundo do que ficar aqui.

– Faremos assim – respondeu o velho –, viajaremos a pé pelos campos e bosques, e à beira dos rios, e confiaremos em Deus nos lugares onde Ele habita. É muito melhor passar a noite sob um céu aberto como aquele lá, veja como está claro, do que descansar em quartos fechados que estão sempre cheios de preocupações e sonhos cansativos. Você e eu juntos, Nell, podemos ainda ser alegres e felizes e aprender a esquecer este tempo, como se nunca tivesse existido.

– Seremos felizes! – gritou a criança. – Nós não podemos ficar aqui.

– Não, nunca mais devemos, nunca mais, digo isso com sinceridade – respondeu o velho. – Vamos fugir amanhã de manhã, bem cedo e discretamente, para que não possamos ser vistos ou ouvidos, e não deixaremos rastros ou pegadas para eles nos seguirem. Pobre Nell! Suas faces estão pálidas, e seus olhos estão pesados de cansaço e de chorar por mim, eu sei, por minha causa; mas vai ficar bem de novo e feliz também quando estivermos longe. Amanhã de manhã, querida, daremos as costas a esta cena de tristeza e seremos tão livres e felizes quanto os pássaros.

E então o velho postou suas mãos acima da cabeça dela e disse, em palavras entrecortadas, que daquele momento em diante eles vagariam para cima e para baixo juntos e nunca mais se separariam até que a morte chegasse para um ou outro da dupla.

O coração da criança bateu forte com esperança e confiança. Ela não pensava em fome, frio, sede ou sofrimento. Ela viu nisso apenas uma volta aos prazeres simples de que um dia desfrutaram, um alívio para a solidão sombria em que ela viveu, uma fuga das pessoas sem compaixão por quem ela foi cercada em seu último período de provação, a restauração da saúde e paz do velho e uma vida de felicidade tranquila. O sol, o riacho, a campina e os dias de verão brilhavam intensamente em sua visão, e não havia escuridão naquela cena brilhante.

O velho havia dormido profundamente por algumas horas em sua cama, e ela ainda estava ocupada se preparando para a partida. Havia algumas peças de roupa para ela carregar e outras para ele; roupas velhas, assim como sua fortuna decadente, prontas para vestir; e um bastão para apoiar seus passos frágeis, colocado à sua disposição. Mas essa não era toda a sua tarefa; por enquanto, ela deveria visitar os velhos aposentos pela última vez.

Essa despedida seria muito diferente de qualquer coisa que ela pudesse imaginar, mas, acima de tudo, daquilo que ela costumava imaginar para si. Como ela pôde um dia pensar em se despedir daquilo tudo em triunfo, quando a lembrança das muitas horas que ela havia passado ali inundou seu coração apertado e a fez sentir no peito a crueldade: solitárias e tristes muitas daquelas horas haviam sido! Ela se sentou na janela onde havia passado tantas noites, bem mais sombrias do que essa, e cada pensamento de esperança ou alegria que tivera naquele lugar retornou alegremente em sua mente, apagando todos os pensamentos sombrios e tristes e associações imediatamente.

Também o seu quartinho, onde tantas vezes se ajoelhava e rezava à noite, rezava pela oportunidade que acreditava estar se abrindo agora, o quartinho onde havia dormido tão pacificamente e sonhado sonhos tão agradáveis! Era difícil não poder olhar para ele de novo e ser forçada a partir sem um olhar gentil ou uma lágrima de agradecimento. Havia algumas miudezas ali, algumas coisinhas inúteis, que ela gostaria de levar embora; mas isso era impossível.

Isso trouxe à lembrança o seu pássaro, seu pobre pássaro, que ainda estava pendurado ali. Ela chorou amargamente pela perda dessa criaturinha, até que uma ideia lhe ocorreu. Ela não sabia como ou por que isso lhe veio à cabeça, que ele poderia, de alguma forma, parar nas mãos de Kit, que o iria guardar por causa dela e pensar, talvez, que ela o havia deixado para trás na esperança de que ele pudesse ficar com ele, como uma garantia de sua gratidão. Ela se acalmou e se consolou com aquele pensamento e foi descansar com o coração mais leve.

Dos vários sonhos de vagar por lugares claros e ensolarados, mas com alguma coisa imprecisa que percorria indistintamente por todos eles, ela acordou e descobriu que ainda era noite e que as estrelas brilhavam intensamente no céu. Por fim, o dia começou a clarear, e as estrelas, a ficarem pálidas e opacas. Assim que teve certeza disso, ela se levantou e se vestiu para a viagem.

O velho ainda estava dormindo e, como ela não queria incomodá-lo, deixou-o dormir até o sol nascer. Ele estava ansioso para que eles saíssem de casa sem perder um minuto sequer, e logo estava pronto.

A criança então o pegou pela mão, e eles desceram as escadas com leveza e cautela, tremendo sempre que uma tábua estalava e muitas vezes parando para ouvir o ambiente. O velho havia se esquecido de uma espécie de carteira que continha a carga leve que ele deveria carregar, e voltar alguns passos para buscá-la parecia uma demora interminável.

Finalmente eles alcançaram o corredor no térreo, onde o ronco do senhor Quilp e de seu amigo advogado soava mais terrível a seus ouvidos do que o rugido dos leões. As travas da porta estavam enferrujadas e difíceis de abrir sem fazer barulho. Quando foram finalmente removidas, descobriram que a porta estava trancada e, o pior de tudo, a chave havia sumido. Então a criança se lembrou, naquele instante, de uma das enfermeiras ter lhe contado que Quilp sempre trancava as duas portas da casa à noite e mantinha as chaves na mesa do seu quarto.

Não foi sem grande medo e trepidação que a pequena Nell tirou os sapatos, deslizou pelo armazém de velhas curiosidades – onde o senhor Brass, o item mais assustador em todo o estoque, dormia em um colchão – e entrou em seu próprio quartinho.

Ali ficou, por alguns momentos, paralisada de terror ao ver o senhor Quilp, que estava tão pendurado para fora da cama que quase parecia de cabeça para baixo e que, seja pelo desconforto daquela postura, seja porque era um de seus hábitos desagradáveis, estava arfando e roncando com a boca bem aberta, e o branco (ou melhor, o amarelo sujo) de seus olhos estava claramente visível. Não era hora, porém, de perguntar se algo o incomodava; então, apanhando as chaves após uma rápida olhada ao redor da sala e passando na volta pelo prostrado senhor Brass, ela retornou ao velho em segurança. Abriram a porta sem barulho e, saindo para a rua, pararam.

– Qual direção? – perguntou a criança.

O velho olhou, hesitante e impotente, primeiro para ela, depois para a direita e para a esquerda, depois novamente para ela e balançou a cabeça. Estava claro que ela era, dali por diante, sua guia e a líder. A criança sentiu isso, mas não teve dúvida ou receio e, colocando a mão sobre a dele, conduziu-o suavemente para longe.

Era o começo de um dia de junho; o profundo céu azul não tinha uma nuvem sequer e brilhava. As ruas estavam, por enquanto, quase livres de transeuntes, as casas e lojas estavam fechadas, e o ar saudável da manhã caía como o sopro dos anjos sobre a cidade adormecida.

O velho e a criança continuaram no alegre silêncio, exultantes de esperança e prazer. Eles estavam sozinhos, mais uma vez; tudo ao redor era brilhante e fresco; nada os lembrava, a não ser por contraste, da monotonia e constrangimento que haviam deixado para trás; torres e campanários de igrejas, carrancudos e escuros em outras épocas, agora brilhavam ao sol; cada canto humilde alegrou-se com a luz, e o céu, obscurecido apenas pela grande distância, derramava seu sorriso tranquilo em tudo o que estava abaixo.

Para além da cidade, enquanto ela ainda dormia, foram os dois pobres aventureiros, vagando não sabiam bem para onde.

Capítulo 13

Daniel Quilp, de Tower Hill, e Sampson Brass, de Bevis Marks, na cidade de Londres, um cavalheiro e um dos advogados de Sua Majestade, com assento na Suprema Corte Real e no tribunal de Direito Civil em Westminster e procurador no Supremo Tribunal de Justiça, continuavam a dormir tranquilamente, sem pensar em nenhum infortúnio, até que uma batida na porta da rua, muitas vezes repetida e gradualmente aumentando de uma única batida modesta a uma bateria perfeita de batidas, disparadas com um intervalo muito curto entre elas, fez com que o referido Daniel Quilp lutasse para ficar em pé e olhasse para o teto com uma indiferença sonolenta. Percebeu que ouvia algum barulho e se admirava com ele, mas não conseguia se dar ao trabalho de pensar mais nada sobre o assunto.

À medida que as batidas, em vez de se acomodarem ao seu estado de preguiça, aumentaram com vigor e tornaram-se mais inoportunas, como se fosse um protesto contra ele ter caído no sono novamente, agora que conseguira abrir os olhos, Daniel Quilp começou aos poucos a compreender a possibilidade de haver alguém à porta; e, assim, aos poucos foi se lembrando de que era sexta-feira de manhã e ele ordenara que a senhora Quilp viesse até ele ainda de madrugada.

O senhor Brass, depois de se contorcer em gestos estranhos e muitas vezes torcer o rosto e os olhos em uma expressão como a que se faz geralmente ao comer groselhas azedas, também estava acordado a essa altura. Vendo que o senhor Quilp se vestia com suas roupas do dia a dia, apressou-se em fazer o mesmo, calçando os sapatos antes das meias, enfiando as pernas nas mangas do casaco e cometendo outros erros em seu banheiro que não são incomuns para quem se veste com pressa e trabalha sob a agitação de ter sido acordado repentinamente. Enquanto o advogado se arrumava, o anão tateava por baixo da mesa, murmurando palavrões desesperados contra si e contra a humanidade em geral, e ainda por cima todos os objetos inanimados, despertando a curiosidade no senhor Brass:

– Qual é o problema?

– A chave – disse o anão, olhando ferozmente ao redor –, a chave da porta, esse é o problema. Você sabe alguma coisa sobre isso?

– Como posso saber de alguma coisa, senhor? – retornou o senhor Brass.

– Como poderia? – repetiu Quilp com um sorriso de escárnio. – Você é um bom advogado, não é? Bah, seu idiota!

Sem se dar ao trabalho de discursar para o anão em seu estado atual de humor que a perda de uma chave por outra pessoa dificilmente afetaria seu conhecimento jurídico (o de Brass, claro) em qualquer grau, o senhor Brass humildemente sugeriu que ele deveria ter se esquecido de guardá-la durante a noite e estava, sem dúvida, naquele momento na própria fechadura. Apesar de o senhor Quilp ter uma forte convicção do contrário, baseada em sua lembrança de tê-la retirado com cuidado, ele admitiu essa possibilidade e seguiu resmungando até a porta, onde, com certeza, a encontrou.

Quando o senhor Quilp colocou a mão na fechadura e viu com espanto que as trancas estavam abertas, a batida veio novamente com mais violência, e a luz do dia que brilhava através do buraco da fechadura foi interceptada pelo lado de fora por um olho humano. O anão ficou muito exasperado e, escolhendo um alvo para aplacar seu mau humor, decidiu sair de repente e assustar a senhora Quilp, como um gentil reconhecimento de sua atenção em fazer aquele alvoroço horrível.

Com essa intenção, ele girou a maçaneta muito silenciosa e suavemente e, abrindo a porta de uma vez, atacou a pessoa do outro lado, que naquele momento havia levantado a aldrava para outra sessão de batidas, e a quem o anão se lançou de cabeça, atacando com as mãos e os pés juntos, de dentes cerrados, com toda a sua malícia.

No entanto, em vez de atacar alguém que não oferecesse resistência e implorasse por misericórdia, o senhor Quilp agora estava nos braços do indivíduo que ele pensava ser sua esposa e se viu recepcionado por dois golpes certeiros na cabeça, e mais dois da mesma qualidade no peito; e, próximo do seu agressor, uma chuva de bofetões caiu sobre sua pessoa, convencendo-o de que estava em mãos hábeis e experientes. Nada intimidado por essa recepção, ele agarrou-se com força ao oponente, mordeu e martelou com tanta vontade e vigor que se passaram pelo menos alguns minutos antes que pudesse ser apartado. Só então, e não antes disso, Daniel Quilp se viu todo corado e desgrenhado no meio da rua, com o senhor Richard Swiveller fazendo uma espécie de dança em volta dele e querendo saber "se ele queria mais".

– Há muito mais disponível – disse o senhor Swiveller, avançando e recuando em uma atitude ameaçadora –, uma grande e extensa variedade sempre à mão, pedidos do exterior atendidos com prontidão e precisão. Você quer um pouco mais, senhor? Não diga não se não quiser que eu pare.

– Achei que fosse outra pessoa – disse Quilp, esfregando os ombros. – Por que você não disse quem era?

– Por que VOCÊ não disse quem era – respondeu Dick –, em vez de voar para fora de casa como um lunático?

– Foi você que… que bateu na porta – disse o anão, levantando-se com um gemido curto –, não foi?

– Sim, fui eu mesmo – respondeu Dick. – Aquela senhora começou quando cheguei, mas bateu com força de menos, então eu a ajudei. – Ao dizer isso, ele apontou para a senhora Quilp, que estava tremendo a uma pequena distância.

– Hum! – murmurou o anão, lançando um olhar zangado para a esposa. – Pensei mesmo que fosse sua culpa! E você, senhor... não sabe que tem alguém doente aqui? Por que bate como se fosse derrubar a porta?

– Droga! – respondeu Dick. – É exatamente por isso que eu o fiz. Achei que havia alguém morto aqui.

– Você veio com algum propósito, suponho – disse Quilp. – O que você quer?

– Quero saber como está o velho cavalheiro – respondeu o senhor Swiveller – e saber da própria Nell, com quem gostaria de ter uma conversinha. Sou amigo da família, senhor... Pelo menos sou amigo de alguém da família, o que dá no mesmo.

– É melhor você entrar então – disse o anão. – Continue, senhor, continue. Agora, senhora Quilp, passe primeiro, senhora.

A senhora Quilp hesitou, mas o senhor Quilp insistiu. E não era uma competição de boas maneiras, ou de qualquer modo uma questão de formalidade, pois ela sabia muito bem que seu marido desejava entrar na casa atrás dela para poder aproveitar-se para aplicar alguns beliscões em seus braços, que raramente ficavam livres das marcas de seus dedos nas cores preta e roxa. O senhor Swiveller, que não sabia de nada, ficou um pouco surpreso ao ouvir um grito reprimido e, olhando em volta, viu a senhora Quilp vir atrás dele com um solavanco repentino, mas ele não fez comentários sobre o ocorrido e logo o esqueceu.

– Agora, senhora Quilp – disse o anão quando eles entraram na loja –, suba as escadas, por favor, até o quarto de Nelly e diga a ela que temos visita.

– Parece que você se sente em casa aqui – disse Dick, que não conhecia a autoridade do senhor Quilp.

– Esta é MINHA casa, jovem cavalheiro – respondeu o anão.

Dick estava imaginando o que significariam essas palavras, e mais ainda o que a presença do senhor Brass significava, quando a senhora Quilp desceu correndo as escadas, dizendo que os quartos estavam vazios.

– Vazios, sua tola! – disse o anão.

– Dou-lhe minha palavra, Quilp – respondeu sua mulher, trêmula –, de que olhei em todos os cômodos e não havia vivalma em nenhum deles.

– E isso – disse o senhor Brass, batendo palmas uma vez, com ênfase – explica o mistério da chave!

Quilp olhou carrancudo para ele, para sua esposa e para Richard Swiveller; mas, não recebendo respostas de nenhum deles, subiu apressado as escadas, de onde logo desceu correndo, confirmando o relato que já havia sido feito.

– É uma maneira estranha de agir – disse ele, olhando para Swiveller –, muito estranho não falarem comigo, que sou um amigo tão próximo e íntimo dele! Ah!, ele vai me escrever, sem dúvida, ou vai mandar Nelly escrever, sim, sim, é o que ele fará. Nelly gosta muito de mim. Linda Nell!

O senhor Swiveller parecia, e estava, boquiaberto. Ainda olhando furtivamente para ele, Quilp se virou para o senhor Brass e disse, com assumido descuido, que isso não precisava interferir na retirada das mercadorias.

– Pois de fato – acrescentou ele – sabíamos que eles partiriam hoje, mas não que partiriam tão cedo ou tão silenciosamente. Mas eles têm seus motivos, sim, têm seus motivos.

– Para onde, diabos, eles foram? – disse Dick, pensativo.

Quilp balançou a cabeça e franziu os lábios de uma maneira que dava a entender que sabia muito bem, mas não tinha liberdade para dizer.

– E o que – disse Dick, olhando para a confusão ao seu redor –, o que você quer dizer com transportar as mercadorias?

– Que as comprei, senhor – respondeu Quilp.

– Hein? O que disse? Ah, a velha raposa astuta fez fortuna, finalmente, e foi morar em um chalé tranquilo, em um lugar agradável, com uma vista para o mar distante! – disse Dick, em grande perplexidade.

– Mantendo seu lugar de aposentadoria em segredo, para que não seja visitado com muita frequência por netos afetuosos e seus amigos devotados, hein? – acrescentou o anão, esfregando as mãos com força. – Não digo nada, mas foi isso que você quis dizer?

Richard Swiveller ficou totalmente horrorizado com essa alteração inesperada das circunstâncias, que ameaçava a destruição completa do projeto no qual ele desempenhava um papel tão importante e parecia cortar seu planejamento pela raiz. Tendo recebido de Frederick Trent somente no final da noite anterior as informações sobre a doença do velho, ele faria uma visita de condolências e cortesia a Nell, preparada com a primeira de uma longa série de encantamentos que iriam incendiar seu coração, finalmente. E agora, quando ele planejava uma abordagem graciosa e insinuante, e pensando sobre a vingança maldosa que estava arquitetando contra Sophy Wackles, Nell, o velho e todo o dinheiro se foram, derreteram, abandonaram-no, e ele não sabia para onde, como se eles tivessem um conhecimento prévio do plano e tomassem uma resolução para derrotá-lo já no início, antes que mais um passo fosse dado.

No fundo do seu coração, Daniel Quilp estava surpreso e preocupado com os rumos que tinham sido tomados. Não passou despercebido aos seus olhos atentos que algumas peças indispensáveis de roupa tinham sumido com os fugitivos e, ciente do fraco estado de espírito do velho, ficou admirado com o que poderia ter ocorrido para que ele tão prontamente conseguisse a aprovação da criança. Não se deve supor (ou seria uma grande injustiça para o senhor Quilp) que ele foi torturado por qualquer ansiedade interessada em relação a qualquer um deles. Sua inquietação surgiu do medo de que o velho tivesse algum esconderijo de dinheiro de que não havia suspeitado; e a ideia de que ele havia escapado de suas garras o esmagou com preocupação e autocensura.

Nesse estado de espírito, foi um consolo para ele descobrir que Richard Swiveller estava, por diferentes motivos, evidentemente irritado e decepcionado pelo mesmo fato. Era óbvio, pensou o anão, que ele viera ali, em nome do amigo, para bajular ou assaltar o velho de uma pequena fração daquela riqueza que eles supunham que ele tivesse em abundância. Portanto, foi um alívio envenenar seu coração com uma ilusão das riquezas que o velho acumulava e falar sobre sua astúcia em se afastar do alcance da importunação.

– Bem – disse Dick, sem expressão –, suponho que não adianta ficar aqui.

– Não vale a pena mesmo – respondeu o anão.

– Você vai avisar que eu vim aqui, talvez? – perguntou Dick.

O senhor Quilp acenou com a cabeça e disse que certamente o faria, assim que os visse.

– E diga – acrescentou o senhor Swiveller –, diga, senhor, que vim até aqui sem pisar em espinhos, que vim remover com amizade as sementes da violência e da ira do coração e, para semear em seu lugar, trouxe os brotos de um novo concílio familiar. Você teria a bondade de se encarregar dessa missão, senhor?

– Certamente! – respondeu Quilp.

– Faça a gentileza de acrescentar, senhor – disse Dick, exibindo um cartão pequeno e mole –, que esse é o meu endereço e que posso ser encontrado em casa todas as manhãs. Duas batidas na porta, senhor, e serei seu servo a qualquer momento. Meus amigos mais íntimos, senhor, estão acostumados a espirrar quando a porta se abre para confirmar que SÃO meus amigos e não têm necessidade de perguntar se estou em casa. Perdão, senhor, posso ver esse cartão novamente?

– Oh! claro que sim – respondeu Quilp.

– Por um pequeno engano, senhor – disse Dick, substituindo-o por outro –, entreguei-lhe o cartão de sócio do seleto clube chamado os Glorious Apollers, do qual tenho a honra de ser grão-mestre perpétuo. Esse é o endereço correto, senhor. Bom dia.

Quilp desejou-lhe um bom-dia; o perpétuo grão-mestre dos Glorious Apollers, erguendo o chapéu em homenagem à senhora Quilp, deixou-o cair sobre a cabeça novamente e desapareceu com um cumprimento.

A essa altura, alguns carros haviam chegado para transportar as mercadorias, e vários homens fortes de bonés equilibravam cômodas e outras miudezas dessa natureza sobre a cabeça e realizavam proezas de força que aumentavam consideravelmente sua aparência. Para não ficar atrás na agitação, o senhor Quilp começou a trabalhar com surpreendente vigor; apressando e conduzindo as pessoas, como um espírito maligno; colocando a senhora Quilp em todos os tipos de tarefas difíceis e impraticáveis;

carregando grandes pesos para cima e para baixo, sem aparentar esforço; chutando o menino do cais sempre que conseguia se aproximar dele; e desferindo, com seus ataques, muitas pancadas e golpes nos ombros do senhor Brass, quando ele saía na soleira da porta para responder às perguntas dos vizinhos curiosos, o que era parte de sua função. Sua presença e exemplo espalharam tal entusiasmo entre os empregados que, em poucas horas, a casa foi esvaziada por completo, exceto por pedaços de tapetes, potes vazios e fragmentos de palha espalhados.

Sentado como um chefe africano em um desses tapetes, o anão se refestelava na sala de estar, com pão, queijo e cerveja, quando notou, sem dar pistas de que fazia isso, que um menino estava olhando através da porta da rua. Certo de que era Kit, embora visse pouco mais do que seu nariz, o senhor Quilp o chamou pelo nome; então Kit entrou e perguntou o que ele queria.

– Venha aqui, senhor – disse o anão. – Bem, então seu velho mestre e sua jovem acompanhante foram embora?

– Para onde? – aproximou-se Kit, olhando em volta.

– Você quer dizer que não sabe para onde? – respondeu Quilp bruscamente. – Para onde eles foram, hein?

– Eu não sei – respondeu Kit.

– Venha – retrucou Quilp –, não vamos continuar com isso! Você quer dizer que não sabe que eles foram embora às escondidas, assim que amanheceu?

– Não – disse o menino, com evidente surpresa.

– Você não sabe nada?! – gritou Quilp. – Por acaso não vi que você andava pela casa outra noite, como um ladrão, hein? Você não foi informado de nada, então?

– Não – respondeu o garoto.

– Você não sabia? – disse Quilp. – O que lhe contaram então? Sobre o que vocês estavam falando?

Kit, que não tinha nenhum motivo específico para manter o assunto em segredo agora, relatou o propósito pelo qual viera naquela ocasião e a proposta que fizera.

– Oh! – disse o anão depois de pensar um pouco. – Então, acho que eles ainda virão até você.

– Você acha que eles virão? – perguntou Kit ansiosamente.

– Sim, acho que sim – respondeu o anão. – Quando o fizerem, avise-me, está ouvindo? Deixe-me saber e eu lhe darei algo. Quero fazer uma gentileza com eles, e não posso fazer uma gentileza a menos que saiba onde eles estão. Entende o que eu digo?

Kit poderia ter dado alguma resposta que não fosse aceita pelo seu inquisidor se o menino do cais, que estava se esgueirando pela sala em busca de qualquer coisa que pudesse ter sido deixada por acidente, não tivesse berrado: "Aqui está um pássaro! O que vamos fazer com isso?".

– Torça seu pescoço – respondeu Quilp.

– Oh, não, não faça isso – disse Kit, dando um passo à frente. – Dê isto para mim.

– Oh, claro, devo dizer – exclamou o outro rapaz. – Vamos, deixe a gaiola comigo e deixe-me torcer o pescoço, está bem? Ele disse que eu devo fazê-lo. Você, deixe a gaiola em paz.

– Dê aqui, dê para mim, seus cachorros – rugiu Quilp. – Lutem por ele, seus cachorros, ou eu mesmo torço o pescoço dele!

Sem precisar de mais convencimento, os dois meninos se atiraram um sobre o outro, com unhas e dentes, enquanto Quilp, segurando a gaiola com uma das mãos e cutucando o chão com sua faca em êxtase, incitava-os com suas provocações e gritos para lutarem mais ferozmente. Eles eram combatentes equivalentes e rolaram juntos, trocando golpes que não eram brincadeira de criança, até que finalmente Kit, acertando um golpe bem dirigido no peito do adversário, livrou-se, saltou agilmente e arrancou a gaiola das mãos de Quilp, fugindo com seu prêmio.

Ele não parou até chegar em casa, onde seu rosto sangrando causou grande preocupação e fez a criança mais velha soluçar terrivelmente.

– Meu Deus, Kit, qual foi o problema? O que fizeram com você? – gritou a senhora Nubbles.

– Não se preocupe, mãe – respondeu o filho, enxugando o rosto na toalha atrás da porta. – Não estou ferido, não tenha medo por mim. Eu lutei por esse pássaro e venci, só isso. Pare com esse choro, pequeno Jacob. Nunca vi um menino tão travesso em todos os meus dias!

– Você lutou por um pássaro! – exclamou sua mãe.

– Ah! Lutando por um pássaro! – respondeu Kit. – E aqui está ele, o pássaro da senhorita Nelly, mãe, cujo pescoço eles queriam torcer! Eu consegui impedir. Ha, ha, ha! Eles não torceriam o pescoço dele na minha frente, não, não. Eu não deixaria, mãe, não deixaria em absoluto. Ha, ha, ha!

Kit, rindo com tanto entusiasmo, com seu rosto adormecido e ferido olhando para fora da toalha, fez o pequeno Jacob rir, e então sua mãe riu; e então o bebê cantou e chutou com entusiasmo; e então todos eles riram juntos, em parte por causa da vitória de Kit, em parte porque gostavam muito uns dos outros. Quando esse surto hilário acabou, Kit exibiu o pássaro para ambas as crianças, como uma grande e preciosa raridade (era apenas um pobre pintarroxo), e, procurando na parede por um prego velho, fez um andaime com a cadeira e a mesa e pendurou-o com grande alegria.

– Deixe-me ver – disse o menino. – Acho que vou pendurá-lo no varal, porque é mais claro e alegre, e ele pode ver o céu de lá se olhar bem para o alto. Ele é do tipo que canta, posso garantir!

Assim, o andaime foi montado novamente, e Kit, subindo com o atiçador nas mãos, fazendo-o de martelo, bateu o prego e pendurou a gaiola, para alegria sem tamanho de toda a família. Depois que ele foi ajustado e endireitado muitas vezes, Kit caminhou de costas para a lareira em êxtase, considerando o arranjo perfeito.

– E agora, mãe – disse o menino –, antes de eu descansar mais, vou sair e ver se consigo encontrar um cavalo para cuidar, e então posso comprar um pouco de alpiste e alguma coisa boa para você em troca.

Capítulo 14

Como foi muito fácil para Kit se convencer de que a velha casa estava em seu caminho, fosse ele qual fosse, ele tentou olhar em sua passagem mais uma vez para ela, como uma questão de necessidade imperiosa e desagradável, totalmente independente de qualquer desejo próprio, sobre o qual ele não tinha controle, mas acabava cedendo sempre. Não é incomum que pessoas que foram mais bem alimentadas e educadas do que Christopher Nubbles transformem em deveres as suas tendências sobre questões da mais duvidosa retidão, considerando como um grande mérito seu a abnegação que lhes serve de autossatisfação.

Não houve necessidade de nenhum cuidado dessa vez e nenhum medo de ser parado para ter que lutar uma revanche com o garoto de Daniel Quilp. O lugar estava totalmente deserto e parecia tão empoeirado e sujo como se estivesse vazio havia meses. Um cadeado enferrujado estava preso à porta, pontas de persianas e cortinas descoloridas batiam tristemente contra as janelas superiores entreabertas, e os buracos tortos cortados nas venezianas fechadas no andar de baixo estavam pretos com a escuridão do interior. Alguns dos vidros das janelas, que ele tantas vezes tinha observado, haviam se quebrado na pressa da manhã, e aqueles aposentos pareciam mais desertos e sem graça do que qualquer um. Um grupo de meninos ociosos ocupava os degraus da porta; alguns batiam nela com a aldrava e ouviam com pavor e encantamento os sons vazios que se espalhavam pela casa desmontada; outros estavam agrupados ao redor do buraco da fechadura, olhando meio de brincadeira e meio a sério em busca do "fantasma", que, na escuridão de um dia qualquer, acrescentado ao mistério que pairava sobre os últimos habitantes, já haviam criado. Parada e solitária no meio do comércio e da agitação da rua, a casa parecia uma imagem de fria desolação; e Kit, que se lembrava do fogo alegre que costumava queimar ali em uma noite qualquer de inverno e da risada não menos alegre que ecoava no pequeno cômodo, afastou-se tristemente.

Deve-se observar especialmente, em justiça ao pobre Kit, que ele não tinha uma tendência sentimental e talvez nunca tivesse ouvido esse adjetivo em toda a sua vida. Ele era apenas um sujeito grato e de coração mole e nada tinha de refinado ou educado em seus modos; consequentemente, em vez de ir para casa novamente, em sua dor, para chutar as crianças e abusar de sua mãe (pois, quando as pessoas tensas ficam irritadas, elas querem que todos os outros estejam infelizes também), ele voltou seus pensamentos para o expediente simples de deixá-los o mais confortáveis que pudesse.

Deus abençoe, quantos cavalheiros montados haviam cavalgado para cima e para baixo e quão poucos deles pediram para segurar seus cavalos! Um bom inspetor da cidade ou um assessor parlamentar poderia ter calculado percentualmente, com base na quantidade de gente que galopava de um lado para o outro, quanto dinheiro poderia ser ganho em Londres, ao longo de um ano, apenas guardando cavalos. E, sem dúvida, teria sido uma boa soma se apenas a vigésima parte dos cavalheiros sem cavalariços tivesse oportunidade de descer das montarias; mas eles não o faziam, e são essas circunstâncias inesperadas que podem estragar as estatísticas mais engenhosas do mundo.

Kit caminhou, ora com passos rápidos, ora com passos lentos, ora se demorando enquanto algum cavaleiro diminuía o ritmo de seu cavalo e olhava ao redor. E agora, disparando a toda a velocidade por uma rua secundária quando avistava um cavaleiro distante, subindo preguiçosamente pelo lado sombrio da rua e parecendo que iria parar a cada porta. Mas todos continuavam, um após o outro, e nem um centavo apareceu.

– Eu me pergunto – pensou o menino – se um desses cavalheiros soubesse que eu não tenho nada na despensa lá em casa, será que ele iria parar de propósito e fingir que queria conversar em algum lugar, para que eu pudesse ganhar um pouco?

Ele estava bastante cansado de andar pelas ruas, para não falar das repetidas decepções, e encontrava-se sentado em um degrau para descansar quando se aproximou dele uma pequena carruagem de quatro rodas tilintante, puxada por um pequeno, obstinado e agasalhado pônei, conduzido por um velho cavalheiro gordo e pacato. Ao lado do velhinho estava sentada uma senhora, rechonchuda e bonachona como ele, e o pônei vinha em seu próprio ritmo e fazia somente o que queria, com toda a consideração. Se o velho cavalheiro protestasse balançando as rédeas, o pônei respondia balançando a cabeça. Estava claro que o máximo que o pônei aceitaria fazer seria seguir em seu próprio caminho a qualquer rua que o velho cavalheiro desejasse percorrer, mas havia um acordo entre eles que ele deveria fazer isso à sua própria maneira ou não o fazer de modo algum.

Ao passarem por onde ele estava sentado, Kit olhou tão melancolicamente para a pequena composição que o velho senhor olhou de volta para ele. Kit levantou-se e levou a mão ao chapéu, e o velho senhor disse ao pônei que queria parar, proposta à qual o pônei (que raramente se opunha a essa parte de seu dever) graciosamente cedeu.

– Desculpe, senhor – disse Kit. – Lamento que tenha parado, senhor. Só queria perguntar se poderia cuidar do seu cavalo.

– Vou descer na próxima rua – respondeu o velho. – Se você quiser vir atrás de nós, pode ficar com o trabalho.

Kit agradeceu e obedeceu com alegria. O pônei saiu correndo em um ângulo agudo para inspecionar um poste do outro lado da rua e então saiu pela tangente para outro poste do outro lado. Tendo se convencido de que eram do mesmo padrão e materiais, ele parou, aparentemente absorto em meditação.

– Pode continuar, senhor – disse o velho cavalheiro gravemente. – Ou devemos esperar aqui até que seja tarde para o nosso encontro?

O pônei permaneceu imóvel.

– Oh, seu Whiskers, seu safado – disse a velha. – Que vergonha! Tenho vergonha de tal conduta.

O pônei parecia ter sido tocado por esse apelo aos seus sentimentos, pois trotou imediatamente, embora mal-humorado, e não parou mais até que chegou a uma porta na qual havia uma placa de latão com as palavras "Witherden – Tabelião". Ali o velho cavalheiro desceu e ajudou a velha senhora, e então tirou de debaixo do assento um bujão que lembrava em forma e dimensões uma frigideira grande com a alça cortada. Isso a velha senhora carregou para dentro de casa com um ar sóbrio e imponente, e o velho cavalheiro (que tinha um pé torto) a seguiu.

Eles entraram, como era fácil dizer pelo som de suas vozes, na sala da frente, que parecia ser uma espécie de escritório. Como o dia estava muito quente e a rua tranquila, as janelas estavam abertas; e era fácil ouvir através das venezianas tudo o que se passava lá dentro.

No início houve um grande tremor de mãos e pés arrastados, seguido pela apresentação do buquê, pois uma voz, que o ouvinte supôs ser a do senhor Witherden, o tabelião, exclamou muitas vezes "Oh, delícia!", "oh, perfumado, de fato!", e um nariz, que também deveria ser o de propriedade daquele cavalheiro, inalou o perfume com uma fungada de extremo prazer.

– Eu o trouxe em homenagem à ocasião, senhor – disse a velha senhora.

– Ah! uma ocasião e tanto, senhora, uma ocasião que me honra, senhora, honra a mim – respondeu o senhor Witherden, o tabelião. – Já tive muitos cavalheiros associados a mim, senhora, muitos. Alguns deles agora estão rolando em riquezas, sem se importar com seu velho companheiro e amigo, outros têm o hábito de me visitar até hoje e dizer: "Senhor Witherden, algumas das horas mais agradáveis que já tive em minha vida foram passadas neste escritório, senhor, neste mesmo banquinho". Mas nunca houve um entre eles, senhora, apegado que fui a muitos deles, a quem previ um futuro tão brilhante como prevejo para o seu único filho.

– Oh, céus! – disse a velha. – Como você nos deixa felizes quando nos diz isso, com certeza!

– Eu lhe digo, senhora – disse o senhor Witherden –, o que penso sobre ser um homem honesto. Assim como disse o poeta, é a mais nobre obra de Deus, e concordo com ele em todos os aspectos, senhora. Os montanhosos Alpes, de um lado, ou um colibri, de outro, não são nada, em termos da Criação, comparados a um homem honesto ou uma mulher honesta.

– Qualquer coisa que o senhor Witherden possa dizer sobre mim – observou uma voz baixinha e calma – posso retribuir dizendo a seu respeito também, tenho certeza.

– É uma ocasião feliz, um acontecimento verdadeiramente feliz – disse o notário –, coincidir ainda com a comemoração do seu vigésimo oitavo aniversário, e espero saber apreciá-la. Espero, senhor Garland, meu caro senhor, que possamos nos felicitar mutuamente por esta ocasião auspiciosa.

A isso o velho senhor respondeu que tinha certeza de que sim. Pareceu ter havido outro aperto de mãos na sequência e, quando acabou, o velho senhor disse que, embora entendesse que não ficaria bem afirmar isso, acreditava que nenhum filho tinha sido um conforto maior para seus pais do que fora Abel Garland para ele.

– Casar, como a mãe dele e eu fizemos, tarde na vida, senhor, depois de esperar muitos anos até que estivéssemos bem; unirmo-nos quando não éramos mais jovens, e então fomos abençoados com um filho que sempre foi obediente e afetuoso, ora, é uma fonte de grande felicidade para nós dois, senhor.

– Claro que é, não tenho dúvida – respondeu o tabelião com voz simpática. – É observar esse tipo de coisa que me faz lamentar meu destino de ser solteiro. Houve uma jovem uma vez, senhor, herdeira de um armazém de roupas de primeira categoria, mas essa foi apenas uma fraqueza. Chuckster, traga os artigos do senhor Abel.

– Você vê, senhor Witherden – disse a velha senhora –, que Abel não foi educado como um rapaz comum. Ele sempre teve prazer em nossa companhia e sempre esteve conosco. Abel nunca se ausentou de nós por um dia. Não foi, meu querido?

– Nunca, minha querida – respondeu o velho cavalheiro –, exceto quando ele foi a Margate em um sábado com o senhor Tomkinley, o qual foi seu professor na escola que frequentava, e voltou na segunda-feira; mas ele ficou muito doente depois disso, você se lembra, minha querida? Foi um grande desperdício.

– Ele não estava acostumado, sabe – disse a velha –, e não aguentou a ausência, essa é a verdade. Além disso, ele não tinha sossego em estar lá sem nós e não tinha ninguém com quem conversar ou se divertir.

– Foi isso, você sabe – interpôs a mesma vozinha calma que falara antes. – Eu estava no exterior, mãe, bastante desolado de pensar que o mar estava a nos separar. Oh, nunca esquecerei o que senti quando pensei que o mar estava entre nós!

– Muito natural nessas circunstâncias – observou o notário. – Os sentimentos do senhor Abel deram crédito à sua própria natureza, à sua também, senhora, à de seu pai e à natureza humana. Eu sigo a mesma linha de conduta agora, fluindo através de ações silenciosas e discretas. Estou prestes a assinar meu nome, veja você, abaixo dos artigos que o senhor Chuckster vai testemunhar; e colocando meu dedo sobre esta chancela azul com os cantos trabalhados à Van Dyke, devo proclamar em um tom de voz especial, não se assuste, senhora, é apenas uma formalidade legal, que eu dou fé, com meu ato e dever de ofício. O senhor Abel colocará seu nome junto à outra chancela, repetindo as mesmas palavras cabalísticas, e o negócio estará fechado. Ha, ha, ha! Você vê como essas coisas são feitas facilmente?

Houve um breve silêncio, aparentemente, enquanto o senhor Abel revisava o formulário escrito, e então o aperto de mãos e o arrastar de pés foram reiniciados, e logo em seguida houve um tilintar de taças de vinho e uma grande tagarelice por parte de todos. Em cerca de um quarto de hora, o senhor Chuckster (com uma caneta atrás da orelha e o rosto inflamado de vinho) apareceu na porta e se permitiu brincar com Kit, chamando-o pelo apelido jocoso de Snobby, e informou-o de que os visitantes estavam saindo.

Eles saíram imediatamente; o senhor Witherden, que era baixo, rechonchudo, de cor vívida, vigoroso e pomposo, conduzia a velha senhora com extrema polidez, e o pai e o filho os seguiam de braços dados. O senhor Abel, que tinha um ar estranho e antiquado, parecia quase da mesma idade de seu pai e tinha uma semelhança impressionante com ele no rosto e na silhueta, embora lhe faltasse um pouco de sua alegria plena, que era substituída em seus modos por uma tímida reserva. Em todos os outros aspectos, no capricho dos trajes e até no pé torto, ele e o velho eram exatamente iguais.

Tendo visto a velha senhora em segurança em seu assento, e auxiliado na arrumação de sua capa e uma pequena cesta que formava uma parte indispensável de seu vestuário, o senhor Abel entrou em um pequeno compartimento no banco detrás, que evidentemente havia sido feito sob medida para ele, e sorriu para todos os presentes alternadamente, começando pela mãe e terminando com o pônei. Houve então um grande esforço para fazer o animal erguer a cabeça para que a rédea de apoio pudesse ser presa; por fim, até mesmo isso foi feito, e o velho cavalheiro, tomando seu assento e as rédeas, colocou a mão no bolso para encontrar seis centavos para Kit.

Ele não tinha seis centavos, nem a velha, nem o senhor Abel, nem o tabelião, nem o senhor Chuckster. O velho achava um xelim demais, mas não havia loja na rua para conseguir o troco, então o deu para o menino.

– Pronto – disse ele, brincando –, voltarei aqui na próxima segunda--feira, na mesma hora, e lembre-se de estar por aqui, meu rapaz, para me ajudar com isso.

– Obrigado, senhor – disse Kit. – Com certeza estarei aqui.

Ele estava falando sério, mas todos riram muito de sua resposta, especialmente o senhor Chuckster, que gargalhou abertamente e pareceu apreciar a piada de forma incrível. Enquanto o pônei, com um sentimento de que estava indo para casa, ou uma vontade própria que não aceitaria ir para outro lugar (o que daria no mesmo), trotava com bastante agilidade, Kit não teve justificativa para outra coisa, então seguiu seu caminho também. Tendo gasto seu tesouro em compras que ele sabia que seriam mais úteis em casa, sem esquecer de levar algumas sementes para o pássaro maravilhoso, ele apressou-se para voltar o mais rápido que pôde, tão exultante com seu sucesso e grande sorte que ele esperava que Nell e o velho tivessem chegado lá antes dele.

Capítulo 15

Muitas vezes, enquanto eles ainda andavam pelas ruas silenciosas da cidade na manhã de sua partida, a criança tremia com uma sensação mesclada de esperança e medo quando via uma figura a distância e sua fantasia vislumbrava uma semelhança com Kit. Mas, embora ela tivesse de bom grado lhe dado a mão e agradecido pelo que ele havia dito em seu último encontro, era sempre um alívio descobrir, quando eles se aproximavam, que a pessoa que vinha não era ele, mas um desconhecido, pois, mesmo não temendo o efeito que esse encontro poderia causar em seu companheiro de viagem, ela sentia que essa despedida, principalmente de alguém tão fiel e verdadeiro, era mais do que ela poderia suportar. Bastava abandonar as coisas estúpidas e os objetos insensíveis ao seu amor e à sua dor. Ter se separado de seu único outro amigo logo no início daquela jornada selvagem teria apertado seu coração de fato.

Por que suportamos melhor a separação em espírito do que em corpo e, embora tenhamos a coragem de nos despedir, não temos coragem de dizê-lo? Na véspera de longas viagens ou na ausência de muitos anos, os amigos ternamente apegados se separarão com o olhar carinhoso, o aperto de mão de sempre, planejando algumas palavras finais para o amanhã, enquanto cada um sabe muito bem que isso é apenas uma desculpa para evitar a dor de dizer uma palavra definitiva e pensar que a reunião nunca ocorrerá. As possibilidades deveriam ser mais difíceis de suportar do que as certezas? Não evitamos nossos amigos moribundos; o fato de não ter se despedido antecipadamente de algum deles, a quem deixamos com toda a bondade e afeição, muitas vezes nos amargura para o resto de uma vida.

A cidade estava alegre à luz da manhã; lugares que pareciam feios e suspeitos durante a noite agora exibiam um sorriso; e raios de sol cintilantes dançando nas janelas dos quartos, e cintilando através das cortinas e persianas diante dos olhos dos adormecidos, lançavam luz até mesmo nos sonhos e afugentavam as sombras da noite. Os pássaros em quartos quentes, ainda cobertos e na escuridão, sentiam que era de manhã e se irritavam e ficavam inquietos em suas pequenas celas; ratos de olhos brilhantes voltavam para suas pequenas casas e se aninhavam timidamente; a elegante gata doméstica, esquecida de sua presa, piscava os olhos para os raios de sol que se esgueiravam pelo buraco da fechadura e pela fenda da porta e ansiava por uma escapada furtiva e seu caloroso banho de sol lá fora. Os animais maiores, confinados em suas baias, permaneciam imóveis atrás de suas grades e contemplavam os galhos esvoaçantes e a luz do sol espreitando por alguma pequena janela, com olhos em que brilhavam as velhas florestas, seguiam impacientemente a trilha que seus pés presos já haviam deixado no chão e paravam para contemplar novamente. Os homens encarcerados esticavam os membros gelados e com cãibras e amaldiçoavam as pedras que nenhum céu claro poderia aquecer. As flores que dormem à noite abriam seus olhos meigos e os viraram para o dia. A luz, mentora da criação, estava em toda parte, e todas as coisas sentiam seu poder.

Os dois peregrinos, muitas vezes apertando as mãos um do outro, trocando um sorriso ou um olhar alegre, seguiram em silêncio. Por mais alegres e brilhantes que fossem, havia algo de solene nas ruas compridas e desertas, das quais, como corpos sem alma, todo o ânimo e a expressão habituais haviam desaparecido, deixando apenas um silêncio uniforme e morto que as tornava todas iguais. Tudo estava tão quieto naquela hora que as poucas pessoas pálidas que encontraram pareciam tão inadequadas para a cena como as lâmpadas discrepantes que foram deixadas aqui e ali acesas: eram fracas e apagadas sob a gloriosa luz do sol.

Antes que tivessem penetrado muito no labirinto de habitações dos homens que ainda se estendia entre eles e os arredores, esse aspecto começou a se dissipar, e o barulho e a agitação tomaram seu lugar. Algumas carroças e carruagens passavam se arrastando e quebrando o silêncio, depois outras vieram, depois outras ainda mais ativas, depois uma multidão. O encanto foi, a princípio, ver a primeira janela de um comerciante aberta, mas logo era raro ver alguma fechada; então, a fumaça subiu lentamente das chaminés, e as janelas foram levantadas para deixar entrar o ar, e as portas foram abertas, e as criadas, olhando preguiçosamente em todas as direções, exceto para suas vassouras, espalharam nuvens marrons de poeira nos olhos dos transeuntes, que se encolhiam, ou ouviam desconsoladas os leiteiros que falavam de feiras rurais e de carroças nas cavalariças, com suas coberturas e todos os ornamentos completos, e dos valentes jovens soldados que, dentro de mais uma hora, encontrariam em sua jornada.

Passada essa vizinhança, eles chegaram aos bairros do comércio e de grande tráfego, onde muitas pessoas estavam ativas e os negócios já corriam. O velho olhou em volta com um olhar espantado e perplexo, pois esses eram lugares que ele sempre evitava. Ele apertou o dedo sobre o lábio e puxou a criança por pátios estreitos e caminhos sinuosos e não parecia à vontade até que os tivessem deixado bem longe, muitas vezes olhando para trás, murmurando que a ruína e o suicídio estavam escondidos naquelas esquinas e os seguiriam se conseguissem farejá-los; e que eles não conseguiam andar tão rápido.

Novamente passado mais esse bairro, eles chegaram a uma vizinhança mais dispersa, onde as casas medianas divididas em quartos, e as janelas remendadas com trapos e papel, denunciavam a populosa pobreza que ali se abrigava. As lojas vendiam mercadorias que os pobres conseguiam comprar, e vendedores e compradores eram achacados e pressionados da mesma forma. Ali estavam ruas pobres onde a gentileza enfraquecida tentava, com pouco espaço e modos naufragados, opor sua última resistência, mas os coletores de impostos e cobradores lá estavam, como em outros lugares, e a pobreza, que ainda lutava com dificuldade, era menos esquálida e manifesta do que aqueles que fazia muito tempo haviam se submetido e desistido da luta.

Era uma larga, muito larga trilha, pois os humildes perseguidores das riquezas dos campos armavam suas tendas em torno dela por muitos quilômetros, mas sua aparência era quase sempre idêntica. Casas úmidas e podres, muitas para alugar, muitas ainda construindo, muitas parcialmente construídas e se desfazendo, moradias onde seria difícil dizer quem era mais digno de pena: quem as deixou ou quem nelas veio morar. Crianças, mal alimentadas e malvestidas, espalhadas por todas as ruas e esparramadas na poeira; mães repreendendo, batendo os pés descalços com ameaças barulhentas pelas calçadas, pais miseráveis, correndo com olhares desanimados para a ocupação que lhes trouxe o pão de cada dia ou pouco mais, mulheres mutiladas, lavadeiras, sapateiros, alfaiates, comerciantes, tocando seus negócios em salões e cozinhas e quartos dos fundos e sótãos, e às vezes todos sob o mesmo teto, olarias cercando os jardins pálidos, entulhados com aros de barris velhos, ou madeiramento roubado de casas queimadas e enegrecidas e empoladas pelas chamas, montículos de erva-doce, urtigas, grama áspera e conchas de ostras, amontoados em confusão; pequenas capelas dissidentes para pregar, com fartas ilustrações, as misérias da Terra e abundância de novas igrejas, erguidas com alguma riqueza supérflua, para indicar o caminho para o céu.

Com o passar do tempo, essas ruas foram ficando cada vez mais desordenadas, diminuindo e diminuindo, até restarem apenas pequenos canteiros de jardim ao longo da estrada, com muitas casas de verão sem pintura e feitas de madeira velha ou alguns fragmentos de barcos, verdes como os caules de repolho que cresciam ao redor e cheias de sapos e caracóis alojados nas frestas das paredes. A essas se sucederam chalés arrogantes, aos pares, com lotes de terreno na frente, dispostos em fundações angulares como as arestas de caixas rígidas e caminhos estreitos entre eles, onde os passos nunca se desviavam para pisar no cascalho áspero. Depois veio a taverna, recém-pintada de verde e branco, com jardins para chá e um gramado de boliche, rejeitando seu antigo vizinho com o cocho onde as carroças paravam; então, campos; e, depois algumas casas, uma a uma, de bom tamanho com gramados, algumas até com uma edícula onde moravam um porteiro e sua esposa. Então veio uma autoestrada; em seguida, campos novamente com árvores e montes de feno; depois uma colina, e no topo dela o viajante poderia parar e, olhando para trás, para a velha Catedral de Saint Paul pairando sobre a fumaça, sua cruz aparecendo acima das nuvens (se o dia estivesse claro) e brilhando ao sol, e lançar seus olhos sobre a Babel da qual ela se destacava sobre os postos avançados do exército invasor de tijolos e argamassa, cuja estação estava no momento quase a seus pés, poderia sentir finalmente que ele estava livre de Londres.

Perto de um local como este, e em um campo agradável, o velho e sua pequena guia (se fosse ela uma guia, que não sabia nem para onde iam) sentaram-se para descansar. Ela tivera a precaução de abastecer sua cesta com algumas fatias de pão com carne e ali prepararam seu desjejum frugal.

O frescor do dia, o canto dos pássaros, a beleza da grama ondulante, as folhas verdes profundas, as flores silvestres e os milhares de aromas e sons agradáveis que pairavam no ar – alegrias profundas para a maioria de nós, mas principalmente para aqueles que vivem em uma multidão ou que vivem solitariamente em grandes cidades como se estivessem em um balde dentro de um poço humano – penetraram nos seus sentidos e os deixaram muito felizes. A criança havia repetido suas orações ingênuas uma vez naquela manhã, talvez com mais sinceridade do que em toda a sua vida, mas, ao sentir tudo isso ao redor, elas voltaram a seus lábios. O velho tirou o chapéu, não tinha memória para as palavras, mas disse amém e que eram palavras muito boas.

Havia uma cópia antiga do *O peregrino*, com figuras estranhas, em uma prateleira em casa, sobre a qual ela frequentemente se debruçava noites inteiras, imaginando se era verdade cada palavra e onde poderiam estar aqueles países distantes com nomes curiosos. Ao olhar para trás, para o lugar que eles haviam deixado, uma parte disso veio com força à sua mente.

– Querido avô – disse ela –, este lugar é mais bonito e muito melhor do que o dos livros. Sinto como se fôssemos ambos cristãos, e espalhados sobre essa grama deixaremos todas as preocupações e problemas que trouxemos conosco, para nunca mais tomá-los de volta.

– Não, para nunca mais, nunca mais – respondeu o velho, acenando com a mão em direção à cidade. – Você e eu estamos livres disso agora, Nell. Eles nunca nos atrairão de volta.

– Você está cansado? – perguntou a criança. – Tem certeza de que não se sente mal com esta longa caminhada?

– Nunca mais me sentirei mal, agora que já partimos – foi a resposta. – Vamos nos mexer, Nell. Devemos ir mais além, muito, muito mais longe. Estamos perto demais para parar e descansar. Venha!

Havia uma lagoa com água limpa no campo, na qual a criança lavou as mãos e o rosto e aliviou os pés antes de voltar a andar. Ela queria que o velho também se refrescasse assim e, fazendo-o sentar-se na grama, jogou água nele com as mãos e o secou com seu vestido simples.

– Não posso fazer nada por mim mesmo, minha querida – disse o avô. – Eu não sei o que acontece, eu conseguia antes, mas o tempo se foi. Não me deixe, Nell; diga que não vai me deixar. Eu a amei o tempo todo, de fato amei. Se eu perder você também, minha querida, prefiro morrer!

Ele deitou a cabeça em seu ombro e gemeu tristemente. Já houve um tempo, poucos dias antes, em que a criança não conseguia conter as lágrimas e teria chorado com ele. Mas agora ela o acalmava com palavras gentis e ternas, sorriu por ele pensar que eles poderiam se separar e o encorajou alegremente com uma brincadeira. Ele logo se acalmou e adormeceu, cantando para si mesmo em voz baixa, como uma criança.

Ele acordou revigorado, e eles continuaram a jornada. A estrada era agradável, situada entre belos pastos e campos de milho, sobre os quais, suspensa no céu azul límpido, a cotovia cantava sua canção feliz. O ar veio carregado com a fragrância que pegou em seu caminho, e as abelhas, subindo em seu hálito perfumado, cantarolaram sua sonolenta satisfação enquanto voavam.

Eles estavam agora em campo aberto; as casas eram muito poucas e espalhadas por longos intervalos, muitas vezes a quilômetros de distância. Ocasionalmente, eles se deparavam com um aglomerado de cabanas pobres, algumas com uma cadeira ou tábua baixa colocada na porta aberta para manter as crianças que engatinhavam longe da estrada, outras ficavam fechadas enquanto toda a família trabalhava nos campos. Frequentemente, assim começava uma pequena aldeia: e, depois de um intervalo, vinha um galpão de um carpinteiro ou talvez uma forja de ferreiro; depois, uma próspera fazenda com vacas sonolentas espalhadas pelo pátio e cavalos espiando por cima do muro baixo e fugindo quando outros cavalos atrelados passavam na estrada, como se estivessem em triunfo por sua liberdade. Também havia porcos aborrecidos, revirando o terreno em busca de comida saborosa e grunhindo seus resmungos monótonos enquanto perambulavam ou se cruzavam em sua busca; pombos rechonchudos deslizando pelo telhado ou exibindo-se nos beirais; e patos e gansos, muito mais graciosos em sua própria presunção, gingando desajeitadamente nas margens do lago ou navegando suavemente em sua superfície. O pátio da fazenda passou, depois veio a pequena estalagem; a cervejaria mais humilde; e do comerciante da aldeia; depois o advogado e o pároco, diante dos quais a cervejaria estremecia; a igreja então espiou modestamente de um grupo de árvores; depois, havia mais algumas cabanas; depois a cadeia e o curral e, não raro, em uma margem à beira do caminho, um poço profundo e poeirento. Em seguida, vieram os campos aparados de ambos os lados e a estrada aberta novamente.

Eles caminharam o dia todo e dormiram naquela noite em uma pequena cabana onde camas eram alugadas para os viajantes. Na manhã seguinte, eles saíram a pé novamente e, embora exaustos no início e muito cansados, recuperaram-se em pouco tempo e seguiram em frente sem demora.

Frequentemente paravam para descansar, mas apenas por um curto espaço de tempo, e ainda assim continuavam, com apenas uma refeição ligeira no estômago desde a manhã. Eram quase cinco horas da tarde quando se aproximavam de outro aglomerado de cabanas de operários. A criança olhava melancolicamente em cada uma delas, sem saber a quem pedir licença para descansar um pouco e comprar um copo de leite.

Não foi fácil escolher, pois ela era tímida e temia ser repelida. Aqui estava uma criança chorando, e ali, uma esposa barulhenta. Assim, as pessoas pareciam pobres demais; muito pobres. Por fim, ela parou em uma casa onde a família estava sentada em volta da mesa, principalmente porque havia um velho sentado em uma cadeira estofada ao lado da lareira, e ela pensou que ele fosse um avô, e que poderiam se comover com o seu.

Havia, além disso, o camponês e sua esposa, e três filhos jovens e fortes, bronzeados como frutas vermelhas. O pedido, assim que foi feito, foi concedido. O filho mais velho correu para buscar leite, o segundo arrastou dois banquinhos em direção à porta, e o mais novo engatinhou até o vestido da mãe e olhou para os estranhos por baixo das mãos queimadas de sol.

– Deus o salve, mestre – disse o velho aldeão com uma voz fina e aguda. – Você está viajando para longe?

– Sim, senhor, um longo caminho – respondeu a criança, pois seu avô acenou por ela.

– De Londres? – perguntou o velho. A criança disse que sim.

Ah! Ele estivera em Londres muitas vezes, costumava ir até lá com frequência, com as carroças. Passaram-se quase trinta e dois anos desde a última vez em que esteve lá, e ele ouviu dizer que houve grandes mudanças. Mais do que suficientes! Ele também mudou desde então. Trinta e dois anos era muito tempo, e 84, uma grande idade, embora houvesse alguns que ele conhecesse que viveram até 100 anos, mas não eram tão vigorosos quanto ele, nada parecido.

– Sente-se, mestre, na cadeira de braços – disse o velho, batendo com a bengala no chão de tijolos e tentando mostrar seu vigor. – Tire uma pitada ali dessa caixa; eu também não uso muito, apesar de apreciar, mas acho que às vezes me deixa muito acordado, e você é apenas um menino comparado a mim. Eu poderia ter um filho quase tão velho quanto você se ele tivesse vivido, mas eles o alistaram e ele voltou para casa, apesar da sua bravura, mas com apenas uma perna. Ele sempre disse que seria enterrado perto do relógio de sol em que costumava subir quando era bebê, meu pobre menino, e suas palavras se tornaram realidade. Você pode ver o lugar com seus próprios olhos; nós mantemos a relva alta desde então.

Ele balançou a cabeça e, olhando para a filha com olhos marejados, disse que ela não precisava mais ter medo de que ele falasse sobre esse assunto. Ele não queria incomodar ninguém e, se ele tinha incomodado alguém com o que disse, pediu perdão, isso era tudo.

Chegou o leite. A criança trouxe sua cestinha, e, escolhendo as melhores porções para o avô, fizeram uma refeição farta. A mobília da sala era muito caseira, é claro: algumas cadeiras rústicas e uma mesa, um armário de canto com seu pequeno estoque de louças e miudezas, uma bandeja de chá vistosa, representando uma senhora vestida de vermelho vivo, saindo com uma sombrinha azul, algumas citações das escrituras em molduras na parede e na chaminé, uma velha prensa de roupas pequenas e um relógio de oito dias, com algumas panelas brilhantes e uma chaleira, compunham o todo. Mas tudo estava limpo e arrumado, e, quando a criança olhou em volta, sentiu um ar tranquilo de conforto e contentamento com o qual ela não estava acostumada havia muito tempo.

– Qual é a distância da cidade ou vila mais próxima? – perguntou ela ao homem.

– Questão de uns bons oito quilômetros, minha querida – foi a resposta –, mas você não vai nesta noite, não é?

– Sim, sim, Nell – disse o velho apressadamente, instando-a também por meio de sinais. – Mais adiante, mais adiante, querida, mais longe se pudermos andar até a meia-noite.

– Há um bom celeiro bem perto, mestre – disse o homem –, e há uma hospedagem para viajantes, que eu conheço, em Plough and Harrer.

Desculpe, mas você parece um pouco cansado e, a menos que esteja muito ansioso para continuar...

– Sim, sim, vamos – respondeu o velho, irritado. – Mais longe, querida Nell, por favor, mais longe.

– Devemos prosseguir, de fato – disse a criança, cedendo ao desejo inquieto do avô. – Muito obrigada, mas não podemos parar tão cedo. Estou pronta, avô.

No entanto, a mulher havia observado, pelo andar da jovem andarilha, que um de seus pezinhos estava cheio de bolhas e dolorido, e, sendo mulher e mãe também, ela não permitiria que ela partisse até que lavasse o local e aplicasse algum remédio simples, o que ela fez com tanto cuidado e com uma mão tão gentil, por mais ásperas e duras que fossem pelo trabalho no campo, que encheu o coração da criança a ponto de conseguir dizer apenas um fervoroso "Deus a abençoe!", sem poder nem olhar para trás nem falar qualquer coisa a mais até que eles tivessem deixado a casa um pouco para trás. Quando ela virou a cabeça, viu que toda a família, até mesmo o velho avô, estava parada na estrada olhando para eles enquanto caminhavam, e assim, com muitos acenos de mãos e acenos de incentivo, com lágrimas nos olhos, ao menos de alguns, eles se separaram.

Eles marcharam adiante, mais lenta e dolorosamente do que antes, por mais ou menos um quilômetro, quando ouviram o som de rodas atrás deles e, olhando em volta, observaram uma carroça vazia se aproximar rapidamente. O cocheiro, ao se aproximar deles, parou o cavalo e olhou seriamente para Nell.

– Você não parou para descansar em uma cabana ali atrás? – perguntou ele.

– Sim, senhor – respondeu a criança.

– Ah! Eles me pediram para cuidar de vocês – disse o homem. – Eu estou indo no mesmo caminho. Dê-me sua mão, pule para cima, mestre.

Foi um grande alívio, pois estavam muito cansados e mal conseguiam rastejar. Para eles, o carrinho sacolejante era uma carruagem luxuosa e a viagem a mais deliciosa do mundo. Nell mal havia se acomodado em uma pequena pilha de palha em um canto quando adormeceu, pela primeira vez naquele dia.

Ela foi acordada pela parada da carroça, que estava prestes a virar em uma alameda. O motorista gentilmente desceu para ajudá-la a sair e, apontando algumas árvores a uma distância muito curta diante deles, disse que a cidade ficava ali e que era melhor eles seguirem o caminho que ia pelo cemitério. E foi para o local indicado que eles dirigiram seus passos cansados.

Capítulo 16

O sol estava se pondo quando eles alcançaram a cancela em que o caminho começava, e a chuva, que caiu igualmente sobre justos e injustos, derramou-se quente até mesmo sobre as sepulturas, renovando sua esperança na vida eterna. A igreja era velha e cinza, com hera pendurada nas paredes e em volta da varanda. Evitando os jazigos, ela rastejava sobre os montes, sob os quais dormiam pobres homens humildes, confeccionando para eles as primeiras coroas que eles já tiveram, mas coroas menos propensas a murchar e muito mais duradouras em sua natureza do que algumas que estavam gravadas profundamente na pedra e mármore, contadas em termos pomposos de virtudes mansamente escondidas por muitos anos e reveladas ao fim da vida apenas aos executores testamentários e herdeiros enlutados.

O cavalo do clérigo, tropeçando com um som surdo e seco entre os túmulos, estava aparando a grama, ao mesmo tempo, obtendo consolo ortodoxo dos paroquianos mortos e reforçando o texto da homilia do último domingo, que dizia ser esse o fim para toda a carne; um asno magro que também expunha a dura realidade, sem ser qualificado ou ordenado, esticava suas orelhas com seu cocho vazio e olhava com olhos famintos para seu vizinho sacerdotal.

O velho e a criança abandonaram o caminho de cascalho e se perderam entre os túmulos, pois ali o solo era macio e fácil para seus pés cansados. Ao passarem atrás da igreja, eles ouviram vozes por perto e logo se aproximaram dos que conversavam.

Eram dois homens que estavam sentados muito relaxados na grama e tão entretidos que a princípio não perceberam a chegada de intrusos. Não era difícil adivinhar que eles pertenciam a uma classe de artistas itinerantes, expositores das esquisitices do teatro de bonecos Punch, pois, empoleirado de pernas cruzadas sobre uma lápide atrás deles, estava um boneco do próprio herói, seu nariz e queixo afinados e seu rosto radiante como de costume. Talvez essa personagem impassível nunca tenha sido mais bem representada em um boneco, pois ele trazia o sorriso e uniforme característicos, apesar de seu corpo estar pendurado em uma posição muito desconfortável, todo solto e flácido e disforme, enquanto seu longo boné pontiagudo estava desigualmente largado sobre suas pernas muito magras, as quais ameaçavam a cada instante derrubá-lo. Em parte espalhadas pelo chão aos pés dos dois homens, em parte misturadas em uma longa caixa achatada, estavam as outras personagens da trama de bonecos. A esposa do herói e seu filho, o cavalo de pau, o médico, o cavalheiro estrangeiro, que não sendo fluente no idioma, e incapaz de expressar suas ideias de outra forma durante a peça que não pela expressão da palavra "hallabalah" em três esquetes diferentes, o vizinho radical, que de forma alguma admitirá que uma campainha de lata fosse um órgão, o carrasco e o demônio, estavam todos ali. Os empresários evidentemente tinham ido àquele local para fazer alguns ajustes necessários nos enfeites do palco, pois um deles estava empenhado em amarrar uma pequena forca com linha, enquanto o outro estava empenhado em consertar uma nova peruca preta, com a ajuda de um martelinho e algumas tachas, na cabeça do vizinho radical, que tinha ficado careca durante a peça.

Eles ergueram os olhos quando o velho e sua jovem companheira chegaram perto deles e, interrompendo seu trabalho, olharam de volta com seus olhares de curiosidade. Um deles, o ator principal, sem dúvida, era um homenzinho de rosto alegre, olhos cintilantes e nariz vermelho que parecia ter absorvido inconscientemente algo da personagem do herói. O outro (que recolhia o dinheiro do público) tinha uma aparência meticulosamente cuidada, talvez indispensável para a sua função.

O homem alegre foi o primeiro a cumprimentar os estranhos com um aceno de cabeça e, seguindo os olhos do velho, ele observou que talvez fosse a primeira vez que ele vira uma personagem do Punch fora do palco (o Punch, pode-se observar, parecia estar apontando com a ponta do boné para um epitáfio muito imponente e estar rindo daquilo do fundo do seu coração).

– O que vocês vieram fazer aqui? – disse o velho, sentando-se ao lado deles e olhando para as figuras com extremo deleite.

– Veja bem – respondeu o homenzinho –, vamos nos apresentar nesta noite no bar ali adiante e não seria bom deixá-los ver a nossa companhia durante esses reparos.

– Não?! – gritou o velho, fazendo sinais para que Nell ouvisse – Por que não, hein? Por que não?

– Porque isso destruiria toda a ilusão e tiraria todo o interesse, não acha? – respondeu o homenzinho. – Você gastaria um centavo para ver o lorde chanceler se o visse em pessoa e sem a peruca? Certamente não.

– Boa! – disse o velho, aventurando-se a tocar em uma das marionetes e afastando a mão com uma risada estridente. – Você vai exibi-los ao público nesta noite, não vai?

– Essa é a intenção, governador – respondeu o outro –, e, a menos que eu esteja muito enganado, Tommy Codlin está calculando neste instante quanto perdemos por vocês terem vindo até nós. Anime-se, Tommy, não pode ser muito dinheiro.

O homenzinho acompanhou essas últimas palavras com uma piscadela expressiva pelo cálculo que fizera sobre a situação financeira dos viajantes.

Para esse senhor Codlin, que tinha um jeito rude e resmungão, respondeu, enquanto arrancava o Punch da lápide e o jogava na caixa:

– Não me importo se perdemos um quarto de *penny*, mas você é livre. Se você ficasse na frente da cortina e visse os rostos do público como eu, você conheceria melhor a natureza humana.

– Ah! O que estragou você, Tommy, foi ter ido para esse ramo de atividade – respondeu seu companheiro. – Quando você interpretava o fantasma no drama real nas feiras, você acreditava em qualquer coisa, exceto em fantasmas. Mas agora você é um cético profissional. Nunca vi um homem tão mudado.

– Não importa – disse o senhor Codlin, com ar de filósofo descontente. – Eu entendo melhor agora e talvez me arrependa por isso.

Virando os bonecos da caixa como quem os conhecia e desprezava, o senhor Codlin tirou um deles e ergueu-o para a inspeção de seu amigo:

– Olhe aqui; aqui estão todas as roupas da Judy caindo aos pedaços novamente. Você não tem agulha e linha, suponho?

O homenzinho balançou a cabeça e coçou-a com pesar ao contemplar o severo desleixo de um artista principal. Vendo que eles estavam perdidos, a criança disse timidamente:

– Tenho uma agulha, senhor, em minha cesta, e linha também. Você quer me deixar tentar consertá-la para você? Acho que posso fazer isso de modo mais arrumado do que você.

Mesmo o senhor Codlin não tinha nada a dizer contra uma proposta tão oportuna. Nelly, ajoelhada ao lado da caixa, logo estava ocupada em sua tarefa e operava seus milagres.

Enquanto ela estava assim ocupada, o homenzinho alegre olhou para ela com um interesse que não pareceu diminuir quando olhou para seu companheiro indefeso. Quando ela terminou o trabalho, ele agradeceu e perguntou para onde estavam viajando.

– P... para lugar algum nesta noite, eu acho – disse a criança, olhando para o avô.

– Se você quer um lugar para ficar – observou o homem –, eu aconselho a ficarem na mesma casa que nós. É isso aí. Naquela casa longa, baixa e branca ali. É muito barata.

O velho, apesar do cansaço, teria ficado no cemitério a noite toda se seus novos conhecidos também estivessem por lá. Quando ele cedeu a essa sugestão com um consentimento pronto e arrebatador, todos se levantaram e se afastaram juntos; ele se mantinha perto da caixa de fantoches em que estava bastante absorto, o homenzinho alegre carregando-a pendurada no braço por uma alça, presa a ela para este fim, Nelly segurando a mão do avô, e o senhor Codlin passeando devagar atrás, lançando olhares para a torre da igreja e as árvores vizinhas, que ele costumava usar no reconhecimento da cidade, identificando as janelas das salas de estar e das escolas, quando procurava um local lucrativo para armar o espetáculo.

A taverna era mantida por um velho e gordo senhorio que não fez objeções a receber novos hóspedes, mas elogiou a beleza de Nelly e ficou imediatamente atraído por ela. Não havia outra companhia na cozinha além dos dois atores, e a criança se sentia muito grata por eles terem conseguido quartos tão bons. A senhoria ficou muito surpresa ao saber que eles vinham de Londres e parecia bastante curiosa quanto ao seu próximo destino. A criança evitou as indagações dela o melhor que pôde, e, sem grande dificuldade, ao descobrir que pareciam lhe causar incômodo, a velha senhora desistiu.

– Esses dois cavalheiros pediram o jantar para daqui a uma hora – disse ela, levando-a ao bar –, e sua melhor opção seria jantar com eles. Enquanto isso, você aproveita algo que lhe fará bem, pois tenho certeza de que deve querer, depois de tudo o que passou hoje. Agora, não se preocupe com o velho cavalheiro, porque, quando você beber isso, ele vai querer beber também.

Como nada poderia convencer a criança a deixá-lo sozinho ou a tocar em qualquer coisa que ele não fosse comer primeiro e não recebesse a maior parte, a velha senhora foi obrigada a servi-lo primeiro. Depois de se alimentarem assim, toda a casa correu para um estábulo vazio onde seria o show e onde, à luz de algumas velas acesas presas em volta de um aro, pendurado ao teto por uma corda, começaria imediatamente.

E então o senhor Thomas Codlin, o misantropo, depois de soprar nas flautas de Pan até ficar intensamente cansado, ocupou seu lugar em um lado da cortina xadrez que escondia o manipulador dos bonecos e colocou as mãos nos bolsos, preparado para responder a todas as perguntas e comentários do Punch e fingir ser seu amigo pessoal mais íntimo, acreditar nele de forma plena e ilimitada, saber que ele desfrutava dia e noite de uma existência alegre e gloriosa naquele templo e que ele era em todos os momentos e sob todas as circunstâncias a mesma pessoa inteligente e alegre que os espectadores viam naquele momento.

Tudo isso o senhor Codlin fez com ares de alguém que decidira pelo pior e estava bastante resignado, seus olhos vagando lentamente durante a réplica mais rápida para observar o efeito sobre a audiência e especialmente a impressão que ficara no proprietário e na proprietária, o que poderia produzir resultados muito importantes em relação à ceia.

Pairando sobre sua cabeça, entretanto, ele não tinha motivo algum para preocupação, pois toda a apresentação foi aplaudida com eco, e as contribuições voluntárias foram depositadas com tamanha generosidade que atestavam a satisfação geral. Entre as risadas, nenhuma era mais alta e frequente do que as do velho. As de Nell não foram ouvidas, pois ela, pobre criança, com a cabeça inclinada sobre o ombro dele, adormecera e dormia muito profundamente para ser despertada por qualquer de seus esforços para fazê-la participar daquela diversão.

A ceia foi muito boa, mas ela estava cansada demais para comer e, mesmo assim, não deixou o velho antes de beijá-lo em sua cama. Ele, felizmente inconsciente a todo cuidado e preocupação, ficou sentado ouvindo com um sorriso vazio e expressão de admiração a tudo o que seu novo amigo dizia, e só depois de se retirarem bocejando para o quarto é que ele seguiu a criança escada acima.

Era apenas um *loft* dividido em dois compartimentos, onde deveriam descansar, mas estavam muito satisfeitos com o alojamento e não esperavam algo tão bom. O velho ficou inquieto quando se deitou e implorou que Nell viesse e se sentasse à sua cabeceira, como fizera tantas noites. Ela correu até ele e ficou lá sentada até ele dormir.

Havia uma pequena janela em seu quarto, pouco mais do que uma fenda na parede, e, quando o deixou, ela a abriu, bastante admirada com o silêncio. A visão da velha igreja, dos túmulos ao redor ao luar e das árvores escuras sussurrando entre si a deixou mais pensativa do que antes. Ela fechou a janela novamente e, sentando-se na cama, imaginou a vida que estava diante deles.

Ela tinha um pouco de dinheiro, mas era muito pouco, e, quando esse dinheiro acabasse, eles deveriam começar a mendigar. Havia uma moeda de ouro entre as demais, e uma emergência poderia ocorrer, tornando seu valor para eles aumentado em cem vezes. Seria melhor esconder essa moeda e nunca a utilizar, a menos que sua situação fosse absolutamente desesperadora e nenhum outro recurso lhes sobrasse.

Tomada essa decisão, ela costurou a moeda de ouro no forro do vestido e, deitada com o coração mais leve, mergulhou em um sono profundo.

Capítulo 17

Outro dia claro brilhava através da pequena janela, e, buscando a comunhão com os olhos também claros da criança, despertou-a. Ao ver o quarto estranho e seus objetos desconhecidos, ela se assustou, perguntando-se como havia sido transportada do antigo quarto, em que parecia ter adormecido na noite anterior, e para onde fora levada. Mas outra olhada ao redor recuperou em sua mente tudo o que tinham passado recentemente, e ela saltou da cama, esperançosa e confiante.

Ainda era cedo, e, como o velho ainda dormia, ela saiu para o cemitério, penteando o orvalho da grama alta com os pés e muitas vezes desviando-se para lugares onde esta crescia mais do que em outros, para não pisar sobre os túmulos. Ela sentiu uma espécie de prazer curioso em passear entre as casas dos mortos e ler as inscrições nos túmulos das boas pessoas (muitas pessoas boas foram enterradas ali), passando de um para outro com interesse crescente.

Era um lugar muito quieto, como deveria ser, exceto pelo grasnar dos corvos que haviam construído seus ninhos entre os galhos de algumas árvores velhas e altas que chamavam uns aos outros, bem alto no ar. Primeiro, um pássaro esguio pairava perto de sua casa esfarrapada e, enquanto balançava e pendia ao vento, soltou seu grito rouco, parecendo meio por acaso e em um tom sóbrio, como se estivesse falando sozinho. Outro respondeu, e ele chamou novamente, porém mais alto do que antes; depois outro falou e depois outro; e a cada vez o primeiro, contrariado pela réplica, insistia em sua fala com mais força. Outras vozes, silenciosas até agora, vieram dos ramos mais abaixo e mais acima e no meio do caminho, e à direita e à esquerda, e do topo das árvores; e outros, chegando apressadamente das torres cinzentas da igreja e da velha janela do campanário, juntaram-se ao clamor que aumentava e diminuía, e aumentava e diminuía novamente, e continuava; e toda essa disputa barulhenta, em meio a um deslizar de um lado para outro, a luminosidade sobre os galhos novos e essa mudança frequente de lugar, ironizava a antiga agitação dos que jaziam agora tão imóveis sob o musgo e a turfa e a luta que haviam travado ao longo da vida.

Erguendo frequentemente os olhos para as árvores de onde esses sons vinham e sentindo como se eles deixassem o lugar mais silencioso do que o silêncio mais perfeito o faria, a criança vagou de túmulo em túmulo, agora parando para retirar com mãos cuidadosas o espinheiro que havia nascido de algum monte verde que o ajudara a crescer e depois espiando por uma das janelas de treliça da igreja, com seus livros roídos por vermes sobre as escrivaninhas e bancos cobertos com um tecido verde esbranquiçado, gastos nas laterais dos bancos, deixando a madeira à mostra. Lá estavam os assentos onde os pobres velhos se sentavam, também gastos e amarelados como os bancos; a pia batismal resistente onde as crianças recebiam seus nomes, o altar acolhedor diante do qual se ajoelhavam mais tarde na vida, os cavaletes lisos e negros que suportaram seu peso em sua última visita à velha, fria e sombria igreja. Tudo isso testemunhava o uso prolongado e a decadência lenta e silenciosa; a própria corda do sino da varanda estava desfiada em franjas e envelhecida pela idade.

Ela observava uma lápide humilde, que falava de um jovem que morrera aos 23 anos, 55 anos atrás, quando ouviu passos vacilantes se aproximar e, olhando ao redor, viu uma mulher fraca curvada com o peso da idade, que oscilou até o pé dessa mesma sepultura e pediu-lhe que lesse as palavras da lápide. A velha agradeceu quando ela terminou, dizendo que ela guardara as palavras de cor por muitos, longos anos, mas não podia mais enxergá-las agora.

– Você era a mãe dele? – disse a criança.

– Eu era a esposa dele, minha querida. – Ela, a esposa de um jovem de 30 e poucos anos! Ah, claro, isso foi há cinquenta anos... – Você se espanta em me ouvir dizer isso – observou a velha, balançando a cabeça. – Você não é a primeira. Pessoas mais velhas do que você já se perguntaram a mesma coisa antes. Sim, eu era a esposa dele. A morte não nos modifica mais do que a vida, minha querida.

– Você vem sempre aqui? – perguntou a criança.

– Eu venho sempre durante o verão – ela respondeu. – Ao menos eu costumava vir aqui às vezes para chorar e lamentar, mas já fazia algum tempo, Deus seja louvado.

– Eu colho as margaridas à medida que crescem e as levo para casa – disse a velha após um breve silêncio. – Não gosto de nenhuma outra flor como gosto destas, e isso já faz 55 anos. É muito tempo e estou ficando muito velha.

Em seguida, tornando-se tagarela sobre o tema que era novo para uma ouvinte, mesmo que fosse apenas uma criança, ela lhe contou como havia chorado, gemido e rezado para morrer também, quando tudo aconteceu; e como quando chegou àquele lugar uma jovem criatura, forte no amor e na tristeza, parecendo que seu coração fosse partir, como parecia estar se quebrando mesmo. Mas aquele tempo passou e, embora ela continuasse triste ao visitá-lo, ela ainda suportava vir, e assim continuou até que não sentia mais dor, mas um prazer solene e um dever do qual ela aprendera a gostar. E agora que 55 anos se passaram, ela falava do homem morto como se ele fosse seu filho ou neto, com uma espécie de pena de sua juventude, que vinha de seu próprio envelhecimento, e uma exaltação de sua força e beleza viril, em comparação com sua própria fraqueza e decadência; e ainda assim ela falou sobre ele como seu marido também e pensando em si mesma em conexão com ele, como ela costumava ser e não como era agora, falou sobre o encontro deles em outro mundo, como se ele tivesse morrido ontem, e ela, separada de seu antigo eu, pensava na felicidade daquela bela garota que parecia ter morrido com ele.

A criança a deixou recolhendo as flores que cresciam sobre o túmulo e, pensativa, refez seus passos.

A essa hora o velho já estava acordado e vestido. O senhor Codlin, ainda condenado a contemplar a dura realidade da existência, empacotava entre seus lençóis os cotos das velas que sobraram da apresentação da noite anterior, enquanto seu companheiro recebia os cumprimentos de todos os preguiçosos do estábulo, que, incapazes de separar sua pessoa do apresentador-mestre de Punch, trataram-no com a mesma importância daquele alegre fora da lei e o amaram do mesmo modo. Quando reconheceu sua popularidade suficientemente, entrou para o café da manhã, refeição em que todos se sentaram juntos.

– E aonde você vai hoje? – disse o homenzinho, dirigindo-se a Nell.

– Na verdade, eu mal sei; ainda não decidimos – respondeu a criança.

– Vamos para as corridas – disse o homenzinho. – Se esse for o seu caminho e se você gosta de nos ter como companhia, vamos viajar juntos. Se preferir ir sozinha, diga apenas uma palavra e verá que não a incomodaremos.

– Iremos com vocês – disse o velho senhor. – Nell, com eles, vamos!

A criança pensou por um momento e refletiu que logo precisariam mendigar, e dificilmente poderia esperar fazê-lo em um lugar melhor do que onde multidões de senhoras e cavalheiros ricos estavam reunidos para sua diversão e festividade, determinados a acompanhar o espetáculo. Ela, portanto, agradeceu ao homenzinho por sua oferta e disse, olhando timidamente para seu amigo, que, se não houvesse objeção a que os acompanhassem até a cidade da corrida...

– Objeção? – disse o homenzinho. – Agora, seja gentil desta vez, Tommy, e diga que prefere que eles nos acompanhem. Eu sei que você consegue. Seja gentil, Tommy.

– Trotters – disse o senhor Codlin, que falava muito devagar e comia muito rápido, o que não é incomum para filósofos e misantropos –, você é muito franco.

– Por quê? Que mal isso pode fazer? – instou o outro.

– Talvez nenhum dano, neste caso em particular – respondeu o senhor Codlin –, mas a princípio é perigoso, e você é muito franco, eu lhe digo.

– Bem, eles vão conosco ou não?

– Sim, eles vão – disse o senhor Codlin –, mas você poderia tê-los deixado nos pedir, ao menos, não é?

O nome verdadeiro do homenzinho era Harris, mas aos poucos adotou o menos eufônico Trotters e, como prenome, Short, que fora conferido a ele por causa do pequeno tamanho de suas pernas. Short Trotters, no entanto, era um nome composto, inconveniente para uso em diálogos amistosos, e o cavalheiro que o adotara era conhecido entre seus íntimos como "Short" ou "Trotters" e raramente era chamado com a forma composta de ambos os nomes, exceto em conversas formais e em ocasiões de cerimônia.

Short, então, ou Trotters, como o leitor quiser, respondeu ao protesto de seu amigo, o senhor Thomas Codlin, com uma resposta jocosa, calculada para afastar seu mau humor; e, dedicando-se com grande prazer à carne cozida fria, ao chá e ao pão com manteiga, convenceu os seus companheiros a fazer o mesmo. O senhor Codlin de fato não precisou ser persuadido, pois ele já havia comido tanto quanto conseguia e agora estava molhando a garganta com uma cerveja forte, da qual tomou grandes goles com um prazer silencioso e não convidou ninguém a participar, o que de novo confirmou diretamente sua mentalidade misantrópica.

Muito tempo depois de terminado o café da manhã, o senhor Codlin pagou a conta e cobrou a cerveja da companhia (uma prática que também cheirava a misantropia), dividiu a soma total em duas partes justas e iguais, atribuindo metade a ele e ao amigo, e a outra para Nelly e seu avô. Tendo os bolsos devidamente descarregados e com tudo pronto para a partida, despediram-se do senhorio e da senhoria e retomaram a viagem.

E aqui a falsa posição do senhor Codlin na sociedade e o efeito que exercia sobre seu espírito ferido foram imediatamente demonstrados, pois, enquanto na noite anterior ele havia sido chamado pelo senhor Punch de "mestre" e, por inferência, deixou o público entender que ele mantinha a companhia daquele indivíduo para sua diversão e prazer, aqui estava ele, agora, dolorosamente caminhando sob o fardo de carregar o teatro de Punch, e carregando-o sobre os ombros em um dia abafado e ao longo de uma estrada empoeirada. Em vez de animar seu patrão com um fogo constante de humor ou com o alegre chocalho de seu bastão sobre a cabeça de seus parentes e conhecidos, aqui estava agora aquele Punch alegre, totalmente desprovido de coluna vertebral, todo frouxo e jogado em uma caixa escura, com suas pernas enroladas em volta do pescoço e sem nenhuma de suas qualidades sociais.

O senhor Codlin avançava pesadamente, trocando uma ou duas palavras a intervalos com Short e parando para descansar e rosnar ocasionalmente. Short abriu o caminho com a caixa chata, a bagagem pessoal (que não era muita) amarrada em um fardo e um trombeta de bronze pendurada em seu ombro. Nell e o avô caminhavam com ele, lado a lado, e Thomas Codlin fechava a retaguarda.

Quando eles chegavam a qualquer cidade ou vilarejo, ou mesmo a uma casa isolada de boa aparência, Short soprava sua trombeta de bronze e cantava um pedaço de uma canção naquele tom hilariante, comum aos Punches e seus consortes. Se as pessoas corressem para as janelas, o senhor Codlin erguia a tenda e, desdobrando apressadamente a cortina e escondendo Short com ela, floreava histericamente com a flauta de Pan e se apresentavam ao ar livre. Então, o entretenimento começava o mais rápido possível. O senhor Codlin tinha a responsabilidade de decidir a duração e prolongar ou acelerar o tempo até o triunfo do herói sobre o inimigo da humanidade ao final da apresentação, conforme julgasse que a colheita dos meio pence seria abundante ou insuficiente. Quando tinha sido recolhido até o último centavo, ele juntava toda a sua carga e partiam novamente.

Às vezes eles se apresentavam na bilheteria de uma ponte ou balsa, e uma vez atenderam a um desejo especial em uma rodovia, onde o cobrador, que estava tão bêbado e solitário, pagou um xelim para assistir a eles sozinho. Houve um pequeno lugar que prometia riqueza, em que suas esperanças foram destruídas, pois um dos personagens favoritos da peça, com renda dourada no casaco e sendo um sujeito intrometido e de cabeça dura, foi considerado uma ofensa contra o oficial de justiça do local, razão pela qual as autoridades os obrigaram a uma retirada antecipada; mas eram em geral bem recebidos e raramente saíam de uma cidade sem um bando de crianças maltrapilhas gritando em seus calcanhares.

Eles fizeram uma longa jornada em um dia, apesar dessas interrupções, e ainda estavam na estrada quando a lua brilhava no céu. Short enganava o tempo com canções e gracejos e tirava o melhor partido de tudo o que acontecia. O senhor Codlin, por outro lado, amaldiçoava seu destino e todas as coisas tolas da face da terra (particularmente os Punches) e mancou carregando o teatro nas costas, vítima do mais amargo pesar.

Eles pararam para descansar embaixo de um poste onde quatro ruas se cruzavam, e o senhor Codlin, em sua profunda misantropia, baixou a cortina e sentou-se nos fundos do show, invisível aos olhos mortais e desdenhoso da companhia de seus semelhantes, quando duas sombras monstruosas foram vistas espreitando na direção deles de um desvio na estrada por onde tinham vindo. A criança ficou bastante apavorada com a visão desses gigantes magros, pois assim pareciam enquanto avançavam com passos largos sob a sombra das árvores, mas Short, dizendo-lhe que nada havia a temer, soou uma rajada com sua trombeta, que foi respondida por um grito alegre.

– É a turma do Grinder, não é? – gritou o senhor Short em voz alta.

– Sim – responderam algumas vozes estridentes.

– Venham, então – disse Short. – Deixe-me dar uma olhada em você. Imaginei mesmo que fosse você.

Assim recepcionada, a turma do Grinder se aproximou com velocidade redobrada e logo surgiu para fazer uma festinha.

A companhia do senhor Grinder, familiarmente chamada de turma, consistia em um jovem cavalheiro e uma jovem sobre pernas de pau, e o próprio senhor Grinder, que usava suas pernas naturais para atividades pedestres e carregava nas costas um tambor. Os trajes de apresentação dos jovens eram do tipo das Highlands, mas, como a noite estava úmida e fria, o jovem cavalheiro vestia por cima do *kilt* uma jaqueta masculina que ia até os tornozelos e um chapéu brilhante; a jovem também estava coberta por uma velha capa de pano e tinha um lenço amarrado na cabeça. Seus gorros escoceses, ornamentados com plumas negras, o senhor Grinder carregava pendurados em seu instrumento.

– Vejo que está indo para as corridas – disse o senhor Grinder, quase sem fôlego. – Nós também. Como você está, Short?

Com isso, eles apertaram as mãos de forma muito amigável. Os jovens, que estavam muito altos para os cumprimentos comuns, saudaram Short à sua maneira. O jovem cavalheiro encolheu a perna direita e deu um tapinha no ombro dele, e a jovem sacudiu o pandeiro.

– Praticando? – disse Short, apontando para as pernas de pau.

– Não – respondeu Grinder. – É a escolha entre andar sobre elas ou andar carregando-as nas costas, e eles preferem andar nelas. É muito agradável para o público em geral. Que caminho vocês vão pegar? Vamos o mais perto possível.

– Ora, o fato é que – disse Short – estamos indo pelo caminho mais longo, porque então poderíamos parar durante a noite, uma milha e meia adiante. Mas três ou quatro milhas ganhas nesta noite economizam muitas mais para amanhã, e, se você continuar, acho que nossa melhor escolha seria fazermos o mesmo.

– Onde está seu sócio? – perguntou Grinder.

– Aqui está ele – exclamou o senhor Thomas Codlin, mostrando a cabeça e o rosto no proscênio do palco e exibindo uma expressão facial raramente vista ali. – E ele prefere ver seu parceiro assado vivo a continuar nesta noite. É isso que ele pensa.

– Bem, não diga coisas como essas, jogando uma lança na direção de um amigo – insistiu Short. – Respeite seu sócio, Tommy, mesmo que você esteja chateado com alguma grosseria.

– Grosso ou gentil – disse o senhor Codlin, batendo a mão no pequeno palco onde o Punch, quando surpreso pela simetria de suas pernas e sua capacidade para usar meias de seda, está acostumado a exibi-las para a admiração popular –, grosso ou gentil, não irei mais longe do que uma milha e meia nesta noite. Eu me hospedarei no Jolly Sandboys e em mais nenhum lugar. Se você gosta de lá, venha. Se você prefere continuar sozinho, vá sozinho e, se puder, fique sem mim.

Assim dizendo, o senhor Codlin desapareceu da cena e imediatamente se mostrou fora do teatro, colocando o peso nos ombros com um solavanco e saindo com a mais notável agilidade.

Com qualquer outra controvérsia agora fora de questão, Short estava de acordo em despedir-se do senhor Grinder e seus alunos e seguir seu companheiro taciturno. Depois de se demorar na ponta dos pés por alguns minutos para ver as pernas de pau se distanciar ao luar e o portador do tambor se esforçar lentamente atrás delas, ele tocou algumas notas na trombeta como uma saudação de despedida e apressou-se a toda a velocidade para seguir o senhor Codlin. Ato contínuo, ele estendeu a mão desocupada para Nell e, pedindo-lhe que se alegrasse, pois estariam em breve no final de sua jornada daquela noite, e estimulando o velho com a mesma certeza, conduziu-os rapidamente em direção ao destino, ao qual ele ansiava chegar, pois a lua estava encoberta e as nuvens ameaçavam chover.

Capítulo 18

O Jolly Sandboys era uma pequena pousada à beira da estrada de idade bastante avançada, com uma placa representando três Sandboys aumentando sua alegria com vários jarros de cerveja e bolsas de ouro, rangendo e balançando em um poste do lado oposto da estrada. Como os viajantes observaram naquele dia, havia muitos indícios de que estavam se aproximando cada vez mais da pista de corrida, como acampamentos ciganos, carroças carregadas de cabines de jogos de azar e seus acessórios, atores itinerantes de vários tipos e mendigos e vagabundos de todos os graus, todos seguindo seu caminho na mesma direção, o senhor Codlin temia encontrar as acomodações lotadas. Este medo aumentava à medida que diminuía a distância entre ele e a hospedaria, e ele acelerou o passo e, apesar do fardo que teve de carregar, manteve uma marcha constante até chegar à porta do local. Aqui ele teve a satisfação de descobrir que seus temores eram infundados, pois o proprietário estava encostado no batente da porta olhando preguiçosamente para a chuva, que já havia começado a cair pesadamente, e nenhum tilintar de sinos, nem gritos ruidosos, nem coro barulhento denotava haver companhia lá dentro.

– Sozinhos? – disse o senhor Codlin, largando a carga e enxugando a testa.

– Sozinhos por enquanto – respondeu o proprietário, olhando para o céu –, mas teremos mais companhia nesta noite, espero. Aqui, um de vocês, rapazes, leve esse teatro para o celeiro. Apresse-se a sair da chuva, Tom; quando começou a chover, eu disse a eles para acender o fogo, e há um braseiro glorioso na cozinha, posso garantir.

O senhor Codlin o seguiu com boa vontade e logo descobriu que o proprietário não havia elogiado seus preparativos sem um bom motivo. Um fogo poderoso ardia na lareira e rugia pela ampla chaminé com um som alegre, que um grande caldeirão de ferro, borbulhando e fervendo no calor, auxiliava a produzir no ambiente. Havia um rubor vermelho profundo na sala, e, quando o proprietário atiçou o fogo, fazendo as chamas crepitar e saltar, quando ele tirou a tampa da panela de ferro e de lá saiu um cheiro saboroso, enquanto o som borbulhante ficou mais profundo e mais rico, e um vapor volumoso saiu flutuando, pairando em uma névoa deliciosa acima de suas cabeças, e quando ele concluiu essas ações, o coração do senhor Codlin foi tocado. Ele se sentou no canto da chaminé e sorriu.

O senhor Codlin, sentado ali, olhando para o senhorio com um olhar maroto, segurou a tampa da panela na mão e, fingindo que fazer isso era necessário para o bem-estar da cozinha, fez o delicioso vapor fazer cócegas nas narinas de seus convidados. O brilho do fogo reluzia na cabeça calva do proprietário, em seus olhos cintilantes, em sua boca cheia de água, em seu rosto cheio de espinhas e em sua figura gorda e redonda. O senhor Codlin limpou os lábios com a manga e disse numa voz murmurante:

– O que temos aí?

– É uma buchada – disse o proprietário estalando os lábios – e mocotó – estalando-os de novo – e *bacon* – estalando-os mais uma vez – e bife – repetindo o gesto pela quarta vez – e ervilhas, couve-flor, batatas novas e aspargos, todos juntos em um molho delicioso. – Tendo chegado ao clímax, estalou os lábios muitas vezes e, cheirando longa e vigorosamente a fragrância que pairava sobre a panela, tornou a colocar a tampa, com o ar de quem terminara sua missão na terra.

– A que hora estará pronto? – perguntou o senhor Codlin fracamente.

– Vai ser terminado em instantes – disse o proprietário olhando para o relógio, e o próprio relógio tinha a mesma cor de sua face branca e gorda e parecia um relógio para os alegres Sandboys consultarem. – Vai estar pronto aos vinte e dois minutos antes das onze.

– Então – disse o senhor Codlin –, traga-me um litro de cerveja quente e não deixe ninguém levar para o quarto nem mesmo um biscoito até que chegue a hora.

Acenando em aprovação depois dessa atitude decisiva e viril, o proprietário retirou-se para pegar a cerveja e, voltando logo com ela, tratou de aquecê-la em um pequeno recipiente de lata em forma de funil, para facilitar a ação de enfiar bem fundo no fogo, chegando até as brasas brilhantes. Isso foi executado rapidamente, e ele a entregou ao senhor Codlin com aquela espuma cremosa na superfície que é uma das características agradáveis que acompanham o malte quente.

Muito relaxado por essa bebida calmante, o senhor Codlin agora pensava em seus companheiros e informou ao anfitrião dos Sandboys que sua chegada poderia ser esperada em breve. A chuva batia nas janelas e caía torrencialmente, e tal era a extrema amabilidade do senhor Codlin que ele mais de uma vez expressou sua sincera esperança de que não fossem tolos o suficiente a ponto de se molhar.

Por fim eles chegaram, encharcados de chuva e com uma aparência muito miserável, apesar de Short ter protegido a criança o melhor que pôde sob as abas do seu próprio casaco e de eles estarem quase sem fôlego com a corrida que tinham feito. Mas, assim que seus passos foram ouvidos na estrada, o proprietário, que estava na porta da rua esperando ansiosamente por sua chegada, correu para a cozinha e levantou novamente a tampa. O efeito foi automático. Todos entraram com o rosto sorridente, embora a água pingasse de suas roupas no chão, e a primeira observação de Short foi: "Que cheiro delicioso!". Não é muito difícil esquecer a chuva e a lama ao lado de uma fogueira alegre e em uma sala iluminada. Eles estavam equipados com chinelos e roupas secas, fornecidos pela casa ou de suas próprias trouxas de roupa, e, abrigando-se, como o senhor Codlin já havia feito, no canto da chaminé quente, logo esqueceram seus problemas anteriores ou apenas se lembraram deles como para realçar as delícias do tempo presente. Dominados pelo calor, pelo conforto e pela fadiga por que passaram, Nelly e o velho não tinham se sentado por muito tempo ali quando adormeceram.

– Quem são eles? – sussurrou o proprietário. Short balançou a cabeça e desejou ele mesmo saber. – Você não sabe? – perguntou o anfitrião, voltando-se para o senhor Codlin.

– Eu não –, respondeu ele. – Suponho que não sejam grande coisa.

– Eles também não fazem mal algum – disse Short. – Pode contar com isso. Vou lhe dizer uma coisa: está claro que o velho não está em seu juízo perfeito.

– Se você não tem nada mais a acrescentar – rosnou o senhor Codlin, olhando para o relógio –, é melhor nos deixar concentrar no jantar e não nos incomodar.

– Ouça aqui, meu caro! – retrucou seu amigo. – Além disso, está muito claro para mim que eles não estão acostumados com esse estilo de vida. Não me diga que aquela criança bonita tem o hábito de rondar como ela fez nos últimos dois ou três dias. Eu conheço muito bem.

– Bem, quem lhe disse que ela não tem? – resmungou o senhor Codlin, olhando novamente para o relógio e dele para o caldeirão. – Você não consegue pensar em nada mais adequado para as circunstâncias presentes do que dizer coisas e depois contradizê-las?

– Gostaria que alguém lhe desse o seu jantar – respondeu Short –, pois não haverá paz enquanto você não comer. Você viu como o velho está ansioso para seguir, sempre querendo se afastar, cada vez mais longe. Você reparou nisso?

– Ah! E o que tem isso? – murmurou Thomas Codlin.

– Isso, então – disse Short –, ele enganou seus amigos. Preste atenção no que eu digo: ele abandonou seus amigos e convenceu esta jovem criatura, delicada e cheia de seu amor por ele, a ser sua guia e companheira de viagem, para onde, ele não sabe, como não saberia um homem na lua. Agora não vou suportar mais essa conversa.

– VOCÊ não vai suportar isso?! – gritou o senhor Codlin, olhando novamente para o relógio e puxando os cabelos com as duas mãos numa espécie de frenesi, seja pela observação de seu companheiro, seja pela lenta passagem do tempo, era difícil determinar. – Que mundo é este no qual vivemos?

– Eu – repetiu Short enfática e lentamente – não vou aguentar mais. Não vou ver esta bela criança cair em péssimas mãos e circular entre pessoas nada adequadas para ela, como se essa gente convivesse entre anjos como seus amigos comuns. Portanto, quando eles declararem sua intenção de se separar de nós, tomarei medidas para impedi-los e devolvê-los aos seus amigos, que, atrevo-me a dizer, tiveram seu infortúnio publicado em cartazes colados em cada parede de Londres a essa altura.

– Short – disse o senhor Codlin, que, com a cabeça apoiada nas mãos e os cotovelos apoiados nos joelhos, vinha se sacudindo impacientemente de um lado para o outro até aquele ponto da narrativa e ocasionalmente batendo os pés no chão, mas agora olhava para cima com ansiedade no olhar –, é possível que haja um bom senso incomum no que você disse. Se houver, e deve haver uma recompensa, Short, lembre-se de que somos sócios em tudo!

Seu companheiro só teve tempo de acenar com a cabeça, concordando rapidamente com essa posição, quando a criança acordou. Eles haviam se aproximado durante o diálogo anterior e agora se separaram às pressas e estavam se esforçando um tanto desajeitadamente para trocar alguns comentários casuais em seu tom habitual, quando passos estranhos foram ouvidos do lado de fora e uma nova companhia entrou.

Eram nada mais do que quatro cães sombrios, que chegaram um atrás do outro, encabeçados por um velho cão arqueado de aspecto particularmente triste, que, parando quando o último de seus seguidores tinha chegado até a porta, se ergueu sobre suas patas traseiras e olhou em volta para seus companheiros, que imediatamente se puseram sobre as patas traseiras, em uma fila grave e melancólica. Essa nem era a única circunstância notável sobre esses cães, pois cada um deles usava uma espécie de casaco de alguma cor berrante enfeitada com lantejoulas manchadas, e um deles tinha um boné na cabeça, amarrado com muito cuidado sob o queixo, que tinha caído sobre o nariz e tapado completamente um olho; acrescente a isso que os casacos brilhantes estavam todos molhados e descoloridos pela chuva e que os usuários estavam respingados e sujos, e alguma ideia pode ser formada da aparência incomum desses novos visitantes dos Jolly Sandboys.

Nem Short, nem o proprietário, nem Thomas Codlin, entretanto, ficaram surpresos; apenas comentaram que aqueles eram os cães de Jerry e que ele não poderia estar muito longe. Assim, os cães ficaram parados, piscando pacientemente, boquiabertos e olhando intensamente para a panela fervendo, até que o próprio Jerry apareceu, quando todos se abaixaram e caminharam pela sala de modo natural. Essa atitude, deve-se confessar, não melhorou muito sua aparência, já que suas próprias caudas e as caudas de seus casacos, ambas coisas importantes a seu modo, não combinavam entre si.

Jerry, o gerente do espetáculo desses cães dançarinos, era um homem alto, de bigode preto e casaco de veludo, que parecia bem conhecido do proprietário e de seus hóspedes e os cumprimentou com grande cordialidade. Livrando-se de uma concertina que colocou sobre uma cadeira e segurando na mão um pequeno chicote com o qual fazia tremer sua companhia de comediantes, aproximou-se do fogo para se secar e começou a conversar.

– Seu pessoal não costuma viajar fantasiado, não é? – disse Short, apontando para as vestes dos cachorros. – Deve sair caro se eles o fizerem.

– Não – respondeu Jerry –, não é o nosso costume. Mas estamos brincando um pouco na estrada hoje e saímos com um guarda-roupa novo das corridas, então não achei que valia a pena parar para trocá-los. Para baixo, Pedro! – Este foi endereçado ao cão de boné, que, sendo um novo membro da companhia, e não muito certo de seu dever, mantinha seus olhos grudados ansiosamente em seu dono e estava a toda hora se erguendo em suas patas traseiras sem nenhum motivo e caindo de quatro novamente.

– Eu tenho um animal aqui – disse Jerry, colocando a mão no bolso espaçoso de seu casaco e mergulhando em um canto como se estivesse procurando por uma pequena laranja ou uma maçã ou algo assim –, um animal aqui, do qual eu acho que você sabe alguma coisa, Short.

– Ah! – gritou Short. – Vamos dar uma olhada nele.

– Aqui está – disse Jerry, tirando um pequeno terrier do bolso. – Ele já foi um de seus Tobys, não foi?

Em algumas versões do grande drama de Punch há um cachorrinho, uma variação moderna, que se supõe ser de propriedade privada do cavalheiro, cujo nome é sempre Toby. Este Toby foi roubado, quando filhote, de outro cavalheiro e fraudulentamente vendido ao herói confiante, que, não tendo malícia, não suspeitava de ninguém; mas Toby, tendo uma grata lembrança de seu antigo mestre e desprezando se afeiçoar a qualquer novo dono, não apenas se recusou a fumar um cachimbo a pedido de Punch, mas, para marcar ainda mais a sua fidelidade, agarrou-o pelo nariz e torceu com violência, e esse caso de fidelidade canina animou os espectadores profundamente. Essa foi a personagem que o pequeno terrier em questão uma vez encenou; se houvesse alguma dúvida sobre o assunto, ele a teria resolvido rapidamente com sua conduta, pois não só ele, ao ver Short, deu os mais fortes sinais de reconhecimento, mas, ao avistar a caixa chata, latiu furiosamente para o nariz de papelão que sabia estar lá dentro, obrigando seu mestre a recolhê-lo e colocá-lo no bolso novamente, para grande alívio de toda a companhia.

O proprietário agora se ocupava em estender a toalha de mesa, auxiliado gentilmente pelo senhor Codlin, que colocou sua faca e garfo no lugar mais conveniente e se estabeleceu atrás deles. Quando tudo estava pronto, o senhorio tirou a tampa pela última vez, e então de fato começou um jantar tão promissor que, se ele tivesse se oferecido para iniciar os preparativos novamente ou tivesse insinuado um adiamento, certamente teria sido sacrificado em sua própria lareira.

No entanto, ele não fez isso, mas ajudou uma empregada robusta a transbordar o conteúdo do caldeirão em uma grande terrina; um procedimento que os cães, resistindo aos vários respingos de calor que caíam sobre o nariz deles, observavam com terrível ansiedade. Por fim, a travessa foi levada até a mesa, canecas de cerveja foram servidas, a pequena Nell aventurou-se a dar graças, e o jantar começou.

Nesse momento, os pobres cães estavam de pé sobre as patas traseiras, o que era surpreendente; a criança, tendo pena deles, estava prestes a lançar alguns pedaços de comida para eles antes que ela mesma a provasse, embora estivesse com fome, quando seu mestre a impediu.

– Não, minha querida, não, nem um átomo da mão de ninguém, mas apenas da minha, por favor. Aquele cachorro – disse Jerry, apontando para o velho líder da tropa e falando com uma voz terrível – perdeu meio *penny* hoje. Ele fica sem jantar.

A infeliz criatura caiu sobre suas patas dianteiras, abanou o rabo e olhou suplicante para seu mestre.

– Você deve ter mais cuidado, senhor – disse Jerry, caminhando com frieza até a cadeira onde havia colocado a concertina e a trava. – Venha aqui. Agora, senhor, toque isso, enquanto jantamos, e ouse parar se tiver coragem.

O cachorro imediatamente começou a entoar a música mais triste. Seu mestre, depois de lhe mostrar o chicote, voltou a sentar-se e chamou os outros, que, seguindo suas instruções, se formaram em fila, ficando de pé como uma fila de soldados.

– Agora, senhores – disse Jerry, olhando para eles com atenção. – O cachorro cujo nome é chamado come. Os cães cujos nomes não são chamados, fiquem quietos. Carlo!

O sortudo cujo nome foi chamado abocanhou o pedaço jogado em sua direção, mas nenhum dos outros moveu um músculo. Dessa forma, eles eram alimentados a critério de seu mestre. Enquanto isso, o cão em desgraça tocava com força a concertina, às vezes rápido, às vezes devagar, mas nunca parando por um instante. Quando as facas e garfos tilintaram muito, ou quando algum de seus companheiros recebia um pedaço de gordura incomumente grande, ele acompanhava a música com um uivo curto, mas imediatamente procurava seu mestre olhando em volta e se aplicava com maior diligência atacando a canção *The Old Hundredth*.

Capítulo 19

A ceia ainda não havia terminado quando chegaram ao Jolly Sandboys mais dois viajantes com destino ao mesmo refúgio que os outros, que haviam caminhado na chuva por algumas horas e entraram brilhantes e pesados de água. Um deles era o proprietário de um gigante e de uma pequena senhora sem pernas ou braços, e eles viajavam em uma carruagem; o outro, um cavalheiro silencioso que ganhava a vida exibindo truques com as cartas e que havia distorcido a expressão natural de seu rosto colocando pequenos losangos de chumbo nos olhos e trazendo-as para fora pela boca, que era uma de suas conquistas profissionais. O nome do primeiro desses recém-chegados era Vuffin; o outro, provavelmente como uma sátira agradável à sua feiura, chamava-se Sweet William. Para deixá-los o mais confortáveis que pudesse, o proprietário agiu com rapidez e, em muito pouco tempo, os dois cavalheiros estavam perfeitamente à vontade.

– Como está o gigante? – disse Short, quando todos estavam sentados fumando em volta do fogo.

– Um pouco fraco nas pernas – respondeu o senhor Vuffin. – Começo a ter medo de que ele caia por causa dos joelhos.

– Essa é uma péssima notícia – disse Short.

– Sim! Realmente ruim – respondeu o senhor Vuffin, contemplando o fogo com um suspiro. – Assim que o gigante ficar com as pernas trêmulas, o público não se importará mais com ele do que com um talo de repolho murcho.

– O que acontece com os gigantes velhos? – disse Short, voltando-se para ele novamente após uma pequena reflexão.

– Eles geralmente são mantidos em trailers para servir aos anões – disse o senhor Vuffin.

– A manutenção deles deve custar caro quando não podem mais ser exibidos, hein? – comentou Short, olhando-o em dúvida.

– É melhor assim do que deixá-los ir para um asilo ou para as ruas – disse o senhor Vuffin. – Transforme uma vez um gigante em um ser comum e os gigantes nunca mais renderão nem um centavo. Olhe para as pernas de pau. Se houvesse apenas um homem com elas, que vantagens ele teria!

– Assim seria! – observaram o proprietário e Short juntos. – Isto é uma grande verdade.

– Em vez disso – prosseguiu o senhor Vuffin –, se você anunciasse Shakespeare encenado inteiramente por pernas de pau, acredito que não conseguiria nem seis pence.

– Acho que não – disse Short. E o proprietário concordou.

– Isso demonstra, você sabe – disse o senhor Vuffin, acenando com seu cachimbo com ar argumentativo –, demonstra a política de manter os gigantes ainda que exauridos nos trailers, onde eles conseguem comida e alojamento de graça, por toda a vida, e, em geral, fico muito feliz por eles poderem ficar por lá. Havia um gigante, um negro que deixou seu trailer há um ano e começou a entregar as contas de carruagem por Londres, tornando-se tão desvalorizado quanto um varredor de ruas. Ele morreu. Não faço nenhuma insinuação contra ninguém em particular – disse o senhor Vuffin, olhando solenemente em volta –, mas ele estava arruinando o comércio, e ele morreu.

O senhorio respirou fundo com dificuldade e olhou para o dono dos cachorros, que assentiu e disse asperamente que se lembrava.

– Eu sei que sim, Jerry – disse o senhor Vuffin com profunda tristeza. – Sei que você se lembra disso, Jerry, e a opinião geral é de que cuidou bem dele. Ora, eu me lembro da época em que o velho Maunders tinha 23 anos, eu me lembro da época em que o velho Maunders tinha em sua cabana em Spa Fields no inverno, quando a temporada acabou, oito anões homens e mulheres se apresentando até o jantar todos os dias, que era servido por oito velhos gigantes em casacos verdes, shorts vermelhos, meias de algodão azuis e agasalhos; e havia um anão que ficara idoso e perspicaz, a ponto de, sempre que seu gigante não era rápido para agradar-lhe, enfiava alfinetes em suas pernas, não conseguindo atingi-lo em nenhum outro lugar. Eu sei que isso é verdade, pois o próprio Maunders me contou.

– E os anões quando envelhecem? – inquiriu o senhorio.

– Quanto mais velho um anão, mais valioso ele é – respondeu o senhor Vuffin. – Um anão de cabelos grisalhos, bem enrugado, está além de qualquer suspeita. Mas um gigante com as pernas fracas e que não para em de pé, mantenha-o no trailer, mas nunca o mostre, nunca o exiba, independentemente da quantia que possa ser oferecida.

Enquanto o senhor Vuffin e seus dois amigos fumavam seus cachimbos e enganavam o tempo com conversas como esta, o cavalheiro silencioso sentou-se em um canto aquecido, engolindo, ou parecendo engolir, moedas de meio pence até a quantia de seis pence para praticar, equilibrando uma pena sobre o nariz e ensaiando outros feitos de habilidade desse tipo, sem dar a mínima para a companhia, que por sua vez o deixou totalmente despercebido. Por fim, a cansada criança persuadiu seu avô a se retirarem, e eles saíram, deixando o grupo ainda sentado ao redor do fogo, e os cães profundamente adormecidos a uma humilde distância.

Depois de dar seu boa-noite ao velho, Nell retirou-se para o seu pobre sótão, mas mal tinha fechado a porta quando bateram suavemente. Ela a abriu de uma vez e ficou um pouco surpresa ao ver o senhor Thomas

Codlin, a quem ela havia acabado de deixar aparentemente dormindo profundamente no andar de baixo.

– Qual é o problema? – disse a criança.

– Não é nada demais, minha querida – respondeu o visitante. – Eu sou seu amigo. Talvez você não tenha pensado assim, mas eu que sou seu amigo, não ele.

– Ele quem? – perguntou a criança.

– Short, minha querida. Vou lhe dizer uma coisa – disse Codlin –, apesar de ele ter um jeito que irá te conquistar, eu sou o verdadeiro homem de coração aberto. Posso não parecer, mas sou mesmo.

A criança começou a ficar assustada, considerando que a cerveja tinha causado aquele efeito sobre o senhor Codlin e que esse elogio a si mesmo era a consequência.

– Short se comporta muito bem e parece gentil – retomou o misantropo –, mas ele exagera. Eu, não.

Certamente, se havia alguma falha no comportamento normal do senhor Codlin, era que ele preferia economizar sua bondade para com as pessoas ao seu redor. Mas a criança ficou confusa e não sabia o que dizer.

– Siga meu conselho – disse Codlin. – Não me pergunte o porquê, mas aceite. Enquanto você viajar conosco, fique o mais perto de mim que puder. Não se ofereça para nos deixar, por nenhum motivo, mas sempre se apegue a mim e diga que sou seu amigo. Você vai se lembrar disso, minha querida, e sempre dizer que eu que sou seu amigo?

– Dizer isso onde e quando? – perguntou a criança inocentemente.

– Oh, em nenhum lugar em particular – respondeu Codlin, um pouco desconcertado pela pergunta. – Só estou ansioso para que você acredite que sou assim e me faça justiça. Você não pode imaginar o interesse que tenho por você. Por que você não me contou sua pequena história, aquela sobre você e o pobre senhor? Sou o melhor conselheiro que já existiu e estou tão interessado em você, muito mais interessado do que Short. Eu acho que eles estão subindo as escadas lá embaixo; você não precisa contar a Short, você sabe, que tivemos uma conversinha juntos. Deus a abençoe.

Lembre-se do amigo. Codlin é o amigo, não Short. Short está muito bem até aqui, mas o verdadeiro amigo é Codlin, não Short.

Ilustrando essas projeções com uma série de olhares benevolentes e protetores e bons modos, Thomas Codlin saiu furtivamente na ponta dos pés, deixando a criança em um estado de extrema surpresa. Ela ainda estava ruminando sobre seu comportamento curioso quando as tábuas da escada maluca e do platô estalaram sob os passos dos outros viajantes, que estavam passando a caminho de suas camas. Quando todos passaram e o som de seus passos cessou, um deles voltou e, depois de um pouco de hesitação e sussurrar no corredor, como se não tivessem certeza em que porta bater, bateu na dela.

– Sim – disse a criança de dentro.

– Sou eu, Short – uma voz gritou pelo buraco da fechadura. – Só queria dizer que devemos partir amanhã cedo, minha cara, porque, a menos que consigamos sair antes dos cachorros e do mágico, as aldeias não valerão um centavo. Você com certeza se aprontará cedo e irá conosco? Eu vou chamá-la.

A criança respondeu afirmativamente e, ao retribuir seu "boa-noite", ouviu-o se afastar. Ela sentiu certo mal-estar com a ansiedade daqueles homens, aumentado pela lembrança de seus sussurros descendo as escadas e pela ligeira confusão deles ao acordar; ela também não estava totalmente livre do receio de que eles não eram os companheiros mais adequados que poderia ter encontrado. Sua inquietação, entretanto, não era nada se comparada com seu cansaço, e ela logo esqueceu tudo durante o sono. Bem cedo na manhã seguinte, Short cumpriu sua promessa e, batendo de leve em sua porta, implorou que ela se levantasse imediatamente, pois o dono dos cachorros ainda roncava e, se não perdessem tempo, poderiam conseguir um bom negócio chegando antes dele e do mágico, que estava falando enquanto dormia, e, pelo que podia ser ouvido dizer, parecia estar equilibrando um burro em seus sonhos. Ela saltou da cama sem demora e despertou o velho com tanta habilidade que os dois estavam prontos ao mesmo tempo que o próprio Short, para indizível satisfação e alívio daquele cavalheiro.

Depois de um desjejum sem cerimônias e confuso, cuja composição básica era bacon, pão e cerveja, despediram-se do proprietário e saíram pela porta do alegre Sandboys. A manhã estava bonita e quente, o solo estava fresco para os pés depois da chuva que caíra até tarde, as cercas vivas estavam mais alegres e verdes, o ar estava claro e tudo era fresco e saudável. Cercados por essas influências, eles caminharam de maneira bastante agradável.

Não haviam ido muito longe quando a criança foi novamente atingida pelo comportamento alterado do senhor Thomas Codlin, que, em vez de se arrastar mal-humorado e sozinho como fizera até então, se manteve perto dela e, quando teve a oportunidade de olhar para ela longe da visão do seu companheiro, advertiu-a com caretas irônicas e sacudidelas de cabeça para não confiar em Short, mas reservar todas as confidências para Codlin. Tampouco se limitou a olhares e gestos, pois, quando ela e o avô caminhavam ao lado do referido Short e aquele homenzinho falava com sua costumeira alegria sobre uma variedade de assuntos indiferentes, Thomas Codlin demonstrou seu ciúme e desconfiança seguindo perto de seus calcanhares e ocasionalmente atingindo seus tornozelos com as pernas do teatro de uma maneira muito violenta e dolorosa.

Todas essas atitudes naturalmente tornaram a criança mais vigilante e desconfiada, e ela logo observou que, sempre que paravam para se apresentar fora de uma cervejaria da aldeia ou outro lugar, o senhor Codlin, enquanto encenava sua parte nos entretenimentos, mantinha os olhos fixos nela e no velho homem, ou, demonstrando grande amizade e consideração, convidou este último a se apoiar em seu braço, e assim o segurou com força até que a representação terminasse e eles novamente avançassem. Até Short parecia ter mudado nesse respeito e, misturado com sua boa natureza, havia uma espécie de desejo de mantê-los sob vigilância. Isso aumentou as dúvidas da criança e a deixou ainda mais ansiosa e inquieta.

Enquanto isso, eles estavam se aproximando da cidade onde as corridas começariam no dia seguinte; pois, ao passar por vários grupos de ciganos e vagabundos na estrada, seguindo seu caminho em direção a ela e se afastando de todos os atalhos e pistas de *cross-country*, eles gradualmente caíram em um fluxo constante de pessoas, algumas andando ao lado de carroças, outras a cavalo, outras em burros, outras labutando com cargas pesadas nas costas, mas todas se dirigindo ao mesmo ponto.

As tabernas à beira do caminho, de vazias e silenciosas como as das partes mais distantes, agora exalavam gritos ruidosos e nuvens de fumaça; e, das janelas embaçadas, aglomerados de grandes rostos vermelhos olhavam para a estrada. Em cada terreno vazio ou espaço público, algum pequeno jogador conduzia seu negócio barulhento e gritava para os passantes desocupados pararem e tentarem sua sorte; a multidão ficou mais densa e barulhenta; pães de mel dourados em barracas de lona expunham suas delícias à poeira da estrada; e muitas vezes uma carruagem de quatro cavalos, passando rapidamente, obscurecia todos os objetos na nuvem arenosa que levantava e os deixava, atordoados e cegos, bem para trás.

Já estava escuro antes de chegarem à própria cidade e, de fato, havia muito tempo que os últimos quilômetros já haviam se passado. Aqui tudo era tumulto e confusão; as ruas estavam cheias em multidões, muitos estranhos estavam por lá, ao que parecia, pelos olhares que lançavam, os sinos das igrejas repicavam ruidosamente e bandeiras escorriam das janelas e do alto das casas. Nos grandes pátios de estalagem, garçons voavam de um lado para outro e corriam uns contra os outros, os cavalos batiam nas pedras irregulares com os cascos, os degraus da carruagem desciam com estrépito, e os cheiros nauseantes de muitos jantares vinham como um sopro morno e pesado sobre os sentidos. Nos bares menores, os violinistas, com todo o esforço possível, guinchavam as melodias com pés cansados; homens bêbados, alheios ao peso de sua canção, juntavam a eles um uivo sem sentido, que abafava o tilintar do sino fraco e os transformava em selvagens por causa da bebida; grupos de vagabundos reuniam-se em volta das portas para ver a andarilha dançar e adicionar seu alvoroço ao pífaro estridente e ao tambor ensurdecedor.

Por meio dessa cena delirante, a criança, assustada e repelida por tudo o que viu, continuou avançando desnorteada, agarrando-se ao seu condutor e tremendo de medo de que na multidão fosse separada dele e deixada para encontrar o caminho sozinha. Acelerando os passos para se livrar de todo o barulho e tumulto, eles finalmente atravessaram a cidade e seguiram para a pista de corridas, que ficava em uma ampla área pedregosa e arenosa, situada em uma eminência, a uma milha completa de seus limites mais distantes.

Embora houvesse muitas pessoas ali, nenhuma era das mais favorecidas ou mais bem-vestidas, ocupadas em erguer tendas, cravar estacas no chão e correr para lá e para cá com os pés empoeirados e muitos xingamentos resmungados, embora houvesse crianças cansadas embaladas em pilhas de palha entre as rodas das carroças, chorando até dormir, e pobres cavalos magros e burros recém-libertados, pastando entre homens e mulheres, panelas e chaleiras, fogueiras parcialmente acesas e pontas de velas queimando e se apagando no ar. Por tudo isso, a criança sentiu que era uma fuga da cidade e respirou com mais liberdade. Depois de uma ceia escassa, cuja compra reduziu tanto suas reservas que ela tinha apenas alguns meios pence para comprar o café da manhã, ela e o velho deitaram-se para descansar em um canto de uma tenda e dormiram, apesar dos preparativos agitados que aconteceram ao seu redor durante toda a noite.

E agora tinha chegado a hora em que deveriam mendigar por pão. Logo após o nascer do sol, ela saiu furtivamente da barraca e, caminhando por alguns campos a uma curta distância, arrancou algumas rosas selvagens e flores muito simples, com o propósito de transformá-las em pequenos ramalhetes e oferecê-las às senhoras nas carruagens quando a companhia chegasse. Seus pensamentos não estavam ociosos enquanto ela se ocupava; quando ela voltou e se sentou ao lado do velho em um canto da tenda, amarrando suas flores, enquanto os dois homens cochilavam em outro canto, ela o agarrou pela manga e, olhando ligeiramente para eles, disse, em voz baixa:

– Avô, não olhe para aqueles de quem falo e dê pistas de que falei de outras coisas, diferentes do que direi. O que foi que você me disse antes de sairmos da velha casa? Que, se soubessem o que íamos fazer, diriam que você estava louco e nos separariam?

O velho voltou-se para ela com um aspecto de terror selvagem, mas ela o controlou com um olhar e, ordenando-lhe que segurasse algumas flores enquanto ela as amarrava, trazendo seus lábios para mais perto de sua orelha, disse:

– Sei que foi isso que você me disse. Você não precisa falar, querida. Lembro-me muito bem. Não era possível que eu esquecesse.

– Avô, esses homens suspeitam que deixamos nossos amigos secretamente e pretendem nos levar até algum cavalheiro, cuidar de nós e nos mandar de volta. Se você permitir que sua mão trema demais, nunca conseguiremos nos afastar deles, mas, se você se mantiver firme agora, faremos isso facilmente.

– Como? – murmurou o velho. – Querida Nelly, como? Eles vão me trancar em uma cela de pedra, escura e fria, e vão me acorrentar contra a parede, Nel... me açoitar com chicotes e nunca mais me deixarão ver você!

– Você está tremendo de novo – disse a criança. – Fique perto de mim o tempo todo. Esqueça-os, não olhe para eles, mas somente para mim. Vou encontrar um momento em que possamos fugir. Quando eu fizer isso, lembre-se de vir comigo e não pare nem diga uma palavra. Silêncio! Isso é tudo.

– Hein, o que você está dizendo, minha querida? – disse o senhor Codlin, erguendo a cabeça e bocejando. Depois, observando que seu companheiro estava dormindo profundamente, acrescentou em um sussurro sincero: – Codlin é o amigo, lembre-se, não Short.

– Fazendo alguns ramalhetes – respondeu a criança. – Vou tentar vender alguns nestes três dias de corridas. Você quer um? De presente, quero dizer.

O senhor Codlin teria se levantado para apanhá-lo, mas a criança correu em sua direção e o colocou em sua mão. Ele o enfiou na casa do botão do casaco com um ar de complacência inefável para um misantropo e, olhando de soslaio para o inconsciente Short, murmurou, enquanto se deitava novamente:

– Tom Codlin é o amigo, por Deus!

À medida que a manhã avançava, as tendas adquiriam uma aparência mais alegre e brilhante, e longas filas de carruagens rolavam suavemente na relva. Homens que haviam passado a noite inteira com batas e perneiras de couro apareciam em coletes de seda, chapéus e plumas, como malabaristas ou charlatães; ou em librés lindas como criados de fala mansa em cabines de jogo; ou em robustos trajes de Yeomen Wardens como iscas em jogos ilegais. Garotas ciganas de olhos negros, encapuzadas em lenços vistosos, saíam para adivinhar o futuro, e mulheres pálidas e esguias com rostos tuberculosos seguiam os passos de ventríloquos e ilusionistas e contavam as seis moedas com olhos ansiosos muito antes de serem ganhas. Todas as crianças que puderam ser mantidas dentro dos limites foram arrumadas, com todos os outros sinais de sujeira e pobreza, entre burros, carroças e cavalos; e todos os que não puderam ser eliminados correram para dentro e para fora em todos os pontos intrincados, rastejaram entre as pernas das pessoas e as rodas das carruagens e saíram ilesos de sob os cascos dos cavalos. Os cachorros dançarinos, as pernas de pau, a mocinha e o homem alto, e todas as outras atrações, com órgãos em número e bandas inumeráveis, emergiram dos buracos e cantos em que haviam passado a noite e floresceram corajosamente ao sol.

Ao longo da pista repleta, Short liderou seu grupo, soando a trombeta de bronze e se deleitando com a voz de Punch; e em seus calcanhares foi Thomas Codlin, levando o teatro para o show como de costume e mantendo seus olhos em Nelly e seu avô, já que eles ficaram na retaguarda. A criança carregava no braço a pequena cesta com suas flores e às vezes parava, com olhares tímidos e modestos, para oferecê-las a alguma carruagem alegre; mas havia muitos mendigos mais ousados, ciganas que prometiam maridos e outros adeptos em suas tendas e, embora algumas senhoras sorrissem gentilmente enquanto balançavam a cabeça, outras gritavam para os cavalheiros ao lado delas "Vejam, que rosto bonito!", deixando passar o rosto bonito, e jamais pensavam que ele estivesse cansado ou com fome.

Havia apenas uma senhora que parecia entender a criança, e esta era uma que estava sentada sozinha em uma bela carruagem, enquanto dois jovens em roupas elegantes, que tinham acabado de desmontar, conversavam e riam alto a uma pequena distância, parecendo esquecer-se dela. Havia muitas senhoras ao redor, mas elas viraram as costas ou olharam para outro lado, ou para os dois jovens (não desfavoravelmente para eles) e a deixaram sozinha. Ela mandou embora rapidamente uma cigana que queria ler o seu destino, dizendo que já era conhecido fazia alguns anos, mas chamou a criança em sua direção e, pegando suas flores, colocou dinheiro em sua mão trêmula e mandou-a ir para casa e lá permanecer, pelo amor de Deus.

Muitas vezes eles subiam e desciam por aquelas intermináveis filas, vendo tudo, exceto os cavalos e a corrida, quando o sino tocou para limpar a pista, voltando a descansar entre as carroças e os burros e não saindo novamente até que o calor passasse. Muitas vezes, também, Punch foi exibido no auge de seu humor, mas tudo isso enquanto os olhos de Thomas Codlin estavam sobre eles, e escapar sem serem vistos era impraticável.

Por fim, no final do dia, o senhor Codlin armou a apresentação em um local conveniente, e os espectadores logo estavam envolvidos com a cena. A criança, sentada com o velho logo atrás dela, tinha pensado como era estranho que os cavalos, que eram criaturas tão boas e honestas, parecessem tornar vagabundos todos os homens que eles atraíam, quando uma risada alta de algum gracejo extemporâneo do senhor Short, fazendo alusão às circunstâncias do dia, tirou-a de seus pensamentos e a fez olhar em volta.

Se eles quisessem escapar sem serem vistos, esse seria o momento certo. Short estava usando os bastões vigorosamente e batendo nos personagens com a fúria do combate pelas laterais do palco, onde as pessoas olhavam com rostos sorridentes, e o senhor Codlin relaxou com um sorriso sombrio quando seu olho vigilante detectou mãos se movendo nos bolsos do colete e tateando secretamente por seis centavos. Se quisessem escapar sem serem vistos, esse seria o momento certo. Eles o aproveitaram e fugiram.

Abriram caminho por entre barracas, carruagens e multidões de pessoas e nunca pararam para olhar para trás. O sino tocou e a pista estava liberada no instante em que alcançaram as cercas, mas eles a cruzaram, insensíveis aos gritos e guinchos que os fustigavam por profanar sua inviolabilidade, e rastejaram sobre o cume da colina em um ritmo rápido, chegando aos campos abertos.

Capítulo 20

Dia após dia, enquanto retornava para casa, voltando de alguma nova tentativa para conseguir emprego, Kit erguia os olhos para a janela do quartinho que tanto elogiava à criança e esperava ver alguma indicação da presença dela. Seu próprio desejo sincero juntamente com a garantia que recebera de Quilp encheram-no com a esperança de que ela ainda voltaria para aceitar o humilde abrigo que ele havia oferecido, e da morte da esperança a cada dia que passava nascia outra esperança para viver o dia seguinte.

– Acho que eles devem vir amanhã, hein, mãe? – disse Kit, pondo de lado o chapéu com um ar cansado e suspirando enquanto falava. – Eles se foram há uma semana. Certamente não poderiam ficar longe por mais de uma semana, não é mesmo?

A mãe balançou a cabeça e o lembrou de quantas vezes ele já havia ficado desapontado.

– Por falar nisso – disse Kit –, você fala de modo verdadeiro e sensato, como sempre, mãe. Ainda assim, considero que uma semana é tempo suficiente para eles ficarem divagando. O que me diz sobre isso?

– Tempo suficiente, Kit, mais do que suficiente, mas eles podem não voltar mais.

Kit ficou por um momento irritado com essa contradição, e não menos por tê-la antecipado em sua própria mente e entendido que poderia estar correta. Mas o impulso foi apenas momentâneo, e o olhar irritado tornou-se amável antes de cruzar a sala.

– Então, o que você acha, mãe, que aconteceu com eles? Você não acha que eles foram para o exterior, afinal?

– Não saíram com os marinheiros, certamente – respondeu a mãe com um sorriso. – Mas não consigo deixar de pensar que eles foram para algum país estrangeiro.

– Não fale assim, mãe! – exclamou Kit com uma cara triste.

– Receio que sim, e essa deve ser a verdade – disse ela. – É o que dizem todos os vizinhos, e há até alguns que sabem que foram vistos a bordo de um navio e podem até dizer o nome do lugar para onde foram, o que é mais do que eu posso, meu querido, pois é muito improvável.

– Não acredito – disse Kit. – Nem mais uma palavra sobre isso! Um bando de tagarelas ociosas. Como poderiam saber?

– Eles podem estar errados, é claro – respondeu a mãe. – Não posso dizer nada sobre isso, embora eu não ache improvável que eles estejam certos, pois a conversa é que o velho separou algum dinheirinho que ninguém sabia, nem mesmo aquele homenzinho feio de quem você fala, como se chama, Quilp?; e que ele e a senhorita Nell foram morar no exterior, onde o dinheiro não pode ser tirado deles e eles nunca serão importunados. Isso não parece tão absurdo agora, não é?

Kit coçou a cabeça pesarosamente, admitindo relutantemente que não, e, escalando até o velho prego, desceu a gaiola e começou a limpá-la e alimentar o pássaro. Seus pensamentos voltando dessa atividade para o velhinho que lhe dera o xelim, ele de repente se lembrou de que aquele era o dia, ou melhor, quase a hora exata, em que o velhinho disse que voltaria à casa do notário. Mal se lembrou disso, pendurou a gaiola com enorme pressa e, explicando resumidamente a natureza de sua missão, partiu a toda a velocidade para o local designado.

Passaram-se cerca de dois minutos quando chegou ao local, que ficava a uma distância considerável de sua casa, mas, por sorte, o velhinho ainda não havia chegado; pelo menos lá não havia carruagens de pônei à vista, e não era provável que ele tivesse entrado e saído dali em período tão curto. Muito aliviado ao descobrir que não era tarde demais, Kit encostou-se a um poste para respirar e esperou a chegada do pônei e sua carga.

Com certeza, em pouco tempo o pônei veio trotando na esquina da rua, parecendo tão obstinado quanto um pônei poderia ser, e trotando seus passos como se escolhesse o caminho mais limpo, para de forma alguma sujar seus cascos ou se apressar sem necessidade. Atrás do pônei estava o velhinho, e ao lado do velho estava a senhora, carregando um buquê como ela havia feito na outra visita.

O velho senhor, a velha senhora, o pônei e a carruagem subiram a rua em perfeita harmonia, até que chegaram a meia dúzia de portas da casa do tabelião, quando o pônei, enganado por uma placa de latão embaixo de um alfaiate, parou e confirmou por seu silêncio seguro que aquela era a casa que eles procuravam.

– Agora, senhor, tenha a bondade de continuar; este não é o lugar – disse o velho.

O pônei olhou com grande atenção para um hidrante que estava perto dele e parecia estar completamente absorto em contemplá-lo.

– Ai, meu Deus, que safado esse Whisker – gritou a velha senhora. – Depois de ser tão bonzinho e ter se comportado tão bem! Tenho muita vergonha dele. Não sei o que vamos fazer com ele, não sei.

O pônei, inteiramente satisfeito com a natureza e as propriedades do hidrante, olhou para trás procurando suas antigas inimigas, as moscas, e, como aconteceu de haver uma delas fazendo cócegas em sua orelha naquele momento, ele balançou a cabeça e bateu sua cauda, após o que parecia cheio de pensamentos, mas bastante confortável e controlado. O velho cavalheiro, tendo exaurido seus poderes de persuasão, desceu para conduzi-lo, ao que o pônei, talvez porque considerasse isso uma concessão suficiente, talvez porque por acaso avistou a outra placa de latão, ou talvez porque estava de mau humor, disparou com a velha senhora e parou à frente da casa correta, deixando o velho cavalheiro ofegante para trás.

Foi então que Kit se apresentou à frente do pônei e tocou seu chapéu com um sorriso.

– Ora, abençoado seja – exclamou o velho –, o rapaz está aqui! Minha querida, você viu?

– Eu disse que estaria aqui, senhor – disse Kit, dando uma tapinha no pescoço de Whisker. – Espero que tenha feito uma viagem agradável, senhor. Ele é um pequeno pônei muito bonito.

– Minha querida – disse o velho cavalheiro. – Este é um rapaz incomum; um bom rapaz, tenho certeza.

– Tenho certeza de que sim – respondeu a velha. – Um rapaz muito bom, e tenho certeza de que é um bom filho.

Kit reconheceu essas frases de confiança tocando em seu chapéu novamente e corando muito. O velho então conduziu a velha senhora até a calçada e, depois de olhar para ele com um sorriso de aprovação, eles entraram na casa, falando sobre ele enquanto caminhavam. Kit não pôde deixar de perceber. Logo o senhor Witherden, cheirando profundamente o buquê, veio até a janela e olhou para ele, e depois disso o senhor Abel veio e olhou para ele, e depois disso o velho senhor e a senhora vieram e olharam para ele novamente, e depois disso eles todos vieram e olharam para ele juntos, deixando Kit muito embaraçado, fingindo não notar. Por isso ele afagou o pônei novamente, e essa liberdade o pônei permitiu generosamente.

Os rostos haviam desaparecido da janela por poucos instantes, quando o senhor Chuckster, em seu casaco de oficial e com o chapéu pendurado na cabeça como se tivesse caído do cabide, apareceu na calçada dizendo-lhe que ele deveria entrar, conduzindo-o para dentro e dizendo que ele cuidaria da carruagem por enquanto. Ao dar-lhe essas instruções, o senhor Chuckster pensou que queria ser abençoado para descobrir se ele (Kit) era apenas um tolo ou um espertalhão, mas, revelado por um aceno de cabeça desconfiado, ele se inclinava pela segunda opção.

Kit entrou no escritório tremendo, pois não estava acostumado a andar entre damas e cavalheiros estranhos, e os arquivos de metal e as pilhas de papel empoeirado lançavam em seus olhos um ar horrível e carregado. O senhor Witherden também era um cavalheiro agitado que falava alto e rápido, e todos os olhares estavam sobre ele, que se encontrava muito desgastado.

– Bem, garoto – disse o senhor Witherden. – Você veio trabalhar pelo xelim recebido antecipadamente, não para conseguir outro, não é isso?

– Não mesmo, senhor – respondeu Kit, tomando coragem para olhar para cima. – Nunca pensei em tal coisa.

– Pai vivo? – perguntou o notário.

– Morto, senhor.

– Mãe?

– Sim, senhor.

– Casada de novo, hein?

Kit respondeu que não, um tanto indignado, já que ela era viúva com três filhos e que, quanto a ela se casar novamente, se o cavalheiro a conhecesse, não pensaria em tal coisa. A esta resposta o senhor Witherden enterrou o nariz nas flores novamente e sussurrou atrás do ramalhete para o velho cavalheiro que ele acreditava que o rapaz era honesto como deveria ser.

– Agora – disse o senhor Garland depois de fazerem mais algumas perguntas a ele – não vou lhe dar nada...

– Obrigado, senhor – Kit respondeu, e com muita firmeza, pois esta resposta parecia livrá-lo das suspeitas que o notário ainda poderia ter.

– ... Porém – retomou o velho cavalheiro –, talvez eu queira saber algo mais sobre você, então me diga onde você mora e guardarei seu endereço na minha carteira.

Kit contou a ele, e o velho senhor escreveu o endereço com seu lápis. Ele mal tinha feito isso quando houve um grande alvoroço na rua, e a velha senhora correndo para a janela gritou que Whisker havia fugido, e Kit correu para o resgate, e os outros o seguiram.

Parecia que o senhor Chuckster estava parado com as mãos nos bolsos, olhando descuidadamente para o pônei, e, ocasionalmente, insultou-o com comandos como "Fique quieto", "Uoaaa" e semelhantes, o que nenhum pônei de atitude poderia suportar. Consequentemente, o pônei, não sendo dissuadido por nenhuma consideração de dever ou obediência e não tendo diante de si o menor medo do olho humano, decidiu partir, e naquele momento sacolejava pela rua, com o senhor Chuckster, com seu chapéu e uma caneta atrás da orelha, pendurado na parte traseira da carruagem e fazendo tentativas inúteis de conduzi-la para o outro lado, para a admiração de todos os observadores. Mesmo fugindo, entretanto, Whisker era perverso, pois não tinha ido muito longe quando parou de repente e, antes que pudesse ser detido, começou a recuar quase tão rápido quanto havia avançado. Desse modo, o senhor Chuckster foi empurrado de volta para o escritório, da maneira mais humilhante, e chegou em um estado de grande exaustão e desconforto.

A velha senhora então sentou-se em seu lugar, e o senhor Abel (a quem tinham vindo buscar), no seu assento. O velho cavalheiro, depois de argumentar com o pônei sobre a extrema impropriedade de sua conduta e de pedir sinceras desculpas ao senhor Chuckster, ocupou seu lugar também, e eles partiram, acenando um adeus ao tabelião e ao seu escrivão e, mais de uma vez, virando-se para acenar gentilmente para Kit, enquanto ele os observava da estrada.

Capítulo 21

Kit se afastou e logo esqueceu o pônei, a carruagem, a velhinha, o velhinho e o jovem cavalheiro, pensando no que poderia ter acontecido com seu antigo mestre e a adorável neta dele, os quais eram a fonte de todos os seus pensamentos. Ainda procurando por algum motivo plausível que explicasse seu desaparecimento e para se convencer de que eles deveriam retornar em breve, ele se dirigiu para casa, pretendendo terminar a tarefa que a repentina lembrança de seu compromisso havia interrompido, e então sair rapidamente de novo para procurar seu destino para aquele dia.

Quando ele chegou ao canto da quadra em que morava, eis que lá estava o pônei novamente! Sim, lá estava ele, parecendo mais obstinado do que nunca. E, sozinho na carruagem, observando com firmeza cada uma de suas piscadelas, estava o senhor Abel, que, levantando os olhos por acaso e vendo Kit passar, acenou para ele com a cabeça como se fosse arrancá-la.

Kit certamente imaginou se veria o pônei novamente, ainda mais tão perto de sua casa, mas nunca lhe ocorreu com que propósito o pônei teria ido até lá, ou para onde a velha senhora e o velho cavalheiro tinham ido, até que ele levantou o trinco da porta e, ao entrar, encontrou-os sentados na sala conversando com sua mãe. Diante dessa visão inesperada, tirou o chapéu e fez sua melhor reverência, ainda meio confuso com a cena.

– Chegamos aqui antes de você, sabe, Christopher? – disse o senhor Garland sorrindo.

– Sim, senhor – disse Kit; e, ao dizer isso, ele olhou para sua mãe esperando uma explicação para a visita.

– O cavalheiro foi muito gentil, meu querido – disse ela, em resposta a esta interrogação muda –, para me perguntar se você estava bem colocado, ou em qualquer lugar, e, quando eu disse que não, que você não estava em nenhum trabalho, ele foi tão gentil em de dizer que...

– ... Que queríamos um bom rapaz em nossa casa –, disse o velho cavalheiro e a velha senhora juntos – e que talvez pudéssemos considerar isso caso encontrássemos tudo como gostaríamos que fosse.

Como esse pensamento significava claramente a ideia de contratar Kit, ele imediatamente compartilhou da ansiedade de sua mãe e entrou em estado de grande agitação, pois o pequeno casal era muito metódico e cauteloso e fazia tantas perguntas que ele começou a temer que não teria chance de sucesso.

– Você sabe, minha boa senhora – disse a senhora Garland à mãe de Kit –, que é necessário ser muito cuidadoso, especialmente em um assunto como este, pois somos apenas três na família e somos pessoas normais e muito reservadas, e seria triste se cometêssemos algum engano e descobríssemos coisas diferentes do que esperávamos e desejávamos encontrar.

A isso a mãe de Kit respondeu que certamente era bem verdade, muito correto e bastante apropriado, e o céu a livrasse de ter que se encolher ou tivesse motivos para se esquivar de qualquer indagação sobre seu caráter ou de seu filho, pois era um filho muito bom, embora fosse sua mãe, e por isso mesmo ela ousava dizer que ele se parecia com seu pai e que ele não era apenas um bom filho para sua própria mãe, mas também o melhor dos maridos e o melhor dos pais, que Kit poderia e iria confirmar o que ela dizia, e o mesmo aconteceria com o pequeno Jacob e o bebê, quando tivessem idade suficiente, o que infelizmente não tinham ainda, embora, como eles ainda não tinham consciência da perda que tiveram, talvez fosse muito melhor que eles fossem ainda tão jovens quanto eram; e assim a mãe de Kit encerrou uma longa história, enxugando os olhos com o avental e dando tapinhas na cabeça do pequeno Jacob, que balançava o berço e fitava com toda a força a estranha senhora e o cavalheiro.

Quando a mãe de Kit terminou de falar, a velha iniciou novamente e disse que tinha certeza de que era uma pessoa muito honesta e muito respeitável ou nunca se teria expressado dessa maneira e que a aparência dos filhos e a limpeza da casa mereciam elogios e deu-lhe o maior crédito, pelo que a mãe de Kit fez uma reverência e ficou consolada. Em seguida, a boa mulher fez um longo e minucioso relato da vida e da história de Kit desde os primeiros dias até aquela época, sem deixar de fazer menção à sua queda milagrosa de uma janela da sala de estar quando era um bebê de tenra idade, ou seus sofrimentos incomuns quanto teve sarampo, que eram ilustrados por imitações exatas da maneira melancólica com que ele pedia torradas e água, dia e noite, e dizia "não chore, mãe, logo estarei melhor"; para a prova de tais declarações, deu como referência a senhora Green, inquilina no laticínio ali da esquina, e várias outras senhoras e senhores em várias partes da Inglaterra e do País de Gales (e um certo senhor Brown que deveria ser então um cabo nas Índias Orientais, e que certamente poderia ser localizado sem muitos problemas), que eram testemunhas de como aquelas circunstâncias ocorreram. Encerrada essa narrativa, o senhor Garland fez algumas perguntas a Kit a respeito de suas qualificações e conhecimentos gerais, enquanto a senhora Garland notou as crianças e ouviu da mãe de Kit certos fatos interessantes que acompanharam o nascimento de cada um, e relatou ela mesma outras circunstâncias notáveis que ocorreram no nascimento de seu próprio filho, o senhor Abel. Esses relatos colocavam tanto a mãe de Kit quanto ela própria acima e além de todas as outras mulheres, de qualquer condição social ou idade, por terem superado tantos apuros e perigos. Por último, foi feita uma investigação sobre a natureza e a extensão do guarda-roupa de Kit, e um pequeno adiantamento foi dado para melhorá-lo, e ele foi formalmente contratado com uma renda anual de seis libras, além de sua alimentação e acomodações pelo senhor e senhora Garland, de Abel Cottage, Finchley.

Seria difícil dizer qual das partes pareceu mais satisfeita com esse arranjo, cuja conclusão foi saudada com nada além de olhares agradáveis e sorrisos alegres de ambos os lados. Ficou combinado que Kit deveria ir para sua nova morada dali a dois dias, pela manhã; e, finalmente, o pequeno casal de velhinhos, depois de oferecer meia coroa brilhante ao pequeno Jacob e outra ao bebê, saíram com suas coisas, escoltados até a rua por seu novo atendente, que segurou o pônei obstinado pelo freio enquanto eles se sentavam e os viu partir com o coração leve.

– Bem, mãe – disse Kit, correndo de volta para dentro de casa –, acho que meu destino está praticamente acertado agora.

– Acho que sim, Kit – respondeu a mãe. – Seis libras por ano! Apenas pense!

– Ah! – disse Kit, tentando manter a seriedade que o pensamento em tal valor exigia, mas sorrindo de prazer em si mesmo. – É uma fortuna!

Kit respirou fundo ao dizer isso e, enfiando as mãos nos bolsos, como se houvesse pelo menos um ano de salário em cada um, olhou para sua mãe, como se visse através dela uma imensa pilha de moedas de ouro.

– Por favor, Deus, faremos de você uma dama exemplar aos domingos, mãe! Um aluno exemplar de Jacob, e uma criança igualmente exemplar do bebê, e uma senhora reforma no quarto do andar de cima. Seis libras por ano!

– Como? – resmungou uma voz estranha. – Que história é essa de seis libras por ano? O que tem, seis libras por ano? – E, enquanto a voz fazia essa pergunta, Daniel Quilp entrou com Richard Swiveller atrás de si.

– Quem disse que ele teria seis libras por ano? – disse Quilp, olhando bruscamente ao redor. – Foi o velho ou a pequena Nell quem disse? E para que ele receberia isso, e onde estão eles, hein?

A boa mulher ficou tão assustada com a súbita aparição desse desconhecido pedaço de feiura que apressadamente pegou o bebê do berço e se refugiou no canto oposto da sala, enquanto o pequeno Jacob, sentado em seu banquinho com as mãos nos joelhos, olhava para ele com uma espécie de fascínio, rugindo vigorosamente o tempo todo. Richard Swiveller observou facilmente a família por cima da cabeça do senhor Quilp, e o próprio Quilp, com as mãos nos bolsos, sorriu com uma deliciosa alegria pela comoção que causara.

– Não tenha medo, senhora – disse Quilp, após uma pausa. – Seu filho me conhece. Eu não como bebês; eu não gosto deles. Seria bom calar aquele jovem gritador, no caso de eu ficar tentado a fazer alguma maldade com ele. Ahá, senhor! Você vai ficar quieto?

O pequeno Jacob estancou o curso de duas lágrimas que estava esguichando para fora de seus olhos e paralisou imediatamente em um horror silencioso.

– Cuidado para não chorar de novo, seu vilão – disse Quilp, olhando severamente para ele –, ou vou fazer caretas para você e atacá-lo, sim. Agora, senhor, por que não me procurou como prometeu?

– Para que deveria eu ir? – respondeu Kit. – Não tinha nenhum negócio com você, não mais do que você tinha pendente comigo.

– Aqui, senhora – disse Quilp, virando-se rapidamente e apelando de Kit para sua mãe. – Quando foi que o antigo mestre dele veio ou mandou alguma mensagem para cá pela última vez? Ele está aqui agora? Se não, para onde ele foi?

– Ele não esteve aqui – respondeu ela. – Gostaria que soubéssemos para onde eles foram, pois isso tranquilizaria meu filho e a mim também. Se você é o cavalheiro chamado senhor Quilp, achei que devesse saber, por isso comentei com ele ainda hoje.

– Hum! – murmurou Quilp, evidentemente desapontado por acreditar que isso fosse verdade. – É isso que você diz a este cavalheiro também, não é?

– Se o cavalheiro vier fazer a mesma pergunta, não posso dizer algo diferente, senhor. E eu só gostaria de poder saber, para o nosso próprio bem – foi a resposta.

Quilp olhou para Richard Swiveller e observou que, tendo-o encontrado na soleira, presumiu que tinha vindo em busca de informações sobre os fugitivos, estava correto?

– Sim – disse Dick –, esse era o objetivo desta visita. Imaginei que fosse possível, mas vamos dar um toque especial. Eu vou começar.

– Você parece desapontado – observou Quilp.

– Uma frustração, senhor, uma frustração, só isso – retrucou Dick. – Tenho especulado com alguma confusão; que um ser de brilho e beleza será oferecido em sacrifício no altar a Cheggs. Isso é tudo, senhor.

O anão olhou para Richard com um sorriso sarcástico, mas Richard, que estivera almoçando bastante com um amigo, não o observou e continuou a deplorar seu destino com olhares tristes e desanimados. Quilp percebeu claramente que havia algum motivo secreto para essa visita e seu desapontamento incomum e, na esperança de que pudesse haver algum truque por trás disso, resolveu descobri-lo. Mal ele havia tomado essa decisão, expressou em seu rosto tanta honestidade quanto ele era capaz de expressar e simpatizou excessivamente com o senhor Swiveller.

– Também estou desapontado – disse Quilp – por mero sentimento de amizade por eles, mas você tem motivos reais, motivos pessoais, não tenho dúvidas, para seu desapontamento e, portanto, parece mais pesado do que o meu.

– Ora, claro que sim – observou Dick, irritado.

– Devo dizer que sinto muito, muito mesmo. Estou bastante abatido também. Como somos companheiros na adversidade, sejamos companheiros na maneira mais segura de esquecê-la. Se você não tiver nada em particular, agora, para levá-lo em outra direção – insistiu Quilp, puxando-o pela manga e olhando maliciosamente para seu rosto com o canto dos olhos –, há uma casa diante do rio onde eles servem alguns dos mais nobres Schiedam, com fama de serem contrabandeados, mas isso cá entre nós, que se pode encontrar em todo o mundo. O proprietário me conhece. Há uma pequena casa de veraneio com vista para o rio, onde podemos tomar um copo deste delicioso licor com um pouco do melhor tabaco, que está dentro desta caixa, da mais rara qualidade que eu conheço, e ficar perfeitamente confortáveis e felizes, poderíamos combinar assim? Ou existe algum compromisso muito especial que o leve categoricamente a outro caminho, senhor Swiveller, hein?

Enquanto o anão falava, o rosto de Dick relaxou em um sorriso complacente, e suas sobrancelhas se curvaram lentamente. Quando terminou, Dick estava olhando para Quilp da mesma maneira astuta com que Quilp estava olhando para ele, e não havia mais nada a ser feito a não ser partir para a casa em questão. Eles fizeram isso imediatamente. No momento em que eles viraram as costas, o pequeno Jacob descongelou e recomeçou a chorar do ponto em que Quilp o congelou.

A casa de veraneio de que o senhor Quilp falara era uma caixa de madeira rústica, podre e vazia à vista, que pendia sobre a lama do rio e ameaçava escorregar para dentro dela. A taverna à qual pertencia era uma construção maluca, roída e erodida pelos ratos e sustentada apenas por grandes barras de madeira que eram erguidas contra suas paredes, e a sustentavam por tanto tempo que mesmo elas estavam se deteriorando e cedendo com tal peso, e nas noites de vento forte podia ser ouvido ranger e estalar, como se toda a construção estivesse prestes a desabar. A casa estava firmada, se é que algo tão velho e débil poderia estar firme, em um pedaço de terreno baldio, manchado com a fumaça danosa das chaminés das fábricas e ecoando o tilintar das rodas de ferro e o barulho da água turbulenta. Suas acomodações internas cumpriram amplamente a promessa do exterior. Os cômodos eram baixos e úmidos, as paredes estavam emboloradas, cheias de rachaduras e buracos, o piso podre tinha afundado, as próprias vigas haviam se desviado dos lugares originais, alertando aos visitantes que se afastassem dali.

Para esse local convidativo, suplicando-lhe que observasse suas belezas à medida que passavam, o senhor Quilp conduziu Richard Swiveller, e, sobre a mesa da casa de veraneio, gravada profundamente com muitos jogos de forca e letras iniciais, logo apareceu um barril de madeira, cheio do alardeado licor. Servindo-o nos copos com a habilidade de uma mão experiente e misturando-o com cerca de um terço de água, o senhor Quilp serviu a Richard Swiveller sua porção e acendeu seu cachimbo com a ponta de uma vela que tirou de uma lanterna surrada, acomodou-se em um assento e soltou várias baforadas.

– Gostou? – disse Quilp, enquanto Richard Swiveller estalava os lábios. – É forte e queima por dentro? Isso faz você piscar e sufocar, seus olhos lacrimejar e sua respiração ficar curta... não é?

– É mesmo! – gritou Dick, jogando fora parte do conteúdo de seu copo e enchendo-o de água. – Por quê, homem? Não me diga que você bebe um fogo como este!

– Não? – retrucou Quilp – Não bebo? Olhe aqui. E aqui. E aqui novamente. Não bebo!

Enquanto falava, Daniel Quilp deu um suspiro e bebeu três pequenos copos da bebida destilada e, com uma careta horrível, deu muitas tragadas em seu cachimbo e, engolindo a fumaça, descarregou uma nuvem pesada de seu nariz. Conseguida essa façanha, ele se recompôs em sua posição anterior e riu demais.

– Façamos um brinde! – gritou Quilp, batucando na mesa de maneira hábil com o punho e o cotovelo alternadamente, em uma espécie de melodia. – Uma mulher, uma beleza. Vamos nos lembrar de uma beleza para nosso brinde e esvaziar nossos copos até a última gota. O nome dela, venha!

– Se você quer um nome – disse Dick –, aqui está: Sophy Wackles.

– Sophy Wackles! – gritou o anão. – Senhorita Sophy Wackles, quer dizer... senhora Richard Swiveller, assim vai ser... Ha, ha, ha!

– Ah! – disse Dick. – Você poderia ter dito isso algumas semanas atrás, mas não vai mais servir agora, meu camarada. Imolando-se no altar para Cheggs...

– Envenene Cheggs, corte as orelhas de Cheggs – respondeu Quilp. – Não quero ouvir falar de Cheggs. O nome dela é Swiveller ou nada. Beberei à sua saúde novamente, e à de seu pai e à de sua mãe, e a todas as irmãs e irmãos dela: à gloriosa família dos Wackles! Todos os Wackles em um copo, em um só gole!

– Bem – disse Richard Swiveller, parando no ato de levar o copo aos lábios e olhando para o anão em uma espécie de estupor enquanto ele balançava seus braços e pernas –, você é um sujeito alegre, mas, de todos os rapazes alegres que já vi ou ouvi falar, você tem o jeito mais estranho e extraordinário de ser, juro pela minha vida que tem.

Essa declaração sincera tendeu mais a aumentar do que a restringir as excentricidades do senhor Quilp, e Richard Swiveller, espantado por vê-lo em uma atitude tão majestosa, e bebendo muito ele mesmo, para fazer-lhe companhia, começou sem perceber a se tornar mais amigável e confiante, de modo que, sendo deliberadamente conduzido pelo senhor Quilp, ele se tornou finalmente muito confiante. Uma vez nesse estado de espírito, e sabendo agora onde atacar sempre que estivesse em desvantagem, a tarefa de Daniel Quilp era comparativamente mais fácil, e ele logo estava de posse de todos os detalhes do esquema arquitetado entre o afável Dick e seu amigo mais astuto.

– Pare! – disse Quilp. – É isso mesmo, isso mesmo. Pode conseguir isso, deve conseguir. Tem minha palavra de honra; eu sou seu amigo a partir deste minuto.

– O quê? Você acha que ainda há uma chance? – perguntou Dick, surpreso com o encorajamento.

– Uma chance? – repetiu o anão. – Uma certeza! Sophy Wackles pode tornar-se uma Cheggs ou qualquer outra coisa de que ela goste, mas não uma Swiveller. Oh, seu cachorro de sorte! Ele é mais rico do que qualquer judeu vivo; você é um homem-feito. Não vejo em você agora nada além do marido de Nelly, rolando em ouro e prata. Vou ajudar você. Deve ser feito. Guarde bem minhas palavras: será feito.

– Mas como? – indagou Dick.

– Há muito tempo para descobrir – respondeu o anão –, e assim será. Vamos nos sentar e conversar novamente sobre os detalhes de toda a execução. Encha seu copo enquanto estou fora. Eu volto logo – com essas palavras apressadas, Daniel Quilp retirou-se para uma quadra abandonada atrás da taverna e, jogando-se no chão, gritou e rolou de alegria incontrolável.

– Esse é o esporte! – ele gritou. – Esporte pronto para minha jogada, tudo inventado e arranjado, pronto para ser apreciado. Foi esse sujeito de poucos pelos que me fez doer os ossos outro dia, não foi? Foi seu amigo e companheiro de conspiração, o senhor Trent, que uma vez olhou para a senhora Quilp na minha frente, não foi? Depois de trabalhar por dois ou três anos em seu precioso esquema, vão descobrir que finalmente encontrarão uma mendiga, e um deles será amarrado para o resto da vida pelo matrimônio. Ha, ha, ha! Ele deve casar-se com Nell. Ele a terá, e eu serei o primeiro homem, quando o laço estiver firme e rápido, a dizer a eles o que eles ganharam e quanto os ajudei. Essa será uma compensação de velhas perdas, será um momento para lembrá-los de como fui um grande amigo e como os ajudei a chegar à herdeira. Ha, ha, ha!

No auge de seu êxtase, o senhor Quilp quase recebeu uma surpresa desagradável, por rolar muito perto de um canil quebrado, de onde saltou um grande cão feroz, que, com a sorte de sua corrente ser muito curta, deu-lhe apenas um temendo susto. Assim sendo, o anão permaneceu de costas em perfeita segurança, zombando do cachorro com caretas horríveis e tripudiando sobre ele, por sua incapacidade de avançar mais um centímetro, embora não houvesse nem um metro entre eles.

– Por que você não vem e me morde? Por que não vem e me faz em pedaços, seu covarde? – disse Quilp, sibilando e provocando o animal até ele ficar quase louco. – Você está com medo, seu valentão. Você está com medo, você sabe que está.

O cachorro puxava e puxava sua corrente com olhos arregalados e latido furioso, mas lá estava o anão, estalando os dedos com gestos de desafio e desprezo. Quando se recuperou o suficiente de seu deleite, ele se levantou e, com as mãos na cintura, realizou uma espécie de dança demoníaca ao redor do canil, fora dos limites da corrente, deixando o cão bastante furioso. Tendo assim recomposto o ânimo e colocando-se em um ensaio agradável, ele voltou para seu companheiro insuspeito, o qual encontrou olhando para a maré com extrema seriedade e pensando no mesmo ouro e prata que o senhor Quilp havia mencionado.

Capítulo 22

O resto daquele dia e todo o seguinte foram muito ocupados para a família Nubbles, para quem tudo relacionado com a roupa e a partida de Kit era tão importante como se ele estivesse prestes a penetrar no interior da África ou a fazer um cruzeiro ao redor do mundo. Seria difícil supor que alguma vez houvesse uma caixa que fosse aberta e fechada tantas vezes em vinte e quatro horas quanto aquela que guardava suas roupas e itens de primeira necessidades; e certamente nunca houve uma que a dois olhos pequenos deixasse uma tal mina de roupas como este baú poderoso, com suas três camisas e um lote proporcional de meias e lenços de bolso, revelado à visão atônita do pequeno Jacob. Por fim, foi encaminhado para a transportadora, e Kit o encontraria no dia seguinte na casa em Finchley; entregue a caixa, restavam apenas duas questões a ser consideradas: em primeiro lugar, se o transportador perderia ou fingiria desonestamente perder a caixa na estrada; em segundo lugar, se a mãe de Kit sabia perfeitamente como cuidar de si mesma na ausência do filho.

– Não acho que haja alguma chance de ele realmente perder, mas os transportadores sofrem grande tentação de fingir que perdem coisas, sem dúvida – disse a senhora Nubbles, apreensiva, referindo-se ao primeiro ponto.

– Sem dúvida – respondeu Kit, com ar sério. – Digo ainda, mãe, que não acho que seja certo confiar cegamente. Alguém deveria ter ido com o baú, infelizmente.

– Não podemos fazer mais nada agora – disse a mãe –, mas foi tolo e errado. As pessoas não devem ser tentadas.

Kit resolveu interiormente que nunca mais tentaria um carregador, exceto com uma caixa vazia, e, tendo chegado a essa determinação cristã, ele voltou seus pensamentos para a segunda questão.

– Você sabe que deve manter o ânimo, mãe, e não ficar sozinha porque não estou em casa. Quase sempre poderei ver você quando vier à cidade, ouso dizer, e às vezes lhe enviarei uma carta e, quando passar um trimestre, poderei tirar férias, é claro; e depois ver se não levamos o pequeno Jacob ao teatro e lhe mostramos o que são ostras.

– Espero que as peças não sejam pesadas, Kit, mas tenho um pouco de receio – disse a senhora Nubbles.

– Eu sei quem está colocando isso na sua cabeça – respondeu o filho, desconsolado –, é aquela Little Bethel de novo. Agora eu digo, mãe, por favor, não vá lá regularmente, pois, se eu visse o seu rosto bem-humorado, que sempre deixou o lar alegre, transformar-se em um semblante triste, e o bebê treinado para parecer triste também, e chamar a si mesmo de jovem pecador (abençoado seja o seu coração) e filho do diabo (por estar xingando seu falecido pai), se eu visse isso e visse o pequeno Jacob parecer triste da mesma forma, tomaria uma séria atitude de me alistar e expor minha cabeça de propósito para a primeira bala de canhão que visse disparada em minha direção.

– Oh, Kit, não fale assim.

– Eu faria isso sim, mãe, e, a menos que você queira fazer eu me sentir muito infeliz e desconfortável, você colocará de volta aquele laço no seu chapéu, que você decidiu tirar na semana passada. Você pode imaginar que haja algum mal em parecer tão alegre e ser tão alegre quanto nossas pobres circunstâncias permitem? Eu vejo alguma coisa no modo como sou feito, que me levaria a ser um sujeito chorão, solene e resmungão, escondendo-me como se eu não pudesse evitar e me expressando com fungadas das mais desagradáveis? Pelo contrário, eu não procuro ver todos os motivos pelos quais não deveria ser assim? Apenas ouça isso! Ha, ha, ha! Não é tão natural como caminhar e tão bom para a saúde? Ha, ha, ha! Não é tão natural como o balido de uma ovelha, ou o grunhido de um porco, ou o relincho de um cavalo, ou o canto de um pássaro? Ha, ha, ha! Não é, mãe?

Havia algo contagioso na risada de Kit, pois sua mãe, que parecia séria antes, primeiro se acalmou em um sorriso e, em seguida, começou a gargalhar com ele de coração, o que levou Kit a dizer que sabia que era natural e rir ainda mais. Kit e sua mãe, rindo juntos bem alto, acordaram o bebê, que, descobrindo que havia algo muito jovial e agradável em andamento, mal subiu nos braços de sua mãe e começou a chutar e rir vigorosamente. Essa demonstração de seu argumento fez cócegas em Kit, que caiu para trás em sua cadeira em um estado de exaustão, apontando para o bebê e sacudindo mais em gargalhadas até que ele se recostou novamente. Depois de se recuperar duas ou três vezes, e com a mesma frequência de recaídas, ele enxugou os olhos e fez uma oração; e, apesar da escassa ceia, foi uma refeição muito alegre.

Com mais beijos, abraços e lágrimas do que muitos jovens cavalheiros que começam suas viagens e deixam casas bem abastecidas para trás considerariam dentro dos limites da probabilidade (se assunto tão rasteiro pudesse ser colocado aqui), Kit deixou sua casa bem cedo na manhã seguinte e partiu para a caminhada até Finchley, sentindo orgulho suficiente de sua aparência para justificar sua excomunhão de Little Bethel dali por diante, se é que alguma vez tinha feito parte daquela triste congregação.

Para que ninguém sinta curiosidade em saber como Kit estava vestido, pode-se dizer resumidamente que ele não usava um librê, mas, sim, um casaco mesclado com colete cor de canário e roupas inferiores em cinza-chumbo. Além dessas preciosidades, ele brilhava com o esplendor de um novo par de botas e um chapéu extremamente rígido e lustroso, que, ao ser batido em qualquer lugar com os nós dos dedos, soava como um tambor. E nesse traje, um tanto curioso por ter atraído tão pouca atenção e atribuindo esse fato à insensibilidade dos que acordavam tão cedo, dirigiu-se para Abel Cottage.

Sem passar por nenhuma aventura mais notável na estrada do que encontrar um rapaz de chapéu sem aba, uma cópia exata de seu eu antigo, a quem concedeu metade dos seis pence que possuía, Kit chegou na hora exata à casa do transportador, onde, para a honra duradoura da natureza humana, ele encontrou a caixa em segurança. Recebendo da esposa desse santo homem uma orientação para chegar ao senhor Garland, ele pegou a caixa no ombro e foi direto para lá.

Na verdade, era uma bela casinha com telhado de palha e pequenas torres nas pontas das empenas, e pedaços de vitrais em algumas das janelas, quase do tamanho de livros de bolso. De um lado da casa havia um pequeno estábulo, adequado ao tamanho do pônei, com um pequeno quarto em cima, adequado ao tamanho de Kit. Cortinas brancas tremulavam, e pássaros, em gaiolas tão brilhantes que pareciam feitas de ouro, cantavam nas janelas; as plantas estavam dispostas de cada um dos lados do caminho e agrupadas ao redor da porta; e o jardim brilhava com flores frescas, que exalavam um doce aroma por toda parte e davam uma aparência encantadora e elegante. Tudo dentro e fora da casa parecia ter a perfeição de limpeza e ordem. No jardim não havia uma erva daninha à vista e, a julgar por algumas ferramentas de jardinagem elegantes, uma cesta e um par de luvas que estavam em uma das calçadas, o velho senhor Garland estivera trabalhando nele pela manhã.

Kit olhou em volta e, admirado, olhou novamente, e repetiu isso muitas vezes até que pudesse decidir virar a cabeça para o outro lado e tocar a campainha. Teve bastante tempo para olhar ao redor novamente depois de ter tocado, pois ninguém apareceu; então, depois de tocar duas ou três vezes, ele sentou-se em sua caixa e esperou.

Ele tocou a campainha muitas vezes e mesmo assim ninguém apareceu. Mas, finalmente, enquanto ele estava sentado na caixa pensando em castelos de gigantes e princesas amarradas a ganchos com os cabelos de suas cabeças, e dragões saindo de trás de portões, e outros incidentes dessa natureza, comuns nos livros de histórias, que eram oferecidos para jovens humildes quando visitavam a casa de estranhos, a porta foi gentilmente aberta e uma pequena criada, muito arrumada, modesta e recatada, mas também muito bonita, apareceu.

– Suponho que você seja Christopher, senhor – disse a criada.

Kit desceu da caixa e disse que sim.

– Lamento, mas talvez você tenha tocado muitas vezes – explicou ela.
– Não conseguimos ouvi-lo, porque estávamos pegando o pônei.

Kit se perguntou o que isso significava, mas, como ele não conseguiria parar por aí, fazendo perguntas, colocou a caixa no ombro novamente e seguiu a garota para o corredor, onde, por uma porta dos fundos, avistou o senhor Garland conduzindo Whisker em triunfo pelo jardim depois que aquele pônei obstinado (como ele soube depois) fugiu da família correndo em volta de um pequeno *paddock* nos fundos, por uma hora e três quartos.

O velho cavalheiro o recebeu muito gentilmente, assim como a velha senhora, cuja boa opinião anterior sobre ele foi grandemente realçada por ele limpar as botas no tapete até que as solas dos pés queimassem com o atrito. Ele foi então levado à sala para ser inspecionado em suas roupas novas; e, depois de ter sido examinado várias vezes e proporcionado uma satisfação ilimitada por sua aparência, foi levado para o estábulo (onde o pônei o recebeu com uma complacência incomum); e dali para o pequeno quarto que ele já havia observado, que era muito limpo e confortável; e dali para o jardim, no qual o velho senhor disse que ele seria ensinado a trabalhar, e onde ele lhe disse, além disso, que faria grandes coisas para deixá-lo confortável e feliz se ele fizesse por merecer. Todas essas gentilezas Kit reconheceu com várias expressões de gratidão, e tantos toques no novo chapéu que a aba sofreu consideravelmente. Quando o velho senhor disse tudo o que tinha a dizer na forma de promessa e conselho, e Kit disse tudo o que ele tinha a dizer na forma de garantias e de agradecimento, ele foi entregue novamente à velha senhora, que, convocando a servente (cujo nome era Bárbara), instruiu-a a levá-lo escada abaixo e dar-lhe de comer e beber, depois de sua caminhada.

Portanto, Kit desceu as escadas, e ao pé da escada havia uma cozinha como nunca vira ou ouvira falar, a não ser nas vitrines de uma loja de brinquedos, com tudo tão claro e brilhante e tão meticulosamente organizado quanto a própria Bárbara. E, nessa cozinha, Kit se sentou a uma mesa tão branca quanto a toalha de mesa, para comer carne fria e beber um pouco de cerveja, e usar garfo e faca de forma desajeitada, porque havia uma Bárbara desconhecida olhando e observando seus modos.

Não parecia, entretanto, que houvesse algo extraordinário nessa desconhecida Bárbara, que, por ter vivido uma vida muito tranquila, enrubesceu muito e ficou tão envergonhada e incerta do que deveria dizer ou fazer quanto Kit poderia estar. Depois de se sentar por algum tempo, atento ao tique-taque do sóbrio relógio, aventurou-se a olhar curioso para a cômoda, e ali, entre os pratos e travessas, estava a caixinha de trabalho de Bárbara com tampa deslizante para fechar a bolas de algodão e o livro de orações de Bárbara, o livro de hinos de Bárbara e a Bíblia de Bárbara. O pequeno espelho de Bárbara estava bem iluminado perto da janela, e o chapéu de Bárbara estava preso em um prego atrás da porta. Por todos esses sinais e itens mudos de sua presença, ele naturalmente olhou para a própria Bárbara, que estava sentada tão muda quanto ele, descascando ervilhas em um prato; e justamente quando Kit estava olhando para os cílios dela e se perguntando, bem na simplicidade de seu coração, de que cor seriam os olhos dela, aconteceu de forma perversa que Bárbara ergueu um pouco a cabeça para olhá-lo. Quando os dois pares de olhos se cruzaram, foram recolhidos depressa, e Kit inclinou-se sobre o prato, e Bárbara, sobre as cascas de ervilha, cada um em extrema confusão por ter sido flagrado pelo outro.

Capítulo 23

O senhor Richard Swiveller voltava para casa vindo do Wilderness (um nome bem apropriado para o retiro selvagem indicado por Quilp), caminhando em um estilo sinuoso parecendo um saca-rolhas, com muitas freadas e tropeços. Depois de parar repentinamente e olhar à sua volta, de repente corria alguns passos para a frente e estancava de novo, balançando a cabeça, fazendo tudo isso por inércia, e não por premeditação. O senhor Richard Swiveller, voltando para casa dessa forma, considerada por homens de mente maligna como um sinal de embriaguez e não considerada por tais pessoas um estado de profunda sabedoria e reflexão, em que o sujeito sabe que está, pensou que possivelmente perdera sua confiança e que o anão pode não ser exatamente o tipo de pessoa a quem confiar um segredo de tamanha sensibilidade e importância. E, sendo levado e tentado por este pensamento de remorso a uma condição que a classe de mente maligna mencionada anteriormente chamaria de estado sentimental ou de embriaguez, ocorreu ao senhor Swiveller lançar seu chapéu no chão e se lamentar, gritando em voz alta que ele era um órfão infeliz e que, se não fosse um órfão infeliz, as coisas nunca teriam chegado a esse ponto.

– Deixado ainda bebê por meus pais, em tenra idade – disse o senhor Swiveller, lamentando sua difícil sorte –, lançado sobre o mundo em meu período mais terno e lançado agora sob a misericórdia de um anão ilusionista, que pode se encantar com minhas fraquezas! Aqui está um órfão miserável. Aqui – disse o senhor Swiveller elevando a voz a um tom agudo, e olhando em volta sonolento – está um órfão miserável!

– Então – disse alguém bem perto dele –, deixe-me ser um pai para você.

O senhor Swiveller balançou-se para a frente e para trás para manter o equilíbrio e, olhando para uma espécie de névoa que parecia envolvê-lo, por fim percebeu dois olhos piscando vagamente através da névoa, que ele viu depois de algum tempo estarem perto de um nariz e de uma boca. Lançando os olhos para baixo em direção àquela região em que, em relação ao corpo de um homem normal, se encontram suas pernas, ele observou que o rosto tinha um corpo anexado; e, quando olhou com mais atenção, ficou satisfeito de que a pessoa era o senhor Quilp, que de fato estivera ao seu lado o tempo todo, mas que ele tinha uma vaga ideia de ter deixado uma ou duas milhas para trás.

– Você enganou um órfão, senhor – disse o senhor Swiveller solenemente.

– Eu sou um segundo pai para você – respondeu Quilp.

– Você, meu pai, senhor? – retrucou Dick. – Eu estou bem assim, senhor, peço que me deixe sozinho, imediatamente, senhor.

– Que sujeito engraçado você é! – gritou Quilp.

– Vá, senhor – respondeu Dick, encostando-se a um poste e acenando com a mão. – Vá, enganador, vá. Algum dia, senhor, provavelmente você vai despertar do seu mundo de sonho e de prazer para conhecer a dor dos órfãos abandonados. Você vai logo, senhor?

Não tendo o anão prestado atenção a essa ameaça, o senhor Swiveller avançou com ímpeto de infligir sobre ele um castigo merecido. Mas, esquecendo seu objetivo ou mudando de ideia antes de se aproximar dele, agarrou sua mão e jurou amizade eterna, declarando com uma franqueza agradável que, daquele momento em diante, eles eram irmãos em tudo, exceto na aparência pessoal. Em seguida, ele contou seu segredo novamente, acrescentando como fora patético naquela situação com a senhorita Wackles, quando ele fez o senhor Quilp entender que ela era o motivo de provocar qualquer incoerência em seu discurso naquele momento, em razão da força magnética de sua afeição, e não pela ingestão excessiva do vinho *rosé* ou outro licor fermentado. E então eles continuaram de braços dados, caminhando afetuosamente unidos.

– Sou tão astuto – disse Quilp a ele, ao se separar –, astuto como um furão e esperto como uma doninha. Você traz Trent para mim; assegure-lhe de que sou seu amigo, embora receio que ele desconfie um pouco de mim (não sei por quê, nunca mereci isso), e vocês dois farão fortunas, em perspectiva.

– Isso é o pior de tudo – respondeu Dick. – Essa fortuna em perspectiva parece muito distante.

– Mas ela parece menor do que realmente é, por causa dessa perspectiva – disse Quilp, apertando seu braço. – Você não terá ideia do valor de seu prêmio até chegar perto dele. Anote isso.

– Você acha que não? – disse Dick.

– Sim, eu acho. Estou certo do que digo, melhor dizendo – respondeu o anão. – Você traz Trent para mim. Diga a ele que sou amigo dele e seu. Por que não deveria ser?

– Não há nenhuma razão para isso, certamente – respondeu Dick –, e talvez haja muitos motivos, pelo menos não haveria nada de estranho em você querer ser meu amigo se você fosse um espírito iluminado, mesmo sabendo que não o é.

– Eu não sou um espírito iluminado?! – gritou Quilp.

– Nem um pouquinho, senhor – retrucou Dick. – Um homem com sua aparência não poderia ser. Se você é algum espírito, senhor, você deve ser um espírito maligno. Espíritos iluminados – acrescentou Dick, batendo em seu peito – são pessoas de aparência bem diferente, posso até jurar, senhor.

Quilp olhou para seu amigo de fala franca com uma expressão mesclada de astúcia e antipatia e, torcendo a mão quase ao mesmo tempo, declarou que ele era um personagem incomum e tinha sua mais calorosa estima. Com isso eles se separaram: o senhor Swiveller, para tentar fazer o melhor caminho para casa e dormir sóbrio; e Quilp, para elaborar sobre a descoberta que fizera e se alegrar com a perspectiva do rico campo de prazer e retaliação que se abriu para ele.

Não foi sem grande relutância e apreensão que o senhor Swiveller, na manhã seguinte, com a cabeça atormentada pelos vapores do famoso Schiedam, se dirigiu ao alojamento de seu amigo Trent (que ficava no telhado de uma velha casa em uma antiga pousada fantasmagórica) e relatou lentamente em detalhes o que havia acontecido ontem entre ele e Quilp. Nem foi sem grande surpresa e muita especulação sobre os prováveis motivos de Quilp, nem sem muitos comentários amargos sobre a loucura de Dick Swiveller que seu amigo ouviu toda a história.

– Eu não me defendo, Fred – disse o penitente Richard –, mas o sujeito tem um jeito tão estranho, como um cão tão astuto, que antes de tudo me fez pensar se havia algum mal em contar a ele, e, enquanto eu pensava, arrancou tudo de mim. Se você o tivesse visto beber e fumar, assim como eu o fiz, saberia que não se pode esconder nada dele. Ele é uma salamandra, você sabe, isso é o que ele é.

Sem perguntar se as salamandras eram necessariamente boas confidentes ou se um homem à prova de fogo era obviamente confiável, Frederick Trent se jogou em uma cadeira e, enterrando a cabeça nas mãos, esforçou-se para compreender os motivos que tinham levado Quilp a se colocar na confiança de Richard Swiveller, pois a revelação era de seu interesse, e não tinha sido espontaneamente contada por Dick; estava claro que Quilp procurou sua companhia e o atraiu para longe.

O anão o havia encontrado duas vezes enquanto se esforçava para obter informações sobre os fugitivos. Como ele não havia demonstrado nenhuma curiosidade em relação a eles, foi o suficiente para despertar suspeitas em uma criatura tão ciumenta e desconfiada por natureza, deixando de lado qualquer curiosidade adicional que ele pudesse ter pela atitude descuidada de Dick. Mas, conhecendo o esquema que eles planejaram, por que se ofereceria a ajudá-lo? Essa era uma questão de solução mais difícil; mas, como os patifes geralmente exageram ao imputar seus próprios desígnios a outros, a ideia de que algumas situações de irritação entre Quilp e o velho, decorrentes de suas transações secretas e não desconectadas talvez de seu súbito desaparecimento, agora tornavam o primeiro desejoso de vingar-se dele, procurando envolver o único objeto de seu amor e cuidados em uma trama que ele sabia que iria causar-lhe medo e ódio. Como o próprio Frederick Trent, sem se importar com sua irmã, tinha esse mesmo objetivo no coração, correndo atrás da esperança de ganho, parecia mais provável ser esse o modo de ação principal de Quilp. Depois de provocar no anão um desejo legítimo de ajudá-los, o qual atenderia à realização de seu propósito, era fácil acreditar que ele estava sinceramente de coração na causa; e, como não havia dúvida de que ele provou ser um auxiliar poderoso e útil, Trent decidiu aceitar seu convite e ir para sua casa naquela noite e, se o que ele disse e fez confirmou a impressão que ele havia formado, deixá-lo compartilhar o trabalho de seu plano, mas não o lucro.

Tendo revolvido essas coisas em sua mente e chegado a essa conclusão, ele comunicou ao senhor Swiveller o máximo de suas ideias que julgava apropriado (Dick ficaria perfeitamente satisfeito com menos). Dando-lhe o dia para se recuperar de sua caminhada noturna, acompanhou-o à noite à casa do senhor Quilp.

O senhor Quilp estava muito contente por estar com eles, ou parecia estar; e terrivelmente educado foi o senhor Quilp com a senhora Quilp e a senhora Jiniwin; e muito penetrante foi o olhar que lançou à esposa ao observar como ela ficou alterada ao reconhecer o jovem Trent. A senhora Quilp era tão inocente quanto sua própria mãe de qualquer emoção, dolorosa ou agradável, que a visão dele despertasse, mas, como o olhar de seu marido a deixava tímida e confusa, e sem saber o que fazer ou o que era esperado dela, o senhor Quilp não deixava de atribuir o embaraço dela à causa que ele tinha em mente. Enquanto ele ria de suas elucubrações, ficava secretamente exasperado por seu ciúme.

Nada disso transpareceu, entretanto. Pelo contrário, o senhor Quilp foi todo candura e suavidade e distribuiu a garrafa de rum com extraordinária generosidade.

– Ora, deixe-me ver – disse Quilp. – Deve ter se passado quase dois anos desde que nos conhecemos.

– Quase três, acho – disse Trent.

– Quase três! – gritou Quilp. – Como o tempo voa. Parece tanto tempo assim para você, senhora Quilp?

– Sim, acho que parecem três anos completos, Quilp – foi a infeliz resposta.

– Oh, de fato, senhora – pensou Quilp. – Você esteve ansiosa, não é? Muito bem, senhora.

– Parece que foi ontem que você foi a Demerara a bordo do *Mary Anne* – disse Quilp. – Quase ontem, eu digo. Bem, eu gosto de um pouco de aventura. Eu também já fui selvagem um dia.

O senhor Quilp acompanhou essa afirmação com uma piscadela tão horrível, indicativa de antigas andanças e escorregadas, que a senhora Jiniwin ficou indignada e não pôde deixar de comentar baixinho que ele poderia pelo menos deixar suas confissões para quando a esposa estivesse ausente. Por esse ato de ousadia e insubordinação, o senhor Quilp primeiro a olhou de cara feia e depois bebeu à sua saúde cerimoniosamente.

– Achei que você voltaria imediatamente, Fred. Sempre pensei isso – disse Quilp pousando o copo. – E, quando o *Mary Anne* voltou com você a bordo, em vez de uma carta para dizer que tinha o coração arrependido e como estava feliz na situação que foi providenciada para você, eu achei graça, muita graça. Ha, ha, ha!

O jovem sorriu, mas não como se o tema fosse a escolha mais agradável para seu entretenimento. E por essa razão Quilp prosseguiu:

– Eu sempre digo que, quando um parente rico, tendo dois jovens, irmãs ou irmãos, ou irmão e irmã, dependentes dele, se apega exclusivamente a um e rejeita o outro, ele o faz errado.

O jovem fez um movimento de impaciência, mas Quilp continuou tão calmo como se estivesse discutindo alguma questão abstrata pela qual ninguém dos presentes tinha o mínimo interesse pessoal.

– É bem verdade – disse Quilp – que seu avô exigiu repetidamente perdão por sua ingratidão, tumulto e extravagância, e tudo o mais; mas, como eu disse a ele, "essas são falhas comuns". "Mas ele é um canalha", disse ele. "Admitindo isso", disse eu (para fins de argumentação, é claro), "muitos jovens nobres e cavalheiros também são canalhas!" Mas ele não se convenceu.

– Isso me surpreende, senhor Quilp – disse o jovem sarcasticamente.

– Bem, a mim também na época – respondeu Quilp –, mas ele sempre foi obstinado. Ele era de certa forma meu amigo, mas sempre foi obstinado e teimoso. A pequena Nell é uma garota simpática, uma garota encantadora, mas você é irmão dela, Frederick. Afinal, você é irmão dela. Como você disse a ele na última vez em que a encontrou, ele não pode mudar esse fato.

– Ele faria, se pudesse confundi-lo por essas e outras gentilezas – disse o jovem, impaciente. – Mas nada pode resultar desse assunto agora, e vamos acabar com isso, diabos!

– Concordo – respondeu Quilp –, concordo prontamente da minha parte. Por que falei sobre isso? Só para lhe mostrar, Frederick, que sempre fui seu amigo. Você mal sabia quem era seu amigo e quem era seu inimigo. Agora você sabe? Você pensou que eu estava contra você e, portanto, houve um distanciamento entre nós. Mas eu estava do seu lado, inteiramente do seu lado. Vamos apertar as mãos de novo, Fred.

Com a cabeça afundada entre os ombros e um sorriso horrível espalhando-se pelo rosto, o anão se levantou e estendeu o braço curto sobre a mesa. Após um momento de hesitação, o jovem estendeu a mão para encontrá-lo; Quilp agarrou seus dedos de uma forma que por um instante paralisou a corrente sanguínea dentro deles e, pressionando a outra mão sobre o lábio e franzindo a testa para o insuspeito Richard, soltou-os e se sentou.

Esta ação não passou despercebida a Trent, que, sabendo que Richard Swiveller era uma mera ferramenta em suas mãos e não tendo conhecimento mais de seus projetos do que ele julgou apropriado comunicar, viu que o anão compreendeu perfeitamente sua posição relativa e entendeu bem como funcionava o caráter do seu amigo. É algo a ser apreciado, mesmo entre os velhacos. Essa homenagem silenciosa às suas habilidades superiores, além da sensação de poder com que a rápida percepção do anão já o havia investido, convenceu o jovem em favor daquela criatura e a aproveitar-se da sua ajuda.

Sendo a deixa do senhor Quilp para mudar de assunto com toda a conveniência, a não ser que Richard Swiveller, em sua negligência, revelasse alguma coisa que fosse inconveniente para as mulheres saberem, ele propôs um jogo de *cribbage* a quatro mãos. Escolhidos os parceiros, a senhora Quilp ficou com Frederick Trent, e o próprio Dick, com Quilp. A senhora Jiniwin, que gostava muito de cartas, foi cuidadosamente excluída pelo genro de qualquer participação no jogo, e tinha-lhe sido atribuída a tarefa de reabastecer ocasionalmente os copos com o rum. O senhor Quilp a partir daquele momento manteve um olho constante nela, para que ela não saboreasse a bebida, atormentou a desgraçada senhora (que era tão apegada ao rum quanto às cartas) duplamente e de maneira engenhosa.

Mas não foi apenas à senhora Jiniwin que a atenção de Quilp foi dirigida, já que vários outros assuntos exigiam sua vigilância constante. Entre seus vários hábitos excêntricos, ele tinha o de sempre trapacear nas cartas, o que não apenas se tornava necessária de sua parte uma observação atenta do jogo e um truque de contagem da pontuação, mas também envolvia a correção constante, pelos olhares, carrancas e chutes sob a mesa, de Richard Swiveller, que, estando perplexo com a rapidez com que suas cartas foram contadas e com a velocidade com que os pinos viajavam pelo tabuleiro, não conseguia se conter ao expressar sua surpresa e incredulidade. A senhora Quilp também era parceira do jovem Trent e, para cada olhar que trocavam, e cada palavra que falaram, e cada carta que jogaram, o anão tinha olhos e ouvidos; não se ocupava apenas com o que passava por cima da mesa, mas também com sinais que poderiam estar sendo trocados por baixo dela, os quais ele tentava detectar com todos os tipos de armadilhas, além de muitas vezes pisar nos dedos dos pés da esposa para ver se ela gritava ou permanecia em silêncio sob a provocação, caso em que teria ficado bastante claro que Trent já teria tocado os pés dela antes. No entanto, na maioria dessas distrações, o seu olhar estava sempre na velha senhora, e, se ela avançava furtivamente uma colher de chá em direção ao copo vizinho (o que tentava fazer), com o propósito de conseguir apenas um gole de seu doce conteúdo, a mão de Quilp a impedia no exato momento de seu triunfo, e sua voz zombeteira implorava que ela respeitasse sua preciosa saúde. E, em qualquer um de seus muitos cuidados, do primeiro ao último, Quilp nunca amoleceu nem hesitou.

Por fim, depois de terem jogado muitas partidas e se servido sem parcimônia da garrafa, o senhor Quilp avisou sua esposa para se retirar e descansar, e a esposa submissa obedeceu e foi seguida pela mãe indignada, quando o senhor Swiveller já havia caído no sono. O anão, encarando seu companheiro restante, que estava do outro lado da sala, manteve uma breve conversa com ele em sussurros.

– É bom não dizer mais do que se deve diante do nosso digno amigo – disse Quilp, fazendo uma careta para o adormecido Dick. – É um acordo aqui entre nós, certo, Fred? Ele deve se casar com a pequena e bela Nell daqui a pouco tempo, entendido?

– Você tem algum interesse pessoal nisso, é claro – respondeu o outro.

– Claro que sim, querido Fred – disse Quilp, sorrindo ao pensar quão pouco ele suspeitava de qual seria o verdadeiro interesse. – Talvez seja vingança; talvez capricho. Tenho influência, Fred, para ajudar ou me opor. De que forma devo usá-la? Há um par de pratos na balança e penderei para um deles...

– Jogue no meu prato, então – disse Trent.

– Está feito, Fred – respondeu Quilp, esticando a mão fechada e abrindo-a como se tivesse deixado cair algum peso. – Está pendendo para o seu lado, Fred. Pense nisso.

– Para onde eles foram? – perguntou Trent.

Quilp balançou a cabeça e disse que isso ainda precisava ser descoberto, mas que poderia ser facilmente. Quando acontecesse, eles começariam suas ações preliminares. Ele visitaria o velho, ou mesmo Richard Swiveller poderia visitá-lo, e, ao demonstrar uma profunda preocupação por ele e implorar que se instalasse em algum lar digno, faria com que a criança se lembrasse dele com gratidão e preferência. Uma vez impressionada dessa forma, seria fácil, disse ele, conquistá-la em um ou dois anos, pois ela supunha que o velho era pobre, já que era parte de sua política de convencimento (como fazem muitos outros avarentos) fingir ser assim para aqueles que o cercam.

– Ele fingiu muitas vezes para mim ultimamente – disse Trent.

– Oh! E para mim também! – respondeu o anão. – O que é mais extraordinário, pois sei quão rico ele realmente é.

– Suponho que sim – disse Trent.

– Acho que sim – respondeu o anão; e nisso, pelo menos, ele falou a verdade.

Depois de mais algumas palavras sussurradas, eles voltaram à mesa, e o jovem que despertava Richard Swiveller informou-o de que ele estava esperando para partir. Esta foi uma boa notícia para Dick, que se levantou imediatamente. Depois que algumas palavras de confiança no resultado do projeto foram trocadas, eles desejaram boa-noite ao sorridente Quilp.

Quilp se esgueirou até a janela quando eles passaram na rua abaixo e ouviu. Trent estava pronunciando um elogio à sua esposa, e os dois se perguntavam por qual encantamento ela fora levada a se casar com um desgraçado tão disforme como aquele. O anão, depois de observar suas sombras se retirar, com o sorriso mais largo que seu rosto já exibira, deslizou suavemente no escuro para a cama.

Nessa trama de seu esquema, nem Trent nem Quilp haviam pensado na felicidade ou na miséria da pobre e inocente Nell. Teria sido estranho se o descuidado devasso, que era o alvo de ambos, tivesse sido perturbado por tal pensamento, pois sua alta consideração sobre seus próprios méritos tornava o projeto mais louvável do que o contrário; e, se tivesse sido visitado por um convidado tão incomum como uma reflexão, ele, que era um bruto que vivia para a satisfação de seus desejos, teria aplacado sua consciência com a defesa de que ele não pretendia bater na sua esposa ou matá-la e seria, portanto, depois desse raciocínio, um marido igual aos outros, bastante aceitável.

Capítulo 24

Só quando estavam bastante exaustos e não conseguiam mais manter o ritmo com que haviam fugido da pista de corridas, o velho e a criança tiveram coragem de parar e se sentaram para descansar à beira de um pequeno bosque. Ali, embora a pista estivesse fora de sua visão, eles ainda podiam distinguir vagamente o som dos gritos distantes, o zumbido de vozes e o bater de tambores. Escalando a colina que ficava entre eles e o local que haviam deixado, a criança conseguia ver as bandeiras tremulantes e os topos brancos das tendas; mas ninguém se aproximava deles, e seu local de descanso era tranquilo e silencioso.

Algum tempo se passou até que ela pudesse acalmar seu frágil companheiro e trazê-lo de volta a um estado de moderada tranquilidade. Sua imaginação desorientada projetava para ele uma multidão de pessoas se esgueirando em sua direção, escondidas pelos arbustos, espreitando em cada vala e espiando sobre os galhos de cada árvore que rangia. Ele estava apavorado pelo medo de ser levado ao cárcere, em algum lugar sombrio onde seria acorrentado e açoitado e, pior do que isso, onde Nell nunca o poderia ver, exceto através de barras de ferro e grades nas paredes. Seus temores influenciaram a criança. A separação de seu avô era o mal que ela mais temia; e sentindo como se, para onde quer que fossem, seriam caçados e nunca mais estariam seguros, a não ser enquanto estivessem escondidos, seu coração hesitou e sua coragem diminuiu.

Para alguém tão jovem e tão desacostumado às cenas pelas quais passara ultimamente, essa queda de ânimos não era de todo uma surpresa. Mas a natureza muitas vezes coloca corações valentes e nobres em seios fracos; mais frequentemente, graças a Deus, coloca-os em seios femininos, e, quando a criança, lançando seus olhos marejados sobre o velho, se lembrou de quão fraco ele estivera e quão desamparado ele estaria se ela falhasse com ele, seu coração se recuperou dentro dela e a reanimou, com força e coragem renovadas.

– Estamos bem seguros agora e não temos nada a temer, querido avô – disse ela.

– Nada a temer! – respondeu o velho. – Nada a temer, e se eles me tirarem de você? Nada a temer, e se eles nos separassem? Ninguém é confiável para mim. Não, ninguém. Nem mesmo Nell!

– Oh! Não diga isso – respondeu a criança –, pois, se alguma vez alguém foi sincero, esse alguém fui eu. Tenho certeza de que sabe disso.

– Então, como – disse o velho, olhando em volta com medo –, como você pode imaginar que estamos seguros quando eles estão procurando por mim em todos os lugares e podem vir aqui e nos sequestrar agora mesmo, enquanto estamos conversando?

– Porque tenho certeza de que não fomos seguidos – disse a criança. – Julgue por si, querido avô: olhe em volta e veja como está tudo quieto e imóvel. Estamos sozinhos e podemos andar por onde quisermos. Não é seguro? E eu poderia me sentir bem, à vontade, se algum perigo ameaçasse você?

– É verdade, sim – respondeu ele, apertando a mão dela, mas ainda olhando em volta ansiosamente. – Que barulho foi aquele?

– Um pássaro – disse a criança – voando para a floresta e mostrando o caminho para nós seguirmos. Você se lembra de que combinamos caminhar por bosques e campos, e à beira dos rios, e como seríamos felizes, você se lembra disso? Mas aqui, enquanto o sol brilha sobre nossa cabeça e tudo está brilhante e vivo ao redor, estamos sentados tristes e perdendo nosso tempo. Veja lá que caminho agradável; e ali está o pássaro, o mesmo pássaro que agora voou para outra árvore e permanece ali cantando. Venha!

Quando eles se ergueram do chão e pegaram a trilha sombreada que os conduzia através da floresta, ela saltou na frente, imprimindo seus pequenos passos no musgo, que se ergueu rapidamente depois de uma pressão tão leve, como os espelhos embaçam de imediato com a respiração; e assim ela atraiu o velho, com muitos olhares alegres para trás, ora apontando furtivamente para algum pássaro solitário que pousou e gorjeou em um galho que cruzava o caminho, ora parando para ouvir suas canções, que quebravam o silêncio alegremente, ou observando o sol enquanto ele tremulava por entre as folhas e, escondendo-se entre os troncos cobertos de hera de velhas árvores robustas, abria longos caminhos de luz. À medida que avançavam, separando os ramos que atrapalhavam sua passagem, a tranquilidade da atitude da criança invadiu seu coração completamente; o velho não lançou mais olhares temerosos para trás e sentiu-se alegre e tranquilo, pois quanto mais eles penetravam fundo na cobertura verde, mais eles sentiam que a bondade de Deus estava lá e derramava sua paz sobre eles.

Com o passar do tempo, o caminho se tornou mais claro e menos penoso, levando-os ao fim do bosque e a uma via pública. Seguindo por uma curta distância, eles chegaram a uma alameda, tão sombreada pelas árvores de ambos os lados cujas copas se misturavam que formaram arcos sobre o caminho estreito. Um poste com uma placa mostrou que aquele caminho os levaria a uma aldeia a cinco quilômetros de distância; e para lá eles resolveram dirigir seus passos.

A caminhada era tão longa que às vezes pensavam ter perdido o rumo. Mas, por fim, para grande alegria, ela os conduziu por uma descida íngreme, com margens altas ladeando a trilha; e as casas aglomeradas da aldeia logo espiavam da depressão arborizada abaixo.

Era um lugar muito pequeno. Os homens e os meninos jogavam críquete no gramado; e, enquanto as outras pessoas assistiam, eles andaram de um lado para outro, sem saber onde procurar por um alojamento humilde. Havia apenas um velho no pequeno jardim diante de sua cabana, e eles estavam com medo de se aproximar, pois ele era o professor e tinha a palavra "Escola" escrita em sua janela em letras pretas em um quadro branco. Era um homem pálido, de aparência simples, e estava sentado entre suas flores e colmeias, fumando seu cachimbo na pequena varanda diante de sua porta.

– Fale com ele, querida – sussurrou o velho.

– Eu tenho pena de incomodá-lo – disse a criança timidamente. – Parece que ele não nos viu ainda. Talvez, se esperarmos um pouco, ele olhe para cá.

Eles aguardaram, mas o mestre da escola não olhou para eles e continuou sentado, pensativo e silencioso, na sua pequena varanda. Ele tinha um rosto gentil. Dentro de seu velho terno preto simples, ele parecia pálido e magro. Eles enxergavam ali um clima solitário em torno dele e de sua casa, mas talvez porque as outras pessoas formavam um grupo alegre no gramado e ele parecia o único ser solitário em todo aquele lugar.

Eles estavam muito cansados, e a criança teria coragem suficiente para pedir até mesmo para o professor, não fosse por algo no comportamento dele que parecia mostrar que ele estava inquieto ou angustiado. Enquanto hesitavam a uma pequena distância em se aproximar, viram que ele se sentava por alguns minutos de cada vez, como alguém em pensamento distante, deixava o cachimbo de lado e dava algumas voltas em seu jardim, e então se aproximava do portão e olhava para a relva; depois pegava novamente no cachimbo com um suspiro e sentava-se pensativo como no início.

Como não apareceu mais ninguém e logo escureceria, Nell finalmente tomou coragem e, quando ele voltou para pegar o cachimbo e sentar-se no banco, ousou chegar mais perto, levando o avô pela mão. O ligeiro ruído que fizeram ao levantar o trinco do portão chamou sua atenção. Ele olhou para eles com gentileza, mas parecia um tanto desapontado e balançou a cabeça levemente.

Nell fez uma reverência e disse-lhe que eram pobres viajantes e que procuravam um abrigo para passar a noite, pelo qual pagariam com prazer, na medida em que seus recursos permitissem. O mestre olhou para ela com atenção enquanto ela falava, pôs de lado o cachimbo e levantou-se imediatamente.

– Se o senhor pudesse nos arranjar qualquer lugar, senhor – disse a criança –, aceitaríamos de bom grado.

– Vocês caminharam muito – disse o professor.

– Um longo caminho, sem dúvida, senhor – respondeu a criança.

– Você é uma viajante bem jovem, minha filha – disse ele, pousando delicadamente a mão em sua cabeça – Sua neta, amigo?

– Sim, senhor – gritou o velho –, a segurança e o conforto da minha vida.

– Entrem – disse o professor.

Sem mais preâmbulos, ele os conduziu até sua pequena sala de aula, que também era sala de estar e cozinha, e disse-lhes que poderiam permanecer sob seu teto até de manhã.

Antes que terminassem de agradecer, ele estendeu um pano branco grosso sobre a mesa e pôs facas e pratos; e, trazendo um pouco de pão, carne fria e uma jarra de cerveja, rogou-lhes que comessem e bebessem.

A criança olhou em volta da sala enquanto tomava seu lugar. Havia alguns formulários, desenhados, cortados e com tinta em toda parte; uma pequena mesa de escritório apoiada em quatro pernas, à qual sem dúvida o mestre se sentava; alguns livros com orelhas de cachorro em uma prateleira alta; e ao lado deles uma coleção diversificada de piões de madeira, bolas, pipas, linhas de pesca, bolas de gude, maçãs comidas pela metade e outras propriedades confiscadas de alunos displicentes. Exibidas em ganchos na parede em todos os seus terrores estavam a varinha e a régua; e perto deles, em uma pequena prateleira própria, o chapéu de burro, feito de jornais velhos e decorado com orelhas brilhantes do maior tamanho possível. Os grandes enfeites nas paredes eram algumas frases morais, razoavelmente copiadas em bom texto em negrito, e algumas operações de soma e multiplicação bem caprichadas, que davam evidências de terem sido feitas pelas mesmas mãos, que eram coladas por toda a sala: com a dupla função, ao que parecia, de comprovar a excelência da escola e acender uma motivação extra no peito dos estudantes.

– Sim – disse o velho professor, observando que a atenção da menina fora atraída por esses últimos exemplares. – São frases lindas, minha querida.

– Muito lindas, senhor – respondeu modestamente a criança. – São suas?

– Minhas? – devolveu ele, tirando os óculos e colocando-os, para ver melhor os triunfos tão caros ao seu coração. – Eu não conseguiria escrever assim hoje em dia. Não, eles todos foram feitos por outra mão; é uma mãozinha, não da mesma idade da sua, mas muito inteligente.

Enquanto o mestre dizia isso, ele viu que um pequeno borrão de tinta havia sido jogado em um dos escritos, então tirou um canivete do bolso e, indo até a parede, cuidadosamente o raspou. Ao terminar, afastou-se lentamente da escrita, admirando-a como quem contempla um belo quadro, mas com alguma tristeza na voz e nos gestos que comoveu a criança, embora ela ainda não soubesse a causa.

– Uma mãozinha, na verdade – disse o pobre professor. – Muito avançada em relação aos demais companheiros, em aprendizado e nos esportes também, como ele pôde gostar tanto de mim! Não é de admirar que eu o ame, mas que ele me ame... – e então o mestre parou e tirou os óculos para enxugá-los, como se tivessem escurecido.

– Espero que não haja nada de errado, senhor – disse Nell ansiosamente.

– Nada demais, minha querida – respondeu o mestre. – Esperava tê-lo visto no gramado nesta noite. Ele sempre foi o primeiro entre eles. Mas ele estará de volta amanhã.

– Ele está doente? – perguntou a criança, com empatia pelo pequeno estudante.

– Não muito. Disseram que ele estava delirando um pouco ontem, meu querido menino, e foi o que disseram também no dia anterior. Mas isso é parte desse tipo de doença; não é um mau sinal, de forma alguma. – A criança ficou em silêncio. Ele caminhou até a porta e olhou com tristeza para fora. As sombras da noite se formavam, e tudo estava quieto.

– Se ele pudesse se apoiar no braço de alguém, ele viria até mim, eu sei – disse ele, voltando para a sala. – Ele sempre vinha até o jardim para dizer boa-noite. Mas talvez sua doença tenha melhorado um pouco, mas já era tarde demais para ele sair, pois está muito úmido, com um orvalho pesado; melhor que ele não venha nesta noite mesmo.

O professor acendeu uma vela, fechou a veneziana e a porta. Mas, depois de fazer isso e de ficar sentado em silêncio por um tempo, ele tirou o chapéu, disse que iria procurar saber notícias e sugeriu que Nell se sentasse até ele voltar. A criança concordou prontamente, e ele saiu.

Ela ficou sentada ali meia hora ou mais, sentindo o lugar muito estranho e solitário, pois ela havia convencido o avô a ir para a cama, e não dava para ouvir nada além do tique-taque de um velho relógio e o assobio do vento entre as árvores. Quando o mestre voltou, sentou-se no canto da lareira, mas permaneceu em silêncio por muito tempo. Por fim, ele se virou para ela e, falando muito gentilmente, pediu que ela fizesse uma prece naquela noite por uma criança doente.

– Meu aluno favorito! – disse o pobre professor, fumando um cachimbo que se esquecera de acender e olhando tristemente em volta para as paredes. – É uma pequena mão que fez tudo isso, e agora está abatido pela doença. Uma mão muito, muito pequena!

Capítulo 25

Depois de uma boa noite de descanso em um quarto com telhado de palha, no qual parecia que o sacristão havia sido o inquilino por alguns anos, mas que recentemente o havia abandonado em favor de uma esposa e de um chalé próprio, a criança levantou-se de manhã cedo e desceu até a sala onde jantou na noite anterior. Como o mestre já havia saído da cama, ela se esforçou para deixá-la limpa e confortável, e acabava de terminar a arrumação quando o gentil anfitrião voltou.

Ele a agradeceu muitas vezes e disse que a senhora que fazia esses trabalhos para ele fora cuidar do pequeno aluno, de quem ele lhe falara. A criança perguntou como ele estava e desejou que estivesse melhor.

– Não – respondeu o professor balançando a cabeça tristemente –, nada melhor. Eles até dizem que ele piorou.

– Lamento muito por isso, senhor – disse a criança.

O pobre mestre pareceu agradecido pelas boas maneiras da criança, mas ficou um tanto inquieto com o prognóstico, pois acrescentou apressadamente que pessoas ansiosas geralmente exageravam um mal, considerando-o bem maior do que era. "Da minha parte", disse ele, com seu jeito calmo e paciente, "espero que não seja assim. Não acho que ele possa ter piorado."

A criança pediu licença para preparar o café da manhã, e, quando o avô desceu as escadas, os três o tomaram juntos. Enquanto a refeição era preparada, o anfitrião observou que o velho parecia muito cansado e evidentemente precisava descansar.

– Se a viagem que vocês têm pela frente for longa – disse ele – e não fizer diferença esperar mais um dia, vocês são muito bem-vindos para passar mais uma noite aqui. Eu realmente ficaria feliz se pudessem, amigo.

Ele viu que o velho olhou para Nell, sem saber se aceitava ou recusava sua oferta, e acrescentou:

– Ficarei feliz em ter sua jovem companhia comigo por um dia. Se você puder fazer uma caridade para um homem solitário e descansar ao mesmo tempo, faça-o. Se você precisar prosseguir em sua jornada, desejo-lhe boa sorte e vou caminhar um pouco com você antes do início das aulas.

– O que devemos fazer, Nell? – disse o velho indeciso. – Diga o que vamos fazer, querida.

Não foi necessário muito convencimento para que a criança decidisse aceitar o convite e ficar. Ela ficou feliz em mostrar sua gratidão ao gentil professor, ocupando-se com os deveres domésticos de que sua casinha precisava. Quando terminou, ela pegou um pedaço de agulha de sua cesta e sentou-se em um banquinho ao lado da treliça, onde a madressilva e a videira entrelaçaram seus caules tenros e, ao entrarem furtivamente no quarto, enchiam-no com seu aroma delicioso. Seu avô estava se aquecendo ao sol lá fora, respirando o perfume das flores e olhando preguiçosamente as nuvens enquanto elas flutuavam ao vento leve de verão.

Quando o professor, depois de organizar os dois formulários na devida ordem, se sentou atrás de sua mesa e fez os outros preparativos para a escola, a criança ficou apreensiva de que ela pudesse atrapalhar e se ofereceu para se retirar para o seu quartinho. Mas isso ele não permitiu e, como parecia satisfeito em tê-la por perto, ali ela ficou, ocupada com o seu trabalho.

– Você tem muitos alunos, senhor? – ela perguntou.

O pobre mestre balançou a cabeça e disse que mal preenchiam os dois formulários.

– Os outros alunos são espertos, senhor? – perguntou a criança, olhando para os troféus na parede.

– Bons meninos – respondeu o professor –, bons meninos, minha querida, mas eles nunca chegarão a um resultado como o dele.

Um menininho de cabelos brancos com o rosto queimado de sol apareceu à porta enquanto ele falava e, parando ali para fazer uma reverência desajeitada, entrou e sentou-se em uma das carteiras. O garoto de cabeça branca então colocou um livro, surpreendentemente cheio de orelhas, aberto sobre os joelhos e, enfiando as mãos nos bolsos, começou a contar as bolinhas de gude com as quais estavam lotados, exibindo uma expressão em seu rosto de extrema habilidade para abstrair totalmente sua mente do texto, ao qual olhava fixamente. Logo depois, outro garotinho de cabeça branca entrou, e atrás dele um garoto ruivo, e depois dele mais dois com cabeças brancas, e depois um com um cabelo que parecia feito de linho, e assim por diante, até que as carteiras fossem ocupadas por cerca de uma dúzia de garotos, com cabeças de todas as cores, menos o cinza, e com idades variando de 4 e 14 anos, ou um pouco mais, pois as pernas do mais jovem estavam bem longe do chão quando ele se sentou na carteira, e o mais velho era um sujeito bonachão com bom temperamento, cerca de meia cabeça mais alto do que o professor.

No topo da primeira carteira, o posto de honra na escola, ficava o lugar vago do pequeno aluno doente, e a primeira posição da fileira de ganchos, nos quais aqueles que vinham com chapéus ou bonés costumavam pendurá-los, foi deixada vazia. Nenhum menino tentou violar a santidade daquela carteira ou gancho, mas muitos olharam dos espaços vazios para o mestre e sussurraram com seu vizinho do lado, escondidos pelas mãos em conchas.

Então começou o zunido das aulas e memorização, as brincadeiras sussurradas e os jogos de esconder, e todo o barulho e o soletrar da escola;

em meio a esse estrondo sentou-se o pobre professor, a própria imagem da mansidão e simplicidade, tentando em vão fixar sua mente nos deveres do dia e esquecer seu pupilo ausente. Mas o tédio de suas funções o lembrava mais fortemente do aluno bem disposto, e seus pensamentos se distanciaram dos seus alunos, estava bem claro.

Ninguém sabia disso melhor do que os meninos mais ociosos, que, ficando mais folgados com a impunidade, se tornavam mais ruidosos e ousados; brincando de par ou ímpar sob os olhos do mestre, comendo maçãs abertamente e sem receio, beliscando-se por esporte ou malícia sem a menor vergonha e cravando seus nomes nas pernas de sua mesa. O aluno atrapalhado, que ficou ao lado dele para recitar a lição do livro, não olhou mais para o teto para buscar palavras esquecidas, mas aproximou-se do cotovelo do mestre e olhou diretamente para a página; o engraçadinho daquela pequena tropa semicerrou os olhos e fez caretas (para o menino menor, é claro) sem segurar nenhum livro diante de seu rosto, e sua vítima aprovadora não viu nenhum constrangimento em seu deleite. Se o mestre acordava para o que estava acontecendo, o barulho diminuía por um momento e ninguém ousava encará-lo, todos faziam aquela pose de estudiosos e profundamente humildes; mas, no instante em que ele tinha uma recaída, explodiam de novo, dez vezes mais alto do que antes.

Ah! Como alguns daqueles sujeitos preguiçosos desejavam estar fora da classe, e como olhavam pela porta e janela abertas, como se planejassem sair correndo para fora, embrenhando-se na floresta e sendo meninos selvagens dali em diante. Que pensamentos rebeldes sobre o rio fresco e algum lugar para um mergulho, sombreado pelos salgueiros com os galhos mergulhando na água, passavam pela cabeça daquele rapaz robusto, que, com a gola da camisa desabotoada e puxada para trás o mais longe que podia, se sentou, abanando o rosto corado com um livro de ortografia, desejando ser uma baleia, ou um esgana-gato, ou uma mosca, ou qualquer coisa que não fosse um menino na escola naquele dia quente e escaldante! Que calor! Pergunte àquele outro garoto, cuja carteira estava mais próxima da porta e lhe dava a oportunidade de escapar para o jardim e levar seus companheiros à loucura, mergulhando sua cabeça no balde do poço e rolando na grama, pergunte se havia em um dia como aquele, em que até as abelhas mergulhavam fundo nos copos das flores e paravam ali, como se tivessem decidido se aposentar e não mais fabricar mel. Esses dias foram feitos para a preguiça, deitar-se de costas em lugares verdes, olhando para o céu até que seu brilho forçasse a fechar os olhos e dormir; seria esse o melhor momento para examinar livros mofados em uma sala escura, ofuscada pelo próprio sol? Monstruoso! Nell sentava-se à janela ocupada com o seu trabalho, mas ainda atenta a tudo o que se passava, às vezes intimidada com aqueles meninos barulhentos. Terminadas as aulas, começou a hora de escrever; e, como havia apenas uma mesa e a do próprio mestre, cada menino sentava-se nela por vez e trabalhava em sua cópia torta, enquanto o mestre caminhava pela sala. Esse foi um momento mais silencioso, pois ele vinha e olhava por cima do ombro do escritor e lhe dizia com calma para observar como tal letra estava invertida em relação à palavra da parede, elogiava um traço para cima aqui e outro traço para baixo ali e oferecia adotar alguma lição nova como modelo.

Então ele parava e dizia a eles o que o colega doente havia dito na noite anterior e como ele queria estar entre eles novamente; e tal eram os modos gentis e afetuosos do pobre professor que os meninos pareceram bastante arrependidos por terem-no perturbado tanto e ficaram calados: sem comer maçãs, sem gravar mais os nomes, sem distribuir beliscões e sem fazer caretas por dois minutos inteiros.

– Estou pensando, rapazes – disse o mestre quando o relógio bateu meio-dia –, em dar folga de meio expediente nesta tarde.

Diante dessa sugestão, os meninos, conduzidos e liderados pelo menino mais velho, deram um grito bem alto, no meio do qual o mestre foi visto tentando falar, mas não conseguiu mais ser ouvido. Quando ergueu a mão, no entanto, pedindo que ficassem em silêncio, eles foram atenciosos o suficiente para parar, assim que os mais prolixos entre eles ficaram sem fôlego.

A velha loja de curiosidades – Tomo 1

– Vocês devem me prometer primeiro – disse o professor – que não farão barulho, ou pelo menos, se fizerem, que vão embora de uma vez, para longe da aldeia, quero dizer. Tenho certeza de que vocês não perturbariam seu amigo convalescente.

Houve um murmúrio negativo geral (e talvez muito sincero, pois eles eram apenas garotos), e o rapaz alto, talvez com a sinceridade de qualquer um deles, pediu aos que estavam por perto para confirmar que gritou apenas em um sussurro.

– Então, por favor, não esqueçam, meus queridos alunos – disse o professor –, o que eu pedi a vocês, e façam-me um favor. Sejam o mais feliz possível e não esqueçam que vocês são abençoados com saúde. Tchau para todos!

"Obrigado, senhor" e "adeus, senhor" foram ditos muitas vezes em uma variedade de vozes, e os meninos saíram muito lenta e suavemente. Mas havia o sol brilhando e os pássaros cantando, como o sol só brilha e os pássaros só cantam nos feriados e nas folgas; lá estavam as árvores acenando para todos os meninos libertos para escalar e se aninhar entre seus galhos frondosos; o feno, suplicando-lhes que viessem se esparramar ao ar puro; o milho verde, acenando suavemente para o bosque e o riacho; o solo suave, tornado ainda mais suave pela mistura de luzes e sombras, convidando a corridas e saltos e longas caminhadas Deus sabe para onde. Era mais do que um menino podia suportar e, com um grito de alegria, todo o grupo se pôs em marcha e se espalhou, gritando e rindo enquanto avançavam.

– É natural, graças a Deus! – disse o pobre mestre olhando por eles. – Estou muito feliz por eles não se importarem com o que eu disse!

É difícil, no entanto, agradar a todos, como a maioria de nós já sabe, mesmo sem conhecer a fábula que traz essa moral, e no decorrer da tarde várias mães e tias de alunos apareceram para expressar sua total reprovação à atitude do professor. Algumas se limitaram a insinuações, como perguntar educadamente que dia marcado em vermelho ou dia santo era aquele, que não estava sinalizado na agenda; umas poucas (essas eram as mais políticas da aldeia) argumentaram que era uma afronta ao Trono e uma afronta à Igreja e ao Estado conceder, com ares revolucionários, meio dia de folga em qualquer ocasião menos importante do que o aniversário do rei; mas a maioria expressou seu descontentamento por motivos particulares e em termos simples, argumentando que fazer aos alunos essa pequena concessão em horário de aprendizagem nada mais era do que um ato de roubo e fraude. E uma senhora idosa, descobrindo que não conseguiria irritar o pacífico professor conversando com ele, saiu de sua casa e falou dele por meia hora fora de sua janela, com outra senhora, dizendo que é claro que ele iria descontar esse meio dia do próprio salário, ou ele que esperasse ter uma oposição iniciada contra ele; ninguém aceitava rapazes desocupados naquela vizinhança (e a velha senhora levantou a voz), e certas pessoas, que eram muito preguiçosas até para serem professores da escola, em breve veriam que haveria logo outro para ocupar o seu lugar. Mas todas essas provocações e vexações não conseguiram arrancar uma palavra do dócil professor, que se sentou com a criança ao seu lado, um pouco mais abatido, talvez, mas bastante calmo e sem queixas.

Perto da noite, uma velha veio cambaleando pelo jardim o mais rápido que pôde e, encontrando-se com o professor na porta, disse que ele deveria ir diretamente à casa de Dame West e que era melhor correr antes dela. Ele e a criança estavam prontos para sair juntos para um passeio e, sem largar sua mão, o professor saiu apressado, deixando que a mensageira o seguisse como pudesse.

Eles pararam na porta de uma cabana, e o professor bateu suavemente com a mão. Foi aberta sem perda de tempo. Eles entraram em uma sala onde um pequeno grupo de mulheres estava reunido em torno de outra, mais velha do que todas, que estava chorando muito e, sentada, torcia as mãos e balançava seu corpo para a frente e para trás.

– Oh, senhora! – disse o professor, aproximando-se de sua cadeira. – É tão grave assim?

– Ele está indo rápido – gritou a velha. – Meu neto está morrendo. Ele pede o tempo todo por você. Nem deveria deixar você se aproximar, mas ele era tão aplicado nos estudos. E foi isso que o seu aprendizado trouxe. Oh, querido, querido, o que posso fazer?

– Não diga que eu sou culpado – insistiu o gentil professor. – Não estou ofendido, senhora. Não, não. Você está em grande confusão mental e não pensa no que diz. Tenho certeza de que não.

– Sim – respondeu a velha. – Eu penso exatamente como digo. Se ele não estivesse mergulhado nos livros com medo de você, estaria bem e feliz agora, eu sei que sim.

O mestre olhou em volta para as outras mulheres como se implorasse a alguém entre elas que dissesse uma palavra gentil em sua defesa, mas elas balançaram a cabeça e murmuraram entre si que nunca pensaram que houvesse algum bem em aprender e que essa doença servia para convencê-las disso. Sem dizer uma palavra em resposta ou dar-lhes um olhar de reprovação, ele seguiu a velha que o tinha chamado (e que agora se juntou a eles) para outro quarto, onde seu jovem amigo, meio vestido, estava estendido sobre a cama

Ele era um menino muito jovem, uma criança bem pequena. Seu cabelo ainda caía em cachos sobre o rosto, e seus olhos eram muito brilhantes; mas a luz que brilhava neles era do céu, não da terra. O professor sentou-se ao lado dele e, inclinando-se sobre o travesseiro, sussurrou seu nome. O menino levantou-se, acariciou o rosto com a mão e jogou os braços fracos em volta do seu pescoço, gritando que ele era seu amigo querido e gentil.

– Espero que sempre tenha sido. Eu sempre quis ser, Deus sabe quanto – disse o pobre professor.

– Quem é aquela? – disse o menino ao ver Nell. – Tenho medo de beijá-la, para não a deixar doente. Peça a ela para apertar minha mão. – A criança soluçante aproximou-se e tomou a mãozinha caída nas suas. Soltando sua mão depois de um tempo, o menino doente deitou-se suavemente.

– Você se lembra do jardim, Harry – sussurrou o professor, ansioso para acordá-lo, pois um entorpecimento parecia tomar conta da criança –, e como costumava ser agradável ao anoitecer? Você deve se apressar em visitá-lo novamente, pois acho que as próprias flores sentem sua falta e estão menos alegres do que costumavam ser. Você virá logo, meu querido, muito em breve agora, não é?

O menino sorriu fracamente, com muita dificuldade, e colocou a mão na cabeça grisalha do amigo. Ele moveu os lábios também, mas nenhuma voz saiu deles; não, nenhum som.

No silêncio que se seguiu, o zumbido de vozes distantes carregadas pelo ar da noite entrou flutuando pela janela aberta.

– O que é isso? – disse a criança doente, abrindo os olhos.

– São os meninos brincando no gramado.

Ele tirou um lenço do travesseiro e tentou acenar com ele acima da cabeça. Mas o braço fraco caiu impotente.

– Quer que eu faça isso para você? – perguntou o mestre.

– Por favor, acene com ele pela janela – foi a resposta fraca. – Amarre na grade. Alguns deles podem ver isso de longe. Talvez eles pensem em mim e olhem para cá.

Ele ergueu a cabeça e olhou do lenço ondulante para o seu taco imóvel, largado com a lousa, o livro e outras propriedades infantis sobre uma mesa na sala. E então ele deitou-se suavemente mais uma vez e perguntou se a menina estava lá, pois ele não a conseguia ver.

Ela deu um passo à frente e apertou a mão suave estendida sobre a colcha. Os dois velhos amigos e companheiros, pois assim eram, embora fossem um homem e uma criança, abraçaram-se longamente, e então o pequeno estudante voltou o rosto para a parede e adormeceu.

O pobre mestre estava sentado no mesmo lugar, segurando a mãozinha fria na sua e esfregando-a. Mas já era apenas a mão de uma criança morta. Ele sabia disso; no entanto, ele ainda a esfregava e não conseguia largá-la.

Capítulo 26

Quase com o coração partido, Nell retirou-se com o professor da cabeceira da criança e voltou para sua cabana. Em meio à dor e às lágrimas, ela ainda teve o cuidado de esconder a sua situação real, pois o menino morto era o neto de alguém e deixou apenas um parente idoso para lamentar sua partida prematura.

Ela foi para a cama o mais rápido que pôde e, quando estava sozinha, deu vazão à tristeza de que seu peito estava sobrecarregado. Mas a cena triste que ela testemunhou não deixou de ter uma lição de contentamento e gratidão; de contentamento com o destino, que a deixou gozando de saúde e liberdade; e gratidão por ter sido poupada assim como o único parente e amigo que amava, e por viver e se mover em um mundo lindo, quando tantos jovens, tão jovens e cheios de esperança quanto ela, foram mortos e recolhidos aos seus túmulos.

Quantos ramos verdes, naquele antigo cemitério de igreja onde ela recentemente se perdera, cresceram sobre túmulos de crianças? E, embora ela mesma pensasse como uma criança, e talvez não tenha entendido suficientemente a existência brilhante e feliz que aqueles que morrem jovens suportaram, e como na morte eles deixam a dor de ver outros morrer ao seu redor, levando para o túmulo alguns laços fortes de afeto dos seus corações (que fazem os velhos morrer muitas vezes em uma longa vida), ela ainda pensava com bastante sabedoria para extrair uma clara e básica moral do que presenciara naquela noite e guardá-la no fundo de sua mente.

Seus sonhos eram com o pequeno estudante: não em um caixão e coberto, mas na companhia de anjos e sorrindo feliz. O sol, lançando seus raios alegres para o quarto, despertou-a; e agora restava apenas despedir-se do pobre professor e caminhar adiante mais uma vez.

Quando eles estavam prontos para partir, as aulas haviam começado. Na sala escura, o barulho de ontem estava novamente acontecendo: um pouco menor e mais suave, talvez, mas apenas um pouco. O professor levantou-se de sua mesa e caminhou com eles até o portão.

Foi com a mão trêmula e relutante que a criança lhe estendeu o dinheiro que ela recebera de uma senhora nas pistas de corrida pelas flores, hesitando em agradecer ao pensar em quão pequena era a soma e corando ao entregá-la ao professor. Mas ele pediu que ela a guardasse e, abaixando-se para beijar sua bochecha, voltou para sua casa.

Eles não haviam dado meia dúzia de passos quando ele voltou à porta; o velho refez seus passos para apertar suas mãos, e a criança fez o mesmo.

– Boa sorte e felicidade acompanhem vocês! – disse o pobre mestre. – Agora sou um homem bastante solitário. Se vocês passarem por aqui novamente, não vão se esquecer da pequena escola da aldeia.

– Jamais o esqueceremos, senhor – respondeu Nell –, e jamais nos esqueceremos de ser gratos a você por sua gentileza conosco.

– Tenho ouvido essas mesmas palavras da boca de outras crianças muitas vezes – disse o professor, balançando a cabeça e sorrindo pensativamente –, mas logo foram esquecidas. Eu tinha grande apego por um jovem amigo, o melhor amigo em tenra idade, mas acabou. Deus os abençoe!

Muitas vezes se despediram dele e se viraram, caminhando devagar e muitas vezes olhando para trás, até que não o puderam mais ver.

A velha loja de curiosidades – Tomo 1

Por fim, eles deixaram a aldeia e até perderam de vista a fumaça entre as árvores. Eles marcharam adiante, em um ritmo mais rápido, decidindo se manter na estrada principal e ir aonde ela pudesse levá-los.

Mas as estradas principais se estendem por um longo, longo caminho. Com exceção de dois ou três aglomerados insignificantes de chalés pelos quais eles passaram, sem parar, e uma taberna solitária à beira da estrada onde comeram pão e queijo, essa rodovia os conduziu ao nada, em pleno fim de tarde, e ainda seguia ao longe o mesmo curso monótono, tedioso e tortuoso que haviam seguido o dia todo. Como não tinham opção, no entanto, a não ser seguir em frente, continuaram avançando, embora em um ritmo muito mais lento, já cansados e fatigados.

A tarde havia se transformado em uma bela noite quando chegaram a um ponto onde a estrada fez uma curva fechada e atravessava alguns pastos. Às margens desses pastos, e perto da sebe que os separava dos campos cultivados, um trailer foi estacionado ali para o descanso; e, por causa do local escolhido e de sua posição, eles chegaram tão repentinamente que não seria possível evitá-los.

Não era um trailer gasto, encardido e empoeirado, mas uma casinha elegante sobre rodas, com cortinas brancas enfeitando as janelas e venezianas verdes destacadas com painéis de um vermelho esplêndido, cujas cores combinadas faziam o conjunto brilhar bastante. Tampouco era um pobre trailer puxado por um único burro ou cavalo manso, pois dois cavalos em muito boas condições estavam soltos das varas e pastavam na grama crespa. Nem era um trailer cigano, pois na porta aberta (ornada por uma aldrava de latão brilhante) estava sentada uma senhora cristã, robusta e agradável de se olhar, que usava um grande boné com laços tremulantes. E que não se tratava de um trailer desprovido ou desamparado ficou logo patente, pela atividade daquela senhora, que tomava seu chá agradável e refrescante. Os apetrechos de chá, incluindo uma garrafa de caráter bastante suspeito e uma peça de presunto frio, foram colocados em um tambor, coberto com um guardanapo branco; e ali, como se estivesse à mesa redonda mais elegante do mundo, estava esta senhora itinerante, tomando seu chá e apreciando a vista.

Como naquele momento a senhora do trailer levava sua xícara (que, para combinar com seu tipo robusto e confiável, era uma xícara de café da manhã) aos lábios e tinha seus olhos erguidos para o céu para desfrutar de todo o sabor do chá, possivelmente sem nenhuma mistura com algum traço de algo saído daquela garrafa suspeita (mas isso é mera especulação, e não um assunto importante da história), aconteceu que, estando assim agradavelmente entretida, ela não viu os viajantes quando eles se aproximaram. Só depois de pousar a xícara e respirar fundo, após o esforço de fazer seu conteúdo desaparecer, a senhora do trailer viu um velho e uma criança passar lentamente e olhar de relance em sua direção com olhos modestos, mas famintos, de admiração.

– Ei! – exclamou a senhora do trailer, pegando as migalhas do colo e engolindo antes de limpar os lábios. – Sim, apenas confirmando, quem ganhou a Taça Helter-Skelter, criança?

– Ganhou o quê, senhora? – perguntou Nell.

– A Taça Helter-Skelter nas corridas, criança, a taça que foi disputada no segundo dia.

– No segundo dia, senhora?

– Segundo dia! Sim, segundo dia – repetiu a senhora com um ar de impaciência. – Você não sabe dizer quem ganhou a Taça Helter-Skelter quando lhe fazem uma pergunta civilizadamente?

– Eu não sei, senhora.

– Não sei! – repetiu a senhora do trailer. – Ora, você estava lá. Eu vi você com meus próprios olhos.

Nell ficou muito assustada ao ouvir isso, supondo que a senhora pudesse conhecer intimamente a Companhia Short e Codlin, mas o que se seguiu tendeu a tranquilizá-la.

– E lamento muito – disse a senhora do trailer – por vê-la na companhia de um Punch; um vilão miserável, baixo, comum e vulgar, que as pessoas deveriam evitar de olhar.

– Eu não estava lá por escolha própria – respondeu a criança. – Nós não sabíamos o nosso caminho, e os dois homens foram muito gentis conosco e nos deixaram viajar com eles. Você... você os conhece, senhora?

– Se eu conheço, criança? – respondeu a senhora da caravana numa espécie de grito. – Conheço-os bem! Mas você é jovem e inexperiente, e essa é a sua desculpa para fazer uma pergunta dessas. Por acaso parece que eu os conheço? Este trailer parece conhecê-los?

– Não, senhora, não – disse a criança, temendo ter cometido alguma falta grave. – Eu imploro seu perdão.

Foi concedido imediatamente, embora a senhora ainda parecesse muito irritada e desconcertada pela suposição degradante. A criança então explicou que eles haviam deixado as corridas no primeiro dia e estavam viajando para a próxima cidade naquela estrada, onde pretendiam passar a noite. Quando o semblante da robusta senhora começou a clarear, ela se aventurou a perguntar a que distância estavam. A resposta, a qual a senhora não chegou a completar até que explicasse em detalhes que ela foi às corridas no primeiro dia em um show, em um passeio a lazer, e que sua presença ali não tinha relação com quaisquer assuntos de negócios ou relacionados aos lucros, era que a cidade ficava a treze quilômetros de distância.

Essa informação desanimadora assustou um pouco a criança, que mal conseguiu esconder uma lágrima enquanto olhava para a estrada que escurecia. O avô dela não se queixou, mas suspirou profundamente ao se apoiar em seu cajado e em vão tentou enxergar além da distância empoeirada.

A senhora do trailer estava juntando sua baixela de chá para limpar a mesa, mas, notando a ansiedade da criança, hesitou e parou. A criança fez uma reverência, agradeceu a informação e, dando a mão ao velho, já havia se afastado uns cinquenta metros quando a senhora do trailer a chamou de volta.

– Chegue mais perto, chegue aqui – disse ela, acenando para que subissem os degraus. – Você está com fome, criança?

– Não muito, mas estamos cansados e é... É um longo caminho.

– Bem, com fome ou não, é melhor você tomar um pouco de chá – replicou sua nova conhecida. – Suponho que esteja de acordo com isso, velho cavalheiro.

O avô tirou humildemente o chapéu e agradeceu. A senhora do trailer rogou-lhe que subisse os degraus também, mas o tambor mostrou-se uma mesa inconveniente para dois, e eles desceram novamente e sentaram-se na grama, onde ela lhes entregou a bandeja de chá, o pão e a manteiga, a peça de presunto e, resumidamente, tudo de que ela própria comera, menos a garrafa, que já tinha abraçado e, na primeira oportunidade, enfiara no bolso.

– Coloque-os perto das rodas traseiras, criança, esse é o melhor lugar – disse a amiga, supervisionando a arrumação de cima. – Agora encha o bule com um pouco mais de água quente e uma pitada de chá fresco, e então comam e bebam vocês dois quanto puderem e não poupem nada; isso é tudo que eu peço a vocês.

Eles poderiam talvez ter realizado o desejo da senhora se ele tivesse sido dito de maneira menos sincera, ou mesmo se não tivesse sido dito de forma alguma. Mas, como essa orientação os livrou de qualquer sombra de delicadeza ou mal-estar, eles fizeram uma refeição farta e a desfrutaram ao máximo.

Enquanto eles estavam assim ocupados, a senhora da caravana desceu até o chão e, com as mãos cruzadas atrás dela e seu grande boné tremulando excessivamente, caminhou de um lado para o outro em passos medidos e majestosamente, observando o trailer de vez em quando, com um ar de sereno deleite e com admiração especial ao ver os painéis vermelhos e a aldrava de latão. Depois de fazer esse exercício leve por algum tempo, ela se sentou nos degraus e chamou por "George", ao que um homem com trajes de carroceiro, até então envolto por uma cerca viva de modo a ver tudo o que passava sem ser visto, apartou os gravetos que o escondiam e apareceu sentado, apoiando sobre as pernas uma assadeira e uma garrafa de pedra de meio galão e tendo na mão direita uma faca e na esquerda um garfo.

– Sim, senhora – disse George.

– O que você achou da torta fria, George?

– Não estava ruim, madame.

– E a cerveja? – disse a senhora do trailer, parecendo mais interessada nesta pergunta do que na anterior. – Estava aceitável, George?

– Poderia ser melhor – respondeu George –, mas não é tão ruim assim.

Para acalmar a mente de sua patroa, ele tomou um gole (uma quantidade de meio litro ou algo parecido) da garrafa de pedra e estalou os lábios, piscou o olho e acenou com a cabeça. Sem dúvida, com o mesmo desejo de agradar, ele imediatamente voltou a usar a faca e o garfo, como uma prova de que a cerveja não havia prejudicado seu apetite.

A senhora do trailer olhou com aprovação por algum tempo e então disse:

– Você está quase terminando?

– Quase lá, madame. – E, de fato, depois de raspar todo o prato com sua faca e levar os pedaços escolhidos à boca, e após dar um gole tão preciso na garrafa de pedra que, aos poucos, quase imperceptível à vista, sua cabeça foi se inclinando trás até quase deitar completamente no chão, o cavalheiro declarou-se bastante satisfeito e saiu de seu lugar.

– Espero não ter apressado você, George – disse a patroa, que parecia ter grande simpatia por sua última aquisição.

– Sem problemas – respondeu o empregado, preservando-se sabiamente para qualquer contingência favorável que pudesse acontecer. – Podemos compensar da próxima vez, só isso.

– Não somos um fardo pesado, George?

– É sempre isso que as mulheres dizem – respondeu o homem, olhando longamente em volta, como se apelasse à natureza ao redor alguma ajuda para defender-se de tais afirmações monstruosas. – Se você observar uma mulher conduzindo, verá que ela nunca mantém o chicote parado; o cavalo nunca irá rápido o suficiente para ela. Se o animal estiver com a carga adequada, você nunca vai persuadir uma mulher de que ele não consegue carregar um pouco mais. Qual é o motivo dessas perguntas?

– Esses dois viajantes fariam muita diferença para os cavalos se os levássemos conosco? – perguntou a patroa, sem oferecer resposta à indagação filosófica e apontando para Nell e o velho, que estavam dolorosamente se preparando para retomar sua jornada a pé.

– Eles fariam alguma diferença no caminho – disse George obstinadamente.

– Eles fariam muita diferença? – repetiu a patroa. – Eles não podem ser assim tão pesados.

– O peso da dupla, senhora – disse George, olhando-os com o olhar de um homem que conseguia calcular com a precisão de alguns gramas –, seria um pouco inferior ao de Oliver Cromwell.

Nell ficou muito surpresa que o homem conhecesse com tanta exatidão o peso de alguém sobre quem ela lera nos livros, por ter vivido muito antes de sua época, mas rapidamente esqueceu o assunto na alegria de saber que eles poderiam seguir no trailer, pelo que ela agradeceu à senhora com sinceridade. Ela ajudou com grande prontidão e entusiasmo a guardar as coisas do chá e outras coisas que estavam espalhadas e, com os cavalos já atrelados, subiu no veículo, seguida por seu avô agradecido. A patrona então fechou a porta e sentou-se junto ao tambor em uma janela aberta; e, após os degraus serem desmontados por George e arrumados sob o trailer, eles partiram, com um grande ruído de batidas, rangidos e esforço da estrutura, e a aldrava de latão brilhante, que nunca alguém utilizou para chamar à porta, batia em um ritmo duplo e contínuo por conta própria, enquanto eles sacudiam pesadamente.

Capítulo 27

Quando avançaram lentamente por uma curta distância, Nell se aventurou a dar uma olhada ao redor do trailer e observá-lo mais de perto. Metade dele, aquela metade em que a proprietária estava confortavelmente sentada, era acarpetada e dividida na outra extremidade para acomodar um dormitório, equipado com um beliche de navio, que era adornado, assim como as pequenas janelas, com cortinas brancas claras e parecia bastante confortável, embora o tipo de habilidade de contorcionismo que a senhora do trailer deveria utilizar para alguma vez planejar entrar nele fosse um mistério insondável. A outra metade servia de cozinha e foi equipada com um fogão cuja pequena chaminé passava pelo telhado. Continha também um armário ou despensa, vários baús, uma grande jarra de água e alguns utensílios de cozinha e louças. Estas últimas estavam penduradas nas paredes, que, naquela parte do estabelecimento dedicada à senhora do trailer, eram ornamentadas com decorações mais alegres e leves, como um triângulo e um par de pandeiros bem-arranjados.

A senhora da caravana sentou-se a uma janela com todo o orgulho e poesia dos instrumentos musicais, e a pequena Nell e seu avô sentaram-se à outra com toda a humildade da chaleira e das panelas, enquanto a máquina sacolejava devagar e mudava a perspectiva do anoitecer muito devagar. A princípio, os dois viajantes falavam pouco, e apenas em sussurros, mas, à medida que se familiarizavam com o lugar, aventuraram-se a conversar com maior liberdade e falavam sobre o campo por onde passavam e os diferentes objetos que se revelavam, até que o velho adormeceu. A senhora da caravana observou Nell e a convidou para vir sentar-se ao lado dela.

– Bem, criança – disse ela –, você gosta desse jeito de viajar?

Nell respondeu que o achava muito agradável, ao que a senhora consentiu no caso de pessoas que tinham a disposição necessária. Quanto a si mesma, disse ela, estava preocupada com uma fraqueza a esse respeito que exigia um estímulo constante, embora não tivesse revelado se tal estimulante tinha origem no frasco suspeito ao qual já foi feita menção ou provinha de outras fontes.

– Essa é a alegria de vocês, jovens – ela continuou. – Você não sabe o que é estar deprimida em seus sentimentos. Você sempre tem bom apetite também, e isso é um consolo.

Nell achava que às vezes podia dispensar seu próprio apetite de maneira muito conveniente; e pensava, além disso, que não havia nada, nem na aparência pessoal da senhora nem em sua maneira de tomar chá, que levasse à conclusão de que seu gosto natural por comida e bebida a havia deixado algum dia. Ela silenciosamente concordou, no entanto, como que cumprindo seu dever, sobre o que a senhora havia dito e esperou até que ela falasse novamente.

Em vez de falar, no entanto, ela ficou olhando para a criança por um longo tempo em silêncio e, em seguida, levantando-se, tirou de um canto um grande rolo de tela com cerca de um metro de largura, o qual colocou no chão e abriu com seu pé, até que quase cobrisse de uma extremidade à outra do trailer.

– Pronto, criança – disse ela –, leia isso.

Nell caminhou sobre a tela e leu em voz alta, em enormes letras pretas, a inscrição "MUSEU DE CERA DE JARLEY".

– Leia de novo – disse a senhora complacentemente.

– Museu de Cera de Jarley – repetiu Nell.

– Sou eu – disse a senhora. – Sou a senhora Jarley.

Dando à criança um olhar encorajador, com a intenção de tranquilizá-la e deixá-la saber que, embora estivesse na presença da Jarley original, ela não deveria se sentir acanhada, a senhora do trailer desdobrou outro cartaz, onde estava a inscrição "Cem figuras em tamanho natural" e, em seguida, outro cartaz, no qual estava escrito "A única coleção estupenda de estátuas de cera reais no mundo" e, em seguida, vários cartazes menores com inscrições como "Exibição no interior agora!", "O genuíno e único Jarley", "A coleção inigualável de Jarley", "Jarley é o deleite da nobreza e da aristocracia", "A Família Real apoia Jarley". Quando ela exibiu esses cartazes de anúncio público para a criança atônita, trouxe espécimes menores de folhetos de mão, alguns escritos na forma de paródias de melodias populares, como "Acredite em mim, como todo o trabalho de cera de Jarley é tão raro", "Eu vi seu show no auge da juventude", "Sobre a água até Jarley", enquanto, para agradar a todos os gostos, outros foram compostos tendo em vista os espíritos mais leves e divertidos, como uma paródia perfeita do início da canção "Se eu tivesse um burro".

"Se eu soubesse que um burro não iria ver o show de cera da senhora Jarley, você acha que eu o aprovaria? Oh não, não! Então, corra para Jarley."

Além de várias composições em prosa, fingindo tratar-se de alguns diálogos entre o imperador da China e uma ostra, ou o arcebispo de Canterbury e um dissidente sobre o assunto de dízimos para a igreja, mas todas com a mesma moral, ou seja, que o leitor deve apressar-se até o Jarley's, porque crianças e empregados seriam agraciados com meia-entrada. Após trazer todas essas demonstrações de sua importante posição na sociedade para sua jovem companheira, a senhora Jarley enrolou-os e, depois de guardá-las com cuidado, sentou-se novamente e olhou para a criança em triunfo.

– Nunca mais fique na companhia de um Punch imundo depois disso – disse a senhora Jarley.

– Nunca vi um museu de cera, senhora – disse Nell. – É mais engraçado do que o Punch?

– Mais engraçado? – disse a senhora Jarley com uma voz estridente. – Não é engraçado.

– Nossa! – disse Nell, com toda a humildade possível.

– Não é engraçado – repetiu a senhora Jarley. – É calmo e, qual é a palavra mesmo? Crítico? Não, clássico, é isso, é tranquilo e clássico. Sem surras, sem pancadas, sem brincadeiras e gritos com seus inúmeros socos; mas sempre iguais, com um ar constantemente imutável de frieza e gentileza; naturais como seres vivos, se as peças de cera pudessem falar e andar, você dificilmente notaria a diferença. Não vou tão longe a ponto de dizer que, do jeito que estão, já vi trabalhos de cera muito parecidos com seres vivos, mas certamente vi vários seres vivos exatamente iguais aos trabalhos de cera.

– Estão aqui, senhora? – perguntou Nell, cuja curiosidade foi despertada por essa descrição em detalhes.

– O que está aqui, criança?

– As obras de cera, senhora.

– Por que, criança abençoada? No que você está pensando? Como poderia estar uma coleção dessas, onde você pode enxergar tudo, exceto o interior de um pequeno armário e algumas caixas? Já seguiram na frente em outros vagões para as salas de exibição, e lá serão montadas depois de amanhã. Você está indo para a mesma cidade, e você vai ver tudo, ouso dizer. É natural esperar que você o faça, e não tenho dúvida de que as verá. Suponho que você não poderia evitar, mesmo que tentasse muito.

– Acho que não iremos à cidade, senhora – disse a criança.

– Não? – exclamou a senhora Jarley. – Então onde você estará?

– Eu... eu... não sei bem. Não tenho certeza.

– Você quer dizer que está viajando pelo país sem saber para onde vai? – perguntou a senhora do trailer. – Que pessoas curiosas vocês são! Qual a ocupação de vocês? Você olhou para mim nas corridas, criança, como se estivesse totalmente fora de seu ambiente e tivesse chegado lá por acaso.

– Estivemos lá por acaso – respondeu Nell, confusa com o interrogatório abrupto. – Somos pobres, senhora, e estamos apenas vagando. Não temos nada para fazer, mas eu gostaria que tivéssemos.

– Você me surpreende cada vez mais – disse a senhora Jarley, depois de permanecer por algum tempo tão muda quanto uma de suas próprias imagens de cera. – Como vocês se chamam? Não de mendigos, não é?

– Na verdade, senhora, não sei mais o que somos – respondeu a criança.

– Deus me perdoe – disse a senhora do trailer. – Nunca ouvi tal coisa. Quem diria!

Ela permaneceu em silêncio por tanto tempo após essa exclamação que Nell temeu que ela tivesse se sentido obrigada a oferecer sua proteção e conforto a alguém tão pobre, um ultraje à sua dignidade, que não pudesse ser reparado. Esse pensamento foi mais confirmado do que o contrário, pelo tom em que ela finalmente quebrou o silêncio e disse:

– E ainda assim você sabe ler. E escrever também, não é?

– Sim, senhora – disse a criança, temerosa de tornar a ofendê-la com a confissão.

– Bem, e que coisa é essa – respondeu a senhora Jarley. – Eu não sei! Nell disse "verdade" em um tom que poderia sugerir que ela estava razoavelmente surpresa ao encontrar a verdadeira e única Jarley, que era o deleite da nobreza e a diversão preferida da Família Real, destituída dessas artes tão comuns; ou que ela presumisse que uma dama tão importante dificilmente prescindisse de tais realizações comuns. De qualquer maneira que a senhora Jarley tenha entendido a resposta, ela não seguiu com os questionamentos nem fez outro comentário, pois caiu em um silêncio pensativo e permaneceu nesse estado por tanto tempo que Nell se retirou para a outra janela e voltou para perto do avô, que agora estava acordado.

Por fim, a senhora do trailer livrou-se de seu ataque de meditação e, ordenando ao motorista passar por baixo da janela em que ela estava sentada, manteve uma longa conversa com ele em um tom de voz baixo, como se ela estivesse pedindo seu conselho sobre um sério problema e discutindo os prós e os contras de um assunto muito importante. Esse diálogo finalmente terminou, ela retraiu a cabeça novamente e acenou para que Nell se aproximasse.

– E o velho cavalheiro também – disse a senhora Jarley –, porque quero falar com ele. Você quer um bom futuro para sua neta, mestre? Se você consentir, posso colocá-la no caminho para conseguir um. O que você me diz?

– Não posso deixá-la – respondeu o velho. – Não podemos nos separar. O que seria de mim sem ela?

– Eu pensei que você tinha idade suficiente para cuidar de si, se é que algum dia terá – retrucou a senhora Jarley bruscamente.

– Mas ele nunca terá – disse a criança em um sussurro sincero. – Temo que nunca mais volte a cuidar de si. Eu rogo que não fale duramente com ele. Somos muito gratos a você – acrescentou ela em voz alta –, mas nenhum de nós poderia se separar do outro, nem por toda a riqueza do mundo.

A senhora Jarley ficou um pouco desconcertada com a recepção de sua proposta e olhou para o velho, que ternamente pegou a mão de Nell e a reteve na sua, como se ela pudesse muito bem dispensar sua companhia ou mesmo sua existência. Depois de uma pausa incômoda, ela jogou a cabeça para fora da janela novamente e teve outra conversa com o motorista sobre algum ponto sobre o qual eles não pareciam concordar tão prontamente quanto em seu antigo tópico de discussão; mas eles concluíram, e ela se dirigiu ao avô de novo.

– Se você realmente estiver disposto a ter alguma ocupação – disse a senhora Jarley –, você terá muito que fazer ajudando a tirar o pó das peças, recebendo os bilhetes, e assim por diante. O que eu quero para a sua neta é apresentar as figuras ao público; logo aprenderia tudo, e ela tem um jeito que as pessoas não achariam desagradável, embora ela estaria sempre atrás de mim, pois tenho experiência no trato com os visitantes e devo permanecer nessa atividade, mas meu espírito precisa de um pouco de descanso absolutamente necessário. Não é uma oferta comum, lembre-se – disse a senhora, aumentando o tom e a projeção da voz, como estava acostumada a se dirigir ao público. – É o Museu de Cera de Jarley, lembre-se. O serviço é muito leve e refinado, a empresa é diferenciada, a exibição acontece em salas de reuniões, prefeituras, grandes salões de pousadas ou galerias de arte. Não há nada de vagar ao ar livre no Jarley's, lembre-se; nada de lona ou serragem no Jarley's. Cada promessa contida nos folhetos é realizada ao máximo, e o conjunto tem um efeito de brilho imponente jamais visto em todo o reino. Lembre-se de que o preço da entrada é de apenas seis pence e que esta é uma oportunidade que pode nunca mais aparecer!

Descendo da ribalta, quando chegou a esse ponto, aos detalhes da vida comum, a senhora Jarley observou que, com referência ao salário, ela não poderia se comprometer a nenhuma quantia específica até que tivesse testado suficientemente as habilidades de Nell e a observasse de perto no desempenho de suas atividades. Mas alimentação e alojamento, tanto para ela quanto para o avô, ela se comprometia a prover; além disso, deu sua palavra de que a alimentação deveria ser sempre de boa qualidade e abundante.

Nell e seu avô conversaram e, enquanto chegavam a uma conclusão, a senhora Jarley, com as mãos para trás, andava de um lado para o outro no trailer, como havia caminhado após o chá sobre a terra batida, com dignidade e autoestima incomuns. Isso pode parecer uma atitude sem importância a ponto de ser ignorada, mas, lembrando que a caravana estava em movimento constante, ninguém, exceto uma pessoa de grande imponência e habilidade, conseguiria tal proeza evitando uma queda.

– E agora, criança?! – gritou a senhora Jarley, parando quando Nell se virou para ela.

– Estamos muito gratos a você, senhora – disse Nell –, e alegremente aceitamos sua oferta.

– E você nunca vai se arrepender disso – respondeu a senhora Jarley. – Tenho certeza disso. Então, como está tudo resolvido, vamos jantar um pouco.

Nesse ínterim, o trailer solavancou, como se também tivesse bebido uma cerveja forte e estivesse sonolento, e finalmente chegou às ruas pavimentadas de uma cidade que estava sem pedestres e silenciosa, pois já era quase meia-noite e os moradores estavam todos na cama. Como já era tarde demais para chegar à sala de exposições, eles desviaram para um terreno baldio que ficava dentro do antigo portão da cidade e pararam ali para pernoitar, perto de outro trailer, que, não obstante trouxesse no painel o respeitoso nome de Jarley e fosse usado para transportar de um lugar para outro as peças de cera que eram o orgulho de seu país, era marcado como "Vagão de Palco Comum" e numerado também com sete mil e cem, como se a preciosa carga fosse apenas farinha ou carvão!

Essa máquina mal empregada e vazia (pois já havia depositado sua carga no local de exibição e permanecia ali até que seus serviços fossem novamente solicitados) foi destinada ao velho como seu dormitório durante a noite; e, dentro de suas paredes de madeira, Nell fez para ele a melhor cama que pôde, com os materiais disponíveis. Quanto a si mesma, deveria dormir no próprio trailer da senhora Jarley, como um sinal de favorecimento e confiança daquela dama.

Ela havia se despedido do avô e estava voltando para a outra carroça quando foi tentada pelo frescor da noite a se demorar um pouco ao ar livre. A lua estava brilhando sobre o antigo portal da cidade, deixando o arco baixo muito preto e escuro; e, com uma sensação mesclada de curiosidade e medo, ela se aproximou lentamente do portão e parou para olhá-lo, imaginando como era escuro e sombrio, velho e frio.

Havia um nicho vazio do qual alguma estátua velha havia caído ou sido carregada centenas de anos atrás, e ela estava pensando em quantas pessoas estranhas ele deve ter olhado lá de cima quando estava naquele posto, quantas lutas difíceis poderiam ter ocorrido, quantos assassinatos poderiam ter sido cometidos naquele local silencioso, quando de repente um homem emergiu da sombra negra do arco. No instante em que ele apareceu, ela o reconheceu. Quem poderia ter falhado em reconhecer, naquele instante, o Quilp feio e disforme?

A rua adiante era tão estreita, e a sombra das casas de um lado do caminho eram tão profundas que ele parecia ter saído da terra. Mas lá estava ele. A criança recuou para um canto escuro e o viu passar perto dela. Ele tinha uma vara na mão e, quando saiu da sombra do portal, apoiou-se nela, olhou para trás, diretamente, ao que parecia, para onde ela estava, e acenou.

Para ela? Oh, não, graças a Deus, não para ela, pois, enquanto ela se levantava, em um pavor extremo, hesitando em gritar por socorro ou sair de seu esconderijo e voar, antes que ele se aproximasse, saiu lentamente do arco outra figura, a de um menino, que carregava nas costas um baú.

– Mais rápido, senhor! – gritou Quilp, erguendo os olhos para o velho portal e aparecendo ao luar como uma gárgula monstruosa que descera do seu nicho e lançava um olhar para trás à sua velha morada. – Mais rápido!

– É uma carga terrivelmente pesada, senhor – justificou-se o menino –, considerando-se que eu vim muito rápido.

– Você veio rápido? – retrucou Quilp. – Você rasteja, seu cachorro, você rasteja, você mede a distância palmo a palmo como um verme. Agora ouça os sinos: meia-noite e meia.

Ele parou para escutar e, voltando-se para o menino com uma rapidez e ferocidade que o assustaram, perguntou a que horas aquele ônibus londrino havia passado na esquina da estrada. O menino respondeu: à uma.

– Venha, então – disse Quilp. – Ou chegarei tarde demais. Mais rápido, você está me ouvindo? Mais rápido.

O menino acelerou o máximo que pôde, e Quilp seguiu em frente, voltando-se constantemente para ameaçá-lo e instigá-lo a ter mais pressa. Nell não se atreveu a se mover até que eles estivessem fora da vista, e então correu para onde havia deixado seu avô, sentindo como se a própria passagem do anão tão perto dele o tivesse enchido de alarme e terror. Mas ele estava dormindo profundamente, e ela se retirou suavemente.

Ao se encaminhar para a própria cama, decidiu não falar sobre o ocorrido, pois, fosse qual fosse a missão que o anão tivesse vindo cumprir (e ela temia que estivesse em busca deles), ficou claro por sua pergunta sobre o carro para Londres que ele estava voltando para casa, e, como ele havia passado por aquele lugar, era razoável supor que eles estivessem mais seguros de sua perseguição onde estavam do que em outros lugares. Essas reflexões não removeram seu próprio medo, pois ela estava apavorada demais para se recompor facilmente e sentiu como se estivesse cercada por uma legião de Quilps e o próprio ar estivesse carregado deles.

O deleite da nobreza e da aristocracia e a protegida da realeza, por algum processo de autocompactação, conhecido apenas por ela mesma, entrou em sua cama de viagem, onde roncava pacificamente, enquanto o grande boné, cuidadosamente colocado sobre o tambor, estava revelando suas glórias à luz de uma lâmpada fraca que balançava no teto. A cama da criança já estava feita no chão, e foi um grande conforto para ela ouvir os degraus removidos assim que ela entrou e saber que toda comunicação entre as pessoas de fora e a aldrava de latão era por esse meio efetivamente encerrada. Certos sons guturais também, os quais de vez em quando subiam pelo chão da caravana, e um farfalhar de palha na mesma direção, avisaram-na de que o motorista estava deitado sob o trailer, o que lhe dava uma sensação adicional de segurança.

Apesar dessas proteções, ela só conseguiu um sono interrompido por convulsões e sobressaltos a noite toda, por medo de Quilp, que durante seus sonhos parecia uma das figuras de cera, ou relacionado com o museu, ou com as próprias obras de cera, ou era a própria senhora Jarley feita de cera com sua concertina, tudo misturado, ou não era exatamente nenhum deles. Por fim, quase ao raiar do dia, abateu-se sobre ela aquele sono profundo que vem após muito cansaço e vigilância e que não tem consciência, exceto de um prazer irresistível e incontrolável.

Capítulo 28

O sono pairava sobre as pálpebras da criança por tanto tempo que, quando ela acordou, a senhora Jarley já estava arrumada com seu grande boné e ativamente empenhada em preparar o café da manhã. Ela recebeu as desculpas de Nell por acordar tão tarde com perfeito bom humor e disse que não a teria acordado mesmo se tivesse dormido até o meio-dia.

– Porque faz bem – disse a senhora da caravana –, quando está cansada, dormir o mais que puder e livrar-se do cansaço. E essa é outra bênção para a sua idade: você deve dormir muito bem.

– Você teve uma noite ruim, senhora? – perguntou Nell.

– Raramente tenho uma noite diferente, criança – respondeu a senhora Jarley, com ar de mártir. – Às vezes me pergunto como aguento.

Lembrando-se dos roncos que vinham daquela fenda no trailer em que a proprietária do museu de cera passava a noite, Nell pensou que ela devia estar sonhando que ficara acordada. No entanto, ela lamentou ouvir um relato tão triste sobre seu estado de saúde e, pouco depois, sentou-se com seu avô e a senhora Jarley para tomar o café da manhã. Terminada a refeição, Nell ajudou a lavar as xícaras e os pires e a colocá-los em seus devidos lugares. Cumpridas as tarefas domésticas, a senhora Jarley se vestiu com um xale extremamente brilhante, com o objetivo de desfilar pelas ruas da cidade.

– A carroça virá trazer as caixas – disse a senhora Jarley –, e é melhor você entrar, criança. Sou obrigada a andar, muito contra a minha vontade, mas as pessoas esperam isso de mim, e personagens públicos não podem ser seus próprios mestres e mestras em assuntos como esses. Como estou, criança?

Nell deu uma resposta satisfatória, e a senhora Jarley, depois de enfiar muitos alfinetes em várias partes de sua roupa e fazer várias tentativas frustradas de obter uma visão completa de suas costas, ficou finalmente satisfeita com sua aparência e avançou majestosamente.

O trailer seguia sem muita distância. Enquanto ele balançava pelas ruas, Nell espiou pela janela, curiosa para ver em que tipo de lugar eles estavam, mas temerosa de encontrar a cada passo o rosto temido de Quilp. Era uma cidade bem grande, com uma praça aberta pela qual o trailer se arrastava lentamente e no meio da qual ficava a Câmara Municipal, com uma torre do relógio e um relógio meteorológico. Havia casas de pedra, casas de tijolo vermelho, casas de tijolo amarelo, casas de ripa e gesso e casas de madei-ra, muitas das quais muito velhas, com carrancas esculpidas nas colunas, olhando para a rua. Essas tinham janelas aos pares e muito pequenas e portas em arco baixo e, em formatos muito estreitos, ficavam como que penduradas sobre a calçada. As ruas eram muito limpas, muito ensolara-das, muito vazias e muito monótonas. Alguns homens ociosos vadiavam nas duas estalagens, no mercado vazio e nas portas dos comerciantes, e alguns idosos cochilavam em cadeiras do lado de fora de um muro de um abrigo de caridade; mas quase nenhum pedestre parecia inclinado a ir a algum lugar ou a ter algum objetivo em vista ao passar; e, se algum retardatário passasse correndo, seus passos ecoariam na calçada brilhante e quente por alguns minutos depois. Nada parecia estar acontecendo além dos relógios, e eles tinham faces tão lentas, mãos tão pesadas e pregui-çosas e vozes tão desafinadas que certamente deviam estar atrasados. Os próprios cachorros estavam todos dormindo, e as moscas, embriagadas com o açúcar úmido da mercearia, esqueceram suas asas e sua vivacidade e morreram assadas nos cantos empoeirados da janela.

Rufando em marcha com o mais inusitado barulho, o trailer finalmente parou no local de exibição, onde Nell desceu em meio a um grupo de crianças admiradas, que evidentemente a consideravam um item importante das curiosidades e ficaram totalmente impressionadas com a crença de que ela e o avô fossem dois engenhosos bonecos de cera. Os baús foram retirados com as manobras mais cuidadosas e levados para serem destrancados pela senhora Jarley, que, acompanhada por George e outro homem em shorts de veludo e um chapéu gasto ornamentado com bilhetes de ingresso, estava esperando para descartar seu conteúdo (consistindo de vermelho enfestado e outros móveis ornamentais estofados) para o melhor aproveitamento na decoração da sala.

Todos começaram a trabalhar sem perda de tempo e estavam muito ocupados. Como a estupenda coleção ainda estava escondida por panos, para que a poeira intrometida não prejudicasse sua pele, Nell se esforçou para ajudar no embelezamento do espaço, no qual seu avô também prestou grande serviço. Os dois homens, estando bem acostumados a isso, fizeram tudo em pouco tempo; e a senhora Jarley distribuía algumas tachas de estanho de uma pequena bolsa de linho, usada apenas para esse fim, que parecia a de um cobrador de transporte coletivo, e encorajava seus assistentes a se esforçar dobrado.

Enquanto estavam assim ocupados, um cavalheiro alto com nariz adunco e cabelo preto, vestido com um sobretudo militar muito curto e apertado nas mangas e que antigamente fora ornado com bordados e tranças, mas agora estava tristemente despojado de sua guarnição e bastante surrado, vestido também com velhas pantalonas cinza bem justas nas pernas e um par de sapatos no inverno de sua existência, olhou para a porta e sorriu afavelmente. Com a senhora Jarley de costas para ele, o militar sacudiu o dedo indicador em sinal de que seus subalternos não deveriam avisá-la de sua presença e, furtivamente, por trás dela, tocou seu pescoço e gritou de brincadeira "Buuu!"

– O quê, senhor Slum! – exclamou a senhora das obras de cera. – Céus! Quem iria imaginar encontrá-lo aqui!

– Por minha alma e honra – disse o senhor Slum –, é uma boa observação. – Por minha alma e honra, esta é uma observação muito sábia. Quem diria! George, meu fiel camarada, como você está?

George recebeu esse cumprimento com uma indiferença grosseira, observando que estava bem o suficiente para a ocasião e martelando vigorosamente o tempo todo.

– Eu vim aqui – disse o cavalheiro militar voltando-se para a senhora Jarley. – Por minha alma e honra, mal sei o que vim fazer aqui. Ficaria intrigado em dizer a você, por Deus. Eu queria um pouco de inspiração, um pouco de entretenimento, uma pequena mudança de ideias e... Por minha alma e honra – disse o militar, controlando-se e olhando em volta da sala –, que coisa clássica diabólica é essa! Por Deus, é bastante Minervino.

– Vai ficar tudo lindo quando estiver instalado – observou a senhora Jarley.

– Muito bem! – disse o senhor Slum. – Você acredita em mim quando digo que é o prazer da minha vida ter me envolvido com poesia, quando penso que exercitei minha pena sobre esse tema encantador? A propósito, algum pedido? Posso fazer alguma coisa por você?

– É muito caro, senhor – respondeu a senhora Jarley –, e realmente não acho que seja muito proveitoso.

– Oras! Não, não! – retornou o senhor Slum, erguendo a mão. – Sem mentiras. Eu não vou ouvir. Não diga que não faz diferença. Não diga isso. Eu sei que faz!

– Acho que não – disse a senhora Jarley.

– Ha, ha! – exclamou o senhor Slum. – Você está cedendo, você está perdendo. Pergunte aos perfumistas, pergunte aos negociantes, pergunte aos chapeleiros, pergunte aos antigos donos de loterias, pergunte a qualquer um desses homens o que minha poesia fez por eles e anote o que eu digo: vão bendizer o nome Slum. Se ele for um cidadão honesto, ele vai levantar os olhos para o céu e abençoar o nome de Slum, veja só! Você conhece a Abadia de Westminster, senhora Jarley?

– Sim, certamente.

– Então, por minha alma e honra, senhora, encontrará em um certo ângulo daquela pilha sombria, chamada Poets' Corner, alguns nomes menores do que Slum – replicou aquele cavalheiro, batendo expressivamente na testa para sugerir que havia uma pequena quantidade de cérebro por trás disso. – Eu tenho umas amostras bem aqui – disse o senhor Slum, tirando o chapéu, que estava cheio de pedaços de papel –, uma oferta bem aqui, jogada fora, no calor do momento, que devo dizer que é exatamente do que você precisava para tocar fogo neste lugar. É um acróstico. O nome escrito agora é Warren, mas a ideia pode ser adaptada em uma inspiração positiva para Jarley. Tome o acróstico.

– Suponho que seja muito caro – disse a senhora Jarley.

– Cinco xelins – respondeu o senhor Slum, usando seu lápis como palito de dente. – Mais barato do que qualquer prosa.

– Eu não poderia dar mais do que três – disse a senhora Jarley.

– ... e sessenta – retrucou Slum. – Vamos, três mais sessenta centavos.

A senhora Jarley não estava à prova dos modos insinuantes do poeta, e o senhor Slum registrou o pedido em um pequeno caderno como de três pence e sessenta. O senhor Slum então retirou-se para alterar o acróstico, depois de se despedir afetuosamente de seu mecenas, e prometeu voltar, o mais rápido possível, com uma cópia ajustada para o impressor.

Como sua presença não havia interferido nos preparativos nem os havia interrompido, estes já estavam muito adiantados e foram concluídos logo após sua partida. Quando os festões foram todos dispostos da maneira mais agradável possível, a coleção estupenda foi descoberta e havia exibido, em uma plataforma elevada a cerca de meio metro do chão, correndo ao redor da sala e separada do rude público por uma corda vermelha na altura do peito, efígies submersas de alegres personalidades, individualmente ou em grupos, vestidas em roupas cintilantes de vários climas e épocas, de pé mais ou menos vacilantes sobre as pernas, com os olhos muito abertos e as narinas muito infladas, e os músculos das pernas e braços bem desenvolvidos, e todos os seus rostos aparentavam um ar de grande surpresa. Todos os cavalheiros tinham peito estufado e barbas muito azuis; e todas as mulheres eram figuras magníficas; e todas as damas e todos os cavalheiros olhavam pensativos para lugar nenhum e observavam o nada com extraordinária seriedade.

Quando Nell expressou seu primeiro êxtase com essa visão gloriosa, a senhora Jarley ordenou que a sala fosse esvaziada, exceto por ela e a criança, e, sentando-se em uma poltrona no centro, formalmente deu a Nell uma varinha de salgueiro, muito usada por ela mesma para apontar os personagens, e se esforçou muito para instruí-la em seu dever.

– Aquela – disse a senhora Jarley em seu tom de apresentação, quando Nell tocou uma figura no início da plataforma – é uma infeliz dama de honra na época da Rainha Elizabeth que morreu de picada no dedo em consequência de trabalhar em um domingo. Observe o sangue que escorre de seu dedo; também a agulha com olhal dourado daquela época em que ela trabalhava.

Tudo isso Nell repetia duas ou três vezes, apontando o dedo e a varinha nos momentos certos, e depois passava para o próximo.

– Isso, senhoras e senhores – disse a senhora Jarley –, é Jasper Packlemerton de memória afiada, que cortejou e se casou com catorze esposas e destruiu todas, fazendo cócegas na sola de seus pés enquanto dormiam, inconscientes na inocência e na virtude. Ao ser levado ao cadafalso e perguntado se sentia muito pelo que tinha feito, ele respondeu que sim, sentia muito por tê-las deixado escapar tão facilmente e esperava que todos os maridos cristãos o perdoassem pelo seu crime. Que isso seja um aviso a todas as moças, para serem cuidadosas ao escolherem o caráter dos cavalheiros. Observe que seus dedos estão curvados como se estivessem fazendo cócegas, e que seu rosto é representado com uma piscadela, como ele apareceu depois de cometer os seus crimes bárbaros.

Quando Nell soube tudo sobre o senhor Packlemerton e conseguia repetir tudo sem vacilar, a senhora Jarley passou para o homem gordo, e depois para o homem magro, o homem alto, o homem baixo, a velha senhora que morreu de dançar aos 132 anos, o menino selvagem da floresta, a mulher que envenenou catorze famílias com nozes em conserva e outros personagens históricos e indivíduos interessantes, mas mal orientados. E Nell respondeu tão bem às suas instruções e estava tão apta para se lembrar delas que, depois de ficarem trancadas juntas por algumas horas, ela dominava as histórias de todo o estabelecimento e estava perfeitamente preparada para o esclarecimento dos visitantes.

A senhora Jarley não demorou a expressar sua admiração por esse resultado feliz e carregou sua jovem amiga e aluna para verificar os preparativos finais dentro do recinto, onde os corredores já haviam sido convertidos em um bosque de baeta verde pendurada com a inscrição que ela já tinha visto (as produções do senhor Slum) e uma mesa bem ornamentada colocada na extremidade superior para a própria senhora Jarley, de onde ela deveria organizar a exibição e receber o dinheiro, na companhia de Sua Majestade o Rei George III, o senhor Grimaldi como palhaço, Mary Queen of Scots, um cavalheiro anônimo seguidor da religião Quaker, e o senhor Pitt segurando em suas mãos um modelo correto da declaração para o recolhimento do Imposto por Janela[2]. Os preparativos para o exterior também não foram negligenciados; uma freira muito bonita rezava com seu rosário nas mãos embaixo do pequeno pórtico; e um bandido com os cabelos mais negros possíveis e a pele mais clara possível rodeava a cidade em uma carroça, conversando com uma senhora em miniatura.

Agora só faltava que a composição do senhor Slum fosse arranjada cuidadosamente e que os panfletos cômicos chegassem a todas as casas e comércios; e a paródia começando com "Se eu conhecesse um burro" deveria ser cantada nas tavernas e circular apenas entre os escrivães, os

---

[2] Window Tax, ou Imposto por Janela, era uma taxa cobrada sobre a propriedade com base no número de janelas de uma residência. Foi usado para financiar obras sociais, culturais e arquitetônicas nos séculos XVIII e XIX, na França, na Irlanda e na Inglaterra. (N.T.)

advogados e em locais selecionados daquela cidade. Quando isso foi feito e a senhora Jarley visitou pessoalmente os internatos, com um folheto redigido expressamente para eles, no qual ficava claro que o trabalho com cera refinava a mente, cultivava o bom gosto e aumentava a esfera da compreensão humana, aquela senhora infatigável sentou-se para jantar e bebeu da garrafa suspeita para uma temporada de sucesso.

Capítulo 29

Inquestionavelmente, a senhora Jarley tinha um gênio criativo. Em meio aos vários instrumentos para atrair visitantes à exposição, a pequena Nell não foi esquecida. A pequena carroça em que o Bandido costumava rodar era alegremente enfeitada com bandeiras e flâmulas, e o Bandido posicionado nela, parecendo que olhava o tempo todo para a miniatura de sua amada, como de costume, passou a acomodar Nell em um assento ao seu lado, decorado com flores artificiais, e nesse cortejo cerimonioso percorriam lentamente a cidade todas as manhãs, espalhando folhetos de uma cesta ao som de tambor e trombeta. A beleza da criança, aliada à sua postura gentil e tímida, causou sensação na pequena localidade. O Bandido, até então uma fonte de interesse exclusivo nas ruas, tornou-se uma figura meramente secundária e importante apenas como uma parte do show do qual ela seria a atração principal. Os adultos começaram a se interessar pela garota de olhos brilhantes, e alguns dos meninos se apaixonaram desesperadamente e passaram a deixar com frequência cestos com nozes e maçãs, acompanhados de pequenas cartas, na porta do museu de cera.

Esta boa impressão não passou despercebida pela senhora Jarley, que, para que Nell não se desvalorizasse, logo mandou o Bandido sozinho novamente na pequena carroça e a manteve trabalhando na sala de exposição, onde ela apresentava os números a cada meia hora, para a grande satisfação e admiração das audiências. E essas audiências eram muito mais discretas, incluindo um grande número de internatos para moças, cujos interesses a senhora Jarley se esforçou muito para conciliar, alterando o rosto e as roupas do senhor Grimaldi como palhaço para representar o senhor Lindley Murray, que aparecia em cena envolvido na composição de sua Gramática Inglesa, e transformando uma assassina de grande renome na senhora Hannah More. Ambas as semelhanças foram reconhecidas pela senhorita Monflathers, que estava à frente da seleção de moças para o melhor estabelecimento de ensino da cidade e que concordou em dar uma espiada, em sessão privada, com oito jovens escolhidas, para causar surpresa com sua extrema correção. O senhor Pitt, de touca de dormir e camisola, e sem suas botas, representava o poeta Cowper com exatidão; e a Rainha Mary da Escócia em uma peruca escura, gola da camisa branca e traje masculino, era uma imagem tão perfeita de lorde Byron que as jovens damas gritaram quando a viram. A senhorita Monflathers, no entanto, repreendeu esse entusiasmo e aproveitou a ocasião para reclamar com a senhora Jarley por não manter sua coleção mais seleta, observando que Sua Senhoria sustentava certas opiniões totalmente incompatíveis com as honras do museu de cera e acrescentando algo sobre um Decano e um capelão, que a senhora Jarley não entendeu.

Embora suas atividades fossem suficientemente trabalhosas, Nell considerava a senhora do trailer uma pessoa muito gentil e atenciosa, que tinha não apenas um gosto peculiar por viver confortavelmente, mas também por deixar todos à sua volta confortáveis; este último gosto, pode-se observar, é muito mais raro e incomum do que o primeiro, mesmo em pessoas que vivem em lugares muito mais requintados do que em um trailer, e não é de forma alguma uma decorrência natural do primeiro. Como sua popularidade conquistava várias gorjetas dos visitantes, sobre as quais sua patrona nunca cobrava qualquer valor, e como seu avô também era bem tratado e útil, ela não tinha motivos de preocupação em relação ao seu trabalho no museu de cera, além da que surgiu ao lembrar-se de Quilp e de seus temores de que ele pudesse voltar e um dia os encontrar de repente.

Quilp de fato era um pesadelo contínuo para a criança, que era constantemente assombrada pela visão de seu rosto feio e figura raquítica. Ela dormia, para sua maior segurança, no quarto onde as figuras de cera estavam e nunca se retirava para este lugar à noite, mas ela se torturava, ela não podia evitar, imaginando alguma semelhança, em um ou outro detalhe de seus rostos imortais, com o anão, e essa fantasia às vezes crescia tanto que ela quase acreditaria que ele havia removido a figura de cera e se enfiara dentro das roupas. Em seguida, havia tantos deles com seus grandes olhos vítreos, e, como eles estavam um atrás do outro em torno de sua cama, eles pareciam com criaturas vivas, e ainda tão diferentes em sua imobilidade e silêncio sombrios que ela teve um tipo de horror pelas próprias figuras, e muitas vezes ficava deitada olhando-as até que fosse obrigada a se levantar e acender uma vela ou ir sentar-se à janela aberta e sentir a companhia nas estrelas brilhantes. Nessas ocasiões, ela se lembrava da velha casa e da janela em que costumava se sentar sozinha; e então pensava no pobre Kit e em toda a sua bondade, até que as lágrimas brotassem de seus olhos, e ela chorava e sorria ao mesmo tempo.

Frequentemente e ansiosamente nessa hora de silêncio, seus pensamentos voltavam para seu avô, e ela se perguntava quanto ele se recordava de sua vida anterior e se ele estava realmente atento à mudança em sua condição e ao seu desamparo e miséria recentes. Quando eles estavam vagando, ela raramente pensava nisso, mas agora não podia deixar de considerar o que aconteceria com eles se ele adoecesse ou se suas próprias forças falhassem. Ele era muito paciente e disposto, feliz por executar qualquer pequena tarefa e feliz por ser útil; mas ele estava no mesmo estado apático, sem perspectiva de melhora, uma mera criança, uma criatura pobre, irrefletida e vazia, um homem velho e afetuoso e inofensivo, suscetível de ternura e consideração por ela e de prazerosas e dolorosas impressões, mas vivo para mais nada. Ficava muito triste ao refletir que isso era tão, tão triste de ver que às vezes, quando ele ficava sentado preguiçosamente, sorrindo e acenando para ela quando ela olhava em volta, ou quando ele acariciava uma criança pequena e a carregava de um lado para o outro, como ele gostava de fazer quando estavam juntos, perplexo com suas perguntas simples, mas paciente sob sua própria enfermidade, e parecendo quase consciente dela também, e humilhado mesmo diante da mente de uma criança, tão triste vê-lo assim, ela explodia em lágrimas e, retirando-se para algum lugar secreto, caía de joelhos e orava para que ele pudesse se recuperar.

Mas a amargura de sua dor não estava em vê-lo nessa condição, quando ele estava pelo menos contente e tranquilo, nem em seus pensamentos solitários sobre seu estado alterado, embora fossem provações para um coração jovem. A causa para uma tristeza mais profunda e pesada ainda estava por vir.

Em uma certa noite de feriado, Nell e seu avô saíram para caminhar. Eles estavam confinados por alguns dias, e, como o tempo estava quente, caminharam uma longa distância. Fora da cidade, tomaram uma trilha que percorreu alguns campos agradáveis, julgando que terminaria na estrada da qual haviam saído e os permitiria voltar por aquele caminho. No entanto, o circuito foi muito mais longo do que eles imaginavam, e assim foram tentados a seguir em frente até o pôr do sol, quando alcançaram a trilha que procuravam e pararam para descansar.

Estava ficando nublado gradualmente, e agora o céu estava escuro e muito baixo, exceto onde a glória do sol que partia empilhava massas de ouro e fogo ardente, brasas decadentes que brilhavam aqui e ali através do véu negro, e iluminava a Terra com sua luz vermelha. O vento começou a gemer em murmúrios vazios, enquanto o sol se punha levando o dia alegre para outro lugar; e uma sequência de nuvens opacas subia contra ele, ameaçando trovões e relâmpagos. Gotas grossas de chuva logo começaram a cair e, à medida que as nuvens de tempestade avançavam, outras supriam o vazio que haviam deixado e se espalhavam por todo o céu. Então foi ouvido o estrondo baixo de um trovão distante, um relâmpago estremeceu, e a escuridão de uma hora pareceu ter se acumulado em um instante.

Com medo de se abrigar sob uma árvore ou cerca viva, o velho e a criança correram pela estrada principal, na esperança de encontrar alguma casa onde pudessem se refugiar da tempestade, que agora caía com força e a cada momento aumentava sua violência. Encharcados com a chuva torrencial, confusos com o trovão ensurdecedor e perplexos com o brilho do relâmpago bifurcado, eles teriam passado direto por uma casa solitária sem tomar conhecimento se um homem, que estava parado na porta, não tivesse chamado vigorosamente para eles entrarem.

– Seus ouvidos devem ser melhores do que os das outras pessoas, se vocês não se importam com a chance de ficar cegos – disse ele, afastando-se da porta e protegendo os olhos com as mãos quando o relâmpago caiu novamente. – Por que vocês iam passando direto, hein? – ele acrescentou, enquanto fechava a porta e liderava o caminho ao longo de uma passagem para uma sala nos fundos.

– Não vimos a casa, senhor, até ouvi-lo chamar – respondeu Nell.

– Não é de admirar – disse o homem –, com este relâmpago nos olhos, pelo menos. É melhor vocês ficarem perto do fogo aqui e se secarem um pouco. Você pode chamar para o que quiser, se precisar de algo. Se você não quer nada, não é obrigado a pedir nada. Não se preocupe com isso. Esta é uma taverna, só isso. O Soldado Valente é muito tradicional na região.

– Esta casa se chama Soldado Valente, senhor? – perguntou Nell.

– Achei que todo mundo conhecesse – respondeu o proprietário. – De onde vocês vieram se não conhecem o Soldado Valente tão bem como o catecismo da igreja? Este é o Soldado Valente, de James Groves, Jem Groves, o honesto Jem Groves, um homem de caráter moral imaculado e que tem uma boa quadra de boliche coberta. Se alguém tem algo a acrescentar sobre Jem Groves, que diga direto ao próprio Jem Groves, e Jem Groves pode acomodá-lo como cliente em várias opções, de quatro libras a quarenta libras.

Com essas palavras, o orador bateu no colete para dar a entender que era o Jem Groves tão elogiado; ameaçou golpear um retrato de Jem Groves, que se defendia em posição de guarda em uma moldura preta sobre a chaminé; e, colocando um copo meio vazio de licor e água em seus lábios, bebeu à saúde de Jem Groves.

Como a noite estava quente, havia uma grande tela estendida na sala, como uma barreira contra o calor do fogo. Parecia que alguém do outro lado da tela estava duvidando das habilidades do senhor Groves, e isso dera origem a essas expressões exibicionistas, pois o senhor Groves encerrou seu desafio dando uma batida forte nela com os nós dos dedos e fazendo uma pausa para uma resposta do outro lado.

– Não há muitos homens – disse o senhor Groves, sem obter nenhuma resposta – que se arriscariam a desafiar Jem Groves sob seu próprio teto. Só há um homem, eu sei, que tem coragem suficiente para isso, e esse homem não está nem a cem milhas daqui. Mas ele vale uma dúzia de homens, e deixo que diga de mim o que quiser por consequência, e ele sabe disso.

Em resposta a esse discurso elogioso, uma voz rouca e rude ordenou ao senhor Groves "pare de falar e acenda uma vela". E a mesma voz observou que o mesmo cavalheiro "não precisava perder o fôlego em vanglórias, pois a maioria das pessoas sabia muito bem que tipo de fibra ele tinha".

– Nell, eles estão... eles estão jogando cartas – sussurrou o velho, subitamente interessado. – Você ouviu?

– Use bem essa vela – disse a voz. – É tudo o que posso aconselhar para que consiga enxergar as figuras das cartas. E feche esta veneziana o mais rápido possível, sim? Sua cerveja será pior do que os trovões desta noite, eu espero. Jogo! Sete pence e meio para mim, velho Isaac. Passe para cá.

– Você ouve, Nell? Você os ouve? – sussurrou o velho novamente, com maior seriedade, enquanto o dinheiro tilintava na mesa.

– Eu não via uma tempestade como esta – disse uma voz aguda, rachada e desagradável, quando um tremendo estrondo de trovão terminou – desde a noite em que o velho Luke Withers ganhou treze vezes apostando no vermelho. Todos nós dissemos que ele teve uma sorte dos diabos, sem contar a própria, e como era o tipo de noite em que o diabo estava fora e ocupado, suponho que ele estava espiando por cima do seu ombro, se alguém pudesse enxergá-lo.

– Ah! – respondeu a voz rouca. – Apesar de todas as vitórias do velho Luke nos últimos anos, lembro-me da época em que ele era o mais azarado e infeliz dos homens. Ele nunca pegou uma caixa de dados nas mãos ou segurou uma carta, e era depenado, peneirado e completamente limpo no jogo.

– Você ouve o que ele diz? – sussurrou o velho. – Você ouviu isso, Nell?

A criança viu com espanto e apreensão que toda a sua aparência havia mudado completamente. Seu rosto estava vermelho e ansioso, seus olhos estavam tensos, seus dentes estavam cerrados, sua respiração era curta e densa, e a mão que ele colocou sobre o braço dela tremia tão violentamente que ela estremeceu sob seu aperto.

– Você é testemunha – ele murmurou, olhando para cima – que eu sempre disse isso; que eu sabia, sonhava com isso, sentia que era verdade e que era o destino! Quanto dinheiro temos, Nell? Venha! Eu vi você com dinheiro ontem. Quanto dinheiro temos? Dê-me aqui.

– Não, não, deixe-me guardá-lo, avô – disse a criança, assustada. – Vamos embora daqui. Não ligue para a chuva. Por favor, vamos sair daqui.

– Dê para mim, eu ordeno – respondeu o velho com ferocidade. – Calma, calma, não chore, Nell. Se falei rispidamente, querida, não foi isso que quis dizer. É para o seu bem. Eu agi mal com você, Nell, mas agora vou corrigi-lo. Onde está o dinheiro?

– Não pegue – disse a criança. – Por favor, não pegue, querido. Para o nosso bem, deixe-me ficar com ele ou deixe-me jogá-lo fora, melhor jogá-lo fora do que você o pegar agora. Vamos, vamos embora daqui.

– Dê-me o dinheiro – respondeu o velho. – Eu preciso dele. Essa é minha querida Nell. Eu a recompensarei um dia, criança, eu a recompensarei, não tenha medo!

Ela tirou do bolso uma bolsinha. Ele a agarrou com a mesma impaciência e rapidez que expressou em sua fala e rapidamente se dirigiu para o outro lado da tela. Foi impossível contê-lo, e a criança trêmula o seguiu de perto.

O proprietário havia colocado uma vela sobre a mesa e estava empenhado em puxar a cortina da janela. As vozes que ouviram eram de dois homens, que tinham um baralho de cartas e um pouco de dinheiro de prata entre eles, enquanto na própria tela as partidas que haviam jogado estavam anotadas com giz. O homem de voz áspera era um sujeito corpulento de meia-idade, com grandes bigodes negros, bochechas fartas, boca grossa e larga e pescoço de touro, que estava bem à mostra, já que o colarinho de sua camisa era limitado apenas por um lenço vermelho solto. Ele usava seu chapéu, que era de um branco acastanhado, e tinha ao lado dele um porrete grosso cheio de nós. O outro homem, a quem seu parceiro chamara de Isaac, era uma figura mais esguia, curvado e de ombros altos, com um rosto muito desfavorecido e um estrabismo sinistro e perverso.

– Agora, meu velho – disse Isaac, olhando em volta –, você conhece algum de nós? Este lado da tela é privado, senhor.

– Sem ofensa, espero – respondeu o velho.

– Mas, por Deus..., senhor, é uma ofensa – disse o outro, interrompendo-o – quando você se intromete com outros cavalheiros que estão ocupados.

– Não tive intenção de ofender – disse o velho, olhando ansioso para as cartas. – Eu pensei que...

– Mas o senhor não tinha o direito de pensar, senhor – retrucou o outro. – O que diabos um homem na sua idade tem que ficar pensando?

– Vamos, valentão – disse o homem robusto, levantando os olhos das cartas pela primeira vez. – Você não pode deixá-lo falar?

O proprietário, que aparentemente resolvera permanecer neutro até saber de que lado da questão o homem corpulento iria defender, interveio nesta hora com "Ah, com certeza, você não pode deixá-lo falar, Isaac List?".

– Não posso deixá-lo falar – zombou Isaac em resposta, imitando o máximo que podia, em sua voz estridente, o tom do proprietário. – Sim, posso deixá-lo falar, Jemmy Groves.

A velha loja de curiosidades – Tomo 1

– Bem, então faça isso, sim? – disse o senhorio.

O estrabismo do senhor List assumiu um caráter portentoso, que parecia ameaçar o prolongamento dessa controvérsia, quando seu companheiro, que estivera olhando severamente para o velho, interrompeu-a definitivamente.

– Quem sabe – disse ele, com um olhar astuto –, mas o cavalheiro pode ter tido a intenção de perguntar, civilizadamente, se ele poderia ter a honra de jogar uma mão com a gente!

– Eu quis dizer isso – gritou o velho. – Isso é o que eu quero dizer. Isso é o que eu quero agora!

– Foi o que pensei – respondeu o mesmo homem. – Então, quem sabe se o próprio cavalheiro, antecipando nossa objeção de jogar por amor, civilmente desejou jogar por dinheiro?

O velho respondeu sacudindo a pequena bolsa em sua mão trêmula e, em seguida, jogou-a sobre a mesa e juntou as cartas, como um avarento pegaria uma moeda de ouro.

– Oh! De fato – disse Isaac –, se é isso que o cavalheiro quis dizer, peço-lhe perdão. Esta é a bolsinha do cavalheiro? Uma bolsinha muito bonita. É uma bolsa leve – acrescentou Isaac, jogando-a para o alto e pegando-a com destreza –, mas o suficiente para divertir um cavalheiro por mais ou menos meia hora.

– Faremos um jogo de quatro jogadores e pegaremos Groves – disse o homem robusto. – Venha, Jemmy.

O senhorio, que se comportava como quem está acostumado a esse tipo de festa particular, aproximou-se da mesa e sentou-se. A criança, em perfeita agonia, puxou o avô de lado e implorou-lhe, nesse momento, que fosse embora.

– Venha; e podemos ser muito felizes – disse a criança.

– SEREMOS felizes – respondeu o velho apressadamente. – Solte-me, Nell. Os meios para a felicidade estão nas cartas e nos dados. Devemos subir de pequenos ganhos para grandes. Há pouco a ganhar aqui, mas os grandes virão com o tempo. Devo reconquistar o que perdi, e é tudo para você, minha querida.

– Deus nos ajude! – gritou a criança. – Oh! Que destino difícil nos trouxe aqui!

– Silêncio! – respondeu o velho, colocando a mão sobre a boca da menina. – A sorte não suporta repreensões. Não devemos censurá-la, ou ela nos evita; eu descobri isso.

– Agora, senhor – disse o homem robusto –, se você não vem, devolva as suas cartas, está bem?

– Estou indo! – gritou o velho. – Sente-se, Nell, sente-se e observe. Tenha bom coração, é tudo para você, cada centavo. Não digo a eles, não, não, senão eles não iriam jogar, desperdiçando a chance que eu tenho agora. Olhe para eles. Veja o que são e o que você é. Quem duvida de que merecemos vencer?

– O cavalheiro pensou melhor e não vem – disse Isaac, fazendo como se fosse se levantar da mesa. – Lamento que o cavalheiro esteja amedrontado... Quem não arrisca não petisca, mas o cavalheiro sabe o que faz.

– Por quê? Não estou pronto? Todos vocês foram muito lentos, menos eu – disse o velho. – Eu me pergunto quem está mais ansioso para começar do que eu.

Enquanto falava, ele puxou uma cadeira para a mesa; os outros três fecharam o círculo ao mesmo tempo, e o jogo começou.

A criança sentou-se e observou seu progresso com a mente perturbada. Independentemente da sorte que corresse, e preocupada apenas com a paixão desesperada que dominava seu avô, perdas e ganhos eram para ela iguais. Exultante com algum triunfo breve, ou abatido por uma derrota, lá ele se sentou tão selvagem e inquieto, tão febril e ansioso, tão terrivelmente impaciente, tão faminto por migalhas que ela quase preferia vê-lo morto. E, no entanto, ela era a causa inocente de toda essa tortura, e ele, jogando com uma sede de vitória tão selvagem como o jogador mais insaciável nunca sentiu, não teve um pensamento egoísta!

Pelo contrário, os outros três, patifes e jogadores compulsivos profissionais, enquanto concentrados em seu jogo, ainda eram muito frios e calmos como se todas as virtudes estivessem centradas neles. Às vezes, alguém erguia os olhos para sorrir para o outro, ou para apagar a vela fraca, ou para olhar para o relâmpago que atravessava a janela aberta e a cortina esvoaçante, ou para ouvir algum estrondo de trovão mais alto do que o resto, com uma espécie de momentânea impaciência, como se isso o atrapalhasse; mas lá estavam eles, com uma indiferença serena a tudo, exceto às cartas, filósofos perfeitos na aparência e sem maior demonstração de paixão ou entusiasmo, como se fossem feitos de pedra.

A tempestade havia durado três horas inteiras; os raios tinham ficado mais fracos e menos frequentes; o trovão, parecendo rolar e quebrar acima de suas cabeças, foi morrendo gradualmente em uma distância profunda e rouca; e ainda assim o jogo continuou, e ainda assim a criança ansiosa foi completamente esquecida.

Capítulo 30

Por fim, a jogatina terminou, e Isaac List foi o único vencedor. Mat e o proprietário suportaram as perdas com firmeza profissional. Isaac embolsou seus ganhos com o ar de um homem que tinha decidido vencer, o tempo todo, e não estava surpreso nem satisfeito.

A bolsinha de Nell estava vazia; mas, embora estivesse ao seu lado, e os outros jogadores já tivessem se levantado da mesa, o velho sentou-se debruçado sobre as cartas, distribuindo-as como haviam sido distribuídas antes e virando as mãos diferentes para ver o que cada homem faria se ainda estivessem jogando. Ele estava muito absorto nessa ação quando a criança se aproximou e colocou a mão em seu ombro, dizendo que era quase meia-noite.

– Veja a maldição da pobreza, Nell – disse ele, apontando para os montes que havia espalhado sobre a mesa. – Se eu pudesse ter continuado um pouco mais, apenas um pouco mais, a sorte teria virado para o meu lado. Sim, é tão claro quanto as marcas nas cartas. Veja aqui, e ali, e aqui novamente.

– Deixe as cartas – pediu a criança. – Tente esquecê-los.

– Tente esquecê-los? – ele respondeu, levantando seu rosto abatido para ela, e olhando-a com um olhar incrédulo. Esquecê-los! Como vamos ficar ricos se eu os esquecer?

A criança só conseguiu balançar a cabeça.

– Não, não, Nell – disse o velho, acariciando sua bochecha. – Eles não devem ser esquecidos. Devemos reparar isso o mais rápido possível. Paciência, paciência, e nós ainda a compensaremos, eu prometo. Perca hoje, ganhe amanhã. E nada pode ser conquistado sem ansiedade e preocupação, nada. Venha, estou pronto.

– Você sabe que horas são? – disse o senhor Groves, que estava fumando com seus amigos. – Passa das doze horas...

– ... e uma noite chuvosa – acrescentou o homem corpulento.

– O Soldado Valente de James Groves. Boas camas. Entretenimento barato para homens e animais – disse o senhor Groves, citando sua placa. – Meia-noite e meia.

– É muito tarde – disse a criança inquieta. – Gostaria de ter ido antes. O que eles vão pensar de nós? Quando voltarmos, serão duas horas. Quanto custaria, senhor, se passássemos a noite aqui?

– Duas camas boas, um xelim e seis pence; ceia e cerveja, um xelim; total de dois xelins e seis pence – respondeu o Soldado Valente.

Nell ainda tinha a peça de ouro costurada em seu vestido; e, quando ela pensou no adiantado da hora e nos hábitos noturnos da senhora Jarley e imaginou o estado de consternação em que eles certamente colocariam aquela boa senhora ao bater em sua porta no meio da noite, e quando ela refletiu, em contrapartida, que, se eles permanecessem onde estavam e acordassem de manhã cedo poderiam voltar antes que ela se levantasse, e poderiam alegar a violência da tempestade pela qual foram atingidos como um bom pedido de desculpas pela ausência deles, ela decidiu, depois de muita hesitação, ficar. Ela, portanto, chamou o avô de lado e, dizendo--lhe que ainda tinha o suficiente para custear o alojamento, propôs que passassem a noite ali.

– Se eu soubesse desse dinheiro antes... Se eu soubesse disso há poucos minutos! – murmurou o velho.

– Decidimos nos hospedar aqui, por favor – disse Nell, voltando-se apressadamente para o proprietário.

– Acho isso prudente – respondeu o senhor Groves. – Vocês jantarão imediatamente.

Assim, quando o senhor Groves terminou de fumar seu cachimbo, tirou as cinzas e o colocou cuidadosamente em um canto da lareira, com a boca voltada para baixo, ele trouxe o pão, o queijo e a cerveja, com muitos elogios sobre sua excelência, e convocou seus convidados a se sentar e se sentir em casa. Nell e o avô comiam com moderação, pois ambos estavam ocupados com suas próprias reflexões; os outros cavalheiros, para cujas constituições a cerveja era muito fraca e um líquido inofensivo, consolavam-se com bebidas destiladas e tabaco.

Como eles sairiam da hospedaria muito cedo pela manhã, a criança estava ansiosa para pagar pela estada antes de irem para a cama. Mas, como ela sentiu a necessidade de esconder seu pequeno tesouro de seu avô e teve que trocar a peça de ouro, ela a pegou secretamente de seu esconderijo e abraçou a oportunidade de seguir o proprietário quando ele saiu da sala, e entregou a ele no pequeno bar.

– Você pode me dar o troco aqui, por favor? – disse a criança.

O senhor James Groves ficou evidentemente surpreso e olhou para o dinheiro, tocou-o, olhou para a criança e para o dinheiro novamente, como se quisesse perguntar como ela o conseguiu. Como a moeda era genuína, porém, e seria trocada em sua casa, ele provavelmente sentiu, como um sábio senhorio, que não era da sua conta. De qualquer forma, ele contou o troco e deu a ela. A criança estava voltando para o quarto onde haviam passado a noite quando ela imaginou ter visto uma figura deslizar pela porta. Não havia nada além de uma longa passagem escura entre essa porta e o lugar onde ela trocara o dinheiro e, estando segura de que ninguém havia entrado ou saído enquanto ela estivera ali, pensou que poderia ter sido observada.

Mas por quem? Quando ela voltou a entrar na sala, encontrou os demais hóspedes exatamente como os havia deixado. O sujeito corpulento estava deitado em duas cadeiras, apoiando a cabeça na mão, e o homem estrábico repousava em atitude semelhante do outro lado da mesa. Entre

A velha loja de curiosidades – Tomo 1

eles estava sentado seu avô, olhando atentamente para o vencedor com uma espécie de admiração faminta e pendurado em suas palavras como se ele fosse um ser superior. Ela ficou confusa por um momento e olhou em volta para ver se havia mais alguém ali. Não. Então ela perguntou ao avô num sussurro se alguém havia saído da sala enquanto ela estava ausente. "Não", disse ele, "ninguém".

Deve ter sido sua imaginação então; e, no entanto, era estranho que, sem nada em seus pensamentos anteriores que levasse a isso, ela tivesse imaginado essa figura de maneira tão distinta. Ela ainda estava se perguntando e pensando nisso quando uma garota veio iluminar seu caminho até a cama.

O velho se despediu dos companheiros na mesma hora, e eles subiram as escadas juntos. Era uma casa grande e irregular, com corredores sombrios e escadarias largas que as velas acesas pareciam tornar mais sombrias. Ela deixou o avô em seu quarto e seguiu sua guia até outro, que ficava no final de uma passagem, e se aproximou por meia dúzia de degraus malucos. Isso foi construído para ela. A garota demorou um pouco a conversar e contar suas queixas. Ela não tinha um lugar adequado, disse ela; os salários eram baixos, e o trabalho era árduo. Ela iria embora em quinze dias; a criança não poderia recomendá-la a outro emprego, ela supôs? Em vez disso, temia que fosse difícil conseguir outro trabalho depois de morar ali, pois a casa tinha uma reputação muito ruim; havia muito jogo de cartas e coisas do gênero.

Ela estaria muito enganada se algumas das pessoas que lá frequentavam habitualmente fossem tão honestas quanto diziam ser, mas ela não deveria dizer isso a ninguém, por nada no mundo. Em seguida, houve algumas alusões desconexas a um namorado rejeitado, que tinha prometido se alistar, uma promessa de bater à porta para acordá-la logo de manhã cedo, e um "boa-noite".

A criança não se sentiu confortável quando se viu sozinha. Ela não conseguia deixar de pensar na figura furtiva descendo a escada; e o que a garota havia dito não a tranquilizou. Os homens eram muito feios. Eles poderiam ganhar a vida roubando e assassinando viajantes. Quem sabe?

Raciocinando para afugentar esses medos ou perdendo-os por algum tempo de vista, veio a ansiedade gerada pelas aventuras daquela noite. Aqui estava a velha paixão despertada novamente no peito de seu avô, e quantos vícios mais poderiam tentá-lo só Deus sabia. Que temores a ausência de ambos já poderia ter gerado! As pessoas já poderiam mesmo estar à procura deles. Eles seriam perdoados pela manhã ou ficariam à própria sorte novamente? Oh! Por que eles pararam naquele lugar estranho? Teria sido melhor, sob qualquer circunstância, ter continuado!

Por fim, o sono gradualmente tomou conta dela, um sono interrompido e intermitente, perturbado por sonhos de cair de torres altas e acordar assustada e com grande terror. Um sono mais profundo se seguiu, e então, o quê? Aquela figura da sala.

Uma figura estava lá. Sim, ela havia enrolado a persiana para deixar entrar a luz quando fosse amanhecer, e ali, entre os pés da cama e a janela escura, ela se agachou e se esgueirou, tateando o caminho com mãos silenciosas e furtivamente em volta da cama. Ela não teve voz para gritar por socorro, nenhuma capacidade de se mover, mas ficou parada, observando.

E avançou ainda, silenciosa e furtivamente, para a cabeceira da cama. A respiração tão perto de seu travesseiro que ela se encolheu para dentro dele, para que aquelas mãos errantes não tocassem o seu rosto. Então voltou até a janela, quando virou a cabeça em sua direção.

A forma escura parecia apenas uma mancha na escuridão menos profunda da sala, mas ela viu a cabeça virar e sentiu, e soube, como os olhos enxergavam e como os ouvidos escutavam. Lá permaneceu, imóvel como ela. Por fim, ainda com o rosto voltado para ela, ele colocou as mãos em alguma coisa, e ela ouviu o tilintar de dinheiro.

Então, ele apareceu novamente, silencioso e furtivo como antes, e, recolocando as roupas que havia tirado da cabeceira, ficou de joelhos e rastejou para longe. Como parecia mover-se lentamente, agora que ela podia ouvir, mas não ver, arrastando-se pelo chão! Finalmente chegou à porta e pôs-se de pé. Os degraus rangeram sob seus passos silenciosos, e ele se foi.

O primeiro impulso da criança foi fugir do terror de estar sozinha naquele quarto, ter alguém por perto, e de não ficar mais sozinha, para que sua capacidade de falar fosse recuperada. Sem consciência de como conseguiu se mover, ela chegou à porta.

Lá estava a sombra terrível, parada na parte inferior da escada.

Ela não conseguiria passar; talvez até conseguisse ter feito isso na escuridão sem ser apanhada, mas seu sangue gelou com a ideia. A figura ficou imóvel, e ela também, não por ousadia, mas por necessidade, pois voltar para o quarto não seria menos terrível do que continuar.

A chuva batia rápida e furiosamente lá fora e descia em riachos do telhado de palha. Algum inseto de verão, sem conseguir escapar para o ar livre, voava cegamente de um lado para outro, batendo com o corpo nas paredes e no teto e enchendo o lugar silencioso de zumbidos. A figura se moveu novamente. A criança involuntariamente fez o mesmo. Uma vez no quarto de seu avô, ela estaria segura.

Ele se arrastou ao longo do corredor até chegar à porta que ela tanto desejava alcançar. A criança, na agonia de estar tão perto, quase disparou na frente, com o propósito de invadir o quarto e fechar a porta atrás de si, quando a figura parou novamente.

A ideia surgiu de repente, e se isso entrasse lá e tivesse um desígnio sobre a vida do velho! Ela ficou tonta e passando mal. Sim. Ele entrou. Havia uma luz ali dentro. A figura estava agora dentro do quarto, e ela, ainda muda, totalmente muda e quase sem sentidos, permaneceu olhando.

A porta estava parcialmente aberta. Sem saber o que pretendia fazer, mas com a intenção de preservá-lo ou ser morta em seu lugar, ela cambaleou para a frente e olhou para dentro.

Que visão foi essa que seus olhos encontraram!

A cama não tinha sido desfeita, mas estava lisa e vazia. E a uma mesa estava o próprio velho, a única criatura viva lá, seu rosto branco contraído e aguçado pela ganância que tornava seus olhos estranhamente brilhantes, contando o dinheiro que suas mãos acabaram de roubar dela.

Capítulo 31

Com passos mais vacilantes e instáveis do que aqueles com que ela havia chegado até o quarto, a criança se retirou da porta e tateou o caminho de volta para sua cama. O terror que sentira nos últimos instantes não poderia ser comparado com o que a oprimia agora. Nenhum ladrão desconhecido, nenhum anfitrião traiçoeiro conivente com o furto de seus hóspedes ou esgueirando-se até suas camas para matá-los durante o sono, nenhum vagabundo noturno, por mais terrível e cruel que fosse, poderia ter despertado em seu peito metade do pavor que o reconhecimento de seu visitante furtivo inspirava. O velho de cabelos grisalhos deslizando como um fantasma em seu quarto e agindo como um ladrão, enquanto a supunha adormecida, e em seguida carregando seu prêmio e debruçado sobre ele com a felicidade maligna que ela tinha acabado de ver era pior, muitas vezes pior, e muito mais terrível para a sua mente do que qualquer coisa que sua fantasia mais insana poderia ter imaginado. Se ele voltasse, não havia fechadura ou ferrolho na porta. E se, desconfiado de ter deixado algum dinheiro para trás, ele voltasse para buscar mais? Um vago espanto e horror cercaram a imagem de sua entrada furtiva novamente, com passos silenciosos e voltando seu rosto para a cama vazia, enquanto ela se encolhia a seus pés para evitar seu toque, era quase insuportável. Ela se sentou e ouviu. Ouça! Um passo na escada, e agora, a porta estava se abrindo lentamente. Era apenas sua imaginação, mas a imaginação tinha todos os terrores da realidade; não, era pior, pois a realidade teria vindo e ido embora, e teria um fim; mas, em sua imaginação, alguém sempre chegava e nunca iria embora.

A sensação que assolou a criança foi de um horror difuso e impreciso. Ela não temia o querido avô, em cujo amor por ela essa doença mental fora engendrada; mas o homem que ela vira naquela noite, envolvido no jogo de azar, espreitando em seu quarto e contando o dinheiro à luz fraca, parecia outra criatura em sua forma, uma distorção monstruosa de sua imagem, algo a ser evitado e temido, porque tinha uma semelhança com ele e se mantinha perto dela, como ele fazia. Ela dificilmente poderia conectar aquela companhia afetuosa, exceto por sua perda, com este velho, tão parecido, mas tão diferente dele. Ela havia chorado muito ao vê-lo aborrecido e quieto. Quão maior o motivo que ela tinha para chorar agora!

A criança ficou sentada observando e pensando nessas coisas até que o fantasma em sua mente cresceu tanto em escuridão e terror que ela imaginou que seria um alívio ouvir a voz do velho, ou, se ele estivesse dormindo, apenas vê-lo e banir alguns dos medos que se aglomeravam em torno de sua imagem. Ela desceu as escadas e a passagem novamente. A porta ainda estava entreaberta como ela havia deixado, e a vela continuava acesa.

Ela tinha sua própria vela na mão, preparada para dizer, se ele estivesse acordando, que ela estava inquieta e não podia descansar e viera ver se a dele ainda estava acesa. Olhando para dentro do quarto, ela o viu deitado calmamente em sua cama, e então teve coragem de entrar. Dormindo profundamente. Sem paixão no rosto, sem avareza, sem ansiedade, sem desejo selvagem; todo gentil, tranquilo e em paz. Este não era o jogador ou a sombra em seu quarto; este não era nem mesmo o homem cansado e debilitado cujo rosto tantas vezes encontrara o seu na luz pálida da manhã; aquele era seu querido velho amigo, seu inofensivo companheiro de viagem, seu bom e gentil avô.

Ela não teve medo ao olhar para suas feições adormecidas, mas sentiu uma tristeza profunda e pesada, que encontrou alívio nas lágrimas.

– Deus o abençoe! – disse a criança, inclinando-se suavemente para beijar sua face tranquila. – Vejo muito bem agora que eles realmente nos separariam se nos descobrissem e o isolariam da luz do sol e do céu. Ele tem apenas a mim para ajudá-lo. Deus abençoe a nós dois!

Acendendo sua vela, ela se retirou tão silenciosamente quanto havia chegado, e, chegando ao seu próprio quarto mais uma vez, sentou-se durante o resto daquela longa, longa e miserável noite

Finalmente o dia empalideceu sua vela minguante, e ela adormeceu. Foi rapidamente acordada pela garota que a levara para a cama; e, assim que se vestiu, preparou-se para descer até o avô. Mas primeiro ela revistou o bolso e descobriu que seu dinheiro havia sumido, não sobraram nem seis pence.

O velho estava pronto, e em poucos segundos eles estavam em seu caminho. A criança achou que ele preferia evitar seu olhar e parecia esperar que ela lhe contasse sobre sua perda. Ela sentiu que deveria fazer isso, ou ele poderia suspeitar de que ela soubesse a verdade.

– Avô – disse ela com a voz trêmula, depois que eles caminharam cerca de um quilômetro e meio em silêncio –, você acha que todas aquelas pessoas na casa eram honestas?

– Por quê? – respondeu o velho tremendo. – Eu acho que eles eram honestos… sim, ao menos jogaram honestamente.

– Vou lhe dizer por que estou perguntando – respondeu Nell. – Perdi algum dinheiro ontem à noite, fora do meu quarto, tenho certeza. A menos que tenha sido tirado por alguém de brincadeira, só de brincadeira, querido avô, o que me faria rir muito se eu descobrisse…

– Quem roubaria dinheiro de brincadeira? – disse o velho apressado. – Aqueles que pegam dinheiro levam para ficar. Não pense que pode ser de brincadeira.

– Então foi roubado do meu quarto, querido – disse a criança, cuja última esperança foi destruída pela maneira como ele respondeu em seguida.

– Mas não há mais nada, Nell? – disse o velho. – Nada mais, em nenhum lugar? Foi tudo levado, cada centavo, não sobrou nada?

– Nada – respondeu a criança.

– Precisamos conseguir mais – disse o velho –, precisamos ganhá-lo, Nell, acumular, juntar, conseguir de alguma forma. Esqueça essa perda. Não conte a ninguém sobre isso, e talvez possamos recuperá-lo. Não pergunte como, mas podemos recuperá-lo, e muito mais, mas não diga a ninguém, ou pode haver problemas. Quer dizer que o tiraram do seu quarto enquanto você dormia! – acrescentou em tom compassivo, muito diferente do modo secreto e astuto com que falara até agora. – Pobre Nell, pobre Nell!

A criança abaixou a cabeça e chorou. O tom simpático com que ele falou foi bastante sincero; ela tinha certeza disso. Não foi a parte mais leve de sua tristeza saber que isso havia sido feito por ele.

– Nem uma palavra sobre isso para ninguém além de mim – disse o velho –, não, nem mesmo para mim – ele acrescentou apressadamente –, pois não adianta nada. Todas as perdas que já aconteceram não valem as lágrimas dos seus olhos, querida. Por que deveriam, quando nós as recuperaremos?

– Deixe-os ir – disse a criança olhando para cima. – Deixe-os ir, de uma vez por todas, e eu nunca mais derramaria uma lágrima se cada centavo tivesse valido mil libras.

– Muito bem – respondeu o velho, controlando-se quando uma resposta impetuosa subiu a seus lábios. "Ela não sabe de nada. Eu deveria estar agradecido por isso."

– Mas me escute – disse a criança com seriedade –, você vai me escutar?

– Sim, sim, vou ouvir – respondeu o velho, ainda sem olhar para ela. "Ela tem uma voz bonita. Sempre soou como música para mim. Sempre me recordo da mãe dela, pobre criança."

– Deixe-me convencê-lo, então – disse a criança –, a não pensar mais em perdas ou ganhos e a não tentar conquistar fortuna a não ser a fortuna que buscamos juntos.

– Nós perseguiremos esse objetivo juntos – retrucou o avô, ainda desviando o olhar e parecendo conversar consigo mesmo. – Que imagem santifica o jogo?

– Já estivemos em pior situação – retomou a criança – desde que você se esqueceu desses assuntos e estamos viajando juntos? Não temos sido muito melhores e mais felizes sem uma casa para nos abrigar do que quando estávamos naquela casa infeliz, quando o jogo dominava sua mente?

– Ela fala a verdade – murmurou o velho no mesmo tom de antes. – Isso não deve me transformar, mas é a verdade; sem dúvida que é.

– Lembre-se apenas do que temos sido desde aquela manhã luminosa em que viramos as costas para ela pela última vez – disse Nell –, apenas lembre-se do que temos sido desde que nos livramos de todas aquelas misérias, que dias de paz e noites tranquilas passamos, que momentos agradáveis, que felicidade temos desfrutado. Se estávamos cansados ou com fome, logo nos revigoramos e dormimos profundamente depois. Pense nas coisas belas que vimos e como nos sentimos contentes. E por que essa abençoada mudança?

Ele a parou com um movimento de sua mão e pediu a ela que não falasse mais com ele naquele momento, pois estava ocupado. Depois de um tempo, ele beijou sua bochecha, ainda gesticulando para que ela se calasse, e caminhou, olhando para longe à sua frente, e às vezes parando e olhando com uma sobrancelha franzida para o chão, como se estivesse tentando dolorosamente organizar seus pensamentos desordenados. Uma vez ela viu lágrimas em seus olhos. Depois de continuar assim por algum tempo, ele segurou a mão dela como estava acostumado a fazer, sem nada da violência ou animação de seu estado noturno; e assim, aos poucos, tão bem que a criança não conseguia identificar, ele se acomodou em seu jeito silencioso de costume e permitiu que ela o guiasse para onde quisesse.

Quando chegaram ao local daquela coleção espetacular, descobriram, como Nell previra, que a senhora Jarley ainda não havia saído da cama e que, embora ela tivesse sofrido alguma preocupação por causa deles durante a noite e realmente tivesse aguardado até depois das onze horas, ela se retirou na certeza de que, sendo atingidos pela tempestade a certa distância do trailer, haviam procurado o abrigo mais próximo e não voltariam antes do amanhecer.

Nell imediatamente se dedicou com afinco à decoração e preparação da sala de exibições e teve a satisfação de completar sua tarefa e vestir-se com capricho, antes que a protegida da Família Real descesse para o café da manhã.

– Não tivemos – disse a senhora Jarley quando a refeição acabou – mais de oito das jovens damas da senhorita Monflathers em todo o tempo em que estivemos aqui, e há vinte e seis delas, como me foi dito pelo cozinheiro, quando eu fiz a ela uma ou duas perguntas e a coloquei na lista de convidados. Precisamos experimentar o pacote de folhetos novos, e você deve distribuí-los, minha cara, para ver o efeito que exerce sobre elas.

Como a expedição proposta era de suma importância, a senhora Jarley ajustou o chapéu de Nell com suas próprias mãos e, dizendo que ela certamente estava muito bonita e refletindo o prestígio da companhia, despachou-a com muitos elogios e certas orientações necessárias quanto aos caminhos à direita que ela deveria tomar e aos caminhos à esquerda que ela deveria evitar. Assim instruída, Nell não teve dificuldade em descobrir o Boarding and Day Establishment da senhorita Monflathers, que era uma casa grande, com um muro alto e um grande portão no jardim com uma grande placa de bronze e uma pequena grade, através da qual, da sala da senhorita Monflathers, a empregada inspecionou todos os visitantes antes de deixá-los entrar, pois nada na forma de um homem, nem mesmo o leiteiro, poderia, sem autorização especial, passar por aquele portão. Até o coletor de impostos, que era corpulento, usava óculos e chapéu de aba larga, tinha que coletar os impostos através da grade. Mais obstinado do que o portão irredutível de latão, o portão moral da senhorita Monflathers desaprovava toda a parcela masculina da humanidade. O próprio açougueiro o respeitava como um portão misterioso e parou de assobiar ao tocar a campainha.

Quando Nell se aproximou da porta terrível, ela girou lentamente a maçaneta com um rangido alto e, do bosque solene adiante, veio uma longa fila de jovens senhoras aos pares, todas com livros abertos nas mãos, e algumas com guarda-sóis também. E fechando a bela procissão chegou a senhorita Monflathers, carregando uma sombrinha de seda lilás e apoiada por duas professoras sorridentes, cada uma com inveja mortal da outra, e ambas devotadas à senhorita Monflathers.

Confusa com os olhares e sussurros das meninas, Nell ficou com os olhos baixos e deixou que a procissão passasse, até que a senhorita Monflathers, na retaguarda, se aproximou dela, quando fez uma reverência e apresentou seu pacotinho; quando o recebeu, a senhorita Monflathers ordenou que a fila parasse.

– Você é a criança do museu de cera, não é? – disse a senhorita Monflathers.

– Sim, senhora – respondeu Nell, corando profundamente, pois as moças haviam se agrupado em torno dela, e ela era o centro de todos os olhares.

– E você não acha que é uma criança muito travessa – disse a senhorita Monflathers, que era de temperamento um tanto incerto, e não perdeu a oportunidade de ditar conceitos morais nas mentes ternas das moças – para ser uma trabalhadora infantil no museu de cera, afinal?

A pobre Nell nunca tinha visto seu trabalho sob esse prisma e, sem saber o que dizer, ficou em silêncio, corando mais profundamente do que antes.

– Você não sabe – disse a senhorita Monflathers – que é muito rude e pouco feminino, e uma perversão das virtudes, sábia e bondosamente transmitidas a nós, com poderes de comunicação, para despertar de seu estado latente por meio da educação?

As duas professoras murmuraram sua aprovação respeitosa a essa afirmação e olharam para Nell como se tivessem dito que ali, de fato, a senhorita Monflathers a havia golpeado diretamente. Então elas sorriram e olharam para a senhorita Monflathers, e seus olhares se cruzando demonstravam claramente que cada uma se achava a cópia perfeita do sorriso da senhorita Monflathers e considerava a outra indigna de sorrir e que, fazendo isso, agia com presunção e impertinência.

– Não percebe como é desobediente da sua parte – resumiu a senhorita Monflathers – ser uma criança trabalhando no museu de cera quando você pode ter a consciência orgulhosa de ajudar, na medida de seus poderes infantis, com o progresso do seu país, de aprimorar sua mente pela contemplação constante da máquina a vapor e de ganhar uma subsistência confortável e independente de dois e noventa pence a três xelins por semana? Você não sabe que, quanto mais duro você trabalha, mais feliz você fica?

– Como a pequena abelha... – murmurou uma das professoras, em uma citação do doutor Watts.

– É mesmo? – disse a senhorita Monflathers, virando-se rapidamente. – Quem disse isso?

É claro que a professora que não disse isso indicou a rival que o fez, a quem a senhorita Monflathers repreendeu e pediu para ficar quieta; isso gerou na informante uma onda de satisfação.

– A abelhinha ocupada – disse a senhorita Monflathers, endireitando-se – só se aplica a crianças educadas. "Nos livros, ou no trabalho, ou nas brincadeiras saudáveis." Está bastante certo no que diz respeito àquelas que o trabalho significa pintura em veludo, alta-costura ou bordados. Em casos como o dela – apontando para Nell com a sua sombrinha – e no caso de todos os filhos das pessoas pobres, a interpretação correta poderia ser a seguinte: "Trabalho, trabalho, trabalho. Sempre no trabalho. Que meus primeiros anos passem assim, para que eu possa entregar a cada dia o melhor de mim".

Um zumbido sonoro de aplausos subiu não só das duas professoras, mas de todas as alunas, que ficaram igualmente surpresas ao ouvir a senhorita Monflathers improvisar com seu estilo brilhante, pois, embora ela fosse conhecida por muito tempo como política, ela nunca havia se revelado antes uma poeta original. Nesse momento, alguém descobriu que Nell estava chorando, e todos os olhos se voltaram para ela.

Havia realmente lágrimas em seus olhos e, tirando o lenço para enxugá-las, ela o deixou cair. Antes que ela pudesse se abaixar para pegá-lo, uma jovem de cerca de 15 ou 16 anos, que estava um pouco afastada das outras, como se não tivesse um lugar legítimo entre elas, deu um salto e o apanhou do chão. Ela já ia se recolher timidamente de novo quando foi pega pela governanta.

– Foi a senhorita Edwards quem fez isso, eu SEI – disse a senhorita Monflathers de maneira preditiva. – Agora tenho certeza de que foi a senhorita Edwards.

Era a senhorita Edwards, e todo mundo dizia que era a senhorita Edwards, e a própria senhorita Edwards admitia que era.

– Não é de admirar – disse a senhorita Monflathers, baixando a sombrinha para colocar um olhar mais severo sobre a menina –, senhorita Edwards, que você tenha uma identificação com as classes mais baixas que sempre a iguala a elas; ou melhor, não é nada extraordinário que tudo o que eu diga e faça não seja suficiente para afastá-la das tendências que a sua origem, infelizmente, tornou hábito para você, sua garota de pensamento vulgar.

– Realmente não pretendia fazer mal, senhora – disse uma voz doce. – Foi um impulso impensado, de fato.

– Um impulso! – repetiu a senhorita Monflathers com desdém. – Eu imagino como você ousa falar de impulsos para mim. – Ambas as professoras concordaram. – Estou surpresa. – Ambas as professoras ficaram surpresas. – Suponho que é um impulso que induza a assumir o papel de cada pessoa rasteira e degradada que cruze o seu caminho.

Ambas as professoras acharam isso também.

– Mas eu gostaria que você soubesse, senhorita Edwards – retomou a governanta em um tom cada vez mais severo –, que, mesmo que seja apenas para preservar os bons exemplos e o decoro deste estabelecimento, você não pode se permitir, e nem deve, agir assim diante de suas superiores de modo tão grosseiro. Se você não tem motivo para sentir orgulho diante das crianças que trabalham no museu de cera, há jovens aqui que sentem, e você deve concordar com essas jovens ou deixar o estabelecimento, senhorita Edwards.

Essa jovem, sendo órfã de mãe e pobre, foi aprendiz na escola, ensinada de graça, ensinando aos outros o que ela aprendeu, de graça, acolhida de graça, hospedada de graça e rebaixada e classificada como algo incomensuravelmente menos do que nada por todas as moradoras da casa. As criadas sentiam sua inferioridade, pois eram mais bem tratadas, livres para ir e vir e consideradas em suas ocupações com muito mais respeito. As professoras eram infinitamente superiores, pois pagaram para ir à escola em seu tempo e agora recebiam salário. As alunas pouco se importavam com uma companheira que não tinha grandes histórias para contar sobre o lar; nenhum amigo para vir com cavalos dos Correios[3] e ser recebido com toda a humildade, com bolo e vinho, pela governanta; nenhum serviçal para recebê-la e conduzi-la à sua casa para os feriados; nada elegante para falar e nada para exibir. Mas por que a senhorita Monflathers estava sempre aborrecida e irritada com a pobre aprendiz? Como isso começou?

Ora, o maior orgulho da senhorita Monflathers, e a glória da escola da senhorita Monflathers, era a filha de um baronete[4], a filha viva de verdade de um baronete real vivo de verdade, que, por algum revés extraordinário das Leis da Natureza, não era apenas simples em suas feições, mas sem graça no intelecto, enquanto a pobre aprendiz tinha um raciocínio rápido e um rosto e uma aparência graciosos. Parece incrível. Aqui estava a senhorita Edwards, que pagou apenas uma modesta quantia que já fora gasta há muito tempo, a cada dia ofuscando e superando a filha do baronete, que aprendeu todas as lições extras (ou ao menos foi ensinada) e cuja conta semestral chegava ao dobro de qualquer outra jovem que frequentava a escola, sem dar importância à honra e reputação de sua pupila. Portanto, e porque ela era dependente de uma bolsa, a senhorita Monflathers tinha uma grande antipatia pela senhorita Edwards e era rancorosa com ela, e agravada por ela, e, quando ela sentiu compaixão pela pequena Nell, atacou-a verbalmente e a maltratou como vimos há pouco.

---

[3] Cavalos dos Correios (*post-horses*), eram animais imponentes e robustos utilizados pelo Royal Mail (Serviço Postal do Reino Unido) a partir do século XVIII. (N.T.)

[4] Os baronetes (*baronets*) eram detentores de um título honorífico inferior ao de barão e superior ao título de cavaleiro na nobreza do Reino Unido. (N.T.)

– Você não vai tomar ar hoje, senhorita Edwards – disse a senhorita Monflathers. – Tenha a bondade de se retirar para o seu quarto e não sair dele sem permissão.

A pobre garota estava se afastando apressadamente quando de repente foi, em uma frase náutica, "estancada" por um grito abafado da senhorita Monflathers.

– Ela passou por mim sem nenhum cumprimento! – exclamou a governanta, erguendo os olhos para o céu. – Ela realmente passou por mim sem o menor reconhecimento da minha presença!

A jovem se virou e fez uma reverência. Nell percebeu que ela ergueu os olhos escuros para o rosto de sua superior e que a expressão deles, e de toda a sua atitude por um momento, era de um apelo mudo, mas comovente, contra esse castigo mesquinho. A senhorita Monflathers apenas acenou com a cabeça em resposta, e o grande portão se fechou por trás de um coração acelerado.

– Quanto a você, sua criança perversa – disse a senhorita Monflathers, voltando-se para Nell –, diga à sua patroa que, se ela tomar a liberdade de me enviar mais panfletos, vou escrever às autoridades e mandá-la para o açoite ou obrigá-la a vestir um lençol branco como penitência; e você pode estar certa de que experimentará a esteira[5] se ousar voltar aqui. Agora, senhoras, vamos.

A procissão seguiu, duas a duas, com seus livros e sombrinhas, e a senhorita Monflathers, chamando a filha do baronete para caminhar com ela e acalmar seus sentimentos agitados, descartou as duas professoras, que a essa altura haviam trocado seus sorrisos por olhares de simpatia, e as deixou para trás, odiando-se um pouco mais por serem obrigadas a caminhar juntas.

---

[5] Esteira, ou *treadmill* – Instrumento utilizado na Era Vitoriana (século XIX) para punição de sentenciados a trabalhos forçados pela Corte. Consistia em uma roda enorme, com pás de ferro ou madeira no formato de degraus, que, ao girar com a força das pernas dos condenados, era usada para bombear água do poço, moer grãos ou simplesmente mover pás de ventiladores para causar a exaustão. (N.T.)

Capítulo 32

A ira da senhora Jarley, assim que soube da ameaça de açoite e penitência, foi indescritível. A genuína e única Jarley, exposta ao desprezo público, zombada por crianças e desprezada por bedéis! O deleite da nobreza e da aristocracia, com seu boné, que uma prefeita certa vez suspirou para usar, arrancado e vestida com um lençol branco como um espetáculo de mortificação e humilhação pública! E sobre a senhorita Monflathers, a criatura audaciosa que imaginou, mesmo no mais remoto e obscuro recanto da sua imaginação, ameaçá-la com uma imagem tão degradante, "Estou quase inclinada", disse a senhora Jarley, explodindo no limite de sua raiva e da impotência de suas possibilidades de vingança, "a virar ateia quando penso nisso!"

Mas, em vez de adotar esse tipo de retaliação, a senhora Jarley, pensando melhor, trouxe a garrafa suspeita e ordenou que os copos fossem colocados sobre seu tambor favorito. E, afundando em uma cadeira atrás dele, chamou seus empregados para perto, e eles relataram várias vezes, palavra por palavra, as afrontas dirigidas a ela. Feito isso, ela implorou em uma espécie de profundo desespero que bebessem; então riu, então chorou, então tomou um pequeno gole, então riu e chorou novamente, e tomou um pouco mais; e assim, aos poucos, a digna senhora continuou, aumentando em sorrisos e diminuindo em lágrimas, até que finalmente não conseguiu rir o suficiente da senhorita Monflathers, que, por ser objeto desse terrível vexame, se tornou alguém digno do mais puro e ridículo absurdo.

– Quem de nós duas está melhor, eu me pergunto – disse a senhora Jarley –, ela ou eu? Falar por falar, no final das contas, se ela fala de mim no açoite, por que não posso falar dela no açoite, o que seria muito mais engraçado, se chegássemos a esse ponto? Senhor, o que isso importa, afinal?

Tendo atingido esse estado de espírito mais leve (no que ela foi auxiliada por algumas breves observações e interjeições do filosófico George), a senhora Jarley consolou Nell com muitas palavras gentis e pediu como um favor pessoal que, sempre que ela pensasse na senhorita Monflathers, ela não fizesse outra coisa a não ser rir dela, todos os dias de sua vida.

Assim terminou a ira da senhora Jarley, que diminuiu muito antes do pôr do sol. As preocupações de Nell, entretanto, eram de um tipo mais profundo, e as barreiras que impunham à sua alegria não eram removidas tão facilmente.

Naquela noite, como ela temia, seu avô fugiu e só voltou quando já era alta madrugada. Desgastada como estava, e com a mente e o corpo cansados, ela sentou-se sozinha, contando os minutos até que ele voltasse, sem um tostão, com o espírito partido e miserável, mas ainda ardentemente empenhado em sua paixão.

– Arranje algum dinheiro – disse ele descontroladamente, enquanto diziam boa-noite. – Preciso de dinheiro, Nell. Um dia irei devolvê-lo a você, com polpudos juros, mas todo o dinheiro que chegar às suas mãos você deve me dar agora, não para mim, mas para guardar para o seu futuro. Lembre-se, Nell, de guardar para você!

O que a criança poderia fazer com o conhecimento que tinha, a não ser dar a ele cada centavo que caísse em suas mãos, para que ele não fosse tentado a roubar sua benfeitora? Se ela dissesse a verdade (assim pensava a criança), ele seria tratado como um louco; se ela não lhe fornecesse dinheiro, ele o conseguiria por si; se ela fornecesse o dinheiro, ela alimentaria o fogo que o queimaria e o deixaria em um estado, talvez, irrecuperável.

A velha loja de curiosidades – Tomo 1

Distraída por esses pensamentos, abatida pelo peso da tristeza que ela não ousava dividir, torturada por uma multidão de preocupações sempre que o velho estava ausente e temendo tanto sua permanência quanto seu retorno da rua, a cor abandonou seu rosto, seus olhos escureceram e seu coração estava oprimido e pesado. Todas as suas velhas tristezas tinham retornado sobre ela, aumentadas por novos medos e dúvidas. De dia, elas estavam sempre presentes em sua mente; à noite, elas pairavam sobre seu travesseiro e penetravam em seus sonhos.

Era natural que, no meio de sua aflição, ela muitas vezes pensasse naquela doce jovem de quem ela captara um olhar apressado, mas cuja simpatia, expressa em um gesto breve, ela guardava na memória como a bondade de muitos anos. Muitas vezes ela pensava, se tivesse uma amiga como aquela a quem contar suas mágoas, quão mais leve seu coração ficaria; e, se ela fosse livre para ouvir aquela voz, poderia sentir-se mais feliz. Então ela poderia desejar ser algo melhor que não fosse tão pobre e humilde, que ela ousasse dirigir-se a qualquer pessoa sem temer uma reação de repulsa; e então sentia que havia uma distância incomensurável entre elas e não tinha esperanças de que a jovem sequer se lembrasse dela.

Agora era época de férias escolares, e as jovens haviam voltado para casa. Dizia-se que a senhorita Monflathers estava circulando por Londres e causando danos aos corações dos cavalheiros de meia-idade, mas não soube mais nada sobre a senhorita Edwards, se ela havia ido para casa ou se tinha alguma casa para ir, se ela ainda estava na escola ou qualquer notícia sobre ela. Mas uma noite, quando Nell estava voltando de uma caminhada solitária, ela passou pela pousada onde os carros com o palco estavam estacionados, assim que um deles se aproximou, e lá estava a linda garota de quem ela tão bem lembrava, avançando para abraçar uma criança a quem eles estavam ajudando a descer do teto do carro.

Bem, aquela era sua irmã, sua irmã mais nova, muito mais jovem do que Nell, a quem ela não via (assim ela contou depois) por cinco anos, e para trazê-la para uma curta visita ela estivera economizando seus pobres trocados todo esse tempo. Nell sentiu como se seu coração fosse se partir ao ver esse encontro. Elas se afastaram um pouco do grupo de pessoas que se reuniam em volta da carruagem e se jogaram no pescoço uma da outra, soluçando e chorando de alegria. Suas roupas simples e modestas, a distância que a criança percorrera sozinha, sua agitação e alegria, e as lágrimas que derramavam teriam contado sua história por si.

Em pouco tempo elas se recompuseram e foram embora, não tanto de mãos dadas, mas agarradas uma à outra.

– Tem certeza de que está feliz, irmã? – disse a criança ao passarem por onde Nell estava.

– Muito feliz agora – respondeu ela.

– Mas sempre? – disse a criança.

– Ah, irmã, por que você virou o rosto?

Nell não pôde deixar de segui-las a uma curta distância. Foram para a casa de uma velha enfermeira, onde a irmã mais velha alugou um quarto para a criança.

– Virei até você todas as manhãs – disse ela –, e podemos ficar juntas o dia todo.

– Por que não à noite também? Querida irmã, elas se zangariam com você por isso?

Por que os olhos da pequena Nell ficaram molhados, naquela noite, com lágrimas como as das duas irmãs? Por que ela sentia gratidão pelo fato de elas terem se encontrado e sentia dor ao pensar que em breve se separariam? Não vamos acreditar que qualquer referência egoísta, mesmo que inconsciente, aos seus próprios julgamentos tenha despertado essa simpatia, mas graças a Deus as alegrias inocentes dos outros podem nos comover fortemente, e nós, mesmo em nossa natureza decadente, guardamos uma essência de pura emoção, que deve ser agradecida aos céus!

Pelo brilho alegre da manhã, mas mais frequentemente ainda pela luz suave da noite, a criança, em respeito pelo curto e feliz encontro dessas duas irmãs, que a impedia de se aproximar para agradecer, embora ela quisesse fazê-lo, seguia-as a distância em seus passeios e caminhadas, parando quando paravam, sentando na grama quando se sentavam, levantando-se quando elas continuavam, sentindo-se acompanhada e

A velha loja de curiosidades – Tomo 1

alegre por estar tão perto delas. A caminhada noturna foi à beira do rio. Ali, todas as noites, a criança também era, sem ser vista por elas, sem ser lembrada, sem ser notada; mas, sentindo-se como se fossem suas amigas, como se trocassem confidências e confianças, como se seu fardo fosse mais leve e menos difícil de suportar; como se elas mesclassem suas tristezas e encontrassem consolo mútuo. Talvez fosse uma fantasia fraca, a fantasia infantil de uma criatura jovem e solitária; mas, noite após noite, as irmãs ainda perambulavam no mesmo lugar, e a criança ainda as seguia com seu coração suave e amolecido.

Ela ficou muito surpresa ao voltar para casa uma noite, quando descobriu que a senhora Jarley havia ordenado que um anúncio fosse preparado, informando que a estupenda coleção só permaneceria em seu local atual por mais um dia. Em cumprimento de alguma ameaça (pois todos os anúncios relacionados com diversões públicas são bem conhecidos por serem irrevogáveis e muito corretos), a coleção estupenda se encerraria no dia seguinte.

– Vamos sair daqui imediatamente, senhora? – perguntou Nell.

– Olhe aqui, criança – respondeu a senhora Jarley. – Isso eu vou dizer depois. – E, assim dizendo, a senhora Jarley produziu outro anúncio, no qual estava escrito que, em consequência de numerosos pedidos na porta do museu de cera, e por causa de as multidões terem ficado desapontadas em saber do final da temporada, a exposição seria mantida por mais uma semana e reabriria no dia seguinte.

– Por enquanto, que as escolas se foram e os visitantes regulares estão cansados – disse a senhora Jarley –, vamos atingir o público em geral, e eles querem estímulos.

No dia seguinte, ao meio-dia, a senhora Jarley se estabeleceu atrás da mesa ricamente ornamentada, composta pelas distintas figuras antes mencionadas, e ordenou que as portas fossem abertas para a readmissão de um público esclarecido e perspicaz. Mas os resultados do primeiro dia não foram de forma alguma bem-sucedidos, visto que o público em geral, embora manifestasse um vivo interesse na senhora Jarley pessoalmente, e em algumas de suas figuras de cera, que podiam ser vistas de graça, não foi tentado por nenhum impulso que o fizesse pagar seis pence por cabeça. Assim, apesar de muitas pessoas continuarem a olhar fixamente para a entrada e as figuras ali exibidas – e permaneciam lá com grande perseverança, hora a hora, para ouvir o realejo tocar e ler os cartazes –, e apesar de terem sido gentis em recomendar seus amigos para patrocinarem a exposição mesmo assim, até que a entrada fosse bloqueada por metade da população da cidade, que, ao sair do trabalho, foi substituída pela outra metade, não havia evidências de que a bilheteria estivesse mais recheada, nem as perspectivas do estabelecimento eram de algum modo animadoras.

Nesse estado de depressão clássica do mercado, a senhora Jarley fez esforços extraordinários para estimular o gosto popular e aguçar sua curiosidade. Algumas engrenagens no corpo da freira que ficava no batente da porta foram limpas e colocadas em movimento, de modo que a figura balançasse a cabeça automaticamente o dia todo, para grande admiração de um barbeiro bêbado, mas muito protestante, que passou por ali e que considerou o referido movimento automático como típico do efeito decadente causado na mente humana pelas cerimônias da Igreja Católica Romana e discorreu sobre esse tema com grande eloquência e moralidade. Os dois carroceiros entravam e saíam constantemente da sala de exposição, sob vários disfarces, dizendo em voz alta que a visão valia mais o dinheiro investido do que qualquer coisa que haviam visto em toda a vida e incitando os espectadores, com lágrimas nos olhos, a não negligenciarem uma exposição tão brilhante. A senhora Jarley sentou-se na caixa de pagamento, trocando dinheiro de prata do meio-dia até a noite, e solenemente conclamava a multidão a notar que o preço da entrada era de apenas seis pence e que o fim daquela temporada, para uma curta viagem entre a realeza da Europa, estava marcado para a próxima semana.

– Sejam pontuais, sejam pontuais, sejam pontuais! – disse a senhora arley ao final de cada discurso. – Lembrem-se de que esta é a coleção estupenda de Jarley de mais de cem figuras e que é a única coleção no mundo; todos os outros são impostores e enganadores. Não percam, não percam, não percam!

Capítulo 33

Como o curso desta história exige que nos familiarizemos, mais cedo ou mais tarde, com alguns detalhes sobre a economia doméstica do senhor Sampson Brass, e como um lugar melhor do que este provavelmente não aparecerá, o historiador pega o simpático leitor pela mão, salta com ele no ar, fende-o a uma velocidade maior do que Don Cleophas Leandro Perez Zambullo e o Diabo Coxo[6] sobrevoaram Madri, e pousa no meio da calçada de Bevis Marks.

Os destemidos voadores pousam diante de uma pequena casa escura, que já foi a residência do senhor Sampson Brass.

Na janela da saleta dessa pequena habitação, que fica tão perto da calçada que o pedestre que passa próximo da parede escova o vidro opaco com a manga do casaco, para sorte do vidro que está sempre muito sujo, nesta janela da sala, nos dias em que era habitada por Sampson Brass, pendia, toda torta e frouxa, e descolorida pelo sol, uma cortina de verde

---

[6] Don Cleophas Leandro Perez Zambullo era uma personagem da obra do autor francês Alain-René Lesage intitulada *Le Diable Boiteux* (O Diabo Coxo, em tradução livre). Dom Cleophas liberta o diabo sem querer, e este, em agradecimento, o leva para um voo mágico sobre Madri, de onde ele pode enxergar as pessoas dentro das casas, pois o diabo e sua magia tornam os telhados transparentes. (N.T.)

desbotado, tão puída pelo longo serviço que mal conseguia impedir a visão do pequeno quarto escuro, permitindo um panorama favorável para observá-lo com precisão. Não havia muito para ver. Uma mesa frágil, com maços de papéis avulsos, amarelos e esfarrapados por serem carregados nos bolsos, ostensivamente expostos em cima; dois bancos colocados frente a frente em lados opostos dessa peça maluca de mobília; uma cadeira velha e traiçoeira perto da lareira, cujos braços mirrados haviam abraçado muitos clientes e ajudado a espremê-los até secarem; uma caixa de perucas de segunda mão, usada como depósito de escritos e declarações em branco e outras pequenas peças do Direito, outrora o único conteúdo da cabeça que pertencia à peruca que pertencia à caixa, como agora eram da própria caixa; dois ou três livros de prática comuns; um frasco de tinta, uma caixa de pó mata-borrão, uma vassoura para lareira gasta, um tapete feito em pedaços, mas ainda agarrado com o aperto do desespero às suas tachas, este, com o lambril amarelo das paredes, o teto desbotado pela fumaça, poeira e teias de aranha, eram a parte mais proeminente da decoração do escritório do senhor Sampson Brass.

Mas isso era apenas natureza morta, de menor importância do que a placa "BRASS, Advogado" na porta, e o bilhete pendurado na aldrava "Primeiro andar, aluga-se para um cavalheiro solteiro". O escritório costumava abrigar dois exemplos de caráter animado, que interessam para o propósito desta história.

Destes, um era o próprio senhor Brass, que já apareceu nestas páginas. A outra era sua escriturária, assistente, governanta, secretária, conspiradora, confidente, consultora, fofoqueira e aumentadora de custas, a senhorita Brass, uma espécie de amazona da *common law*, de quem pode ser importante oferecer uma breve descrição.

A senhorita Sally Brass era uma senhora de 35 anos, mais ou menos, de aparência esquelética e ossuda e de porte resoluto que, se reprimia as emoções mais suaves do amor e mantinha os admiradores à distância, certamente inspirava um sentimento de admiração no peito dos homens desconhecidos que tiveram a felicidade de se aproximar dela. No rosto, ela tinha uma semelhança impressionante com seu irmão, Sampson. Tão exata era a semelhança entre eles que combinava com a modéstia de donzela e a feminilidade suave da senhorita Brass que, se ela estivesse vestida nas roupas de seu irmão por brincadeira e sentada ao lado dele, seria difícil para o amigo mais íntimo da família determinar quem era Sampson e qual seria Sally, especialmente porque a senhorita carregava no lábio superior certas manifestações avermelhadas, as quais, se a imaginação fosse auxiliada por um traje masculino, poderiam ser confundidas com um bigode. No entanto, com toda a certeza, não passavam de cílios no lugar errado, pois os olhos da senhorita Brass estavam totalmente livres de tais atributos naturais. A pele da senhorita Brass era pálida, um tanto amarelada e suja, por assim dizer, mas essa tonalidade era parcialmente aliviada pela cor saudável que envolvia a ponta do seu nariz simpático. Sua voz era muito impressionante, profunda e rica em qualidade e, uma vez ouvida, não era facilmente esquecida. Seu vestido preferido era um vestido verde, em uma cor não muito diferente da cortina da janela do escritório, bem apertado no corpo e terminando no pescoço, onde era fechado por um botão grande e maciço. Sentindo, sem dúvida, que a simplicidade é a alma da elegância, a senhorita Brass não usava colarinho ou lenço, exceto na cabeça, que era invariavelmente ornamentada com um lenço de gaze marrom, como a asa de um vampiro, e que, torcido em qualquer formato que fosse, constituía um adorno de cabeça simples e gracioso.

Assim era a senhorita Brass pessoalmente. Sua mente era de tendência forte e vigorosa, tendo desde a mais tenra idade se dedicado com ardor incomum ao estudo do Direito. Não perdeu muito tempo admirando os voos das águias, que são raros, mas rastreava atentamente os movimentos rasteiros e escorregadios como o das enguias, que em geral cruzavam o seu caminho. Nem ela, como muitas pessoas de grande intelecto, se confinou à teoria ou se deteve onde começava a prática, pois ela podia redigir, copiar, preencher formulários e impressos com perfeita precisão e, em suma, realizar qualquer tarefa comum do escritório para remendar um pedaço de pergaminho ou consertar uma caneta. É difícil entender como, tendo esses talentos combinados, ela permaneceria sendo a senhorita Brass; mas, se ela havia endurecido seu coração contra os homens, ou se aqueles que poderiam tê-la cortejado e conquistado, e foram dissuadidos por temer que, sendo instruída na lei, ela poderia ter na ponta da língua aqueles estatutos específicos que regulam as relações de família, denominadas ações por violação, é certo que ela permanecia em celibato e ainda ocupava diariamente sua antiga cadeira, oposta à do seu irmão Sampson. E é igualmente certo, aliás, que entre essas duas cadeiras muitas pessoas vieram ao chão.

Certa manhã, o senhor Sampson Brass estava sentado em sua cadeira, copiando um processo legal e calcando violentamente a caneta no papel, como se escrevesse diretamente sobre o coração da parte a quem a peça era direcionada; e a senhorita Sally Brass estava sentada em sua cadeira arrumando uma nova caneta, preparando-se para produzir um pequeno relatório de despesas, que era sua ocupação favorita; e assim ficaram sentados em silêncio por um longo tempo, até que a senhorita Brass o quebrou.

– Você está quase terminando, Sammy? – disse a senhorita Brass, pois, em seus lábios suaves e femininos, Sampson tornou-se Sammy, e todas as coisas eram suavizadas.

– Não – respondeu o irmão. – Mas tudo estaria pronto se você tivesse ajudado na hora certa.

– Oh, sim, é verdade – exclamou a senhorita Sally. – Você quer minha ajuda, não é? Pois VOCÊ que contrate um escriturário!

– Eu, manter um escriturário para meu próprio prazer, ou por capricho, sua patife provocadora! – disse o senhor Brass, colocando a caneta na boca e sorrindo maldosamente para a irmã. – Por que você me insulta em sugerir um atendente?

Pode-se observar naquele lugar, a não ser pelo fato de o senhor Brass chamar uma senhora de patife não ocasionar espanto ou surpresa, que ele estava tão habituado a tê-la perto dele como se fosse outro homem que gradualmente se acostumou a falar com ela como se fosse um homem. E esse sentimento era tão perfeitamente recíproco que não apenas o senhor Brass muitas vezes chamava a senhorita Brass de patife, ou mesmo colocava um adjetivo antes do patife, mas a ela considerava isso uma coisa natural e estava tão pouco incomodada quanto qualquer outra senhora estaria ao ser chamada de anjo.

– Por que você me insultou, depois de três horas de conversa na noite passada, com a ideia de contratar um funcionário? – repetiu o senhor Brass, sorrindo novamente com a caneta na boca, como o brasão de algum nobre ou cavalheiro. É minha culpa?

– Tudo que eu sei é – disse a senhorita Sally, sorrindo secamente, pois ela não sentia prazer maior do que irritar seu irmão – que, se cada um de seus clientes nos forçar a contratar um escriturário, queiramos ou não, é melhor você encerrar os negócios, interromper o trabalho e ser levado à execução o mais rápido possível.

– Temos algum outro cliente como ele? – disse Brass. – Temos outro cliente como ele agora? Você pode me responder isso?

– Você quer dizer parecido fisicamente? – disse sua irmã.

– Eu quero dizer fisicamente? – zombou Sampson Brass, estendendo a mão para pegar o livro de notas e virando as folhas rapidamente. – Olhe aqui: Daniel Quilp... Daniel Quilp... Daniel Quilp em tudo! Devo pegar o escriturário que ele recomenda e dizer "este é o homem certo para você" ou perder tudo isso? Hein?

A senhorita Sally se dignou a não responder, mas sorriu de novo e continuou o seu trabalho.

– Mas eu sei o que é – retomou Brass após um breve silêncio. – Você tem medo de não ter tanta influência no negócio como costumava ter. Você acha que eu não vejo isso?

– O negócio não iria durar muito, suponho, sem mim – respondeu sua irmã com seriedade. – Não seja um tolo em me provocar, Sammy, mas preste atenção ao que está fazendo e termine logo.

Sampson Brass, que no fundo temia muito sua irmã, debruçado sobre sua escrita novamente, ouviu quando ela disse:

– Se eu determinasse que o funcionário não deveria vir, é claro que ele não teria permissão para vir. Você sabe disso muito bem, então não fale bobagens.

O senhor Brass recebeu essa observação com a maior mansidão, apenas comentando, baixinho, que não gostava desse tipo de brincadeira e que a senhorita Sally seria "uma pessoa muito melhor" se parasse de irritá-lo. A este elogio a senhorita Sally respondeu que gostava da diversão e não tinha intenção de renunciar a esse prazer. Como o senhor Brass não tinha interesse em prolongar aquele assunto, ao que parecia, os dois empunharam suas penas em grande velocidade, e a discussão terminou.

Enquanto eles estavam assim ocupados, a janela foi subitamente escurecida, como se alguém estivesse parado diante dela. Enquanto o senhor Brass e a senhorita Sally erguiam os olhos para ver a real causa, a parte superior foi abaixada agilmente por fora, e Quilp enfiou a cabeça por ela.

– Olá! – disse ele, ficando na ponta dos pés no parapeito da janela e olhando para a sala. – Tem alguém em casa? Existe alguma mercadoria diabólica aqui? Brass parece estar à venda, hein?

– Ha, ha, ha! – riu o advogado em um êxtase forçado. – Ah, muito bem, senhor! Muito bom mesmo! Muito excêntrico! Meu Deus, que humor ele tem!

– Essa é minha Sally? – resmungou o anão, cobiçando a bela senhorita Brass. – É a própria Justiça, sem a faixa que cobre seus olhos e sem a espada e a balança? É o braço forte da lei? É a Virgem de Bevis[7]?

– Que magnífico senso de humor! – gritou Brass. – Dou minha palavra, que extraordinário!

– Abra a porta – disse Quilp –, estou com ele aqui. Um senhor escrivão para você, Brass, que prêmio, que ás de trunfo. Seja rápido e abra a porta, ou, se houver outro advogado por perto e por acaso ele olhar pela janela, ele o levará diante de seus olhos.

É provável que a perda da fênix dos escrivães, mesmo para um escritório rival, não teria partido o coração do senhor Brass; mas, fingindo grande entusiasmo, levantou-se da cadeira e, indo até a porta, voltou,

---

[7] *Virgin of Bevis* – Provavelmente se refere ao romance de *Bevis* (ou Beves) *of Hampton*, um lendário cavaleiro inglês cujas proezas foram cantadas em diversos idiomas e várias versões em romeno, russo, holandês, irlandês e iídiche. Uma brincadeira com o fato de o escritório estar em Bevis Marks. (N.T.)

cumprimentando seu cliente, que conduzia pela mão nada menos que o senhor Richard Swiveller.

– Aí está ela – disse Quilp, parando bruscamente na porta e franzindo as sobrancelhas ao olhar para a senhorita Sally –, a mulher com quem eu deveria ter me casado, ali está, a bela Sarah, a mulher que tem todos os encantos do sexo feminino e nenhuma de suas fraquezas. Ah, Sally, Sally!

A este discurso amoroso a senhorita Brass respondeu brevemente "irmão"!

– Duro como o metal do qual vem o seu nome – disse Quilp. – Por que ela não muda, derretendo o bronze e escolhendo outro nome?

– Segure seus absurdos, senhor Quilp, por favor! – respondeu a senhorita Sally, com um sorriso severo. – Eu me pergunto se você não tem vergonha de si diante de um jovem desconhecido.

– O jovem desconhecido – disse Quilp, empurrando Dick Swiveller para a frente – é suscetível demais para não me compreender bem. Este é o senhor Swiveller, meu amigo íntimo, um cavalheiro de boa família e grandes expectativas, mas que, tendo se envolvido em uma confusão típica dos jovens, se contenta por um tempo em preencher a humilde posição de escriturário, humilde, mas neste local invejável. Que ambiente maravilhoso!

Se o senhor Quilp falava figurativamente e pretendia sugerir que o ar respirado pela senhorita Sally Brass era adoçado e rarefeito por aquela criatura delicada, ele tinha sem dúvida uma boa razão para o que disse. Mas, se ele falava das delícias da atmosfera do escritório do senhor Brass em um sentido literal, ele certamente tinha um gosto peculiar, pois era de um tipo comum e mundano e, além de ser frequentemente impregnado de fortes odores das roupas de segunda mão expostas à venda na esquina da Duke's Place e Houndsditch, tinha um forte aroma de ratos e camundongos e uma mancha de mofo. Talvez algumas dúvidas sobre o tal puro deleite tenham se apresentado ao senhor Swiveller quando ele se permitiu dar uma ou duas fungadas curtas e abruptas e olhou incrédulo para o anão sorridente.

– O senhor Swiveller – disse Quilp –, estando muito bem adaptado às atividades agrícolas de semear aveia selvagem, senhorita Sally, prudentemente considera que meio pão é melhor do que pão nenhum. Estar fora de perigo ele considera muito bom também e, portanto, aceita a oferta de seu irmão. Brass, o senhor Swiveller é seu.

– Estou muito contente, senhor – disse o senhor Brass –, muito contente mesmo. O senhor Swiveller, senhor, tem a sorte de ter sua amizade. Você deve estar muito orgulhoso, senhor, de ter a amizade do senhor Quilp.

Dick murmurou algo sobre nunca querer um amigo ou uma garrafa para lhe dar e também suspirou o seu ditado favorito, fazendo alusão à asa da amizade, que nunca deve perder sequer uma pena; mas suas faculdades pareciam estar absorvidas na contemplação da senhorita Sally Brass, a quem ele olhava com um olhar vazio e pesaroso, o que alegrou o anão vigilante além da medida. Quanto à própria divina senhorita Sally, ela esfregou as mãos como fazem os homens de negócios e deu algumas voltas para cima e para baixo no escritório com a caneta atrás da orelha.

– Suponho – disse o anão, voltando-se rapidamente para o amigo advogado – que o senhor Swiveller assumirá suas funções imediatamente. É segunda-feira de manhã.

– Imediatamente, por favor, senhor, por favor – respondeu Brass.

– A senhorita Sally vai lhe ensinar Direito, o delicioso estudo das leis – disse Quilp. – Ela será seu guia, sua amiga, sua companheira, sua Blackstone, sua Coke upon Littleton, a sua Melhor Companhia do Jovem Advogado.

– Ele é extremamente eloquente – disse Brass, como um homem envolto em pensamentos e olhando para os telhados das casas da frente, com as mãos nos bolsos. – Ele tem uma oratória extraordinária. Linda, realmente.

– Com a senhorita Sally – continuou Quilp – e as belas ficções da lei, seus dias passarão como minutos. Aquelas criações charmosas do poeta, John Doe e Richard Roe[8], quando forem apresentadas pela primeira vez

---

[8] John Doe e Richard Roe são nomes genéricos usados em peças jurídicas para se referirem a cadáveres ainda não identificados ou pessoas cuja identidade precisa ser mantida em sigilo. (N.T.)

para você, abrirão um mundo novo para ampliar a sua mente e melhorar o seu coração.

– Que lindo, lindo! Lin-do! Lindo de verdade! – gritou Brass. – É um prazer ouvi-lo!

– Onde o senhor Swiveller se sentará? – disse Quilp, olhando em volta.

– Ora, vamos comprar outra cadeira, senhor – respondeu Brass. – Não planejávamos ter um cavalheiro conosco, senhor, até que o senhor teve a gentileza de sugerir, e nossas acomodações não são amplas. Vamos procurar um banquinho de segunda mão, senhor. Nesse ínterim, o senhor Swiveller poderá tomar o meu lugar e tentar fazer uma cópia aproximada dessa ordem de despejo, já que estarei fora de casa por toda a manhã...

– Venha comigo – disse Quilp. – Tenho alguns assuntos de negócios para tratar. Você tem algum tempo?

– Se posso arranjar tempo para caminhar com você, senhor? O senhor está brincando, deve estar brincando comigo – respondeu o advogado, colocando o chapéu. – Estou pronto, senhor. Mesmo com meu tempo totalmente ocupado, senhor, eu arranjaria algum para caminhar com o senhor. Nem todo mundo, senhor, tem a oportunidade de se aprimorar com uma conversa com o senhor Quilp.

O anão olhou sarcasticamente para o amigo descarado e, com uma tosse seca e curta, virou-se para se despedir da senhorita Sally. Depois de uma despedida muito galante de sua parte e uma despedida muito fria e protocolar dela, ele acenou com a cabeça para Dick Swiveller e retirou-se com o advogado.

Dick ficou parado diante da escrivaninha em estado de estupefação absoluta, olhando com todas as suas forças para a bela Sally, como se ela fosse um animal raro, nunca antes visto. Quando o anão saiu para a rua, subiu novamente no peitoril da janela e olhou para o escritório por um momento com o rosto sorridente, como um homem espia dentro de uma gaiola. Dick olhou para ele, mas sem nenhum sinal de reconhecimento; e, muito depois de ele ter desaparecido, ainda estava olhando para a senhorita Sally Brass, sem ver ou pensar em outra coisa, e grudado no lugar.

A senhorita Brass, por essa altura envolvida na contabilidade de custos, não ligou para Dick, mas seguiu rabiscando com uma caneta barulhenta, marcando os números com evidente satisfação e trabalhando como uma máquina a vapor. Lá estava Dick, olhando ora para o vestido verde, ora para o adorno de cabeça marrom, ora para o rosto, ora para a caneta ligeira, num estado de perplexidade estúpida, perguntando-se como ele chegou até a companhia daquele estranho monstro, e se era um sonho do qual ele fosse acordar. Por fim, ele deu um suspiro profundo e começou lentamente a tirar o casaco.

O senhor Swiveller tirou o casaco e dobrou-o com grande elaboração, olhando para a senhorita Sally o tempo todo; em seguida, vestiu uma jaqueta azul com uma fileira dupla de botões dourados, que originalmente encomendara para expedições marítimas, mas trouxera consigo naquela manhã como uniforme para o escritório; e, ainda de olho nela, deixou-se cair silenciosamente na cadeira do senhor Brass. Então ele teve uma recaída e ficou impotente novamente, apoiou o queixo na mão e arregalou os olhos de tal maneira que parecia completamente fora de questão que ele um dia conseguiria fechá-los novamente.

Depois de ter olhado por tanto tempo a ponto de não conseguir ver mais nada, Dick desviou o olhar do belo objeto de sua admiração, virou as folhas do rascunho que deveria copiar, mergulhou a caneta no tinteiro e, por fim, com um avanço lento, começou a escrever. Mas ele não tinha escrito meia dúzia de palavras quando, estendendo a mão para o tinteiro para dar uma nova carga, por acaso ergueu os olhos. Lá estava o indefectível adereço marrom para a cabeça, lá estava o vestido verde, lá, em resumo, estava a senhorita Sally Brass, vestida com todos os seus encantos, e mais exuberante do que nunca.

Isso acontecia com tanta frequência que o senhor Swiveller aos poucos começou a sentir sensações estranhas rastejando sobre ele, desejos horríveis de aniquilar essa Sally Brass, compulsões misteriosas para arrancar o enfeite de cabeça e ver como ela ficava sem ele. Havia uma régua muito grande sobre a mesa; uma régua enorme, escura e brilhante. O senhor Swiveller a apanhou e começou a esfregá-la no nariz.

De esfregar o nariz com a régua até segurá-la com a mão e manejá-la com um floreio como se fosse uma machadinha, a evolução foi fácil e natural. Em alguns desses floreios, a régua passava rente à cabeça da senhorita Sally; as pontas soltas do lenço de cabeça balançavam com o vento que ela provocava; avançando apenas um centímetro, e aquele grande nó marrom estaria no chão: mesmo assim, a donzela inconsciente trabalhava sem erguer os olhos.

Bem, isso foi um grande alívio. Era bom escrever rápida e obstinadamente até ficar desesperado, e então agarrar a régua e girar perto do lenço de cabeça marrom com a consciência de que poderia tirá-lo se quisesse. Foi uma boa coisa puxá-la de volta e esfregar o nariz com força, quando pensava que a senhorita Sally poderia erguer os olhos e se alegrar com movimentos mais vigorosos quando constatava que ela ainda estava concentrada nas contas.

Dessa maneira, o senhor Swiveller acalmou a agitação de seus sentimentos, até que suas peripécias com a régua se tornaram menos violentas e frequentes, e ele conseguiu dedicar-se a escrever meia dúzia de linhas consecutivas sem pegá-la novamente, o que foi uma grande conquista.

Capítulo 34

Com o passar do tempo, isto é, depois de algumas horas ou mais de dedicação incessante, a senhorita Brass concluiu sua tarefa e registrou o fato limpando a caneta sobre o vestido verde e pegando uma pitada de rapé de uma caixinha redonda de lata que carregava no bolso. Depois desse refresco, ela se levantou de sua cadeira, amarrou seus papéis em um pacote formal com fita vermelha e, levando-o debaixo do braço, saiu marchando do escritório.

O senhor Swiveller mal havia pulado da cadeira e começado a dançar um *hornpipe* horrível quando foi interrompido, em plena alegria de estar ali sozinho, pela abertura da porta e pelo reaparecimento da cabeça da senhorita Sally.

– Vou sair – disse a senhorita Brass.

– Muito bem, senhora – respondeu Dick. – E não se apresse por minha causa em voltar, senhora – acrescentou ele em um sussurro.

– Se alguém vier até o escritório, anote os recados e diga que o cavalheiro que cuida desse assunto não está no momento, sim? – disse a senhorita Brass.

– Sim, senhora – respondeu Dick.

– Não demorarei muito – disse a senhorita Brass, retirando-se.

– Lamento ouvir isso, senhora – replicou Dick quando ela fechou a porta. – Espero que seja detida inesperadamente, senhora. Se você conseguisse ser atropelada, senhora, mas nada muito sério, seria melhor ainda.

Dizendo essas frases de boa vontade com extrema afetação, o senhor Swiveller sentou-se na cadeira do cliente e refletiu; então deu algumas voltas para cima e para baixo na sala e caiu na cadeira novamente.

– Então sou o escriturário de Brass, não é? – disse Dick. – Escriturário de Brass, hein? E o funcionário da irmã de Brass, funcionário de uma mulher dragão. Muito bom, muito bom! O que poderia ser a seguir? Deveria ser um condenado com chapéu de feltro e terno cinza, trotando por um estaleiro com meu número cuidadosamente bordado em meu uniforme e o brasão da Ordem da Liga na perna, protegido de esfolar o tornozelo por um lenço colorido amarrado? Deveria estar assim? Será que isso serviria ou seria muito fino para mim? O que você quiser, faça do seu jeito, é claro.

Como estava inteiramente sozinho, pode-se presumir que, nessas reflexões, o senhor Swiveller falava com o seu destino, de quem, como aprendemos pelas histórias, os heróis costumam zombar amarga e ironicamente quando se deparam com situações desagradáveis. Isso é muito provável por conta de o senhor Swiveller dirigir suas palavras para o teto, onde essas personagens incorpóreas costumam habitar, exceto no teatro, onde habitam o centro dos grandes lustres do cenário.

– Quilp me ofereceu essa posição, que ele diz que pode me dar suporte – retomou Dick após um silêncio pensativo e contando as circunstâncias de sua situação, uma a uma, nos dedos. – Fred, que eu poderia ter jurado que jamais diria uma coisa dessas, apoia Quilp para meu espanto e insiste que eu aceite: espanto número um! Minha tia no interior interrompe o envio de fundos e escreve uma nota carinhosa para dizer que ela fez um novo testamento e me deixou fora dele: espanto número dois! Sem dinheiro; nenhum crédito; sem apoio de Fred, que parece estar firme de uma vez; o aviso de despejo para abandonar meu velho quarto: espantos número três, quatro, cinco e seis! Sob esse acúmulo de espantos, nenhum homem pode ser considerado um ser livre. Nenhum homem se derruba sozinho; quando seu destino o derrubar, ele deve encarregar-se de erguê-lo novamente. Então estou muito feliz que o meu próprio destino tenha causado tudo isso e serei o mais descuidado possível e ficarei à vontade para irritá-lo. Então vá em frente, meu caro – disse o senhor Swiveller, desviando o olhar do teto com um aceno significativo –, e vamos ver qual de nós se cansará primeiro!

Abandonando o assunto de seu infortúnio com essas reflexões, que foram sem dúvida muito profundas e, na verdade, não são de todo desconhecidas em certos sistemas de filosofia moral, o senhor Swiveller sacudiu o desânimo e assumiu alegremente o papel fácil de um escriturário irresponsável.

Como um meio de manter a compostura e o autocontrole, ele fez um exame minucioso do escritório que ainda não tivera tempo de fazer; olhou para a caixa de perucas, os livros e o tinteiro; desamarrou e inspecionou todos os papéis; esculpiu alguns desenhos na mesa com uma lâmina afiada do canivete do senhor Brass; e gravou seu nome dentro do balde de madeira para guardar carvão. Tendo, por assim dizer, tomado posse formal de seu estágio com essas ações, ele abriu a janela e se inclinou displicentemente para fora dela até que um cervejeiro passou, a quem ele pediu que preparasse sua bandeja e o servisse com meio litro de cerveja artesanal, que ele bebeu na hora e pagou imediatamente, com o propósito de ganhar confiança para estabelecer um sistema de crédito no futuro e garantir esse arranjo sem perda de tempo. Então, três ou quatro meninos apareceram em missão jurídica, enviados por três ou quatro advogados do mesmo porte de Brass, a quem o senhor Swiveller acolheu e se despediu de um modo tão profissional e com um entendimento tão preciso dos seus afazeres, tão confortável em seu papel como estaria qualquer palhaço em uma pantomima. Terminadas essas providências, ele subiu de novo em sua cadeira e tentou desenhar caricaturas da senhorita Brass com pena e tinta, assobiando alegremente o tempo todo.

Ele estava ocupado com essa distração quando uma carruagem parou perto da porta, e logo depois ouviu uma forte batida dupla. Como isso não era assunto do senhor Swiveller, pois a pessoa não tocava a campainha do escritório, ele prosseguiu com sua diversão sem se abalar, embora soubesse que não havia mais ninguém no escritório para atender.

Nisso, entretanto, ele se enganou; pois, depois que a batida foi repetida com crescente impaciência, a porta foi aberta, e alguém com passos muito pesados subiu as escadas e entrou na sala acima. O senhor Swiveller estava se perguntando se aquela poderia ser outra senhorita Brass, irmã gêmea do Dragão, quando ouviu uma batida de dedos na porta do escritório.

– Entre! – disse Dick. – Não faça cerimônia. O negócio pode ficar bastante complicado se eu tiver mais clientes para atender. Entre!

– Por favor – disse uma vozinha muito baixa na porta –, você pode vir e mostrar o quarto para alugar?

Dick se debruçou sobre a mesa e viu uma garotinha desleixada com um avental sujo e grosso, que não deixava nada dela visível a não ser o rosto e os pés. Ela parecia estar vestida com uma caixa de violino.

– Ora, quem é você? – disse Dick.

Ao que a única resposta foi:

– Oh, por favor, venha mostrar o quarto?

Nunca houve uma criança tão antiquada em sua aparência e modos. Ela deve estar trabalhando desde o berço. Ela parecia ter tanto medo de Dick quanto Dick estava perplexo com ela.

– Não tenho nada a ver com a locação – disse Dick. – Peça que chamem de novo mais tarde.

– Ah, mas, por favor, venha e mostre o alojamento – respondeu a garota. – São dezoito xelins por semana com comida e roupa de cama inclusas. Botas e roupas são extras, e a lareira no inverno custa oito pence por dia.

– Por que você mesma não pode ir mostrá-lo, já que sabe tudo sobre o quarto disponível? – disse Dick.

– A senhorita Sally disse que não, porque as pessoas não acreditariam que o atendimento seria bom se vissem antes como eu sou pequena.

– Bem, mas eles verão como você é pequena depois, não é? – disse Dick.

– Ah! Mas aí eles já teriam alugado por quinze dias, certo? – respondeu a criança com um olhar astuto. – E as pessoas não gostam de se mudar depois de estarem estabelecidas.

– Isso é uma coisa estranha – murmurou Dick, levantando-se. – Você quer dizer que é... a cozinheira?

– Sim, eu faço a comida simples – respondeu a criança. – Também sou empregada doméstica; eu faço todo o trabalho da casa.

"Suponho que Brass, o dragão de saias e eu fazemos a parte mais suja", pensou Dick. E ele poderia ter pensado muito mais, pois estava em um estado de espírito duvidoso e hesitante, mas a garota novamente insistiu em seu pedido, e alguns sons de batidas no corredor e escadas indicavam a impaciência do visitante. Richard Swiveller, portanto, enfiando uma caneta atrás de cada orelha e carregando outra na boca como um símbolo de sua grande importância e dedicação aos negócios, correu para encontrar e tratar com o cavalheiro solteiro.

Ele ficou um pouco surpreso ao perceber que os sons de batidas foram gerados pela subida das escadas do baú do cavalheiro solteiro, que, sendo quase duas vezes mais largo que a escada e excessivamente pesado, não era tarefa fácil para os esforços conjuntos do cavalheiro e do cocheiro para vencer aquela subida íngreme. Mas lá estavam eles, esmagando uns aos outros, empurrando e puxando com todas as suas forças e ajeitando o baú em todos os tipos de ângulos impossíveis, e avançar com ele estava fora de questão. Por essa razão, o senhor Swiveller seguiu lentamente atrás, reclamando a cada degrau vencido que a casa do senhor Sampson Brass estava sendo tomada por uma tempestade.

A esses protestos o cavalheiro não respondeu uma palavra, mas, quando o baú enfim entrou no quarto, sentou-se sobre ele e enxugou a calva e o rosto com o lenço. Ele sentia muito calor, e deveria ser bem assim, pois, além do esforço de levar o baú até o topo das escadas, ele estava completamente abafado em suas roupas de inverno, embora o termômetro tivesse marcado o dia inteiro trinta e dois graus à sombra.

– Acredito, senhor – disse Richard Swiveller, tirando a caneta da boca –, que deseja ver estes aposentos. São apartamentos muito charmosos, senhor. Eles permitem uma visão panorâmica do... do outro lado; e ficam a uma curta caminhada da... da esquina da rua. Há uma excelente cerveja nas imediações, senhor, e as conveniências da vizinhança são extraordinárias.

– De quanto é o aluguel? – perguntou o cavalheiro solteiro.

– Uma libra por semana – respondeu Dick, aumentando o valor. – Eu mesmo posso receber agora. – As botas e as roupas são extras – disse Dick –, e a lareira no inverno é...

– Estou completamente de acordo – respondeu o cavalheiro solteiro.

– Duas semanas adiantadas – disse Dick –, são as...

– Duas semanas? – gritou o cavalheiro solteiro asperamente, olhando-o da cabeça aos pés. – Dois anos. Vou morar aqui por dois anos. Tome. Dez libras adiantadas. Acordo fechado!

– Veja bem – disse Dick –, meu nome não é Brass e...

– Quem disse que era? Meu nome não é Brass... O que me importa?

– O nome do dono da casa é esse – disse Dick.

– Fico feliz com isso – respondeu o cavalheiro solteiro. – É um bom nome para um advogado. Cocheiro, pode ir. Você também pode sair agora, senhor.

O senhor Swiveller ficou tão confuso com aquele cavalheiro atropelando-o bruscamente daquela maneira que o encarou tão duramente quanto havia olhado para a senhorita Sally. O cavalheiro solteiro, porém, não foi nem um pouco afetado por essa atitude, mas continuou com elegância a desenrolar o xale que estava amarrado em volta do pescoço e, em seguida, tirou as botas. Livre desses estorvos, ele passou a despir-se de suas outras roupas, as quais dobrou, peça por peça, e arrumou no baú. Em seguida, baixou as persianas, fechou as cortinas, deu corda no relógio e, de maneira bastante lenta e metódica, foi para a cama.

– Pegue a conta – foram suas palavras de despedida, enquanto olhava por entre as cortinas – e não deixe ninguém me incomodar até que eu chame pela campainha.

Com isso, as cortinas se fecharam, e ele pareceu roncar imediatamente.

– Essa é uma casa notável e sobrenatural! – disse o senhor Swiveller ao entrar no escritório com o dinheiro na mão. – A Senhora Dragão nos negócios, comportando-se como um cavalheiro; cozinheira de um metro de altura aparecendo misteriosamente do subsolo; desconhecidos invadindo e indo para a cama sem licença ou permissão no meio do dia! Se ele for um daqueles camaradas espetaculares, que aparecem de vez em quando e anunciam que vão dormir por dois anos, estarei em uma situação muito confortável. É o meu destino, porém, e espero que Brass goste. Eu ficarei triste se ele não gostar. Mas não é da minha conta, não tenho absolutamente nada a ver com isso!

Capítulo 35

O senhor Brass, ao retornar, recebeu o relato de seu escrivão com muita complacência e satisfação e perguntou especificamente sobre a nota de dez libras, que, ao ser examinada, provou ser uma nota legítima do governador e da Companhia do Banco da Inglaterra, aumentando consideravelmente o seu bom humor. Na verdade, ele estava tão repleto de liberalidade e condescendência que, em sua alegria, convidou o senhor Swiveller a compartilhar uns drinques com ele, materializando o período remoto e indefinido que geralmente é descrito como "um dia desses", e elogiou sua aptidão incomum para os negócios, demonstrada pela sua conduta e dedicação logo no primeiro dia de trabalho.

Era uma máxima do senhor Brass dizer que o hábito de fazer elogios mantinha a língua de um homem lubrificada sem ter que gastar nada; e, como aquele órgão nunca deveria enferrujar nem ranger ao girar suas engrenagens no caso de um bom advogado, em quem deveria ser sempre ágil e rápido, ele não perdia nenhuma oportunidade de aprimorar sua oratória em belos discursos e frases elogiosas. E isso havia se tornado tal hábito nele que, se não fosse possível dizer que tinha tudo na ponta da língua, certamente ela poderia estar em qualquer lugar do corpo, menos em seu rosto, cujo aspecto áspero e repulsivo, como vimos anteriormente, não era tão facilmente lubrificado, pois franzia a testa para todo e qualquer discurso mais suave; e era um verdadeiro farol da natureza, avisando a quem navegasse por águas rasas pelo mundo, ou por aquele perigoso estreito chamado lei, que fosse procurar por portos menos traiçoeiros e tentar sua sorte em outro lugar.

Enquanto o senhor Brass, por sua vez, cobria seu escriturário de elogios e inspecionava a nota de dez libras, a senhorita Sally não demonstrou emoção, menos ainda alguma agradável, pois, como a tendência de sua prática jurídica era fixar seus pensamentos em pequenos ganhos e reclamações e para aguçar e afiar sua sabedoria natural, ela não ficou nem um pouco desapontada com o fato de o cavalheiro solteiro ter conseguido o quarto a um preço tão baixo, argumentando que, quando ele demonstrou estar decidido a ficar, ele deveria, pelo menos, ter cobrado o dobro ou o triplo dos valores combinados e que, nos termos em que o negócio foi fechado, o senhor Swiveller deveria ter recusado. Mas nem a opinião favorável do senhor Brass nem a insatisfação da senhorita Sally produziram alguma reação naquele jovem cavalheiro, que jogava a responsabilidade por todo ato e ação sobre seu infeliz destino, pois era muito resignado e acomodado: totalmente preparado para o pior e filosoficamente indiferente ao melhor.

– Bom dia, senhor Richard – disse Brass, no segundo dia de estágio do senhor Swiveller. – Sally encontrou para você um banquinho de segunda mão, senhor, ontem à noite em Whitechapel. Ela é imbatível em qualquer pechincha, posso lhe dizer, senhor Richard. Você vai descobrir que é um banco de primeira linha, senhor, acredite em mim.

– É uma coisa meio esquisita de se ver – disse Dick.

– Você vai achar que é um banquinho incrível para se sentar, pode ter certeza – retrucou o senhor Brass. – Foi comprado na rua em frente ao hospital e, como está ali há um ou dois meses, ficou um pouco empoeirado e um pouco marrom por causa do sol, só isso.

– Espero que não esteja contaminado por febres ou qualquer doença desse tipo – disse Dick, sentando-se descontente entre o senhor Sampson e a casta Sally. – Uma das pernas é mais longa do que as outras.

– Então colocamos um pouco de madeira, senhor – retrucou Brass. – Ha, ha, ha! Colocamos um pouco de madeira, senhor, e essa é outra vantagem de minha irmã ter ido às compras para nós. Senhorita Brass, o senhor Richard é o...

– Você poderia ficar quieto? – interrompeu o alvo dessas observações, levantando os olhos de seus papéis. – Como vou trabalhar se vocês ficam tagarelando?

– Que pessoa imprevisível você é! – retornou o advogado. – Às vezes daria tudo por um bate-papo. Em outra hora, está toda focada no trabalho. Um homem nunca sabe em que humor vai encontrar você.

– Estou de bom humor agora – disse Sally –, então não me perturbe, por favor. E não o tire das atividades dele – a senhorita Sally apontou com a pena de sua caneta para Richard. – Ele não fará mais do que consegue, ouso dizer.

O senhor Brass evidentemente tinha uma forte tendência a dar uma resposta atravessada, mas foi dissuadido por considerações prudentes ou tímidas, pois apenas murmurou algo sobre irritação e um vagabundo, não associando os termos a nenhum indivíduo, mas mencionando-os como ideias abstratas que por acaso lhe ocorreram.

Eles continuaram escrevendo por um longo tempo em silêncio depois disso, em um silêncio tão monótono que o senhor Swiveller (que precisava de entusiasmo) havia caído várias vezes no sono e escrito várias palavras estranhas em uma língua desconhecida com os olhos fechados, quando a senhorita Sally interrompeu a monotonia do escritório puxando a pequena caixa de lata, pegando uma pitada barulhenta de rapé e, em seguida, expressando sua opinião de que o senhor Richard Swiveller havia "feito aquilo".

– Fiz o quê, senhora? – respondeu Richard.

– Você sabe – respondeu a senhorita Brass – que o inquilino ainda não se levantou... que nada se viu ou ouviu falar dele desde que foi para a cama ontem à tarde?

– Bem, senhora – disse Dick –, suponho que ele pode dormir até o fim de suas dez libras, em paz e sossego, se quiser.

– Ah! Começo a achar que ele nunca mais vai acordar – observou senhorita Sally.

– É uma situação muito estranha – disse Brass, largando a caneta –, realmente muito estranha. Senhor Richard, você deverá se lembrar, se for descoberto que este cavalheiro se enforcou no dossel da cama, ou caso qualquer acidente desagradável desse tipo acontecer, você deverá se lembrar de tudo, senhor Richard, que esta nota de dez libras foi dada para você como parte do pagamento de dois anos de aluguel. Você deve ter tudo em mente, senhor Richard; é melhor tomar nota disso, senhor, para o caso de ser chamado para depor.

O senhor Swiveller pegou uma grande folha de papel almaço e, com uma expressão de profunda gravidade, começou a fazer uma anotação muito pequena em um canto.

– Não se pode ser pouco cauteloso – disse o senhor Brass. – Há muita maldade no mundo, muita maldade. Por acaso o cavalheiro disse, senhor, mas não importa agora, senhor; termine aquele pequeno memorando primeiro.

Dick obedeceu e entregou-o ao senhor Brass, que desmontara de seu banquinho e andava de um lado para o outro no escritório.

– Oh, este é o memorando, não é? – disse Brass, passando os olhos pelo documento. – Muito bom. Agora, senhor Richard, o cavalheiro disse mais alguma coisa?

– Não.

– Tem certeza, senhor Richard – disse Brass, solenemente –, de que o cavalheiro não disse mais nada?

– Absolutamente nada, senhor – respondeu Dick.

– Pense bem, senhor – disse Brass. – É meu dever, senhor, na posição em que estou, e como um membro honrado da profissão jurídica, a primeira profissão neste país, senhor, ou em qualquer outro país, ou em qualquer um dos planetas que brilham acima de nós à noite, que se suponha serem habitados, é meu dever, senhor, como um ilustre membro dessa profissão, fazer-lhe uma pergunta tão central num assunto desta delicadeza e importância. O cavalheiro, senhor, que ocupou o primeiro andar com você ontem à tarde e que trouxe com ele uma caixa de pertences, uma caixa de pertences, disse algo além do que foi registrado neste memorando?

– Vamos, não seja idiota – disse a senhorita Sally.

Dick olhou para ela, depois para Brass e depois para a senhorita Sally novamente, e ainda disse "Não".

– Poxa, senhor Richard, como você é chato! – gritou Brass, relaxando em um sorriso. – Ele disse algo sobre os seus pertences? Hã?

– É assim que se diz – disse a senhorita Sally, acenando com a cabeça para o irmão.

– Ele disse, por exemplo – acrescentou Brass, em um tom meio confortável e aconchegante... – Não afirmo que ele disse isso, veja; só lhe peço para refrescar a memória. Ele disse, por exemplo, que era um visitante em Londres, que não era do seu feitio ou da sua capacidade dar referências, que achava que tínhamos o direito para exigi-las, e que, no caso de algo acontecer a ele, a qualquer momento, ele afirmou se desejava que qualquer propriedade que tivesse nas instalações fosse considerada minha, como uma compensação pelo trabalho e aborrecimento que eu deveria ter, e você, em suma – acrescentou Brass, ainda mais confortável e aconchegante do que antes –, foi induzido a aceitá-lo em meu nome, como inquilino, nessas condições?

– Certamente não – respondeu Dick.

– Ora, então, senhor Richard – disse Brass, lançando um olhar arrogante e reprovador –, acho que você se equivocou em sua vocação e nunca será um advogado.

– Nem se você vivesse mil anos – acrescentou a senhorita Sally. Em seguida, o irmão e a irmã pegaram cada um uma pitada barulhenta de rapé da caixinha de lata e caíram em uma reflexão sombria.

Nada mais se passou até a hora do jantar do senhor Swiveller, que era às três horas e parecia demorar três semanas. Na primeira badalada da hora, o novo funcionário desapareceu. Na última badalada das cinco, ele reapareceu, e o escritório, como por mágica, ficou perfumado com o cheiro de gim, água e raspas de limão.

– Senhor Richard – disse Brass –, este homem ainda não acordou. Nada vai acordá-lo, senhor. O que devemos fazer?

– Eu deveria deixá-lo dormir à vontade – retrucou Dick.

– Dormir à vontade? – gritou Brass. – Por que ele está dormindo agora, vinte e seis horas? Arrastamos cômodas sobre a cabeça dele, batemos duas vezes na porta da rua, fizemos a criada cair da escada várias vezes (ela é leve e não se machuca nada), mas nada o acorda.

– Talvez uma escada – sugeriu Dick –, e entrar pela janela do primeiro andar...

– Mas tem uma porta no meio; além disso, os vizinhos sairiam armados para ver o que havia – disse Brass.

– O que você acha de subir no telhado da casa pelo alçapão e descer pela chaminé? – sugeriu Dick.

– Seria um plano excelente – disse Brass – se alguém fosse... – E ele olhou com atenção para o senhor Swiveller – gentil, amigável e generoso o suficiente para fazê-lo. Ouso dizer que não seria tão desagradável como se supõe.

Dick fizera a sugestão pensando que a tarefa seria da competência da senhorita Sally. Como ele não disse mais nada e se recusou a aceitar a indireta, o senhor Brass propôs que eles subissem as escadas juntos e fizessem um último esforço para acordar o adormecido por algum meio menos invasivo, e, se falhassem nesta última tentativa, deveriam adotar medidas mais fortes. O senhor Swiveller, concordando, armou-se com seu banquinho e a grande régua e dirigiu-se com seu patrão para a cena da ação, onde a senhorita Brass já estava tocando uma sineta com todas as suas forças, mas sem produzir o menor efeito sobre o inquilino misterioso.

– Lá estão as botas dele, senhor Richard! – disse Brass.

– Elas parecem objetos muito obstinados – disse Richard Swiveller. E, na verdade, elas eram tão robustas e rudes como um par de botas poderia ser; tão firmemente plantadas no solo como se as pernas e os pés de seu dono estivessem dentro delas e parecendo, com suas solas largas e biqueira pesada, ter tomado posse desse lugar à força.

– Não consigo ver nada além da cortina da cama – disse Brass, fixando o olhar pelo buraco da fechadura da porta. – Ele é um homem forte, senhor Richard?

– Muito – respondeu Dick.

– Seria uma situação perigosa se ele saltasse de repente – disse Brass. – Mantenha as escadas livres. Eu seria mais do que páreo para ele, é claro, mas sou o dono da casa, e as leis da hospitalidade devem ser respeitadas.

– Olá! Olá, olá!

Enquanto o senhor Brass espiava curioso pelo buraco da fechadura, gritava assim, como um meio de atrair a atenção do inquilino, e enquanto a senhorita Brass tocava a sineta, o senhor Swiveller encostou seu banquinho na parede ao lado da porta e, montado no topo, ficando totalmente ereto, de modo que, se o inquilino saísse correndo, ele conseguiria correr na frente, começou uma violenta bateria com a régua sobre os painéis acima da porta. Encantado com sua criatividade e confiante na vantagem de sua posição, que ele havia imitado dos indivíduos robustos que abrem as portas do fosso e da galeria dos teatros em noites de lotação total, o senhor Swiveller fez cair uma tal chuva de golpes que o barulho do sino foi abafado; e a pequena criada, que esperava na escada lá embaixo, pronta para voar a qualquer momento, foi obrigada a tapar seus ouvidos para não ficar surda para o resto da vida. De repente, a porta foi destrancada por dentro e aberta violentamente. A pequena criada voou para o depósito de carvão; a senhorita Sally mergulhou em seu próprio quarto; o senhor Brass, que não era notável por sua coragem, correu para a rua seguinte e, percebendo que ninguém o seguia, armado com um atiçador ou outro objeto ofensivo, pôs as mãos nos bolsos, andando bem devagar, e assobiou tentando disfarçar.

Enquanto isso, o senhor Swiveller, no topo do banquinho, encolheu-se o máximo possível contra a parede e olhou, preocupado, para o cavalheiro solteiro, que apareceu na porta rosnando e praguejando de uma maneira horrível, e, com as botas na mão, parecia querer jogá-las escada abaixo por precaução. Essa ideia, no entanto, ele abandonou. Ele estava entrando em seu quarto novamente, ainda rosnando vingativamente, quando seus olhos encontraram os do vigilante Richard.

– VOCÊ está fazendo aquele barulho horrível? – disse o cavalheiro solteiro.

– Eu tentava ajudar, senhor – retrucou Dick, mantendo os olhos nele e acenando suavemente com a régua com a mão direita, como uma indicação do que o cavalheiro poderia esperar receber caso tentasse qualquer tipo de violência.

– Como você ousa, então – disse o inquilino –, hein?

A isso Dick não respondeu senão perguntando se o inquilino pensava ser condizente com a conduta e o caráter de um cavalheiro dormir por vinte e seis horas seguidas, e se a paz de uma família amável e virtuosa não teriam peso algum nessa balança.

– E minha paz, não vale nada? – disse o cavalheiro solteiro.

– E a paz deles não é nada, senhor? – Dick respondeu. – Eu não quero fazer ameaças, senhor, na verdade a lei não permite ameaças, pois ameaçar é uma ofensa condenável, mas, se você fizer isso de novo, tome cuidado para não ser levado pelo legista e enterrado em uma encruzilhada antes de você acordar. Fomos atormentados pelo medo de que você estivesse morto, senhor – disse Dick, deslizando suavemente para o chão –, e, no frigir dos ovos, a questão é que não podemos permitir que cavalheiros solteiros entrem neste estabelecimento e durmam por dois cavalheiros, sem pagar o dobro por isso.

– De fato! – gritou o inquilino.

– Sim, senhor, de fato – respondeu Dick, cedendo ao seu destino e dizendo o que quer que viesse à sua cabeça –, uma quantidade igual de sono nunca foi tirada de uma simples cama de solteiro, e, se você vai dormir assim em dobro, você deve pagar por um quarto com uma cama de casal.

Em vez de ficar furioso com essas observações, o inquilino deu um largo sorriso e olhou para o senhor Swiveller com os olhos cintilantes. Ele era um homem de rosto moreno queimado de sol e parecia mais marrom e queimado de sol por estar com uma touca de dormir branca. Como era claro que ele era um sujeito colérico em alguns aspectos, o senhor Swiveller ficou aliviado ao vê-lo de tão bom humor e, para encorajá-lo, sorriu de volta.

O inquilino, irritado por ser tão rudemente acordado, empurrou o gorro de dormir para um lado da calva. Isso deu-lhe um ar excêntrico e jovial que, agora que teve a chance de observá-lo melhor, encantou o senhor Swiveller; portanto, como forma de amenizar o desconforto, ele expressou seu desejo de que o cavalheiro se levantasse e, além disso, que ele nunca mais o faria.

– Venha aqui, seu patife atrevido! – foi a resposta do inquilino ao entrar novamente em seu quarto.

O senhor Swiveller entrou atrás dele, deixando o banco do lado de fora, mas levando a régua, para o caso de uma surpresa. Ele ficou feliz por sua prudência quando o cavalheiro solteiro, sem aviso ou explicação de qualquer espécie, trancou a porta duas vezes.

– Você bebe alguma coisa? – foi sua próxima pergunta.

O senhor Swiveller respondeu que não bebia muito, tinha aplacado as dores da sede, mas que ainda estava aberto a "um modesto aperitivo", se os meios estivessem disponíveis. Sem outra palavra dita de cada lado, o inquilino tirou de seu grande baú uma espécie de templo, reluzente como de prata polida, e colocou-o cuidadosamente sobre a mesa.

Muito interessado em suas ações, o senhor Swiveller o observou atentamente. Em uma pequena câmara desse templo, ele deixou cair um ovo; em outro um pouco de café; em um terceiro, um pedaço compacto de bife cru de uma caixa de lata bem conservada; em um quarto, ele despejou um pouco de água. Então, com a ajuda de uma caixa de fósforo e alguns palitos, ele produziu uma chama e aplicou-a a uma lamparina de álcool que ficava localizada abaixo do templo; então, ele fechou as portas de todas as pequenas câmaras e, quando as abriu novamente, por alguma ação maravilhosa e invisível, o bife estava pronto, o ovo estava cozido, o café estava preparado com precisão, e seu café da manhã estava completamente pronto.

– Água quente... – disse o inquilino, entregando-a ao senhor Swiveller com tanta indiferença como se tivesse o fogão inteiro da cozinha diante de si –, um rum extraordinário, açúcar e um copo de viagem. Misture você mesmo. E se apresse.

Dick obedeceu, seus olhos vagando o tempo todo desde o templo sobre a mesa, que parecia fazer tudo, até o grande baú, que parecia conter tudo. O inquilino tomou seu desjejum como um homem acostumado a operar esses milagres, sem dar a eles muita importância.

– O dono da casa é advogado, não é? – disse o inquilino. Dick assentiu. O rum estava incrível.

– A mulher da casa, quem é ela?

– Um dragão – disse Dick.

O cavalheiro solteiro, talvez porque tenha se deparado com tais coisas em suas viagens, ou talvez porque era um cavalheiro solteiro, não demonstrou surpresa, mas apenas perguntou:

– Esposa ou irmã?

– Irmã – disse Dick.

– Tanto melhor – disse o cavalheiro solteiro. – Ele pode se livrar dela quando quiser. Gosto de fazer o que quero, meu jovem – acrescentou ele depois de um breve silêncio –, ir para a cama quando eu quero, levantar quando eu quero, entrar quando quero, sair quando quero, sem muitas perguntas e sem estar rodeado de espiões. Nesse último aspecto, os servos são o diabo.

– Só tem uma aqui. E uma bem pequena – disse Dick.

A velha loja de curiosidades – Tomo 1

– Uma bem pequena? – repetiu o inquilino. – Bem, o lugar vai me servir bem, não é?

– Sim – disse Dick.

– Tubarões, suponho? – disse o inquilino.

Dick assentiu com a cabeça e esvaziou o copo.

– Diga a eles como está o meu humor – disse o cavalheiro solteiro, levantando-se. – Se voltarem a me incomodar, perdem um bom inquilino. Se eles sabem disso, eles sabem o suficiente. Se tentarem saber mais sobre mim, eu aconselho a desistir. É melhor compreender isso logo de saída. Bom dia!

– Perdão, senhor – disse Dick, barrando sua passagem pela porta, que o inquilino se preparava para abrir. – "Quando aquele que te adora deixou apenas o nome."

– O que você quer dizer?

– "Apenas o nome" – disse Dick –, "deixou apenas o nome", no caso de chegarem cartas ou encomendas.

– Eu nunca recebi nada – respondeu o inquilino.

– Ou no caso de alguém ligar.

– Nunca ligam para mim.

– Se acontecer algum erro por não termos o nome, não diga que foi minha culpa, senhor – acrescentou Dick, ainda persistente. – "Oh, não culpe o bardo…"

– Não vou culpar ninguém – disse o inquilino com tal ira que, em um segundo, Dick se viu na escada com a porta trancada entre eles.

O senhor Brass e a senhorita Sally estavam à espreita, tendo sido, na verdade, apenas expulsos do buraco da fechadura pela saída abrupta do senhor Swiveller. Como seus maiores esforços não lhes permitiram ouvir uma palavra da conversa por causa de uma disputa por precedência, que, embora limitada a empurrões e beliscões e mímicas silenciosas, durou todo o tempo, eles o apressaram até o escritório para ouvir finalmente o relato da conversa.

323

Essa tarefa o senhor Swiveller cumpriu fielmente, no que se refere aos desejos e caráter do cavalheiro solteiro, e poeticamente, no que se refere ao grande baú, do qual ele deu uma descrição mais notável pelo brilho da imaginação do que pela verdade, declarando, com afirmações fortes, que continha um espécime de todos os tipos de comida e vinho saborosos conhecidos na atualidade e, em particular, que havia uma ação automática que servia tudo o que era necessário, que ele supôs funcionar com um mecanismo como o de um relógio. Também lhes deu a entender que o aparelho de cozinha assava um belo pedaço de costela de vaca, pesando cerca de dois quilos e meio, em dois minutos e quinze, como ele próprio testemunhou e provou com seu paladar; além disso, que, qualquer que fosse o efeito produzido, ele vira nitidamente a água ferver e borbulhar assim que o cavalheiro piscou; fatos a partir dos quais ele (o senhor Swiveller) foi levado a deduzir que o inquilino seria um grande mágico ou químico, ou ambos, cuja residência sob aquele teto não poderia deixar de, no futuro, trazer grande crédito e distinção ao nome de Brass e adicionar um novo capítulo à história de Bevis Marks.

Havia um ponto que o senhor Swiveller considerou desnecessário exagerar, e foi o fato do modesto drinque, que, por causa de sua força intrínseca e de estar vindo logo após a bebida misturada que ele tomou no jantar, causou-lhe um estado febril, que tornou necessários dois ou três modestos drinques adicionais na taverna no decorrer da noite.

Capítulo 36

Como, após algumas semanas de ocupação de seus aposentos, o cavalheiro solteiro ainda se recusasse a se corresponder, por palavra ou gesto, seja com o senhor Brass ou sua irmã Sally, mas escolhia invariavelmente Richard Swiveller como seu canal de comunicação, e como ele provou ser em todos os aspectos um hóspede altamente desejável, pagando tudo de antemão, dando pouco trabalho, não fazendo barulho e respeitando os horários, o senhor Richard imperceptivelmente ascendeu a uma posição importante na família, como alguém que tinha influência sobre esse misterioso inquilino e podia negociar com ele, para o bem ou para o mal, quando ninguém mais ousava se aproximar de sua pessoa.

Para falar a verdade, mesmo as abordagens do senhor Swiveller ao cavalheiro solteiro eram muito distantes e recebiam pouco incentivo; mas, como ele nunca saía daquelas conversas monossilábicas com o desconhecido sem ouvir expressões como "Swiveller, sei que posso confiar em você", "Não hesito em dizer, Swiveller, que tenho consideração por você", "Swiveller, você é meu amigo e estará ao meu lado, tenho certeza", entre outros discursos curtos no mesmo tom familiar e confidencial, relatados como tendo sido dirigidos pelo cavalheiro a ele, formando a base de um discurso consistente, nem o senhor Brass nem a senhorita Sally, por um momento, questionaram a extensão de sua influência, mas concordaram com ele em sua mais plena e absoluta crença. Mas, à parte e independentemente dessa fonte de popularidade, o senhor Swiveller tinha outra, que prometia ser igualmente duradoura e aliviar consideravelmente sua posição: ele conquistou certa graça aos olhos da senhorita Sally Brass.

Não se animem os desdenhosos escarnecedores do fascínio feminino a erguer os ouvidos para ouvir uma nova história de amor que lhes servirá de piada, pois a senhorita Brass, por mais que fosse formada para ser amada, não era do tipo amoroso. Aquela virgem amável, tendo se agarrado às saias da lei desde tenra idade, tendo se sustentado com a sua ajuda, por assim dizer, em seus primeiros passos sozinha e mantido um firme domínio sobre elas desde então, passou sua vida em uma espécie de infância legal. Ela tinha sido notável, quando era ainda uma pequena tagarela, por um talento incomum em imitar o andar e os gestos de um oficial de Justiça, em cujo papel ela aprendeu a dar tapinhas no ombro de seus pequenos companheiros e a carregá-los para casas de detenção imaginárias, com uma precisão na imitação que surpreendia e encantava a todos os que viam suas representações e que só foram superadas pela maneira primorosa em que fez uma execução na casa de boneca e concluiu um inventário exato das cadeiras e mesas. Essas distrações ingênuas certamente acalmaram e alegraram o declínio de seu pai viúvo: um cavalheiro exemplar (chamado de "velho Foxey" por seus amigos em razão de sua extrema sagacidade) que os incentivou a conquistar o máximo, e cujo principal pesar, ao descobrir que caminhava inexoravelmente para o cemitério da igreja de Houndsditch, era que sua filha não poderia ter um certificado como advogada e ocupar seu papel na profissão. Cheio dessa afeição e comovente tristeza, ele a confiou solenemente ao seu filho Sampson como uma auxiliar inestimável; e, desde a morte do velho cavalheiro até o período de que tratamos, a senhorita Sally Brass fora o suporte e o pilar de seu negócio.

É óbvio que, tendo se dedicado desde a infância a esse objetivo único e objeto de estudo, a senhorita Brass pouco poderia saber do mundo, exceto em sua conexão com a lei; e que de uma senhora dotada de gostos tão elevados dificilmente se poderia encontrar proficiência nas artes mais suaves e delicadas nas quais as mulheres em geral se destacam. As realizações da senhorita Sally eram todas de um tipo masculino e estritamente legais. Elas começavam com a prática de um advogado e terminavam com ela. Ela vivia em um estado de inocência legítima, por assim dizer. A lei tinha sido sua enfermeira. E, assim como as pernas arqueadas ou deformidades físicas em crianças eram tidas como consequência de má amamentação, logo, se em uma mente tão bela qualquer distorção moral ou desvio pudesse ser encontrado, a enfermeira da senhorita Sally Brass seria a única culpada.

Foi para essa senhora, então, que o senhor Swiveller explodiu em pleno frescor como algo novo e até então nunca sonhado, iluminando o escritório com flashes de música e alegria, misturados com tinteiros e caixas de mata-borrões, pegando três laranjas em uma mão, equilibrando banquinhos no queixo e canivetes no nariz, e constantemente realizando uma centena de outros feitos com igual engenhosidade; pois com tal obstinação Richard, na ausência do senhor Brass, aliviava o tédio de seu confinamento. Essas qualidades sociais, que a senhorita Sally descobriu por acaso, aos poucos a impressionaram tanto que ela implorou ao senhor Swiveller que relaxasse, como se ela não estivesse por perto, o que o senhor Swiveller consentiria prontamente em fazer. Desse modo, uma amizade surgiu entre eles. O senhor Swiveller gradualmente passou a vê-la como seu irmão Sampson fazia e como teria olhado para qualquer outro escriturário. Ele transmitiu a ela os segredos de dirigir-se a um estranho ou ir até o Newmarket em busca de frutas, cerveja de gengibre, batatas assadas ou mesmo um modesto sorvete, que a senhorita Brass não tinha vergonha de comer. Muitas vezes ele a convencia a concluir sua parte na redação além da dela; não, ele às vezes a recompensava com um forte tapa nas costas e dizia que ela era um sujeito diabólico, um cachorro alegre, e assim por diante, todos esses elogios que a senhorita Sally recebia de bom humor e com plena satisfação.

Uma situação perturbava muito os pensamentos do senhor Swiveller, e era que a pequena criada sempre permanecia em algum lugar nas entranhas da terra sob Bevis Marks e nunca vinha à superfície, a menos que o cavalheiro solteiro tocasse sua campainha, quando ela atendia e desaparecia novamente. Ela nunca saía do escritório ou entrava nele, ou tinha o rosto limpo, ou tirava o avental grosso, ou olhava por qualquer uma das janelas, ou parava na porta da rua para respirar, ou tomava qualquer descanso ou prazer, o que fosse. Nunca alguém vinha vê-la, ninguém falava dela, ninguém se importava com ela. O senhor Brass disse uma vez que acreditava que ela era uma "criança do amor"[9] (o que pode significar qualquer coisa, menos uma criança gerada ou criada com amor), e essa foi a única informação que Richard Swiveller pôde obter.

– Não adianta perguntar ao dragão – pensou Dick um dia, enquanto contemplava as feições de senhorita Sally Brass. – Suspeito que, se eu perguntasse a esse respeito, nossa amizade chegaria ao fim. Eu me pergunto se ela é um dragão mesmo ou se seria algo mais ao estilo de sereia. Ela tem uma aparência bastante escamosa. Mas as sereias gostam de se olhar no espelho, do que ela não parece gostar muito. E elas têm o hábito de pentear o cabelo, que ela não tem. Não, ela é um dragão.

– Aonde você vai, meu velho? – disse Dick em voz alta, enquanto a senhorita Sally limpava a caneta como de costume no vestido verde e se levantava de sua cadeira.

– Para o meu jantar – respondeu o dragão.

"Jantar!", pensou Dick. "Essa é outra circunstância. Não acredito que aquela criada tenha alguma coisa para comer."

– Sammy não estará em casa – disse a senhorita Brass. – Pare até eu voltar. Não vou demorar.

Dick acenou com a cabeça e seguiu a senhorita Brass, com os olhos na porta e com os ouvidos em uma salinha nos fundos, onde ela e o irmão faziam as refeições.

---

[9] Uma adaptação do original em inglês "love-child", que significa um filho ilegítimo, ou fora de um casamento, por isso o trocadilho entre parênteses sobre a geração da criança com amor. (N.T.)

A velha loja de curiosidades – Tomo 1

– Agora – disse Dick, andando para cima e para baixo com as mãos nos bolsos –, eu daria tudo, se tivesse alguma coisa, para saber o que fazem com aquela criança e onde a guardam. Minha mãe deve ter sido uma mulher muito curiosa; não tenho dúvida de que tenho um sinal de interrogação como marca de nascença em algum lugar. Eu sufoco meus sentimentos, mas você foi a causa desta minha angústia, dou minha palavra – disse o senhor Swiveller, controlando-se e caindo pensativo na cadeira do cliente. – Gostaria de saber o que fazem com ela!

Depois de correr assim por algum tempo, o senhor Swiveller abriu suavemente a porta do escritório, com a intenção de disparar para o outro lado da rua, para uma caneca de Porter suave. Naquele momento, ele viu de relance o lenço de cabeça marrom da senhorita Brass descer as escadas da cozinha. "E por Deus!", pensou Dick. "Ela vai alimentar a pequena criada. É agora ou nunca!"

Primeiro espiou por cima do corrimão e deixou que o lenço de cabeça desaparecesse na escuridão abaixo. Desceu tateando e chegou à porta de uma cozinha de fundos imediatamente após a senhorita Brass ter entrado nela, trazendo na mão uma perna fria de carneiro. Era um lugar muito escuro e miserável, muito baixo e muito úmido: as paredes desfiguradas por mil rachaduras e manchas. A água escorria de uma barrica furada, e um gato miserável lambia as gotas com a ânsia doentia da fome. A grelha, que era larga, estava enrolada e retorcida, de modo a não caber mais do que um pequeno sanduíche sobre o fogo. Tudo estava trancado; o depósito de carvão, a caixa de velas, a caixa de sal, o cofre para carne estavam todos trancados com cadeado. Não havia nada que um besouro pudesse comer. O aspecto espremido e estreito do lugar teria matado um camaleão. Ele saberia, à primeira dentada, que o ar não era comestível e teria fugido em desespero.

A pequena criada ficou de pé humildemente na presença da senhorita Sally e baixou a cabeça.

– Você está aí? – disse a senhorita Sally.

– Sim, senhora – foi a resposta em voz fraca.

– Afaste-se da perna de carneiro, ou você irá pegá-la, eu sei – disse a senhorita Sally.

A garota recuou para um canto, enquanto a senhorita Brass tirava uma chave do bolso e, abrindo o cofre, trouxe de lá uns restos sombrios de batatas frias, parecendo tão comestíveis quanto Stonehenge. Ela colocou isso diante da pequena criada, ordenando-lhe que se sentasse diante daquilo, e então, pegando uma grande faca de trinchar, fez uma demonstração poderosa, afiando-a no garfo de trinchar.

– Você vê isso? – disse a senhorita Brass, cortando um quadrado de uns cinco centímetros do carneiro frio, depois de toda essa preparação, e segurando-o na ponta do garfo.

A pequena criada olhou atentamente para ele com seus olhos famintos para enxergar cada fragmento dele, por menor que fosse, e respondeu "sim".

– Então nunca vá dizer – retrucou a senhorita Sally – que não tinha carne aqui. Pronto, coma.

Isso foi feito rapidamente.

– Agora, você quer mais? – disse senhorita Sally.

A criatura faminta respondeu com um fraco "não". Elas estavam evidentemente seguindo um roteiro estabelecido.

– Você já foi servida de carne – disse a senhorita Brass, resumindo os fatos. – Você já comeu quanto pôde. Perguntei-lhe se queria mais, e você respondeu "não"! Então, nunca diga que você recebia pouco, lembre-se disso.

Com essas palavras, a senhorita Sally guardou a carne e trancou o cofre, e então, aproximando-se da pequena criada, ignorou-a enquanto ela terminava as batatas.

Era claro que algum rancor extraordinário estava agindo no peito gentil da senhorita Brass, e que foi isso que a levou, sem nenhum motivo aparente, a bater na criança com a lâmina da faca, ora em sua mão, ora em sua cabeça, e agora nas costas, como se fosse impossível ficar tão perto dela sem aplicar algum castigo leve. Mas o senhor Swiveller não ficou surpreso ao ver sua colega escriturária, depois de caminhar lentamente para trás em direção à porta, como se estivesse tentando se retirar da sala, mas não conseguisse, disparar de repente para a frente e, atacando a pequena criada, dar-lhe alguns golpes fortes com a mão fechada. A vítima chorou, mas de maneira moderada, como se temesse levantar a voz, e a senhorita Sally, consolando-se com uma pitada de rapé, subiu as escadas assim que Richard chegou em segurança ao escritório.

Capítulo 37

O cavalheiro solteiro, entre suas peculiaridades (e ele tinha um estoque cheio delas, e todos os dias fornecia alguma nova), adquiriu um interesse extraordinário e notável pelo Teatro de Bonecos Punch. Se o som da voz de um Punch, mesmo que a uma distância remota, alcançasse Bevis Marks, o cavalheiro solteiro, ainda que estivesse na cama dormindo, levantava-se e, colocando rapidamente suas roupas, ia para o local a toda a velocidade, e logo retornava à frente de uma longa procissão de desocupados, entre os quais vinham o teatro e seus proprietários. Imediatamente, o palco era montado bem na frente da casa do senhor Brass; o cavalheiro solteiro se debruçava na janela do primeiro andar; e o entretenimento começava, com todos os seus excitantes acompanhamentos de flauta, tambor e gritos, para grande incômodo de todos os sóbrios homens de negócios daquela rua silenciosa. Era de esperar que, quando a peça terminasse, tanto os atores quanto a plateia se dispersassem; mas o epílogo era tão ruim quanto a peça, pois, assim que o Diabo morria, o gerente das marionetes e seu parceiro eram convidados pelo cavalheiro solteiro a subir para seu quarto, onde lhes servia as bebidas de sua reserva pessoal e onde mantinham com ele longas conversas, cujo significado nenhum ser humano poderia imaginar.

Mas o segredo dessas discussões tem pouca importância. O que importa é saber que, enquanto prosseguiam nas conversas, a multidão lá fora se aglomerava em volta da casa; que os meninos batiam no tambor com as mãos e imitavam Punch com suas vozes infantis; que a janela do escritório ficava opaca de tantos narizes que nela encostavam para olhar o escritório por dentro, e a fechadura da porta da rua ficava iluminada com tantos olhos espiões; que, cada vez que o cavalheiro solteiro ou qualquer um de seus convidados era visto na janela superior, ou quando apenas a ponta do nariz de um deles ficava visível, havia um grande grito de execração da multidão excluída, que permanecia uivando e berrando, e recusando qualquer consolo, enquanto os artistas não fossem entregues a eles para serem escoltados até o próximo local de apresentação. Em suma, basta saber que Bevis Marks foi revolucionada por esses movimentos populares e que a paz e a quietude fugiram de seus arredores.

Ninguém ficou mais indignado com esse processo do que o senhor Sampson Brass, que, como não podia de forma alguma perder um hóspede tão lucrativo, considerou prudente engolir a afronta de seu inquilino junto com seu dinheiro e irritar o público que se aglomerava em volta de sua porta por maneiras imperfeitas de retaliação que estavam à sua disposição e que incluíam o gotejar de água suja em suas cabeças de regadores invisíveis, atirar-lhes fragmentos de telha e argamassa do telhado da casa e subornar os motoristas das charretes para virarem rapidamente a esquina e passarem no meio deles. Pode, à primeira vista, ser uma surpresa para uns poucos desavisados que o senhor Brass, sendo um profissional do Direito, não deveria ter processado alguma parte ou partes ativas na geração daqueles incômodos, mas eles se lembrarão facilmente de que, como os médicos raramente tomam suas próprias receitas, e os religiosos nem sempre praticam o que pregam, então os advogados teriam vergonha de se intrometer na lei por conta própria: sabendo que ela é uma ferramenta afiada e de aplicação incerta, muito cara para ser usada a toda hora, e muito mais lembrada por suas propriedades de cortar demais do que por sempre barbear a pessoa certa.

– Venha – disse o senhor Brass uma tarde –, estamos há dois dias sem Punch. Espero que ele tenha passado por todos eles, finalmente.

– Por que você está com esperanças? – retornou a senhorita Sally. – Que mal eles fazem?

– Aqui temos um sujeito e tanto! – gritou Brass, largando a caneta em desespero. – Ora, aqui está um animal irritante!

– Bem, que mal eles fazem? – respondeu Sally.

– Que mal?! – gritou Brass. – Não faz mal ter uivos e pios constantes debaixo do próprio nariz, distraindo a pessoa dos negócios e fazendo a pessoa ranger os dentes de irritação? Não faz mal ficar cego e sufocado e ter o Caminho do Rei interrompido com uma turba de gritadores e rugidores cujas gargantas devem ser feitas de... de...

– Bronze – sugeriu o senhor Swiveller.

– Ah! De bronze – disse o advogado, olhando para o escrivão, para se assegurar de que havia sugerido a palavra de boa-fé e sem nenhuma intenção jocosa. – Isso não faz mal?

O advogado parou bruscamente em sua injúria e, ouvindo por um momento, e identificando aquela voz conhecida, apoiou a cabeça nas mãos, ergueu os olhos para o teto e murmurou baixinho:

– Lá vem outro!

A janela do cavalheiro solteiro se abriu imediatamente.

– Lá vem outro! – repetiu Brass. – E, se eu conseguisse uma charrete de quatro cavalos puro-sangue para cruzar na frente de Marks quando a multidão estivesse mais densa, eu pagaria dezoito pence e jamais permitiria isso!

O guincho distante foi ouvido novamente. A porta do cavalheiro solteiro se abriu. Desceu correndo as escadas com violência, saiu para a rua e, assim, passou pela janela, sem nenhum chapéu, em direção à quadra de onde vinha o som, decidido, sem dúvida, a contratar diretamente os serviços dos estranhos.

– Eu gostaria de saber apenas quem eram os seus amigos – murmurou Sampson, enchendo o bolso de papéis. – Se eles simplesmente

A velha loja de curiosidades – Tomo 1

conseguissem uma autorização para realizar um exame de sanidade mental no Gray's Inn Coffee House e me encarregassem da tarefa, eu ficaria contente em ter os quartos vazios por um tempo.

Com essas palavras, e batendo o chapéu sobre os olhos, como se tivesse o propósito de bloquear qualquer visão dos terríveis visitantes, o senhor Brass saiu correndo de casa e se afastou rapidamente dali.

Como o senhor Swiveller era decididamente a favor dessas performances, com base no fato de que assistir a um Punch, ou mesmo olhar para qualquer coisa para fora da janela, era melhor do que trabalhar, e como ele fazia, por essa razão, um grande esforço para despertar em sua colega de escritório uma noção das belezas e múltiplos valores do espetáculo, ele e a senhorita Sally se levantaram de comum acordo e tomaram suas posições na janela: sobre o peitoril, como em um posto de honra, várias jovens senhoras e senhores que cuidavam de seus bebês, e que faziam questão de estar presentes com seus jovens pupilos em tais ocasiões, já haviam se estabelecido tão confortavelmente quanto possível.

Como o vidro estava opaco, o senhor Swiveller, de acordo com um hábito amigável estabelecido entre eles, puxou o lenço marrom da cabeça da senhorita Sally e o espanou cuidadosamente com ele. No momento em que ele o devolveu e sua bela usuária o instalou novamente (o que ela fez com perfeita compostura e indiferença), o inquilino voltou com o show e seus atores em seus calcanhares, dando reforço ao corpo de espectadores. O apresentador desapareceu a toda a velocidade por trás da cortina, e seu parceiro, postando-se ao lado do teatro, inspecionou o público com uma expressão notável de melancolia, que se tornou ainda mais notável quando ele soprou uma melodia de flautim naquele doce instrumento musical popularmente chamado de órgão de boca, porém sem alterar a expressão triste da parte superior de seu rosto, embora sua boca e seu queixo estivessem se esforçando em vivos espasmos.

A peça terminou e manteve os espectadores acorrentados do modo costumeiro. A sensação que desperta em grandes plateias, quando eles são libertados de um estado de suspense, quase sem respirar, e estão novamente livres para falar e se mover, ainda era predominante quando o inquilino, como sempre, convocou os homens escada acima.

– Vocês dois – ele gritou da janela, pois apenas o próprio apresentador, um homenzinho gordo, se preparava para obedecer à convocação. – Quero falar com vocês. Subam aqui!

– Venha, Tommy – disse o homenzinho.

– Não sou bom de conversa – respondeu o outro.

– Diga isso a ele.

– Para que eu deveria ir conversar?

– Você não vê que o cavalheiro tem uma garrafa e um copo ali? – respondeu o homenzinho.

– E você não poderia ter dito isso desde o princípio? – replicou o outro com repentino entusiasmo.

– Agora, o que você está esperando? Você vai manter o cavalheiro à espera o dia todo? Você não tem educação?

Com esse protesto, o homem melancólico, que não era outro senão o senhor Thomas Codlin, empurrou seu amigo e irmão na arte dos bonecos, o senhor Harris, aliás, senhor Short ou Trotters, e correu na frente dele para o apartamento do cavalheiro solteiro.

– Agora, senhores – disse o cavalheiro solteiro –, vocês fizeram muito bem. O que você vai beber? Diga àquele homenzinho ali atrás para fechar a porta.

– Feche a porta, sim? – disse o senhor Codlin, virando-se bruscamente para o amigo. – Você deveria saber que o cavalheiro queria a porta fechada, sem que lhe dissessem, eu acho.

O senhor Short obedeceu, observando baixinho que o amigo parecia especialmente "mal-humorado" e expressando alguma esperança de que não houvesse laticínios nas redondezas, ou sua digestão certamente estragaria o encontro.

O cavalheiro apontou para duas cadeiras e os intimou com um aceno enfático de cabeça que esperava que estivessem sentados. Os senhores Codlin e Short, depois de olharem um para o outro com considerável dúvida e indecisão, finalmente se sentaram, cada um na extremidade da cadeira indicada, e seguraram seus chapéus com força, enquanto o cavalheiro solteiro enchia um par de copos de uma garrafa na mesa ao seu lado e entregava-lhes educadamente.

– Vocês dois estão bem bronzeados pelo sol – disse o anfitrião. – Vocês têm viajado muito?

O senhor Short respondeu afirmativamente com um aceno de cabeça e um sorriso. O senhor Codlin acrescentou um aceno de confirmação e um breve gemido, como se ainda sentisse o peso do teatro em seus ombros.

– Para feiras, mercados, corridas e assim por diante, suponho? – prosseguiu o cavalheiro solteiro.

– Sim, senhor – respondeu Short –, quase todo o oeste da Inglaterra.

– Falei com homens da mesma arte que a sua, vindos do norte, leste e sul – respondeu o anfitrião, de maneira bastante apressada –, mas nunca conheci um do oeste antes.

– Nosso circuito normal de verão é o oeste, mestre – disse Short. – É onde geralmente estamos. Pegamos o leste de Londres na primavera e no inverno, e o oeste da Inglaterra no verão. Tivemos muitos dias difíceis no oeste, caminhando na chuva e na lama, e sem nenhum centavo ganho.

– Deixe-me encher seu copo de novo.

– Muito obrigado a você, senhor, acho que aceito – disse o senhor Codlin, subitamente engolindo o seu e colocando o de Short de lado. – Sou um sofredor, senhor, em todas as viagens e em todos os períodos em casa. Na cidade ou no campo, úmido ou seco, quente ou frio, Tom Codlin sofre. Mas Tom Codlin não deve reclamar de tudo isso. Ah, não! Short pode reclamar, mas, se Codlin resmungar uma única palavra... ah, meu Deus, acabem com ele, acabem com ele de vez. Não cabe a ele reclamar. Isso está totalmente fora de questão.

– Codlin não é totalmente inútil – observou Short com um olhar malicioso –, mas nem sempre mantém os olhos abertos. Ele cochila às vezes, você sabe. Você se lembra das últimas corridas, Tommy?

– Você sempre tem que irritar alguém? – disse Codlin. – É bem prová-vel que eu estivesse dormindo, depois de arrecadar cinco centavos e dez pence em uma rodada, não é? Eu estava cuidando dos meus negócios e não podia ter meus olhos em vinte lugares ao mesmo tempo, como um pavão, não mais do que você deveria estar. Se eu não consigo tomar conta de um homem velho e uma criança pequena, você também não, então não jogue isso contra mim, pois a carapuça serve tão bem na sua cabeça quanto serve na minha.

– Você também pode mudar de assunto, Tom – disse Short. – Não é nada agradável para o cavalheiro, ouso dizer.

– Então você não deveria ter tocado nesse assunto – respondeu o senhor Codlin. – E peço perdão ao cavalheiro em seu nome, como um sujeito tonto que gosta de se ouvir falar e não liga muito para o que fala, desde que possa continuar falando.

Seu anfitrião estava sentado em perfeito silêncio no início dessa disputa, olhando primeiro para um homem e depois para o outro, como se ele estivesse à espera de uma oportunidade de fazer alguma pergunta adicio-nal ou voltar ao ponto de que o discurso havia se desviado. Mas, a partir do momento em que Codlin foi acusado de sonolência, ele mostrou um interesse crescente na discussão, que agora atingiu seu ponto alto.

– Vocês são exatamente os homens de que eu preciso – disse ele –, os dois homens que procuro há tempos! Onde estão aquele velho e aquela criança de quem você fala?

– Como, senhor? – disse Short, hesitando e olhando para o amigo.

– O velho e a neta que viajaram com vocês, onde eles estão? Valerá a pena falar, garanto-lhes; vale muito mais a pena do que vocês imaginam. Eles os deixaram, você diz, durante as corridas, pelo que eu entendi. Eles foram rastreados até aquele lugar, e lá os perderam de vista. Você não tem ideia, não pode sugerir nenhuma pista para a captura deles?

– Eu sempre disse, Thomas – exclamou Short, virando-se com um olhar de espanto para o amigo –, que certamente haveria algum questionamento sobre os dois viajantes.

– Você disse? – retornou o senhor Codlin. – Eu sempre disse que aquela criança abençoada era a mais interessante que já vi. Eu que sempre dizia que a amava e que a adorava? Linda criatura, até posso ouvi-la agora. "Codlin é meu amigo", dizia ela, com uma lágrima de gratidão escorrendo pelo olhinho. "Codlin é meu amigo", ela dizia. "Short, não! Short está muito bem", dizia ela. "Não tenho nada contra Short; ele é muito gentil, ouso dizer, mas Codlin", dizia ela, "tem interesse pelo meu dinheiro, embora possa não parecer."

Repetindo essas palavras com grande emoção, o senhor Codlin esfregou a ponta do nariz com a manga do casaco e, balançando a cabeça pesarosamente de um lado para o outro, deixou o cavalheiro solteiro inferir que, a partir do momento em que perdeu de vista sua querida e jovem protegida, sua paz de espírito e felicidade haviam desaparecido.

– Oh, céus! – disse o cavalheiro solteiro, andando de um lado para o outro na sala. – Eu finalmente encontrei esses homens, apenas para descobrir que eles não podem me dar nenhuma informação ou ajuda! Teria sido melhor continuar vivendo na esperança, dia após dia, e nunca os ter encontrado do que ter minhas expectativas assim dissipadas.

– Espere um minuto – disse Short. – Um homem chamado Jerry. Você conhece Jerry, Thomas?

– Oh, não me fale sobre Jerry – respondeu o senhor Codlin. – Como poderia me importar uma pitada de rapé com Jerry quando penso naquela minha querida criança? "Codlin é meu amigo", dizia ela, "querido, bom e gentil Codlin, como sempre é um prazer renovado para mim! Não tenho objeções a Short", dizia ela, "mas quero Codlin." Uma vez – disse aquele cavalheiro pensativamente –, ela me chamou de pai Codlin. Achei que iria explodir!

– Um homem chamado Jerry, senhor – disse Short, passando de seu colega egoísta a seu novo conhecido –, que mantém uma companhia de cães dançarinos, disse-me, de forma acidental, que tinha visto o velho cavalheiro junto com um museu de cera itinerante, sem que ele o visse. Como eles escaparam de nós e não deu em nada, e isso foi na região em que ele foi visto, não tomei nenhuma medida nem fiz mais perguntas, mas eu posso, se você quiser.

– Esse homem está na cidade? – disse o impaciente cavalheiro solteiro. – Vamos, fale mais rápido.

– Não, não está, mas estará amanhã, pois está hospedado em nossa casa – respondeu o senhor Short rapidamente.

– Então traga-o aqui – disse o cavalheiro solteiro. – Aqui está uma moeda de ouro. Se eu conseguir encontrar essas pessoas com a sua ajuda, será apenas uma pequena entrada para outras vinte moedas. Volte aqui amanhã e mantenha sigilo sobre esse assunto, embora eu dificilmente precise dizer isso, pois você o fará para seu próprio bem. Agora, dê-me seu endereço e vá.

O endereço foi dado, os dois homens partiram, a multidão foi com eles, e o cavalheiro solteiro caminhou em agitação incomum para cima e para baixo por duas horas em seu quarto, sobre as cabeças curiosas do senhor Swiveller e da senhorita Sally Brass.

Capítulo 38

Nessa conjuntura, não apenas ganhamos tempo para respirar e acompanhar o destino de Kit, como também as necessidades dessas aventuras se adaptam à facilidade e tendência de perseguir os caminhos que mais desejamos tomar. Kit, enquanto as questões tratadas nos últimos quinze capítulos tomavam seu curso, estava, como o leitor pode supor, familiarizando-se cada vez mais com o senhor e a senhora Garland, o senhor Abel, o pônei e Bárbara, e gradualmente passou a considerá-los todos como seus amigos pessoais, e Abel Cottage, Finchley, como seu próprio lar.

Esperem, as palavras estão escritas e podem seguir, mas, se elas transmitem qualquer noção de que Kit, na alimentação abundante e alojamento confortável de sua nova residência, começou a pensar com algum desprezo na comida e móveis pobres de sua antiga residência, elas cumprem mal seu ofício e cometem uma grave injustiça. Quem se preocuparia tanto com aqueles que deixou em casa, embora fossem apenas uma mãe e dois bebês, como Kit? Que pai orgulhoso, na plenitude de seu coração, relatou tantas maravilhas de seu filho prodígio, como Kit jamais se cansou de contar a Bárbara à noite a respeito do pequeno Jacob? Nunca houve uma mãe como a mãe de Kit, na narrativa de seu filho; ou jamais houve algum conforto na pobreza como havia na pobreza da família de Kit, se algum julgamento correto pudesse ser feito de seu próprio relato brilhante!

E deixe-me permanecer neste lugar, por um instante, para observar que, se alguma vez as afeições e amores domésticos são coisas gratuitas, elas são gratuitas para os pobres. Os laços que unem os ricos e orgulhosos ao lar podem ser feitos de terra, mas os que unem o pobre ao seu humilde lar são feitos de metal raro e trazem as marcas do céu. O homem de alta ascendência pode amar os corredores e as propriedades de sua herança como parte de si mesmo, como troféus de seu nascimento e poder; suas associações com eles são associações de orgulho, riqueza e triunfo. O apego do pobre ao seu humilde lar, que já foi ocupado por estranhos antes, e amanhã outros vão ocupar novamente, tem uma raiz de mais valor, cravada profundamente em um solo mais puro. Seus deuses domésticos são de carne e osso, sem liga de prata, ouro ou pedras preciosas. Ele não tem propriedade senão nas afeições de seu próprio coração; e, quando valoriza pisos e paredes nus, apesar dos trapos, da labuta e da escassa comida, aquele homem tem seu amor pelo lar vindo de Deus, e sua rústica cabana se torna um lugar solene.

Oh! Se aqueles que governam os destinos das nações se lembrassem apenas disso, se pensassem somente como é difícil para os muito pobres ter gerado em seus corações aquele amor ao lar do qual nascem todas as virtudes, quando vivem em densas e esquálidas massas onde a decência social é perdida, ou melhor, nunca encontrada, se ao menos se afastassem das avenidas principais e das casas grandes e se esforçassem para melhorar as habitações miseráveis nos caminhos onde apenas a pobreza costuma caminhar, muitos telhados baixos apontariam mais verdadeiramente para o céu do que os mais altos templos, que agora se erguem orgulhosamente do meio da culpa, do crime e de doenças horríveis, apenas para zombar deles por meio desse tamanho contraste. Em vozes vazias nos asilos, hospitais e prisões, esta verdade é pregada dia a dia e tem sido proclamada por anos. Não é uma questão trivial, nem um clamor do trabalhador vulgar, nenhuma questão referente à saúde e conforto do povo que é pregada nas noites de quarta-feira. No amor ao lar, o amor ao país tem sua origem. E quem são os patriotas mais verdadeiros ou os melhores em tempos de necessidade: aqueles que veneram a terra, possuindo sua madeira, o riacho, a terra e tudo o que eles produzem, ou aqueles que amam seu país sem direito sequer a um palmo de terra em toda a sua vastidão?

Kit nada sabia sobre essas questões, mas sabia que sua antiga casa era um lugar muito pobre e que a nova era muito diferente dela, e, ainda assim, ele estava constantemente olhando para trás com grata satisfação e afeto, e muitas vezes compunha cartas para a mãe, incluindo um xelim ou dezoito pence ou qualquer outra pequena remessa que a liberalidade do senhor Abel lhe permitia fazer. Às vezes estando na vizinhança, ele tinha tempo para visitá-la, e aí grandes eram a alegria e o orgulho da mãe de Kit, e extremamente ruidosa a satisfação do pequeno Jacob e do bebê, e cordiais os parabéns de toda a vizinhança, que ouvia com admiração as narrativas sobre Abel Cottage, e nunca era suficiente o que ele contava sobre suas maravilhas e magnificência.

Embora Kit recebesse os maiores favores da velha senhora e do cavalheiro, do senhor Abel e de Bárbara, é certo que nenhum membro da família demonstrou por ele uma parcialidade tão notável quanto o pônei de vontade própria, que, apesar de ser o pônei mais obstinado e teimoso da face da terra, era, em suas mãos, o mais manso e mais tratável dos animais. É verdade que, na proporção exata em que ele se tornou controlável por Kit, ele se tornou totalmente ingovernável por qualquer outra pessoa (como se ele estivesse determinado a mantê-lo na família a qualquer custo) e que, mesmo sob a orientação de seu favorito, ele às vezes executava uma grande variedade de estranhezas e escapadas, para o extremo desconforto da velha senhora. Mas, como Kit sempre interpretou que isso era apenas diversão, ou uma maneira que ele tinha de mostrar seu afeto aos seus donos, a senhora Garland gradualmente se deixou persuadir a acreditar, sendo de tal maneira convencida e que, se em uma dessas travessuras ele tivesse virado a carruagem, ela teria ficado satisfeita em saber que ele teria feito isso com as melhores intenções.

Além de se tornar em pouco tempo uma maravilha perfeita em todos os assuntos do estábulo, Kit logo se transformou em um jardineiro muito aceitável, um sujeito prático dentro de casa e um assistente indispensável do senhor Abel, que a cada dia lhe dava novas provas de sua confiança e aprovação. O senhor Witherden, o notário, também olhava para ele com um olhar amigável; e até mesmo o senhor Chuckster às vezes condescendia em fazer um leve aceno de cabeça ou em homenageá-lo com uma forma peculiar de reconhecimento que é chamada de "mirar", ou em favorecê-lo com alguma outra saudação que combinasse a gentileza com o patronato.

Certa manhã, Kit levou o senhor Abel ao escritório do notário, como ele às vezes fazia, e, depois de estabelecê-lo no escritório, estava prestes a dirigir para um estábulo próximo quando este mesmo senhor Chuckster saiu da porta do escritório e gritou "Oaaaa!", sustentando a nota por um longo tempo, com o propósito de aterrorizar o coração do pônei e afirmar a supremacia do homem sobre os animais inferiores.

– Estacione, Snobby – gritou o senhor Chuckster, dirigindo-se a Kit. – Você é esperado aqui dentro.

– O senhor Abel se esqueceu de alguma coisa, eu acho… – disse Kit ao desmontar.

– Não faça perguntas, Snobby! – respondeu o senhor Chuckster –, mas vá e veja. Oaaaa então, está bem? Se aquele pônei fosse meu, eu o quebraria.

– Você deve ser muito gentil com ele, por favor – disse Kit –, ou terá problemas. É melhor você não ficar puxando as orelhas dele, por favor. Eu sei que ele não vai gostar.

A esse protesto o senhor Chuckster não se dignou outra resposta, a não ser falar para Kit com um ar altivo e distante, tratando-o por "rapazinho" e pedindo-lhe que estacionasse e voltasse a toda a velocidade. O "rapaz" obedeceu; o senhor Chuckster colocou as mãos nos bolsos e tentou dar a impressão de que não estava se importando com o pônei, mas que por acaso estava descansando ali por acidente.

Kit limpou os sapatos com muito cuidado (pois ainda não havia perdido a reverência pelos maços de papéis e pelos arquivos de metal) e bateu na porta do escritório, que foi rapidamente aberta pelo próprio tabelião.

– Ora! Entre, Christopher – disse o senhor Witherden.

– Esse é o garoto? – perguntou um senhor idoso, mas de uma figura firme e franca que estava na sala.

– Esse é o rapaz – disse o senhor Witherden. – Ele conheceu meu cliente, senhor Garland, senhor, exatamente nesta porta. Tenho motivos para pensar que ele é um bom rapaz, senhor, e que se pode confiar nele. Deixe-me apresentar o senhor Abel Garland, senhor, seu jovem mestre; meu aluno articulado, senhor, e amigo, meu amigo mais íntimo, senhor – repetiu o tabelião, puxando seu lenço de seda e esfregando-o sobre o rosto.

– Seu criado, senhor – disse o cavalheiro estranho.

– Atenciosamente, tenho certeza – respondeu o senhor Abel suavemente. – Você gostaria de falar com Christopher, senhor?

– Sim, eu gostaria. Tenho sua permissão?

– Certamente.

– Meu negócio não é segredo; ou melhor, devo dizer que não precisa ser segredo aqui – disse o estranho, observando que o senhor Abel e o tabelião estavam se preparando para sair. – Diz respeito a um negociante de curiosidades com quem viveu e em quem estou sincera e calorosamente interessado. Tenho sido um estranho neste país, senhores, por muitos anos, e, se tiver alguma dificuldade na forma e cerimônia, espero que vocês me perdoem.

– Nenhum perdão é necessário, senhor, absolutamente nenhum – respondeu o notário. E assim continuou o senhor Abel.

– Tenho feito perguntas na vizinhança em que viveu o seu velho senhor – disse o estranho –, e soube que ele empregava os serviços deste rapaz. Eu descobri onde se localiza a casa de sua mãe e fui encaminhado por ela para este lugar, como o mais provável de encontrá-lo. Essa é a razão de eu me apresentar aqui nesta manhã.

– Estou muito contente por qualquer que seja o motivo, senhor – disse o notário –, que me garante a honra desta visita.

– Senhor – replicou o estranho –, o cavalheiro fala como um simples cidadão mundano, e eu acho que é algo muito melhor que isso. Portanto, peço que não rebaixe o seu verdadeiro caráter ao me fazer elogios sem sentido.

– Cof, cof! – tossiu o notário. – Você fala muito francamente, senhor.

– E sou um negociante direto – respondeu o estranho. – Pode ser minha longa ausência e inexperiência que me levam à conclusão; mas, se as pessoas francas são escassas nesta parte do mundo, imagino que negociantes diretos sejam ainda mais raros. Se minha linguagem o ofender, senhor, espero que minhas negociações o compensem.

O senhor Witherden parecia um pouco desconcertado com o modo como o senhor idoso conduzia o diálogo; e, quanto a Kit, ele olhou para ele boquiaberto, perguntando-se que tipo de linguagem seria usada com ele, se ele falava daquela maneira direta e franca com um notário. Foi sem aspereza, porém com algo de irritabilidade e pressa constitucional, que ele se virou para Kit e disse:

– Se você pensa, meu rapaz, que estou realizando essas investigações com qualquer outro propósito que não o de servir e reivindicar aqueles que estou procurando, está cometendo uma grande injustiça e se enganando. Não seja equivocado, eu imploro, e confie na minha garantia. O fato, senhores – acrescentou, voltando-se novamente para o notário e seu pupilo –, é que estou numa posição muito dolorosa e totalmente inesperada. Vim para esta cidade com um objetivo muito caro no coração, esperando não encontrar nenhum obstáculo ou dificuldade no caminho para alcançá-lo. Encontro-me subitamente desafiado e interrompido na execução do meu projeto, por um mistério que não consigo penetrar. Todo esforço que fiz para esclarecê-lo serviu apenas para torná-lo mais sombrio e obscuro; e tenho medo de expor abertamente o assunto, para que aqueles a quem procuro ansiosamente não fujam para ainda mais longe de mim. Garanto-lhe que, se pudesse me dar alguma ajuda, você não se arrependeria em fazê-lo se soubesse quanto preciso dela e de que fardo isso me aliviaria.

Havia uma simplicidade nessa confissão que a levou a encontrar uma resposta rápida no peito do bom tabelião, que respondeu, no mesmo espírito, que o estranho não havia se enganado em seu desejo e que, se pudesse lhe ser útil, ele o faria, muito prontamente.

Kit foi então submetido a perguntas e interrogado de perto pelo cavalheiro desconhecido, envolvendo seu velho mestre e a criança, seu modo de vida solitário, seus hábitos reclusos e seu isolamento.

A ausência noturna do velho, a vida solitária da criança naquela época, sua doença e recuperação, a posse de Quilp sobre a casa e seu súbito desaparecimento eram todos temas de muitas perguntas e respostas. Por fim, Kit informou ao cavalheiro que o imóvel agora devia ser alugado e que uma placa na porta encaminhava todos os curiosos ao senhor Sampson Brass, advogado, de Bevis Marks, de quem talvez pudesse conseguir mais detalhes.

– Não preciso nem perguntar onde fica – disse o cavalheiro balançando a cabeça. – Eu moro lá.

– Mora na casa do advogado Brass? – gritou o senhor Witherden com alguma surpresa, tendo conhecimento da fama profissional do cavalheiro em questão.

– Sim – foi a resposta. – Eu dei entrada em um de seus aposentos outro dia, principalmente porque eu tinha visto esta mesma placa. Pouco importa para mim onde moro, e eu tinha uma esperança desesperada de que alguma luz pudesse iluminar meu caminho, que não chegariam até mim estando em outro lugar. Sim, moro na casa de Brass; mais vergonha para mim, suponho?

– Isso é mera questão de opinião – disse o tabelião, encolhendo os ombros. – Muitos o conhecem pelo caráter duvidoso.

– Duvidoso? – perguntou o outro. – Fico feliz em saber que ainda há alguma dúvida sobre isso. Eu acho que essa questão já foi completamente resolvida há muito tempo. Mas você vai me deixar falar uma ou duas palavras com você em particular?

Com o consentimento do senhor Witherden, eles entraram na sala privada daquele cavalheiro e permaneceram lá, em conversa íntima, por cerca de um quarto de hora, quando voltaram para o escritório principal.

O estranho havia deixado seu chapéu no quarto do senhor Witherden e parecia ter se estabelecido nesse curto intervalo em um ambiente bastante amigável.

– Não vou mais detê-lo agora – disse ele, colocando uma moeda de uma coroa na mão de Kit, enquanto olhava para o tabelião. – Você terá notícias minhas novamente. Nem uma palavra sobre isso, você sabe, exceto para seus patrões.

– A mãe, senhor, ficaria feliz em saber... – disse Kit, hesitando.

– Ficaria feliz em saber o quê?

– Qualquer coisa, que não fizesse mal, sobre a senhorita Nell.

– Ficaria mesmo? Bem, então você pode dizer a ela, caso ela possa guardar o segredo. Mas lembre-se: nenhuma palavra sobre isso para ninguém. Não se esqueça disso. Tenha cuidado!

– Eu terei, senhor – disse Kit. – Obrigado, senhor, e bom dia.

Bem, aconteceu que o cavalheiro, em sua ansiedade de reforçar para Kit que ele não deveria contar a ninguém o que havia acontecido entre eles, seguiu-o até a porta para repetir seu alerta e, naquele momento, os olhos do senhor Richard Swiveller voltaram-se nessa direção e viu seu amigo misterioso e Kit juntos.

Foi tudo um grande acaso, e a forma como aconteceu foi assim. O senhor Chuckster, sendo um cavalheiro de gosto sofisticado e espírito refinado, pertencia àquela Ordem dos Glorious Apollers da qual o senhor Swiveller era o grão-mestre perpétuo. O senhor Swiveller, passando pela rua para execução de alguma missão para os Brass, e vendo alguém de sua Gloriosa Irmandade olhando atentamente para um pônei, cruzou para dar-lhe aquela saudação fraterna que os Membros Perpétuos são, pela própria natureza de seu ofício, obrigados a usar para animar e encorajar seus discípulos. Mal fizera seu cumprimento, seguido de algumas observações genéricas sobre o estado das coisas e a previsão do tempo, quando, erguendo os olhos, viu o cavalheiro solteiro de Bevis Marks conversar compenetrado com Christopher Nubbles.

– Olá! – disse Dick. – Quem é aquele?

– Ele me chamou para ver meu mestre nesta manhã – respondeu o senhor Chuckster. – Nunca o vi mais gordo...

– Pelo menos você sabe o nome dele? – disse Dick.

Ao que o senhor Chuckster respondeu, com um discurso elevado típico de um Glorious Apoller, que ele seria "eternamente abençoado" se soubesse.

– Tudo o que sei, meu caro amigo – disse o senhor Chuckster, passando os dedos pelos cabelos –, é que ele é a causa de eu ter ficado aqui vinte minutos, pelo que o odeio com um ódio mortal e eterno, e iria persegui-lo até os confins da eternidade se eu tivesse tempo.

Enquanto eles discutiam dessa forma, o assunto da conversa (que parecia não ter reconhecido o senhor Richard Swiveller) entrou novamente na casa, e Kit desceu os degraus e juntou-se a eles. O senhor Swiveller novamente iniciou sua investigação, sem melhor sucesso.

– Ele é um cavalheiro muito bom, senhor – disse Kit –, e isso é tudo que sei sobre ele.

O senhor Chuckster enfureceu-se com a resposta e, sem aplicar a frase a nenhum caso em particular, disse que, regra geral, era conveniente quebrar a cabeça dos esnobes e torcer o nariz deles. Sem expressar sua concordância com esse sentimento, o senhor Swiveller, após um momento de abstração, perguntou para que lado Kit estava indo e, sendo informado, declarou que era o seu caminho e que o incomodaria pedindo uma carona. Kit teria alegremente recusado a honra oferecida, mas, como o senhor Swiveller já estava instalado no assento ao lado dele, ele não tinha meios de fazê-lo, a não ser por uma expulsão forçada e, portanto, saiu rapidamente, tão rapidamente que interrompeu a despedida entre o senhor Chuckster e seu grão-mestre, causando um inconveniente ao cavalheiro por ter seus calos espremidos pelo pônei impaciente.

Como Whisker estava cansado de ficar parado, e o senhor Swiveller teve a ideia de estimulá-lo com assobios estridentes e vários gritos de incentivo, eles partiram em ritmo acelerado demais para conseguir manter muita conversa, especialmente porque o pônei, indignado com as chamadas do senhor Swiveller, se afeiçoou demais aos postes de luz e às rodas das carroças e demonstrou forte desejo de correr na calçada e bater nas paredes de tijolos. Portanto, não foi até que eles chegaram ao estábulo, e a carruagem foi retirada de uma porta muito pequena, para a qual o pônei a arrastou, com intenção de poder levá-la consigo para sua baia, que o senhor Swiveller encontrou tempo para conversar.

– É um trabalho árduo – disse Richard. – O que você acha de tomar umas cervejas?

Kit a princípio recusou, mas logo consentiu, e eles foram juntos ao bar vizinho.

– Beberemos ao nosso amigo, não importa o nome dele – disse Dick, segurando a caneca de espuma brilhante – … que estava falando com você nesta manhã, você sabe… Eu o conheço… um bom sujeito, mas excêntrico… muito… está na ponta da língua… Qual é o nome dele mesmo?

Kit brindou com ele.

– Ele mora na minha casa – disse Dick. – Pelo menos na casa ocupada pela firma em que sou uma espécie de… de sócio-gerente. É um sujeito difícil de se abrir, mas gostamos dele, gostamos muito dele.

– Preciso ir, senhor, por favor – disse Kit, afastando-se.

– Não tenha pressa, Christopher – respondeu seu anfitrião –, beberemos pela saúde de sua mãe.

– Obrigado, senhor.

– Excelente mulher essa sua mãe, Christopher – disse o senhor Swiveller. – Quem correu para me amparar quando eu caí, e beijou o lugar ferido para curá-lo? Minha mãe. Uma mulher encantadora. Ele é um tipo liberal de pessoa. Precisamos fazer com que ele faça algo por sua mãe. Ele a conhece, Christopher?

Kit balançou a cabeça e, olhando maliciosamente para seu inquisidor, agradeceu e saiu antes que ele pudesse dizer outra palavra.

– Hum! – disse o senhor Swiveller pensando. – Isso é esquisito. Nada além de mistérios relacionados à casa dos Brass. Vou manter isso em segredo, no entanto. Todo mundo confia em mim até agora, mas acho que preciso abrir meu próprio negócio. Estranho, muito estranho...

Depois de refletir profundamente e com uma expressão de extrema sabedoria por algum tempo, o senhor Swiveller bebeu um pouco mais da cerveja e chamou um garotinho que estava observando seus movimentos, derramou as poucas gotas restantes como uma oferenda no cascalho e ordenou que ele levasse a caneca vazia ao bar com seus cumprimentos, e aconselhou-o a levar uma vida sóbria e equilibrada e se abster de todas as bebidas intoxicantes e excitantes. Tendo dado a ele essa lição de moral para seu futuro (que, como ele observou sabiamente, valia muito mais do que meio pence), o grão-mestre perpétuo dos Glorious Apollers enfiou as mãos nos bolsos e saiu andando vagarosamente, ainda pesando os fatos enquanto caminhava.

Fim do tomo 1